新潮文庫

大　　地

(一)

パール・バック
新居　格訳
中野好夫補訳

新潮社版

611

大地

（一）

「ヴァントゥイユが小楽節を作ったのはちょうどこういうふうにだった。この作曲家は、彼の楽器によってこの小楽節のヴェールを脱がせ、それを眼《め》に見えるものにし、その構想を尊重しながら辿《たど》ってゆくことに喜びを見いだしたのであり、しかもその手腕《うで》は実に優しく実に繊細な、また実に確かなものだったから、音はたえず転調を繰返しながら、陰影を表わすためには鈍くかすかになり、さらに大胆な外郭を跡づけてゆかなければならないときには力強く復活するのを、スワンは感じるのだった。そのうえ、この楽節が現実的な存在なのだと信じたとき、スワンが誤っていなかったという一つの証拠には、もしヴァントゥイユがあの楽節の形態を見いだして、それを表現するにあたって、あれほどの才能がなく、天来の表現法の代りに、彼の勝手な思いつきの表現法をあちこちに加え、それによって彼の視覚の弱さなり、手腕《うで》の不足なりを隠そうと努めたのだとしたら、そのごまかしは、少し洗練された音楽の愛好家なら、誰でもすぐに看破《みやぶ》ったはずだからである」

マルセル・プルースト『スワンの恋』

第一部　大地

一

王龍《ワンロン》の結婚の日だった。寝台を囲む暗いとばりの中で眼《め》をさましたとき、彼は、なぜ今朝がいつもの朝と違う気持なのか、最初、考えつかなかった。家の中は静かで、中《なか》の間《ま》をへだてた老父の部屋で、力のない、しゃがれた咳《せき》がするばかりだった。毎朝、まず耳にするのは、老父の咳なのだ。王龍は、ふだんなら、それを聞きながらも寝台から下りずにいて、咳がだんだん近づいてくるとか、老父の部屋の扉《とびら》の木の蝶番《ちょうつがい》がきしむとかしたときに、ようやく体を動かしたのだった。

しかし、今朝はそれまで待っていなかった。彼ははね起きて、とばりをあけた。まだ暗いしらじら明けで、四角に切って窓がわりにしている穴に張った紙が、破けて、ひらひらしている所から、青銅色の空がかいま見えた。彼は、穴の所へ行き、その紙をむしりとりながら、つぶやいた。

「春だから、こんなものいらねえや」

わが家も今日だけはきれいに見えてくれればいい。――だが、そう口に出すのは、恥ずかしかった。

その穴は、やっと手が通るくらいの大きさだった。彼は手を出して戸外の空気に触れてみた。そよ風が東からなごやかに吹いている。おだやかな、囁《ささや》くような、雨を含んだ風だった。縁起がいい。作物が実るには雨がいるのだ。今日は雨はあるまいが、この風が二、三日続けば、雨になるだろう。いいぞ。こう太陽ががんがん照り続いたんじゃ、小麦は実を結べねえな。そう老父に話したのは昨日のことだった。天は、特に今日、彼の幸せを祈ってくれているみたいだ。大地は実を結ぶことだろう。

彼は、野良着《のらぎ》の青い褲子《クーツ》（訳注ズボン）をはき、腰に同じ色の木綿の帯を巻きつけながら、急いで中の間へ入って行った。体を洗う湯を沸かすまでは、上半身は裸である。母屋《おもや》に沿って、屋根を張り出して作った台所に入ろうとすると、戸口の薄暗い隅《すみ》から、牛が頭を出して太く低い声で鳴いた。台所は、母屋と同様、畑の土からこしらえた煉瓦《れんが》で大きく四角に築いてあり、自分の家の小麦の藁《わら》で、屋根をふいてある。永年《ながねん》使っているうちに、焼物のように固く真っ黒にすすけてしまった竈《かまど》も、祖父が若いとき、やはり自分たちの畑の土でこしらえたもので、その上には、深い、丸い、鉄の大釜《おおがま》がかかっている。

彼は、そばにある瓶《かめ》の中から、瓢簞《ひょうたん》の柄杓《ひしゃく》に水をすくって、釜がいっぱいになるくらいにした。水は貴重なので、用心してすくった。彼はためらった後で、急に瓶の水を残らず釜に注ぎ込んだ。今日こそ体じゅうを洗おう。母の膝《ひざ》の上に抱かれていた幼い時以後というもの、誰も、おれの体を見たものはない。今日は見られるんだから、きれいにしておきたい。

彼は竈の後ろに回って、台所の隅に立てかけてある枯葉と粗朶《そだ》をひとつかみ取り、一枚の葉も無駄《むだ》にしないように、竈の口にていねいに積んでから、古い火打石で火を出し、藁に移した。すると火が燃えあがった。

こうして火を起すのも今朝が最後だ。六年前に母が死んでからは、毎朝彼が火を起した。火を起し、湯を沸かし、茶碗《ちゃわん》についで、老父の部屋へ持って行く。老父は、寝台の上へ起き上がって、咳をしながら、床《ゆか》にある靴《くつ》を捜している。この六年間、毎朝、老人は、朝の咳をしずめるために、湯を持ってくるわが子を待っているのだ。今度は父も子も楽になる。男世帯に女が来るのだ。王龍は、もう、夏も冬も、夜明けに起きて火を起さないですむ。彼も寝床の中で待っていられるのだ。父親のように、おれも湯を持ってこさせよう。それに、もし豊年なら、その湯の中に茶の葉を浮かせることもできる。何年か前には、一度そんなことがあった。

今日迎える女がくたびれたころには、子供たちが火を起してくれる。女は、王龍のためにたくさんの子供を生むに違いない。三つの部屋を子供たちが出たり入ったりして駆けまわるのを空想すると、王龍はハッとして手を休めた。母が死んでからは、家はなかばがらんどうで、三つの部屋さえ多すぎると思えた。狭い家へ家族の多い親戚《しんせき》が来ると、いつも断わるのに困った——際限なく子供ばかりこしらえている叔父などは、猫《ねこ》なで声で、こう言ったものだ。

「二人ともカカアがいねえんだから、こんなに部屋はいるめえが。親子で一緒に寝られねえもんかな。若いもんのぬくみで年寄りの咳も軽くなるべえに」

しかし父親はいつも答えた。

「わしの寝床は、孫らのために取っておくんだよ。いまにな、孫がわしの老いぼれた体をぬくめてくれるんでな」

いよいよ孫が生れるんだぞ——孫が幾人も！　壁ぎわにも、中の間にも、寝台を置かずばなるめえ。家じゅうが寝台でぎっしりになるぞ。

王龍が、半ばがらんどうの家が寝台でいっぱいになるところまで空想の翼を伸ばしていると、竈の火は消えて、釜の湯は冷えてきた。老人の姿が影のように戸口に現われた。老人は、ボタンも掛けてない上着を、手で押えて、咳をし、痰《たん》を吐き、ぜいぜいやっている。

「どうしたんだ。わしの胸をあっためる湯はまだなのか？」

王龍は、父をじっと見つめ、やっと気がついて、恥ずかしくなった。「しめっぽい風が、……」

「草がしめってるんだよ」彼は竈の後ろからつぶやくように言った。

老人は湯が沸くまでひっきりなしに咳をする。王龍は湯を茶碗に汲《く》み、それから、竈の上の棚《たな》にある、艶《つや》のある小さい壺《つぼ》をあけ、よって乾燥させた茶の葉を少しつまみ出して湯の中に落した。老人の眼は急に強欲になって、小言を言いはじめた。

「なんだって無駄な真似《まね》するんだ。茶を飲むのは銀を食うのと同じだぞ」

「今日は特別だよ」王龍は軽く笑って答えた。「飲みなよ、心配せんで」

老人は、何かぶつぶつ言いながら、しなびて節くれ立った指で茶碗を握りしめたが、よった茶の葉が湯の表面に拡《ひろ》がるのをいつまでも見つめているばかりで、もったいなくて飲んでしまう気にはなれなかった。

「さめちまうよ」王龍は言った。

「うん、――うん」老人は驚いて熱い茶をごくごく飲みはじめた。まるでがつがつする子供みたいだった。それでも、王龍が大釜の湯を惜しげもなく深い桶《おけ》へあけるのを見のがすようなことはなく、顔をあげて、息子を見守った。

「それだけの水がありゃあ、畑にやればいいのにな。よく実るによ」老人はだしぬけに言った。王龍は何とも答えず、最後の一滴まで大桶にうつした。

老人は声を荒だてた。

「ふんとにまあ！」

「おれ、正月から全然、体洗ってねえんだ」王龍は低い声で言った。

女に見せるため、体をきれいにしたいんだと父親に言うのは気がひけた。彼は、急いで大桶を自分の部屋へ運びこんだが、入口のたてつけが悪く、扉がぴったりしまらない。老人は中の間へあぶなげな足取りで入ってきて、扉の隙間《すきま》に口を当ててどなった。

「初めから嫁にこんな贅沢《ぜいたく》させちゃ、ためになんねえ――朝は湯に茶を入れやがるし、おまけに体なんか洗ってよ！」

「今日だけだよ」王龍はどなり返し、さらに言葉をつけたした。「使った後は畑にやるから、むだにはなんねえさ」

老人は黙ってしまった。王龍は、帯を解いて裸になり、窓がわりの四角い穴から流れこむ光線のところで、湯に入れた小さいタオルをしぼり、やせた黒い体を一心にこすった。空気は温かいと思ったが、ぬれると寒さを感じる。彼はタオルを湯に入れたり出したりしながら、手早くこすった。そのうち、全身からかすかな湯気が立ってきた。彼は母親の形見の箱のところへ行き、そこから、新しい青い木綿の着物を取出した。綿の入った冬ものでないと今日は寒いかもしれないが、体がきれいになってみると、古いものを肌《はだ》に当てる気がしなくなったのだ。今まで着ていたのは、皮が破けてひどくよごれ、——灰色の古綿がはみだしている。彼は、初めて会う女に中身のはみでた綿入れなど見せたくなかった。いずれは、女が洗濯《せんたく》もし、つぎもあてることになるだろうが、最初の日は困る。

彼は、青い木綿の上着と褲子《クーツ》の上に同じ布地の長衫《ツァンスァン》（訳注 ひとえの長衣）を着た——彼が持っている唯一《ゆいいつ》の長い着物で、一年に十日ある祭日以外には決して着たことがない。それから彼は敏捷《びんしょう》な手つきで、背中に垂れている弁髪《べんぱつ》（訳注 男の頭髪の周囲をそり、中央の髪を編んでうしろに垂らしたもの）を解き、すわりの悪い小机の引出しから木の櫛《くし》を取出して、すきはじめた。

父親はまた近づいてきて、扉の隙間に口を当てて、ぶつぶつ言った。

「今日は何も食わせてくんねえのか？ わしぐらいの年になると、朝は何か食うまでは、体じゅうが水みたいで、力が入らねえんだ」

「いま行くよ」王龍は、手早く、すらすらと、弁髪を房のある黒い絹紐《きぬひも》のように編み上げた。

そして、すぐに長衫を脱ぎ、弁髪を頭に巻きつけてから、大桶をかかえて室外に出た。彼はまったく朝食のことを忘れていたのだった。父親にはトウモロコシの粉をゆがいて食べさせよう。自分は何も食べたくない。よろけながら敷居まで大桶を持っていき、戸口の地面に湯を流したが、その時、王龍は、体を洗うのに大釜の湯を残らず使ってしまったことに気がついた。また火を起さなければならない。そう思うと、父親が腹立たしくなった。

「あの老いぼれは、飲み食いのことしか考えちゃいねえ」

彼は竈の口でつぶやいたが、聞えるほどには言わなかった。老人のために食事の用意をするのも、これが最後の日だ。彼は戸口の近くの井戸から汲み上げた少量の水を大釜へ入れた。湯はすぐ沸いた。トウモロコシの粉をかきまぜて老父のところへ持っていった。

「今夜は米にするけんど、朝はトウモロコシだよ、お父《とっ》つぁん」

「米はもう笊《ざる》に少しっかねえぞ」

そう言いながら、老父は中の間の食卓に向って坐《すわ》り、長い箸《はし》で濃い黄いろい粥《かゆ》をかきまわした。

「そんなら、春の祝いにゃあ、食うのを減らすことにすべえ」

彼の言葉は耳に入らず、老人は大きな音を立てて、粥をすすっていた。

王龍は自分の部屋へ戻って、再び青い長衫を着て、弁髪を長く垂らした。それから剃《そ》りあげている頭から両方の頬《ほお》をなでまわしてみた。新しく剃らせたほうがいいんじゃないかな。まだ朝日は上がってない。今からなら、あの女が待ってる家に行く前に、床屋の通りに寄り道して、剃らせる時間はある。金さえあればそうするんだがな。

彼は、腹巻から、灰色の布で作った、脂《あぶら》じみた小さい財布を引っぱりだして、金を勘定してみた。銀貨六枚と、銅貨が二つかみある。今夜親しい人々を夕飯に招いてあることを父親に話してはないが、父のために、叔父と、彼のいとこ、すなわち叔父の男の子と、近所に住む三人の百姓を呼んであったので、町で、豚肉と小魚と栗《くり》を少し買ってくるつもりなのだ。場合によれば、南から来たタケノコや、牛肉も買って、自分の畑で作ったキャベツと一緒に煮たいと思っているが、これは、油と醬油《しょうゆ》を買ったあとでの話だ。頭を剃らせると、牛肉はたぶん買えなくなる。よし、頭を剃らせよう。彼は急に決心した。

彼は老父に何も言わず、明け方の戸外へ出た。まだほの暗く、赤味のさした夜明けだが、太陽は地平線の雲を破ってその光線は小麦や大麦におりた露に輝いている。王龍は農民の本能から、その瞬間、すべてを忘れ、かがみこんで、穂先を調べてみた。

まだ実を結んでいない。雨を待っているのだ。彼は大気のにおいをかぎ、心配そうに空を見あげた。雨はあそこにあるんだ。黒ずんだ雲に。重い風に乗って。彼は線香を買って土の神のささやかな祠《ほこら》にそれを捧《ささ》げようと思った。こんな日にこそ、そうしよう。

彼は、畑の中の狭いうねった小路を歩いて行った。近くに灰色の城壁がそびえている。その城壁の門を入ると、黄《ホワン》家というお屋敷があり、そこに、彼の妻になる女が子供のときから奴隷《どれい》として使われているのだ。世間では、「お屋敷の奴隷だった女と結婚するくらいなら、独身でいるほうがいい」と言うが、王龍が父親に、「おれはいつまでも女房が持てねえのかな?」ときいたとき、父親は「どうも世の中が暮しにくくなってきて、婚礼には大金がいるし、どの女も金の指輪だの、絹の着物をほしがるからな、貧乏人は奴隷をもらうよりほかに仕方がねえよ」と答えたのだった。老人は思いきって自分で足を運んで黄家へ行って、いらない奴隷はございますまいかと、たずねてみた。「若すぎず、それに、何よりも、別嬪《べっぴん》じゃねえので」

王龍は別嬪でなくてもいいというのが不服だった。他人が祝ってくれるような別嬪を妻にしたら肩身が広かろうと思ったのである。父親は彼の不服そうな顔つきを見ると、どなりつけた。

「別嬪なんかもらって、どうしようってんだ？　うちでほしいのは、家事もする、子供も生む、野良仕事もやるような女なんだよ。別嬪にそれができるかい？　そんなのは、顔にお似合いのいい着物のことばかり考えてな。うちにゃあ、別嬪はいらねえんだ。わしもお前も百姓じゃねえか？　それにな、金持んとこにいるかわいい奴隷に、生娘《きむすめ》がいるなんて話、聞いたことがあるかよ？　みんな若様がたが勝手にしちまうんだ。何度も、お手のついた別嬪よりはな、醜女《すべた》でも生娘のほうがええだ。考えてもみろ。別嬪がお前の土百姓の手を、金持の若様の白い手みてえに好きになると思うのかよ？　お前の日焼けした顔を、女を慰みものにした奴《やつ》らのつやつやした肌と同じに思うはずがあるかよ」

王龍にも父親の言葉が本当であることはわかるのだが、色香のほうにも未練があった。しばらくして彼は激しい調子で言った。

「いくらなんでも、おれはアバタとみつくちは嫌《きれ》えだな」

「どんなのが来るか、まあもらってからのことだ」と父親は答えた。

とにかく、その女はアバタでもみつくちでもなかった、それだけはわかったが、それから先は何もわからなかった。彼と父親とは金メッキをした銀の指輪を二つと耳輪を買い、父親が、それを女の所有者である黄家へ、婚約のしるしとして届けた。妻となるはずの女について彼が知っているのはこれだけで、とにかく今日行けばその女をもらえる。

彼は、町の薄暗い冷たい楼門を入った。水を運ぶ人夫が、手押車に大きな水桶をのせて、終日、門のすぐ外を往復して、石畳に水をこぼしている。この土と煉瓦とできた楼門の厚い壁のトンネルはいつもぬれて涼しく、夏でも涼しかったから、メロン売りの露天商がこのしめっぽい涼しい場所で、割った瓜《うり》を拡げている。まだ時期が早過ぎるのでメロン売りは出ていないが、青い固い桃の籠《かご》が、壁に沿って並べられ、売り手の男が声を張りあげている。

「さあ、さあ、はしりの桃だよ——はしりの桃だよ！　買って、食べてみなよ、冬じゅうの毒が腹から消えるよ！」

王龍《ワンロン》はひとりごとを言った。

「もし、あの女が、桃が好きなら、帰りがけに、ひとつかみ買ってやろう」

だが、彼にはこの楼門を再び通るとき、後ろに女がついてくる、という気はしなかった。

楼門を入り、右に折れて少し行くと、床屋の通りだ。朝が早いので、人影は少ない。明け方の市で野菜を売るために昨夜荷を持ってきて、これから野良の仕事に帰ろうとする百姓が少しいるだけだった。彼らは、籠の上にうつぶせになり、道路でふるえながら眠っていたのだが、その籠も今ではからになり、足もとに置いてある。王龍は見知った者がいるとまずいので、彼らを避けた。こんな日には、からかわれたくなかったからだ。この通りには腰掛を前に置いて床屋がずらりと並んでいる。王龍は一番遠くのはしにある腰掛に坐って、隣の同業者と立ち話をしている床屋に合図した。男はすぐやってきて、火鉢《ひばち》にかけてある薬缶《やかん》から洗面器に湯をつぎ、職人らしい調子で言った。

「みんな剃りますか？」

「頭と顔だ」王龍は答えた。

「耳と鼻の掃除は？」

「そうすると、いくら余計にとられるんだね？」王龍は用心深くたずねた。

「四銭ですよ」床屋はそう言いながら、湯に黒い布をひたしてから取出した。

「二銭ならな」

「それじゃ、片一方の耳と鼻だけにしておきますわ」床屋はすかさず言いかえした。

「どっち側をお望みです――」

そして隣の同業者に顔をしかめてみせた。隣の男は、げ、ら、げ、ら、笑いだした。とんだいたずら者につかまったものだと王龍も気がついたが、日ごろ、わけもなく、町の人々にひけめを感じているので、こいつらはたかが床屋だ、床屋なんてどん底の人間なんだと思いながらも、つい口早に言ってしまった。

「どっちでも――ど、どっちでも――」

彼は床屋のなすがままに、石鹸《せっけん》をつけさせ、こすり、剃刀《かみそり》をあてさせた。この床屋は冗談こそ言うが、気のよい男なので、特別の料金も請求せずに、肩から背中まで上手に叩《たた》いてくれ、筋肉をほぐしてくれた。そして生《は》えぎわを剃りあげながら言った。

「すっかり切り落すと、こちらさん、いい男になりますぜ。弁髪を切るのが流行なんですよ」

床屋の剃刀が頭の上のまるい弁髪の所に触れそうになるので、王龍は悲鳴をあげた。

「親爺《おやじ》にきいてからでなきゃあ、おれは困るよ」

床屋は笑って、そこだけまるく残してくれた。

それがすんで、床屋のしなびた水だらけの手に、料金を数えて渡すと、瞬間、王龍はしまったと思った。こんなにうんと取られるのだ。しかし、再び往来を歩きだして、剃りたての頭にさわやかな風を感じると、ひとりごとを言った。

「一度きりだからな」

それから彼は市場へ行った。豚肉を二ポンド（訳注 一ポンドは約四五三・六グラム）買い、肉屋の主人がそれを乾いた蓮《はす》の葉に包むのを注意深く見まもった後、少しためらってから、牛肉を六オンス（訳注 一オンスは約二八・三五グラム）ばかり買った。そのほか、白いゼリーのように葉っぱの上でぶよぶよしている豆腐も買いそろえてから、蠟燭屋《ろうそくや》へ行き、線香を買った。それから、彼は非常にはにかみながらも、黄家の方へ足を向けた。

黄家の門前へ来ると、彼はにわかに恐怖の念にとらわれた。おれは、なぜ一人で来たんだろう？　父親か――叔父か――隣家の陳《チェン》か――誰でもよい、一緒に来てもらえばよかったっけ。彼は今までお屋敷の門をくぐったことがない。結婚の御馳走《ごちそう》を入れた籠をかかえて行き、「女をもらいに来ました」なんて、言えたもんじゃない。

彼は、長い間呆然《ぼうぜん》と門を眺《なが》めて立っていた。鉄具《かなぐ》を厳重に打ちつけた、黒塗りで厚板の二つの大きな扉《とびら》が、ぴたりと固くしまっている。その両側に、石の獅子《しし》が二頭、護衛でもするように鎮座している。誰もいない。彼は、踵《くびす》をかえした。とても入る勇気がない。

彼は急にめまいを感じた。まず、どこかで少し腹ごしらえをしよう。今朝から何も食べてないんだ――食べるのを忘れてたんだ。彼は狭い飲食店へ入って行き、テーブルの上に二銭置いて腰をおろした。黒光りのするエプロンをかけた薄汚ない給仕が寄って来たので、「麵《めん》を二杯」と言った。そしてそれが来ると、竹の箸でむさぼるように口へ押しこみ、かきこんだ。給仕は立ったまま、銅貨を真っ黒な親指と人差し指ではじいていたが、やがて気の乗らない声で、「もっとですか？」ときいた。

王龍は頭を振った。体をしゃんとさせ、周囲を見まわした。テーブルがごたごたといっぱいあるこの狭い暗い店には、彼の知っている人は誰もいない。二、三の人が食べたり茶を飲んだりしているだけだ。貧乏人ばかり来る場所なので、ここでは、彼の服装はさっぱりして小ぎれいだし、裕福にさえ見える。乞食《こじき》が、彼を見かけて鼻声を出した。

「御親切な旦那《だんな》さま、銭を恵んでくださいまし——飢え死にしそうです」

王龍は今まで乞食に恵んで下さいと言われたことがなかった。また旦那と呼ばれた覚えもなかった。彼はいい気持になって、一銭の五分の一にあたる小銭を二枚、乞食の鉢へ投げこんだ。乞食は鳥の爪《つめ》のような真っ黒な手を伸ばして、すばやく小銭を拾うと、ボロ着物にしまいこんだ。

王龍は坐っていた。太陽はしだいに高くのぼった。給仕は彼の周囲をいらだたしそうに行き来していたが、とうとう生意気な調子で言った。

「もっと注文しないんなら、席料でも払ってもらいましょうかね」

王龍はこの生意気な言葉に憤慨して立とうとしたが、あの黄家の豪勢なお屋敷へ行って、女をもらうことを考えると、畑で働いているときのように、全身が汗ばむ。「茶をくれ」彼は弱々しく言った。すると、振向くより早く給仕は茶を持ってきて、つっけんどんに催促した。

「銭は？」

王龍はいやいやながら、腹巻を探って、もう一銭出すより仕方がなかった。「まるで泥棒《どろぼう》じゃないか」いまいましそうにつぶやいたが、そのとたん、今夜の御馳走に招待してある近所の百姓が入って来たのを見て、銅貨をテーブルの上に置くと、茶をひと口に飲みほして、横の戸口から往来に飛びだした。

「困ったな。だが、どうしたって行かなけりゃ」もう絶体絶命の気持で、自分にそう言い聞かせると、いかめしい門に向って、ゆっくり歩きだした。

今度はもう正午を過ぎていたので、門は広く開かれ、食後のこととて、門番は竹の小楊枝《こようじ》で歯をほじくりながら、門の脇《わき》にのんびり立っていた。背の高い男で、左の頬に大きいほくろがあった。そのほくろには一度も切ったことのない黒い長い毛が三本あった。彼は王龍を見かけると、籠をかかえているので、何か売りに来たのだろうと考え、乱暴にどなりつけた。

「おい、何の用だ？」

王龍はやっとのことで答えた。

「私は百姓の王龍です」

「ふうん。百姓の王龍が、どうしたというんだ」門番は居丈高《いたけだか》になった。この男は、主人と奥方の金持の友達以外には決してていねいな態度をとらない。

「私が来ましたのは——えー、私が来ましたのは——」王龍は口ごもった。

「そりゃわかってる」門番はほくろから生えている毛をいじくりまわしながら、もったいぶって言った。

「お屋敷に女が——」王龍の声は、囁《ささや》くようにしわがれて消えた。日向《ひなた》にいる彼の顔には汗が流れた。

門番は爆笑した。

「ああ、お前か！」大きな声だった。「花婿《はなむこ》が今日来るからって、申渡されていたんだがな。籠なんか、かかえてくるから、わからなかったんだ」

「肉を少しばかり買いましたんで」と王龍は弁解がましく答えた。そして門番が屋敷内に連れていってくれるのを待っていた。だが、門番は動かないので、王龍はおずおずと言った。

「私一人で行ってもいいですかね」

するると、門番は大げさに、どきっとした表情をしてみせた。

「そんなことすりゃあ、お前、旦那様に殺されるぞ」

そして王龍が人ずれしていないのを見て言った。

「地獄の沙汰《さた》も何とかって言うじゃねえか」

男が金をほしがっていることがようやく王龍にわかった。

「私は貧乏人なもんで」彼は訴えるように言った。

「腹巻に入れてあるものを見せな」門番は言った。

単純な王龍は、籠を敷石の上に置き長衫《ツァンスァン》をたくしあげて、腹巻から財布を引きずりだし、買物の残金を左の手のひらに全部あけた。門番は苦笑した。銀貨一枚と、銅貨十四枚ある。

「銀貨をもらうよ」門番は涼しい顔をしている。王龍がだめだと言う暇もなく、門番は銀貨を袖《そで》の中へ入れ、「花婿だ！　花婿だ！」と、どなりながら門を通って大股《おおまた》に歩きだした。

王龍は銀貨を取られたのには腹が立つし、大声で訪れを触れまわられるのにはぞっとしたが、門番について行くよりほかに仕方がなかった。彼は籠を取りあげて、左右に目もくれず、ただ門番のあとについて行った。

豪勢なお屋敷に足を踏み入れたのは、これが初めてだった。だが、後になってみると、何も思い出せない。燃えるような顔のほてりを感じながら、頭を下げたまま、彼はいくつかの中庭を通り抜けた。「花婿だ！　花婿だ」と、どなる門番の声が前にひびく。まわりに笑いの波が起るのを聞きながら、中庭を百も通り抜けたと思う頃《ころ》、門番は急に沈黙して、彼を小さな控えの間へ押しこめた。彼が一人で立っていると、どこか奥の方へ行った門番は、すぐ帰ってきて、彼に言った。

「大奥様が、お前にお逢《あ》いくださるそうだ」

王龍は足を踏みだした。すると、門番は彼をさえぎって、

「お前は、その籠をかかえて大奥様の前に出るってのかね――豚肉と豆腐の入ってる籠をかかえてよ。どうやって、お前は、お辞儀するつもりなんだ？」

「おっしゃるとおりで、おっしゃるとおりで」王龍はどぎまぎした。しかし籠をそこへ置いては、盗まれるのが心配だ。豚肉二ポンド、牛肉六オンス、小魚。こんな御馳走をほしがらない者が、この世にいるとは夢にも思えないのだ。門番は彼の心配を見ぬいて、非常に軽蔑《けいべつ》した調子で、

「こういうお屋敷じゃあ、そんな肉は、犬に食わせてるんだぜ」と言いながら、王龍

の手から籠をひったくって、室内に投げこみ、後ろから押して、彼を先に立たせた。

長い、狭い廊下を、二人は行く。屋根をささえる柱の彫刻が華麗だ。廊下を過ぎると、王龍が生れてから見たこともない大広間になる。彼の家を二十も入れられるような広さで、天井が高い。彼は顔をあげ、彫刻して塗りたてた巨大な梁《はり》を、驚きの眼で見あげながら歩いていたので、戸の高い敷居につまずいて、門番が腕を押えてくれなければ、危く倒れるところだった。

「いいか。大奥様にお目にかかるときには、今みたいに、地面にへばりつくぐらい、ていねいにするんだぞ」門番はどなりつけた。

ひどく恥ずかしかったが、やっと気を静めて前方を見ると、部屋の中央に壇があって、非常に高齢の奥方が椅子《いす》にかけている。華奢《きやしや》で、小柄《こがら》な人で、真珠のように重く光る繻子《しゆす》の着物に身を包んでいた。かたわらの低い台には阿片《あへん》をつめた煙管《きせる》があり、それが小さなランプの上で燃えている。奥方は皺《しわ》だらけのやせた顔に、猿《さる》のように小さい、鋭い、落ちくぼんだ黒い眼で王龍を見た。煙管の片はしを持っている奥方の手は、皮膚がその細い骨をなめらかにおおい、黄色で、まるで金箔《きんぱく》を塗った仏像の手のようだ。王龍はひざをついて、化粧瓦《けしようがわら》を敷いてある床に頭をこすりつけた。

「立たせなさい」奥方は、重々しく門番に言った。「そんな礼儀はいらないよ。この男が、女を迎えに来たのかい？」

「さようでございます。大奥様」

「この男は、なぜ自分でものを言わないんだね？」奥方はたずねた。

「阿呆《あほ》でございますから。大奥様」門番は、例のほくろの毛をひねって言った。

この言葉に王龍は憤然として門番をにらめつけた。

「私は、いやしい者でございます。大奥様。私は、尊いお方の前では、どう言えばよいのか、知らねえんでございます」

奥方は王龍を注意深く威厳のある態度で見つめた。そして、何か言おうとしたが、奴隷《どれい》が差出した阿片の煙管を手にしたとたん、彼のことなど忘れてしまったみたいだった。身をかがめて、一瞬むさぼるように吸った。とたんに、奥方の眼からは鋭さが消え、忘却の霞《かすみ》でもかかったようになった。王龍が、そのまま立ちつくしていると、やがて彼の姿が眼にとまった。

「この男は、ここで何をしているんだね」奥方は、突然、怒りをふくんでたずねた。まるで万事を忘れたかのようだ。門番は眉《まゆ》一つ動かさず、黙然としている。

「大奥様、私は、女を、いただきに、参っているのです」王龍は驚いて言った。

「女？　いったい、何の女だい」すると、付き添っている奴隷の女が、身をかがめて、奥方の耳もとで何か囁いた。

「ああ、そうか。ちょっと、忘れていた――たいしたことではないからね――お前は、阿蘭《アーラン》という奴隷をもらいにきたんだね。あれは確か、ある百姓の嫁にやることになっているが、お前が、その百姓かね？」

「さようでございます」王龍は答えた。

「阿蘭をすぐ呼んでおいで」と付添いの女に命じた奥方は、急に、こんなことを早く片づけてしまい、静かな広いこの部屋で、ひとり阿片を楽しみたくてたまらなくなったのだ。

女奴隷は、すぐに、頑丈《がんじょう》な、やや背の高い、さっぱりした青木綿の上着と褲子《クーツ》をはいた女の手を引いて現われた。王龍は、ちらっと見ただけで、眼をそらした。心臓の動悸《どうき》が激しい。これが妻となる女なのだ。

「ここにおいで」奥方は無造作に言った。「この男が、お前をもらいにきたんだよ」

女は、奥方の前に進んで、低頭したまま両手を組み合せて立っていた。

「支度は、できているのかい？」

女は、木霊《こだま》のようにゆっくりした調子で答えた。

「できております」

王龍は、女の声を初めて聞いて、前に立っている女の背中を見た。声は甲高《かんだか》くも柔らかくもなく、平凡ではあるが気むずかしくもなく、とにかく、悪い感じはしない。髪も小ぎれいになでつけて、着物もさっぱりしている。ただ、彼女が纏足《てんそく》（訳注　昔、中国で女性の足を大きくしないため布を堅く巻きつけていた風習）していないのを見ると、ちょっと、失望したが、そんなことを思いめぐらす暇もなかった。奥方が門番にこう命じたからだ。

「阿蘭の荷物を門の外まで出してやって、この二人を帰らせなさい」

それから王龍を呼び、「話すことがあるから阿蘭のそばへ並びなさい」と言った。

王龍が前に進み出ると、彼女は言った。

「この子は、この屋敷に十歳のときに来て、今まで勤め、今では二十《はたち》になっているんだよ。両親が飢饉《ききん》で何も食べるものがなくなって流れてきたとき、わたしが買ったんでね。この子の両親は山東の北部から来て、またそこへ帰って行ったから、わたしはそれだけしか知らないんだけど、お前も見るとおり、体格もいいし、頬《ほお》もそれにふさわしくがっちりしている。畑に出て仕事もするだろうし、水汲《みずく》みもするし、何でもできるよ。美しくはないけど、それは、お前には必要のないことだからね。気晴しに美しい女をほしがるのは、暇のある人のことでね。それにこの子は利口でもないが、言われたことはまめにするし、気だてもいい。それに、わたしの知っているところじゃ、生娘《きむすめ》だよ。この子は、たとえ台所仕事をしていなくても、わたしの息子や孫たちが目をつけるほどの美人じゃなかったからね。かりに何かあったとすれば、下男たちとだろうが、ほかにきれいな奴隷がたくさんいるんだから、それもなかったと思うがね。この子連れていって、上手に使いなよ。少しにぶくて、仕事は遅いが、役に立つよ。この子にも子供を生ませて、わたしも来世の功徳《くどく》にあずかりたいからこそ手放すんだが、そうでもなけりゃあ、ここへ置いとくとこなんだ。とにかく勝手まわりの上手な子なんだから。ただね、家族のものがそう可愛《かわい》がっていない奴隷なら、わたしはもらう人さえあれば結婚させるんだよ――」

それから彼女は、女に言った。

「この男の言うことを聞いて、子供を生むんだよ。幾人も。初めての子供は見せにおいで」

「はい。大奥様」女はうやうやしく言った。

二人はためらって立っていた。王龍は口をきいていいものかどうか、当惑して、立ちすくんでいた。

「さあ、早く行きなさい」奥方はいらだって言った。王龍は、大急ぎでお辞儀をして、部屋から出た。女はあとに従った。門番は、女の全財産の箱をかついできたが、王龍が例の籠《かご》を残しておいた部屋まで来ると、そこに箱をおろして、それから先はかつごうとせず、何も言わずに姿を消してしまった。

この時になって、王龍は、初めて振向き、女を見た。四角な、正直そうな顔で、獅子《し》鼻《ばな》で、黒い鼻孔が目立っていた。口は顔を裂いたように大きい。眼は小さく、どんよりと黒く、それとわからない悲しみを浮べている。深く沈黙することに慣れ、話す言葉を知らない顔である。女は、王龍に見つめられても、当惑したふうもない。媚《こ》びるでもなく、すなおにしている。

その褐色《かっしょく》の平凡な我慢づよそうな顔には、確かに何の美しいところもなかった。しかし、その黒ずんだ皮膚にはあばたはなく、また、みつくちでもない。耳には、彼が買ってやった金メッキの耳輪が垂れている。指には彼が与えた指輪をはめている。それを見て、彼は内心ひそかに得意になり、ようやく目をそらせた。

「ここに箱と籠がある」彼はぶあいそうに言った。

女は、一言も言わず、身をかがめて、箱の片はじを持ち、肩にのせて、その重さによろめきながら、立ち上がろうとした。彼は、彼女のそんな姿を見つめて、急に声をかけた。

「箱は、おれがかついでゆく。お前は、この籠にしろ」

彼は、一張羅《いっちょうら》の長衫《ツァンスァン》を着ていることにも頓着《とんじゃく》せず、箱を背中へまわした。女は黙って籠を持った。王龍は、こんなまぬけな格好で、さっきの、数えきれないほどたくさんある中庭をもう一度通るのだと思うと、

「裏門でもあればなあ」とつぶやいた。

女は、彼の言葉の意味がすぐにはのみこめない様子で、少し考えてからうなずき、さびれている狭い庭に彼を導いた。そこは雑草がおいしげっていて、池も埋まりかけている。曲りくねった老松の下に、古びた半円形の門がある。女はその閂《かんぬき》をはずして二人はそこから往来へ出た。

一、二度、王龍は振返って女を見た。彼女は、その幅の広い顔に何の表情も浮べず、一生涯《いっしょうがい》そこを歩いていたかのように、大きな足をしっかり踏みしめて、彼のあとについてくる。城壁の楼門の所で、彼は、ためらいながら立ちどまって、片手で肩の箱を落ちないようにささえ、片手で腹巻に残っている銅銭をさぐり、二枚出して、小さい青い桃を六つ買った。

「さあ、食べろよ」王龍はぶあいそうに言った。

女は、まるで子供のように、会釈《えしゃく》もせずそれをわしづかみにして、何も言わず手に持っていた。麦畑に沿って歩いているとき、王龍が振向くと、彼女は、大切そうにそ

の桃をかじっていた。しかし彼が見ているのに気づくと、それを手で隠して、口を動かさずにいるのだった。

こうして歩いて行くと、二人は、土の神の祠《ほこら》が建っている、西の畑へ出た。祠は小さく、人の肩にたりない高さで、灰色の煉瓦《れんが》で築き、瓦でふいてある。現在王龍が働いて生活しているその畑を、同じように耕していた彼の祖父が、町から煉瓦を手押車に積んできて、自分で建てたものだ。外側を漆喰《しっくい》で塗って、ある豊作の年に、村の画工をやとって、その上に山や竹藪《たけやぶ》の景色を描かせたのだが、長年の雨はそれを打って、竹藪が鳥の毛のようにかすかに残っているだけで、山は跡かたもなく消えている。

祠の中には、小さな、厳粛な顔の二つの泥人形が鎮座している。このあたりの畑の土で作ったもので、男神と女神がある。赤と金色の紙でこしらえた長衫を着て、男神は、人間の毛を植えた髭《ひげ》を、まばらに、垂らしている。毎年、年が改まると、王龍の父は赤紙を買って、それを丹念に細工し、夫婦の神様に着物を着せるのだが、雨や雪が吹きこみ、夏の太陽がさしこむので、せっかくの着物も台なしになるのだった。

しかし、この時は、年が変って間もないため、装束はまだ新しかった。王龍は、その着物が小ぎれいなのを見て、誇りを感じた。彼は女の手から籠を受取って、豚肉の下に入れておいた線香を、ていねいに捜した。それが折れてでもいると縁起が悪い。

ひどく気になったが、幸いにちゃんとしていた。彼は神前のうずたかい灰に線香を二本並べて立てた。この付近の人々は、皆この夫婦の神様を崇拝して、線香を上げるため、灰はうずたかくなっているのだ。彼は火打石と火打金《ひうちがね》を取出して、枯葉を火口《ほくち》がわりにして火を取ってから、線香にうつした。

彼らは地神の前に並んで立った。女は、線香の先が燃え、白い灰になるのを見つめていたが、その灰が長くなると、やや身をかがめて、人差し指で、それを払い落してから、叱《しか》られるのを恐れるように、無言で、すばやく、王龍の顔色をうかがった。王龍は、彼女のこの動作に何かしら好感を持った。彼女もこの線香に彼ら二人の運命を見たようだった。この瞬間、彼らは結ばれたのだ。線香がくすぶり、燃え落ちて灰になるまで、彼らは、並んだまま、黙然と静寂の中に立っていた。いつか日は沈みかけていた。王龍は再び箱を肩にのせ、彼らは家へ戻った。

家の戸口には、老人が夕日を浴びて立っていた。彼は、王龍が女を連れて近づくのを知っていたが、わざと動かずにいた。女に目をとめたりしては、男としての体面にかかわるからだ。彼は、空の雲に非常に興味をひかれてでもいるかのようなふりをして、大声を出した。

「雲が新月の左はしにかかっているな。雨が近いぞ。明日の晩までにゃ、雨が降るよ」

老人は、王龍が女の手から籠を受取るのを見て、どなった。

「お前は、また金を使ったのか?」

王龍は籠を食卓の上に置いて、「今夜は、お客が来るんだよ」と簡単に言っただけで、箱を彼の寝室へ運びこんで、自分の着物を入れてある箱と並べて置いた。妙な気持でそれを眺《なが》めていると、老人は戸口まで来て、また口やかましく言った。

「お前は、きりもなく無駄《むだ》づかいしやがる!」

しかし、老人は内心、息子が近所の人々を招待したことを喜んでいたのだ。ただ、新しい嫁が最初から贅沢《ぜいたく》になっては困るので、叱ってばかりいるほうがいいと考えていたのだった。王龍は、何も答えず部屋の外に出た。籠を持って台所に行くと、女もついてきた。彼は一つ一つ取出した肉を火の気のない竈《かまど》のそばに並べて、彼女に言った。

「豚肉と、牛肉と、魚だ。七人で食うんだが、お前、料理できるか?」

彼は女を見ないようにして口をきいた。顔を見てものを言うのはぶしつけのような気がするのだ。女は、平板な声で答えた。

「わたしは、黄《ホワン》家に買われたときから、台所働きをしてきました。あすこでは、食事のたびに肉を料理します」

王龍はうなずくと、彼女を台所へ残したまま、客が来るまで行かずにいた。そのうち、陽気で、ずるそうな、年じゅう、腹をすかしている叔父が来る。生意気ざかりの十五になる叔父の子が来る。そして、恥ずかしそうに笑いながら無骨な百姓たちが来る。そのうちの二人は、王龍が収穫時に種子《たね》を交換したり、仕事を助け合ったりする人たちで、あとの一人は隣家の陳《チェン》で、やむを得ない場合でなければ決して口をきかない、小柄な、静かな男だ。彼らがさんざん席をゆずり合って、ようやく落着いた頃《ころ》、王龍は台所に出かけ、女に、給仕をするように言いつけた。

「御馳走《ごちそう》の皿を出しますから、あなたが食卓の上に並べてくれませんか。わたしは男の人たちの前に出たくありませんから」

王龍は、女の答えを深く喜んだ。この女は彼のものであり、彼の前に出ることは恐れないが、他人に顔を見せたくないのだと思うと、非常な誇りを感じるのだった。彼は台所の入口で料理の皿を彼女の手から受取って、中の間の食卓の上へ並べたあとで、声をはりあげた。

「さあ、食べてください、叔父さんも皆さんも」

冗談の好きな叔父が言った。「蛾眉《がび》（訳注　蛾の触角のようにしなやかに曲っている美しい眉の意から、美人のこと）の花嫁をわしらに拝ましてくんねえのかね？」王龍ははっきり答えた。

「まだ、連れてきたばかりでねえか。床入《とこい》りがすむまでは、みんなの前に出すのはうまくねえかんな」

王龍は、彼らを心からもてなした。彼らはこの立派な御馳走を、ほとんど口もきかずに、夢中で食べた。ただ、一人は魚にかけたソースをほめた。一人は、豚肉がうまいと言った。それを聞くたびに、王龍は同じような返事を繰返した。

「ろくなもなあねえし――料理も下手くそでね――」

だが彼は内心、得意だった。女は、彼が買っただけの材料に、砂糖と酢と、少量の酒と醬油《しょうゆ》とを加えて、巧みに、肉の味を発揮させたのだ。王龍自身も、ほかの家へ呼ばれて、これだけうまい料理を食べたことがなかった。

夜になった。招かれた人たちは、料理を食べ終ると、茶を飲みながら冗談を言ったりして容易に腰をあげなかったが、女はいつまでも竈の後ろから出てこなかった。王龍が最後の客を送りだして台所に行くと、女は牛のそばに積んである藁《わら》にうずくまって眠っていた。髪には藁しべがたくさんついていた。彼が呼び起すと、寝ぼけたのだろうか、殴られるのを防ぎでもするように急に両手を突き出したが、やっと眼《め》をあけて、無表情に彼をじっと見つめた。王龍は頑是《がんぜ》ない子供をそこに見るような気がした。

彼は女の手を取って、朝、この女のために湯をつかった自分の部屋に連れて行った。そして食卓の上に赤い蠟燭《ろうそく》をつけた。この灯火の下で、彼は女と二人きりだと気がつくと、突然おもはゆくなった。「ここにいるのは、おれの女だ。あのことは済ませなけりゃあだめなんだ」彼は幾度となく自分に言いきかせた。

彼は気むずかしい顔で着物を脱いだ。女は寝台のとばりの隅《すみ》に行って、音もなく蒲《ふ》団《とん》をととのえていた。王龍は、無造作に言った。

「寝る前にあかりを消せよ」

そして彼は横になった。厚い蒲団を肩までかけて、眠ったふりをした。しかし寝入ったわけではない。彼は体をふるわせていた。体じゅうの神経が、目ざめていたのだ。しばらくして、部屋が暗くなり、恐れるように女が静かにそばへ近寄るのを感じると、彼は激しい喜びの興奮に満たされて、体がはちきれそうになった。闇《やみ》の中で、彼はしわがれた笑い声を立て、そして、女を捕えた。

二

彼の生活にも、こんな贅沢が味わえた。王龍《ワンロン》は、翌朝寝床に横になったまま、もうすっかり彼のものになってしまった女を眺めていた。女は、起きて、ゆっくりと身をくねらせながら、ゆったりした着物をまとい、首と腰のところをぴったりと結《ゆわ》えた。それから布靴《ぬのぐつ》をはいて、踵《かかと》にさがっている紐《ひも》を結んだ。明け方の光が、窓がわりの穴から一すじの糸のように彼女の所に差しこんで、その顔をおぼろげに見せた。その顔には少しの変化もない。王龍にとって、これは驚くべきことだった。彼はこの一夜で自分が変ってしまったものと信じていたからだ。だがこの女は、それが毎日の習慣ででもあったかのように、彼の寝床から起きだして行くではないか？

老人の咳《せき》は、薄暗い夜明けの中から、怒っているように聞えてきた。

「お父《とっ》つぁんは肺がいけねえんだ。いっとう先に湯を持ってってくれや」

彼女は、昨日と同じような声できいた。

「茶の葉を入れてですか？」

この簡単な質問は、王龍を当惑させた。「そうだとも、入れなくちゃぁ。おれたちを乞食《こじき》だと思ってるのか」彼はそう答えたかった。茶ぐらい物のかずではない、と女に思わせたかった。もちろん黄《ホワン》家では、奴隷《どれい》でさえ茶の葉で緑色になった湯をいつも飲んでいるんだろう、湯ばかりではあるまい。しかし父親は、新婦が、来たばかりの朝に、湯の代りに茶を入れて持って行けば腹を立てるだろう。そればかりでなく、じっさい彼らは裕福ではない。そこで、彼は何でもないように答えた。

「お茶か？　いらん、いらんよ——咳が、ひどくなるからね」

彼は、妻が台所で火に薪《たきぎ》をくべ、湯を沸かしている間、暖かい寝床の中ですっかり満足していた。もっと寝ていようと思う。もうひと寝入りできる身分になったのだ。しかしこの数年間、毎朝早起きの習慣がついている彼は、寝ていられなかった。彼は横になったままで、何もしないでよいこの贅沢を、心にも、体にも、十分に感じ、味わっていた。

彼は、自分のものになったこの女のことを考えるのが、まだなかば恥ずかしい気がした。彼は、畑のことや小麦のことや、雨が近ければ収穫がどんなになるだろうということや、値段さえ折りあえば隣家の陳《チェン》から買うつもりの蕪《かぶ》の種子《たね》のことなどを考えていた——それは毎日、彼が考えることなのだが、それにからんで、これからの生活のことが頭に浮んでくる。昨夜のことを思い出すと、突然あの女は自分を好いているかどうか心配になった。彼にとっては新しい疑問である。今までは、自分が彼女を好きになるだろうかとか、彼女が女として、この家で満足に勤めあげられるだろうかとか、ただそれだけが頭にあった。彼女の顔は平凡で、手は荒れているが、大きな体は、柔らかく、誰も手をつけてはいなかった。——彼はそれを思うと昨夜闇の中で笑ったのと同じように、かすかな笑みをもらした。若様たちはこの台所奴隷のぶさいくな顔しか見ていなかったのだ！　彼女の体は美しい。骨こそごつごつしていて太いが、肉づきは円く柔らかい。彼は、女が、彼を亭主として好きになってくれればいい、と急に考えたが、そう考えただけですぐ恥ずかしくなるのだった。

扉《とびら》が開いた。彼女は、静かに、何も言わず、湯気のたつ茶碗《ちゃわん》を両手に持って入ってきた。彼は寝床に起き上がって、受取った。湯の表面に茶の葉が浮いている。彼は素早く女の顔を見た。すると女は、おそるおそる言った。

「お年寄りには茶を入れません――あなたが言われたように。だけど、あなたには――」

王龍は、女が彼を恐れているのを見て、非常に愉快になり、彼女の言葉が終らないうちに「おれは好きだよ――おれはお茶が好きだよ」と言って、嬉《うれ》しそうに大きい音をたてて飲んだ。

彼は、彼自身の心にさえはっきりとさせるのが恥ずかしい、新たな喜びの興奮をこの時に感じた。

「この女は、とにかく、おれを好きなんだ」

数カ月の間、彼は、彼女にばかり気を取られていて、何の仕事もしなかったような気がする。だが実際は、今までどおり毎日働いていたのだ。彼は鍬《くわ》を肩にして畑に行き、小麦の畝《うね》の草むしりをしたり、牛に鋤《すき》をつけて西の畑を耕したり、ニンニクや葱《ねぎ》を植えたりした。働くのが苦にならなくなった。太陽が高くのぼると家に帰る。昼食が彼を待っている。食卓がきれいになっていて、茶碗と箸《はし》がきちんと並べてある。今までは、どんなに疲れていても自分で食事の支度をしなければならなかった。時々、空腹になった老人が台所に来て、肉を捜したり、薄く小麦粉を練って焼いたパンをニンニクに巻きつけたりするが、その他は、何でも彼がやらなければならなかった。

それが、今では、何もかも、彼のために用意されている。食卓のそばにある腰掛に坐《すわ》って、食べさえすればよいようになっている。土間はきれいに掃いてあり、薪はうずたかく補充してある。女は、彼が畑に出たあとで、熊手《くまで》と縄《なわ》をもって付近の田舎道を歩き、ここかしこで枯草や、小枝や、落葉をかき集めて、昼の食事の支度に間にあうだけのものを捜してくる。薪を買わずにすむことが王龍にはありがたかった。

午後になると、彼女は、鍬と籠《かご》を肩にかけて、町へ通じている大通りへ行く。荷物を背に絶え間なく通るラバ、ロバ、あるいは馬などの糞《ふん》をかき集めては、それを家へ持ち帰り、家の前に積みあげ、畑の肥料にする。こんなことも、彼女は命じられもしないのに、黙々とやっている。そして、日が暮れて、一日の仕事が終っても、牛に餌《えさ》をやり、いつでも水を飲めるように始末したあとでなければ決して休まない。彼女は、彼らのぼろの着物を取出し、竹の紡錘《ぼうすい》にかけて、彼女自身が綿からつむいだ糸でたんねんに冬着の破れているところを継いだりはいだりした。寝台を外に出して日にあてる。蒲団がわを洗って竿《さお》にかけて乾かす。幾年もそのままにしてあったので灰色に固くなっている綿を打直して、日向《ひなた》にほし、皺《しわ》になったところに隠れはびこっている南京虫《ナンキンむし》を殺す。毎日、彼女は、次から次へと何かしている。そのうち、三つの部屋は見違えるようにきれいになって、裕福そうにさえ見えてきた。老人の咳は前よりよくなる。彼は、家の南側の壁によりかかって暖かそうに日向ぼっこしながら、すっかり満足しきって、居眠りばかりするようになった。

しかし、この女は日常、必要以外の言葉は何も言わない。王龍は、彼女が大きな足をして、家の中をゆっくりと、そしてしっかりした足取りで歩くのを見ていた。また彼女の無神経に角張った顔や、なかば恐れているような無表情な眼《まな》ざしを、そっと注意しているが、とても理解することができなかった。夜には、その柔らかく引きしまった肉体を感じるのだが、夜が明けると、粗末な青い木綿の上着と褲子《クーツ》が彼女のすべてを包んでしまう。すると彼女は、忠実で無口な下女のようになる——まさに下女以外の何ものでもない。王龍は「なぜ口をきかないんだ？」と責めるわけにはいかない。妻としてやるべきことは十分しているのだから、それでよしとしなければならない。

時おり、彼は畑で堅い土を耕しながら彼女を思うことがあった。あの数えきれないほどの中庭のある大きな屋敷で、彼女は何を見たのか？　どんな生活——彼の知らないどんな生活をしていたのだろうか？　彼には何もわからない。しかし彼は、彼女に対して好奇心を持ったり、関心をいだいたりするのは、恥ずべきことだと思うのだ。要するに、彼女は、一介の女に過ぎないではないか。

三つの部屋を掃除し、一日二回、食事の支度をする、それだけでは、お屋敷の奴隷で、夜明けから深夜まで働いていた女にとっては、もの足りなかった。ある日、王龍が日増しに実ってくる小麦に追いまくられ、連日の労働に背筋の痛むのをこらえて耕していると、彼のかがんでいる畦《あぜ》に、女の影が落ちた。見ると、妻が鍬を肩にして立っている。

「日が暮れるまで、家には、することがありません」

彼女はぽつりと言っただけであとは何も言わず、彼の左側の畦を懸命に耕しはじめた。

初夏だった。陽《ひ》が照りつける。すぐに、彼女の顔から汗が落ちはじめた。王龍は、上着を脱いで上半身をあらわにしているが、彼女は薄い着物を肩からかけているので、やがてそれも汗にぬれて、皮膚みたいに肌《はだ》にぴったりとついてしまった。二人の鍬は、完全に一つのリズムにのって動く。幾時間となく、ひと言も言わず、一緒に働いていると、彼は労働の苦痛を忘れた。

彼は何も考えていない。ただ完全に調和した運動があるだけだ。——彼らの家を作り、彼らの体を養い、彼らの神々を作るこの土を、掘り起し掘り返して陽にあてるという運動が。大地は肥えて黒ずみ、鍬の先があたると軽く割れる。時おり、煉瓦《れんが》の破片や木の切れはしが出てくる。それは何でもない。ある年のある時には、そこに男女の遺骸《いがい》が葬《ほうむ》られたこともあった。家が建っていたこともあった。それが倒れ、今は土に帰ったのだ。時が来れば、彼らの家も、彼らの肉体もまた、土に帰る。すべてのものがこの土の上に生れ、順を追って土に帰る。彼らは働いた。ともに働いた、この土を実らせるために、ともに黙々として。

太陽が沈んだ。彼はゆっくりと背を伸ばして女を眺《なが》めた。顔には汗が流れて、土埃《つちぼこり》で筋がついている。まったく土のように黒い。汗にぬれて黒ずんだ着物は、角張った体にへばりついている。彼女は最後の畝をていねいにならした。そして例の飾り気のない調子で、前置きもなく言った。この静かな夕暮に、彼女の声はいつもよりもなお飾り気なく、単調にひびいた。

「子供が、できたんです」

王龍は、呆然《ぼうぜん》と立っていた。何と言ったらいいんだろうか。彼女は足もとにあった煉瓦の破片を拾いあげて、畦の外へ投げた。まるで「お茶を持ってきました」とか、あるいは、「御飯ができました」と言うのと同じような言い方だった。彼女にとっては、それくらいの尋常茶飯事《さはんじ》だったらしい。だが彼のほうは——さて、何て言ったらいいかわからなかった。たちまち胸がいっぱいになって、まるで壁のようなものにでもぶつかったような感じだった。そうだ、いよいよこの土を継ぐおれたちの番なんだ！

彼は、彼女の手から急に鍬をもぎ取って、喉《のど》にもつれるような声で言った。

「これでやめとくべえ。日が暮れたしな。お父つぁんに話しとくべ」

彼らは、家へ向った。彼女は、女らしく彼のあとに六歩離れてついて行く。老人は、晩飯を待ちかねて戸口に立っていた。もう女が家にいる以上、老人は、決して自分で食事の用意をしなくなった。彼は待ちきれないように、大声を出した。

「年寄りに、こんなに待たせやがって」

王龍はそれには答えず、その前を通り過ぎて部屋へ行きながら言った。

「子供ができたんだよ」

彼は、「今日、西の畑に種子《たね》まいたんだよ」とでも言うように、軽く知らせるつもりでいたが、そうもいかなかった。低い声のつもりだったが、意外に大きく、どなってしまったみたいに思われた。

老人は、一瞬、眼《め》をパチクリさせたが、その意味をのみこむと、急に嬉しそうに「ふ、ふ、ふ――」と笑いだした。そして嫁が来ると、「んじゃあ、取入れも近いな」と声をかけた。

顔は暗くて見えないが、彼女は落着いて答えた。

「すぐ食事の支度をします」

「そう――そう――飯じゃて！」老人は、せきこんでそう言い、子供みたいに、彼女のあとについて台所へ行った。孫が生れると聞けば食事を忘れ、今また食事と言われれば孫を忘れてしまうのだ。

しかし王龍は、暗闇で食卓のそばの腰掛に坐り、組んだ両腕に頭をうずめていた。

おれのこの体から、ほかならないおれのこの腰から、生命《いのち》が生れるんだ！

三

お産の時期が近づくと、彼は女に言った。

「誰か手伝いの人を頼まなくちゃな。――誰か女の人を」

すると彼女は首を横に振った。夕食後、茶碗を片づけているときだった。老人はもう寝てしまって二人だけだった。小さなブリキの皿に豆油を入れて、木綿糸をよった芯《しん》を浮かせてあり、そのおぼつかない光が彼らを照らしていた。

「いらねえってのか」王龍《ワンロン》は、驚いてきき返した。彼は、もうその頃《ころ》、自分ばかりでしゃべることに慣れてきていた。妻は、頭や手を動かすだけで、せいぜいその大きい口から、心すすまぬながら、時おり短い言葉をもらすだけである。彼はこんな会話にも不足を感じないようになってきていた。

「んでも、男二人っきりってのも困るからな」彼は言葉を続けた。「おっ母《かあ》のときにゃ、村から女の人が来てくれたんだけんど。おれにゃあ、こんなこと何もわかんねえし。あのお屋敷にゃあ、奴隷の年寄りか何か、お前の友達で、来てくれるのはいねえかな」

彼女が使われていた家のことを彼が口に出したのは、これが初めてだった。振向いた彼女は、かつて彼が見たこともないような顔をしていた。細い眼《め》を見ひらき、顔が激しい怒りに燃えている。

「誰もいませんよ、あすこには」彼女は吐き出すように言った。

彼は、煙草《たばこ》をつめていた煙管《きせる》を落し、びっくりして彼女を見つめた。しかし彼女の顔はすぐいつものとおりになり、何も言わなかったみたいに、箸をそろえていた。

「へえ、どうしたってえんだい」彼は驚いてきいたが、彼女は何も言わなかった。彼はさらにたたみかけた。

「おれたちは二人とも男で、お産にゃ役立たねえんだよ。お父つぁんは、お前の部屋へ入れねえしな、このおれは――おれは、牛が子を生むのさえ見たことねえんだ。おれの不器用な手ぎわじゃ、子供に怪我《けが》させちまうよ。あのお屋敷みてえなとこじゃ、年じゅう、誰か子供を生んでるに違えねえもの。誰かあすこから――」

彼女は、食卓の上に箸を順序よくそろえてから、彼を見つめ、そのあとで言った。

「わたしが、あの家へ行くときには、子供を抱いて行きますよ。赤い上着を着せ、赤い花模様の褲子《クーツ》をはかせ、前に金色のちっちゃい仏様をぬいつけた帽子をかぶせ、虎《とら》の顔をした靴《くつ》をはかせてね。わたしも新しい靴をはいて、新しい黒繻子《くろじゅす》の着物を着て、わたしが今まで働いていた台所にも、大奥様が阿片《あへん》を吸っている大広間にも行って、わたしと、わたしの子をみんなに見せるんです」

彼は、今までこんなに多くの言葉を、彼女から聞いたことがなかった。言葉はまだるっこいが、しっかりと、よどみなく口から出る。彼は、今にして、彼女が前からこういうことをひとりで計画していたのだと知った。彼と一緒に畑で働いていたときにも、それを考えぬいていたのだ。なんと、たまげた女だ。子供のことなど、まず頭に置いていないみたいに、来る日も来る日も、静かに働いているんだと思っていたのに。案に相違して、彼女は、子供に盛装させ、そしてその子の母として、新しい着物を着こんだ自分の姿までも、すでに夢に描いていたんだ。この時ばかりは、王龍のほうが口がきけなかった。彼は親指と人差し指で煙草を懸命にまるめていたが、やがて、落した煙管を拾いあげ、煙草をつめた。

とうとう彼は、つっけんどんを装って言った。

「それじゃ、お前、金がいるだろう」

「銀貨を三枚くだされば――」彼女はおずおずと言った。「大金ですけど、十分勘定してみたんだし、一銭だって無駄《むだ》にはしませんから。呉服屋にも、ただの一インチ（訳注　約二・五四センチ）だってごまかされないようにしますから」

王龍は腹巻を探った。一昨日《おととい》、彼は西の畑の池の葦《あし》を、町の市場で一台半売ったので、彼女がほしがるよりも少しはよけいに持っていた。彼は三枚の銀貨を食卓に置いた。それから、ややためらったあとで、もう一枚出した。これはそのうち茶館へ行って、博奕《ばくち》をしたくなったときの用意に持っていたのだが、彼は博奕場でせっかくの銀貨をとられるのがこわいので、サイコロの転がるのを見物するだけだった。町に出ても、時間のゆとりがあると、きまって講釈師の掛小屋で講釈を聞いた。そこでは昔の話が聞けるし、鉢《はち》が回ってきたときに、一銭入れればいいのだ。

「その銀貨も取っておけよ」彼はそう言って、その合間に、口で吹いて、こよりを燃えたたせ、煙草に火をつけた。「絹の端《は》ぎれで着物を作ってやるさ。なにせ、初めての子だからな」

彼女は、すぐには取らなかった。無表情な顔でしばらく眺《なが》めていたが、やがてなかば囁《ささや》くように言った。

「わたしが銀貨を手にするなんて、これが初めてなんですよ」

彼女は、突然手を伸ばして銀貨を握りしめると、急いで寝室へ隠れた。

王龍は、そのまま煙草をふかしながら、まるでまだ銀貨が食卓の上にあるような気がした。それは土から来たのだ——銀貨は、彼が耕し、掘り返し、体をすりへらした土から来たのだ。彼は自分の生命《いのち》を土から得たのだ。一滴また一滴と額に汗して、彼は土から作物を、作物から銀貨を、しぼり出したのだ。これまでは、銀貨を他人に与えるとき、まるで自分の生命の一片を切り、それを他人に無駄に与えるような気持だった。だが、彼は、こうして与えることが、何の苦痛でもないことを今にして初めて味わった。彼の眼に映るのは、町の商人の手に渡る銀貨ではない。そこに映るのは、銀貨それ自身よりもはるかに値打ちのあるもの——わが子の体を包む着物なのだ。そして、黙々として働き、何も知らないように見えながら、そんなわが子の姿を初めて夢に描いたのは、ほかならない、彼のあの不思議な妻である彼女だったのだ！

お産の時が来ても、彼女は誰にも手伝ってもらおうとはしなかった。それは、ある夜のことだ。まだ早く、太陽は沈みきっていなかった。彼女は彼と並んで稲の取入れをしていた。小麦が実り、刈取りがすむと、水をひいて稲を植えた。もう稲の取入れ時だった。夏の雨と、初秋の柔らかい日に照らされて、穂は豊かに実っていた。夫婦は日がな一日、柄《え》の短い鎌《かま》で刈っていた。彼女は臨月なので、腰をかがめるのが苦しかった。仕事はますますのろくなる。彼の刈っている畝よりはるかに遅れて、二人の畝はそろわなくなった。日が傾いて午後になり、夕方になるにつれて、彼女の働きはきわだってはかどらない。彼は、いらいらして後ろを振返った。彼女は手を休め、立ち上がって、それから鎌を落した。顔には、新しい汗が流れていた――苦痛の汗だ。「生れる時なんです」と彼女は言った。「わたしは家へ帰りますけど、呼ぶまでは、部屋に入らないでください。ただ、皮をむいたばかりの葦を、鋭くして、持ってきてくださいい。それでへその緒を切るんですから」

彼女は、何ごともないかのように、畑を横ぎって家のほうへ行った。それを見送った王龍は、向うの畑にある池で、細い青い葦を選び、ていねいに皮をむいて、鎌で鋭く切った。暮れやすい秋の夕闇《ゆうやみ》がせまっていた。彼は鎌を肩にして家路についた。帰ってみると、食卓には彼の食事があたたかく待っていた。老父はもう食べているところだった。彼女は、あの陣痛をこらえ、彼らのために食事の支度をしたのだ。こんな妻はめったにいるものじゃあない、と彼はつくづく思った。彼は部屋の前へ行って声をかけた。

「葦を持ってきたよ」

彼は、彼女が、それを持ってきてくれるように言うだろうと思っていたが、そうではなく、彼女は、戸口まで来て、戸の割れ目から手を出して葦を受取った。彼女はひと言も言わなかった。ただ、家畜が長い距離を駆けてきたあとのように、激しくあえいでいるのが聞えるだけだった。

老人は、茶碗《ちゃわん》から顔をあげて言った。

「食べろよ。冷えちまうぞ」

それから、また言った。

「心配するにゃまだ早過ぎるだ、――長くかかるもんだよ。よく覚えているが、わしの最初の子が生れたときにゃ、今頃から始まって明け方までかかったもんだで。わしの子はな――お前のおっ母が次から次へ生んだ子は、二十人くれえもいたけんど、生きているのは、お前だけだよ。んだから、女は、生みに生まねえとなあ」

それから、老人は新しく思いついたように言った。

「あしたの今頃は、わしは、男の子のじいさまだい」

老人は、突然笑いだして、食事は中途でやめ、部屋の暗い隅《すみ》に坐《すわ》って、長いこと含み笑いしていた。

しかし王龍は、部屋の前に立って、あえぐような苦しそうなうめきを聞いていた。扉《とびら》の割れ目から、熱い、血のにおいがしてくる。なまぐさい、胸の悪くなるにおいだ。王龍は恐ろしくなった。あえぐ声はしだいにけわしく高くなって、悲鳴をこらえているらしい。それでも、彼女は声をたてない。彼がもう我慢しきれなくなって、扉を押しあけて入ろうとしたとき、細い激しい泣き声が聞えた。彼は万事を忘れてしまった。

「男か？」王龍は妻のことを忘れて、せがむように叫んだ。細い泣き声が、また強く、求めるように爆発した。

「男か？」

彼はしつこくきいた。「それだけ言ってくれ。男か？」

すると木霊《こだま》が返ってくるように弱々しく女の声が響いてきた。

「男です」

それを聞いて彼は食卓へ戻り、坐った。実に早かった。食事は、とうに冷えてしまって、老人は腰掛にもたれたまま居眠りしていた。まったく早くすんだものだ。彼は老人の肩をゆすぶった。

「男の子だよ」彼は誇らしげに叫んだ。「お前は、じいさまで、おれは、父《とっ》つぁんだ！」

突然起された老人は、寝る前に笑っていたように、ふたたび笑いだした。

「そうとも――そうとも――あたりめえだ」老人は笑いやまない。「じいさま――じいさまか！」と言いながら、起き上がって、笑いながら寝床に入った。

王龍は、冷たくなった茶碗を取上げて飯を食いはじめた。急に空腹を感じて、口の中へ入れるのも、もどかしい気がする。部屋の中では、阿蘭《アーラン》が何か片づけているらしい。赤ん坊の泣き声が絶え間なく鋭く聞えてくる。

「これからあ、とてもおちおちしちゃあいられねえな」彼は得意になって自分に言い聞かせた。

　腹いっぱい食べてから、また戸口へ行くと、彼女が呼んだので、中へ入った。まだ、なまぐさい血のにおいがみなぎっているが、きれいに掃除されて、どこにも血のあとは無い。ただ、盥《たらい》の中に血の色が見えるだけだが、それも彼女が水を注ぎ、寝台の下へ押込んでおいたから、彼にはほとんど見えない。赤い蠟燭《ろうそく》をともし、彼女はきちんと蒲団《ふとん》をかけて、横になっていた。そのかたわらに、この地方の習慣に従って、彼の子が、彼の古ズボンにくるまって横になっていた。

　そばに寄った彼は、一瞬、言葉が出なかった。胸がつまってしまった。彼は赤ん坊を上からのぞきこんだ。円い、皺《しわ》だらけの顔をして色が黒い。頭には、長い黒い毛がぬれている。もう泣きやんで、眼を堅くつむっていた。

　彼は妻の顔を見た。妻も彼の顔を見た。彼女の髪は、まだ苦痛のためにぬれて、細い眼は落ちくぼんでいたが、そのほかは平生のとおりだった。しかし、そうして寝ている姿は、哀れだった。眼の前の二人を思うと、胸がこみあげてきた。何と言っていいかもわからないうちに、こんな言葉が彼の口をついて出た。

「あした、町へ行って、赤砂糖を買ってきて、湯にといて、飲ませてやるからな」

そしてふたたび赤ん坊を見ているうちに、急に思いつきでもしたように叫んだ。

「卵を籠《かご》にうんと買ってきて、赤く染めて、村じゅうへ配ろう。みんなに男の子が生れたことを知らせるんだ」

四

お産の翌日、阿蘭《アーラン》は平生のように起きて食事の支度をしたが、野良《のら》へは出なかった。王龍《ワンロン》は、昼過ぎまで一人でやって、それから青い長衫《ツァンスァン》を着て町へ出かけ、市場で鶏卵五十個を買った。それは産みたてではないが、まだ食べられ、一個一銭だった。それから、卵と一緒にゆでて色づけをするために赤紙を買った。籠へ卵を入れ、砂糖屋へ行き、赤砂糖を一ポンドと少し買って、番頭がていねいに褐色《かっしょく》の紙に包むのを見ていた。番頭は、それを細い縄《なわ》でゆわえて、赤紙をはさむと、笑いながら言った。

「お産をした方に飲ませるんでしょうね」

「長男が生れたんで」王龍が誇らしげに言った。

「そりゃ、おめでたいですな」番頭はうわのそらで挨拶《あいさつ》した――その眼はすでに、ちょうどその時、店に入ってきた客のほうへ注がれていた。

番頭は、こんな挨拶を日に何度となく、ほとんど毎日のように言っているのだが、しかし王龍は、自分だけを祝ってくれたのだと思って、その慇懃《いんぎん》な物腰に気をよくした。彼は頭を下げ、店を出るときにも頭を下げた。店から往来の埃《ほこり》っぽい強い光線の下に出たとき、彼は、自分ほど幸せにあふれている者はどこにもいないような気がした。

彼は、最初、非常に嬉《うれ》しかったが、やがて恐怖の念に襲われてきた。この世の中では、あまり好運に恵まれたら、気をつけなければならない。天地には悪魔が満ちていて、人間の幸福には我慢がならないのだ――特に貧乏人の幸福に対してはそうだ――彼は急に足を転じて、香を売っている蠟燭屋へ入り、線香を四本買った。家内四人に一本ずつの割だ。そして、彼は、例の土の神の小さい祠《ほこら》へ行って、結婚の日に妻と一緒に線香を焚《た》いたその同じ冷たい灰の中にそれを立てて、四本の線香が煙を立てるのを見てから安心して家に帰った。小さい祠の屋根の下に、ぽつねんと立っている二つの護《まも》り神は、何と優れた力を持っていることだろう！

そして誰もほとんど気がつかないうちに、阿蘭は、彼と一緒に野良に出ていた。収穫が終ると、家の前の庭をこなし場にして脱穀作業が始まる。二人は一緒に、殻竿《からざお》で稲を打ち、箕《み》でふるう。竹で作った大きい平たい籠に入れて高く放りあげ、落ちてくる実をその籠で受ける。籾殻《もみがら》は雲のように風に吹きとばされる。

これがすむと、彼らは畑に出て、冬の小麦の種子《たね》をまいた。王龍が牛に畑をすかせて行くと、阿蘭はそのあとについて、大きな土くれを鍬《くわ》で砕く。その頃になると、彼女は終日畑で働いた。赤ん坊は、古い蒲団にくるまって、地面に寝ている。赤ん坊が泣くと彼女は仕事の手を休めて、地面にぺったり坐り、胸をひろげて乳を飲ませる。秋の陽《ひ》が降りそそぐ。晩秋の光は、やがて来る冬の寒さに追い散らされないうちは、夏の暑さを保っているものだ。母も子も土のように褐色で、泥《どろ》人形のように坐っている。女の髪にも、赤ん坊の柔らかい黒い頭にも、畑の土埃がたかっている。

女の褐色の広い胸からは、子供のために、乳が——雪のように純白の乳がほとばしり出る。赤ん坊が一つの乳房に口を当てていると、もう一つの乳房からは泉のように乳が流れ出てくるが、彼女は流れるままにしている。どんなに飲もうとも、幾人の子供でも養えるほど豊かな乳のあることを知っている母親は、流れても気にしなかった。あとからあとから出るからだ。時おり、着物をよごさないために、わざわざ乳房を持ちあげ、しぼって、土の上にこぼす。すると、柔らかい、黒い、豊かな斑点《はんてん》ができる。子供は丸々と肥《ふと》って、おとなしく、母の与える無尽蔵の生命を飲んだ。

冬が来て、彼らは、その準備に忙しい。この年は、今までにない豊作で、狭い家の三つの部屋は、はちきれるほどだった。天井の梁《はり》からは、乾燥した玉葱《たまねぎ》やニンニクの束が、無数に吊《つる》されている。葦を編んだ筵《むしろ》を壺《つぼ》のような形にして、米や小麦をつめたのが、中の間《なかま》にも、老人の部屋にも、自分たちの部屋にもある。もちろんその大部分は売るのだが、王龍は倹約家で、村の多くの人のように、博奕や贅沢《ぜいたく》な飲食に金を浪費しないので、穀物の値段の落ちている収穫時には彼らのように売らないでもすむ。貯蔵しておいて、雪が地面をうずめる頃《ころ》、また新年が来て、町の人々が喜んでどんな値段ででも買う時分までは手放さない。

彼の叔父は、作物が実らないうちに、いつも売ってしまう。刈入れや脱穀の手数をはぶきたいし、現金を手に入れるため、まだ畑や田に植えてあるままでも売りとばしたことがある。叔父の妻は、肥満した、怠惰な、馬鹿《ばか》な女で、年じゅう、贅沢な食べ物をほしがり、町で靴《くつ》を買いたいとか、何かしらあれこれとほしがっている。王龍の妻は、彼のも老人のも、自分のも、そして子供のも、靴という靴は、みんな自分で作る。もし妻が靴を買いたいと言ったら、王龍にはそれが何のことだかわからないだろう。

叔父のこわれかけた古い家の梁には、何も下がっていた例《ためし》がないが、王龍の家では豚の片足さえ下がっている。隣家の陳《チェン》の飼っている豚が病気になりそうなので殺したとき、買い取ったものだ。肉の落ちないうちに殺したので、肉づきはいい。阿蘭はそれを十分塩づけにしてから、吊して乾かした。そのほかにも、家の鶏を二羽ひねり、腸を抜いて、塩詰めにし、羽のあるままとってある。

やがて砂漠《さばく》から、北東の寒風が肌《はだ》をつんざき、きびしく吹いてくる頃、王龍の一家は、その豊かな収穫の中で坐っていた。赤ん坊はすぐに一人で坐れるようになった。一カ月目の誕生日には、麵《めん》でお祝いをした。それは子供の長寿を祈るのであって、王龍は結婚の日に招いた人々を呼んで、赤く染めたゆで卵を十個ずつ与え、また祝いに来てくれた村の人々にも二個ずつ与えた。みんなは発育のよい、肥った、母親のように頰骨《ほおぼね》の高い、満月のような顔をしている赤ん坊に恵まれた王龍をうらやましがった。

冬が来ると、子供は畑へは連れて行かず、家の土間に蒲団を敷いて坐らせ、南の戸をあけて、日光を入れた。北寄りの寒風は厚い土壁をむなしく叩《たた》いた。

やがて、戸口にあるナツメや、畑に近い柳や梨《なし》の木から、葉という葉が残らず吹き飛ばされてしまった。ただ、家の東にあるまばらな竹藪《たけやぶ》の竹の葉だけが、すがりついていて、強風に幹が二つ折りになるくらいまでしなっても、葉だけは落ちずにいた。

こんな空《から》っ風が吹き続いては、せっかくまいた小麦の芽は出ないので、王龍は、心配して雨の降るのを待った。そのうち風がなぎ、空気が静まり暖かくなると、曇った空から、突然、雨が降ってきた。彼らは満足し、家の中に坐って、まっすぐに盛んに降る雨を眺《なが》めた――雨は家の前の畑にしみてゆく。草ぶき屋根のはじから雫《しずく》となって落ちてくる。赤ん坊は驚いた眼《め》をして、銀の糸に似た雨をつかまえようと両手を伸ばして笑う。みんなも声を合せて笑った。老人は子供のそばの土間にうずくまって言った。

「これだけ利口な子は、この近所の村にはいねえぜ。わしの弟んとこの餓鬼《がき》なんぞ、立って歩けるようになるまでは、何にもわかりゃあしなかったからな」

畑では小麦が芽を吹いて、湿った褐色の土の上に、若々しい緑の芽がすくすくと現われてきた。

こういうとき、百姓たちはお互いに訪ねあう。天秤棒《てんびんぼう》に吊した水桶《みずおけ》をになって、背中が折れるかと思うまで畑に水をまかないでも、天が代って畑仕事をしてくれている。どの百姓も、そう思うのだ。彼らは毎朝、そこかしこの家に集まって、茶を飲み、大きい傘《かさ》をさして、細い畦道《あぜみち》をはだしで歩いて、家から家へと行く。女たちは、つましい女なら、家にいて、靴を作り、着物を繕う。そして新年の御馳走《ごちそう》の支度を考える。だが、王龍も彼の妻も、あまり出て歩かなかった。村には小さな家が六軒ばかり散在していたが、王龍の家ほど、豊かで、暖かい家はない。それに、あまり親しくなると、借金を申込まれることになりそうな気がした。新年は近づいてくる。御馳走もほしいし、新しい着物もほしいが、誰にしろ、ありあまるほど金を持っている者はいない。彼は家から出ないで、阿蘭が縫い繕いをしている間に、竹の熊手《くまで》を取出して調べ、先が折れているところへは新しい竹をたくみに差込み、縄の切れている部分には、彼が植えた麻から作った縄で結びなおしたりした。

彼が農具の手入れをしていると、妻の阿蘭は、家具の修繕をした。土焼きの壺が漏ってくると、普通の女ならそれを捨てて新しいのを買いたがるのだが、彼女は泥と粘土をねって裂け目に塗り、それをそろそろと熱して、すっかり新品みたいに仕上げるのだった。

そんなわけで、彼らは家の中にいて、二人だけで満足しあっていた。もっとも、二人でかわしあう言葉は、相変らず簡単で、こんなことを言うに過ぎなかった。「あのかぼちゃの種子をまくんだが、取ってあるかな」とか、「麦藁《むぎわら》は売ることにして、台所で燃すのは豆の茎にすべえ」とかいう類《たぐ》いだ。きわめてまれに、王龍が、

「この麵はうまくできてるな」と言うことがある。すると阿蘭は、「今年の小麦粉は出来がよかったからでしょう」と反論する。

　豊年だったので、王龍がその収穫を売ったときには、必要な支払いをすませても、ひと握りの銀貨が残った。腹巻に入れておくのは心配だし、妻以外の者に口にするのも恐ろしかった。そこで二人は銀貨をどこにしまおうかと相談したあげく、阿蘭の意見で、寝台の後ろにあたる壁に小さい穴を掘り、その中へ銀貨を突っこみ、そこを泥で塗りつぶすことにした。外から見ては、何もわからないが、これは王龍にも、阿蘭にも、人知れず金持で貯《たくわ》えがあるんだという気持をいだかせるのだった。王龍は、自分が必要以上の金を持っているということを意識しているので、仲間と一緒にいるときも、自分に対し、また誰に対しても、ゆったりした気持でいた。

五

　正月が近づくと、村のどこの家でも年を迎える支度をした。王龍《ワンロン》も町の蠟燭屋へ行って、四角な赤紙を幾枚も買ってきた。それには幸福を祈り、富を招く縁起のよい字が金箔《きんぱく》で書いてある。それを農具にはると、新しい年に幸福を恵まれるのだ。彼は赤紙を、鍬や、牛につける軛《くびき》や、肥料や、水を運ぶ二つの桶にはった。それから入口の戸には、好運の句を書いた、長い赤紙をはり、戸口の上には、きれいな花の形に切って、ふさ飾りをつけた赤紙を飾った。また、地神の着物にするためにも、赤紙を買ってきたが、それを老人がふるえる手で器用に仕上げたので、王龍は大地に捧《ささ》げた例の祠へ行って、二つの小さい神に着せ、新年を祝って、その前に線香を焚いた。それから中の間の壁にはってある神像には、大晦日《おおみそか》の晩にあげるため、赤い蠟燭を二本買った——食事に使う卓がちょうどその下にあるので、そこに蠟燭を立てるのだ。

二度目に町に出かけたとき、王龍は、豚の脂身《あぶらみ》と白砂糖とを買ってきた。阿蘭《アーラン》はその脂身を、なめらかに、白くしてから、米の粉を持ってきた——この米の粉は、彼らの田で作った米を、必要に応じて牛にひかせられるようになっている石臼《いしうす》でひいたものだ。彼女は、それに脂身と砂糖を加えて、いわゆる、月餅《ユイピン》という正月の菓子を練りあげた。黄《ホワン》家では、これを正月に食べているのだ。

それを蒸す前、切って食卓に並べたのを見て、王龍は、胸が裂けるかと思われるほど得意になった。金持だけがお祭のとき食べる月餅を作れるような女は、村じゅう捜しても、ほかにはいない、と思ったからだ。阿蘭はその月餅の上に、小さい赤い山はぜの実や、青い李《すもも》の実をあしらって、花や、いろんな模様を作った。

「これを食べるのは惜しいな」と王龍が言った。老人は、まるで子供がきれいな色を見て嬉しがるみたいに、上機嫌《じょうきげん》になって、そのそばをうろつきながら言った。

「わしの弟――お前の叔父と、あすこの子供らを呼んで、見せてやれや」

しかし、ゆとりができてからというもの、王龍は用心深くなっていた。腹をすかしている人々を招いたら、菓子を見せるだけではすまされない。

「正月前に、菓子を他人に見せたら、縁起が悪いんだよ」

彼はあわてて答えた。米の粉と豚の脂身とで手をよごしベトベトにしている阿蘭は言った。

「これは私たちが食べるのではありませんよ。飾りのないのを少しお客様に出すだけで。私たちは白砂糖や豚の脂身を食べるほどの身分じゃありませんからね。これは黄家の大奥様に差上げるためにこしらえたので、正月の二日に、あのお屋敷へ子供を連れて行くとき、持っていくんです」

そう説明されると、菓子はなおのこと貴《とうと》いものに見えてきた。王龍は、かつて非常にびくびくして、見すぼらしいふうをして出た大広間に、今度は妻が訪問者として、赤い着物を着せた子供を連れ、最上の米の粉と砂糖と脂身で作った菓子を手土産《てみやげ》として持って行くことを考えると、非常に嬉しくなった。

その訪問のことを思うと、正月のほかのことは、みな、些《さ》細《さい》なことになった。阿蘭が縫った新しい黒木綿の着物を着たときも、「あのお屋敷へ行くときは、これを着よう」などとつぶやいたほどだった。

元日には、叔父をはじめ近所の人々が年賀に押しかけてきて、飲んだり食ったりして陽気に騒いだが、そんなことも王龍はほとんど気にとまらなかった。彼は、美しい菓子を間違えて彼らみたいな連中に出す羽目になっては大変だと思って、前もって、籠に入れてしまっておいた。しかし、彼らが、その前に出された飾りのない菓子を、脂身や砂糖の味がいいなどと、口をきわめて賞讃《しょうさん》するのを聞くと、「もっときれいなのがあるんだ、見せてやろうか」と口まで出かかる。だが彼は、言わなかった。彼にとっては、何にも増して、あのお屋敷の大きい門を威張ってくぐるのが最大の願いだったからだ。

正月の元日には、男たちが、盛んに飲み食いして、歓楽をきわめる。明けて二日は、女たちが年始に回る日だ。その朝、阿蘭は夜明けと共に起きて、赤ん坊には彼女が作った赤い着物を着せ、虎《とら》の顔のついている靴をはかせ、王龍が去年の暮に剃《そ》ってやった頭には、帽子を――前のほうに金色の小さい仏像を縫いつけて、上の抜けている帽子をかぶせてから、寝台に坐《すわ》らせた。そして王龍が手早く着物を着かえている間に、妻は長い黒髪をとかして、それを彼が買ってやった銀メッキのピンで束ね、黒い着物にかえた。彼の着物と対《つい》に仕立てたもので、二人分を取れたが、呉服屋の習慣で、それだけ買うと二フィート（訳注　一フィートは約三〇・四八センチ）だけまけてくれる。彼らは支度が終ると、王龍は子供を抱き、阿蘭は籠をさげて、冬枯れの畑の小道を歩いて行った。

やがて王龍は、黄家の大きな門の前に立ったとき、十分、報いられるだけのことがあった。

阿蘭の呼ぶ声に出てきた門番は、彼らを見ると、驚きの眼を見はり、ほくろから生《は》えている例の三本の毛をひねりながら、大声を出した。

「百姓の王《ワン》さんですな。今度は、お三人でですか」

そして、彼らがみんな新しい着物で、男の赤ん坊まで連れているのを見ると、さらに言った。

「去年は運がよかったですね。これじゃ、今年は去年よりも、お幸せでありますように、とも言えないですな」

王龍は、目下のものに挨拶《あいさつ》するように、それに取りあわず答えた。

「豊作でね——豊作だったんでね——」

彼は物おじせず門内に入った。

門番は、すべてに圧倒されて、王龍に言った。

「おかみさんと息子さんを案内しますから、その間、うちの小屋で待っててください。汚ないとこですが」

王龍は、そこに立って、このお屋敷の大奥様に贈物を持っていく妻子の姿が、奥深く消えるまで見つめていた。彼としてはまったく晴やかな気持だ。彼らの姿が、奥から奥へと、しだいに小さくなるのを見送っていたが、それがまったく消えると、彼は門番の家に入って、あのアバタのある女房が導くままに、中の間のテーブルから左にあたる上座に当然のことのように腰をおろした。そして彼女が茶をすすめても、軽く会釈《えしやく》しただけで、そんな下等な茶は飲めないと言わんばかりに、口をつけなかった。

門番が、二人を連れて帰ってくるまでの時間が、王龍には非常に長く思えた。王龍は妻の顔を、一瞬、じっと見た。どんな具合だか知りたかった。彼は、もうこの頃は、無表情の角ばった妻の顔にも、初めのうちは読みとれなかったかすかな表情の変化を読みとれるようになっていたのだ。妻はまったく満足しているらしい。今日は何の用事もないので入れなかったが、女ばかりいる後房で、どんな事があったのか、彼は早く阿蘭の口から聞きたくてたまらなかった。

彼は門番とアバタ顔の女房に軽くお辞儀して、妻をうながして門外へ出ると、妻の手から赤ん坊を受取った。赤ん坊は新しい着物に包まれ、よく眠っている。

「どうだった?」

彼はあとからついてくる妻に肩ごしに声をかけた。この時ばかりは、妻の言葉の遅いのがまだるっこかった。

彼女は、少し近寄って声をひそめた。

「言いたくないけど、お屋敷じゃ、今年、困ってるようですよ」

彼女の言葉には、まるで神様が腹をすかせて困っている、と話すときのような驚きの色があった。

「どういうわけだ?」王龍は彼女をうながした。

だが彼女は、決して早く口をきかない。彼女にとっては、言葉とは一つ一つつかまえて、それから口に出すもので、たやすくはいかない。

「大奥様は、去年と同じ着物を着てました。こんなことは今まで見たこともありません。それに、奴隷《どれい》も新しい着物をいただいてません」

それから少し間をおいて言った。

「わたしみたいな、新しいのを着てる奴隷は、一人も見かけませんでしたよ」

そしてまたしばらくして言った。

「この子みたいにきれいで、着飾ったのは、大旦那《おおだんな》様のお妾《めかけ》さんの子にも、一人もいませんでしたよ」

のろい微笑の波が阿蘭の顔に拡《ひろ》がっていった。王龍は声をたてて笑った。そしてわが子を抱きしめた。まったくおれは恵まれたもんだ、まったくおれは恵まれたもんだ！ ひどく得意であったが、急に恐怖の念に襲われた。こんな美しい男の子を抱いて、青天の下を歩いていたりして、もし、偶然通りすがりの悪霊に見られでもしたら、どうするつもりなんだ。馬鹿な真似《まね》をして！ 彼は急いで上着の前を開き、赤ん坊の頭を胸に押しこんで、大声で言った。

「かわいそうにな。うちの子は誰もほしがらねえ女の子で、そのうえアバタが満開だし、死んじまえばいいのによ」

阿蘭も、事の意味がおぼろげにわかったので、できるだけ口早に言った。

「そうですよ――そうですよ――」

これだけの警戒で二人は安心した。王龍は、また、さっきの話題にもどった。

「なぜあの屋敷が困ってきたのか、わけを聞いただかね」

「以前、わたしの上にいた料理番と、ちょっと話しただけですけんど」と阿蘭は答えた。「あの人は、若様たちが五人もいて、よその国で湯水のように金をつかい、買った女に飽きると、みんなここに送りつけるざまでは、この屋敷も長いことはあるまいと言ってました。屋敷にいる大旦那様も、毎年、一人か二人ずつ、お妾をふやしてますし、それに、大奥様の吸われる阿片《あへん》は、金貨にすれば二つの靴にいっぱいになるほどなんですって」

「へええ！」王龍は、あっけにとられてつぶやいた。

「それに、この春、三番目のお嬢様がお嫁に行かれるはずで」と阿蘭は続けた。「その持参金は王様の身代金《みのしろきん》ぐらいで、大きい都の高い官職が買えるほどだそうですよ。お嬢様の衣裳《いしょう》は蘇州《スウツォウ》や杭州《ハンツォウ》で特別に織ったものばかりで、それを仕立てるために上海《シャンハイ》から裁縫師がたくさんの職人を連れてくるんだそうです。お嬢様はよその国の女の流行に負けまいとなさるんです」

「そんなに金かけて、どこに嫁に行くんだろうか！」王龍はこの莫大《ばくだい》な金のつぎこみように舌をまき、また、胆《きも》をつぶして言った。

「上海の大官の次男の方だそうですよ」と答えた阿蘭は、しばらく言葉を切ってから、また言った。「左まえになってきてるんでしょう、大奥様が土地を売りたいっておっしゃってましたから——お屋敷の南の方で、城壁のすぐ近くにある土地です。あすこは、肥えた土地で、お濠《ほり》の水がすぐひけるんで、今まで、田にして米を作ってた場所なんですよ」

「土地を売るんだって！」王龍は、黄家が金に窮しているのを、やっと確信することができた。

「んならほんとに左まえなんだな。土地って、肉か血みてえなもんだからな」

彼は、少し考えていたが、急に何か思いついて頭を平手で叩《たた》いた。

「なぜ早く気がつかなかったかな」彼は妻をかえりみて言った。「うちでその土地を買うべえ」

二人は顔を見合せた。王龍は喜んでいるが、阿蘭はあきれたのだった。

「あの土地を買う——あの土地を——」彼女はどもった。

「買うともさ」彼は威勢よく叫んだ。「あの黄家から、買うんだ」

「遠すぎますよ」阿蘭は驚いて言った。「あすこへ行くには、昼前半分つぶれちゃいますよ」

「おれは買うぞ」王龍は、ほしいものを母親が買ってくれないときの子供みたいに、気むずかしく繰返した。

「土地を買うのはいいことですよ。金を壁の中へしまっておくより確かにいいですよ。だけんど、なぜ叔父さんの土地を買わないんです。叔父さんは、うちの西の畑と地続きの土地を売りたがってるのに」

「叔父の土地かい」王龍の声は高かった。「あんなもの買うもんか。叔父は、この二十年もの間、肥料もやらねえ、豆カスもやらねえで、なんとかごまかして作ってきたんだ。んだからな、土が石灰みてえになってるんだ。おれは黄《ホワン》の土地を買うよ」

彼は、まるで《陳《チェン》の土地》——彼の隣家の陳の土地のことでも言うみたいに、思わず《黄の土地》などと口をすべらせてしまった。まったく彼は、その馬鹿《ばか》な、豪勢な、無駄《むだ》づかいをするお屋敷の人々をいまに凌《しの》ぐようになるだろう。彼は銀貨を持っていって、率直に話そうと思った。

「私は、金はあります。あなたが売りたい土地は、いくらですか？」彼は大旦那様の前で、執事に向って、「私のこともほかの人なみに扱ってください。正直なとこ、幾らですか？　金ならあります」と言っている自分の姿を想像した。

そして彼の妻は——あの誇り高いお屋敷の勝手働きの一奴隷だった彼の妻は、それまで黄家を幾代となく栄えさせてきた土地の一部分を所有する男の妻になるのだ。阿蘭も彼の考えを察したように、急に反対するのをやめて言った。

「それなら、買うことになさい。何にしても、田圃《たんぼ》はいいもんだし、それに、濠のそばだから、水に困ることはないんだから。それは受合いですよ」

ふたたび、ゆるやかな微笑が彼女の顔にあふれた――もっとも、この微笑とても、彼女の細い黒い眼《め》の鈍重さを、晴やかにはしなかったが。

そして、よほどたってから、彼女は言った。

「去年の今頃《いまごろ》、わたしは、あのお屋敷の奴隷だったんですね」

彼らはそんなことで頭をいっぱいにして、黙々と歩いて行った。

六

王龍《ワンロン》が新しく買った土地は、彼の生活に著しい変化を与えた。最初、彼が壁の中から銀貨を掘り出して、お屋敷へ行き、大旦那様の執事と対等の人間として話す名誉を味わってしまうと、彼は、深い後悔に似た憂鬱《ゆううつ》に取りつかれたのだった。さしあたって用のない銀貨をしまっておいた壁の穴が、からになったのだと思うと、払った銀貨を取戻したくなったのだ。結局、土地を買えば労力がよけいにいる。そして阿蘭《アーラン》が言ったように、一里――一マイルの三分の一（訳注　中国の一里は日本の一里の六分の一）――以上も離れているのだ。その土地を買った手続きも、また、彼が予想したほど景気のよいことばかりではなかった。彼が、お屋敷へその交渉に行ったときには、早過ぎたので、大旦那様はまだ寝ていた。もちろん、もう正午を過ぎていたが、彼が大声で、「大旦那様に私が大事な用事があると取次いでもらいたい――金についての用事だからと言ってくれ」と言ったが、門番は歯に衣《きぬ》を着せずに答えた。

「世界じゅうの金を山と積んでも、おれは、あの虎様が寝てられるときにゃあ起しに行かないよ。今、新しいお妾の桃花さんと寝てられるんでな。まだ三日にしかならねえんだ。起しにでも行こうもんなら、おれの生命《いのち》があぶないよ」

そう言ってから、彼は、例のほくろに生えている毛を引っぱりながら、意地悪そうに言葉をたした。

「それに、銀貨ぐらいのことで、大旦那様が眼をさまされると思っては困るぜ。銀貨ん中で生れたみたいな方なんだからな」

売買の交渉は、大旦那様の執事との間で行われることになったが、この男は、口先のうまい悪党で、一度金を握ったら、かならずごっそりその上前《うわまえ》をはねてしまう。土地を買った後、王龍は、やはり銀貨のほうが土地よりも値打ちがあるのではないかと、時々、考えることがあった。とにかく銀貨の輝きは誰にでも見られるのだからだ。

とにかく、土地は彼のものになった。二月のある曇った日に、彼は、そこを見に行った。まだ誰もその土地が彼のものになったことを知らない。彼は一人で、町の城壁を取巻く濠に沿った、長方形の、肥えた黒土の土地を検分した。注意して足ではかってみると、長さ三百歩、幅百二十歩ある。四隅《よすみ》には、黄《ホワン》家の姓を刻みこんだ、境界標の石が立っていた。そうだ、この石を変えさせるんだ。あとで、この石を引っこ抜いて、かわりに、おれの名前を刻みこむんだ。——いや、すぐにじゃない。おれはまだ、お屋敷から土地を買うほどの金持だなんて、世間から思われるわけにゃいかねえからな。だけどもっと金ができて、何をしても差支《さしつか》えなくなったらな。彼はその長方形の土地を見ながら、こうつぶやいた。

「こんな、ひと握りの土地なんて、お屋敷の人には何でもねえが、このおれには、大変なものなんだよなあ」

そのうち気持が変って、彼は、こんなちっぽけな土地を大事がる自分が浅ましく見えてならなかった。そうだ。おれが得意になって銀貨を渡したあの時、執事は、無造作にそれをかき集めて言ったっけ。「とにかく、これで大奥様の阿片代の二、三日分にはなるな」なんて。

そう思うと、彼はお屋敷との間にある隔たりは、眼の前に満々と水をたたえている濠のように越えがたいものであり、また眼の前に、昔ながらのままで突っ立っている高い城壁のように、越えがたいものに思われた。すると彼の心に、怒りに満ちた決心が湧《わ》いてきた――よし、おれは、あの穴を、幾度でも銀貨でいっぱいにして、この土地なんか問題にならないくらいに黄家の土地を買いこんでやるぞ。

　こうして、このひとつかみの土地は、王龍にとって決心をかためる動機ともなり、象徴ともなった。

　雨をふくんでいるちぎれ雲と、吹き荒れる風に乗って、春がめぐってきた。冬の日をなかば無為に過してきた王龍は、春の長い一日を夢中になって野良《のら》で働いた。もうその頃は老人が子供の面倒を見るので、阿蘭は彼と一緒に、夜明けから夕暮があたりに落ちるまで働いた。ある日、妻がまた妊娠したらしいと気がついたとき、まず王龍の頭に浮んだのは、この取入れ時に妻が働けなくなるんだという、もどかしさだった。――過労のせいで怒りっぽくなっている彼は、どなりつけた。

「お前はまたこんな時期に生むのかよ。ふんとに」

　彼女は一歩もひかず答えた。

「今度は何でもありませんよ。大変なのは初めのときだけなんですから」

腹のふくらみが目立ってきたこの時から、彼らは二番目の子のことをこれ以上は何も話さなかった。やがて、秋になったある朝、阿蘭は鍬《くわ》を置いて、這《は》うようにして家へ帰った。王龍は、その日、昼食にさえ家へ帰らなかった――空には雷雲が渦巻《うずま》いていたし、稲は実りきって刈取りを待っていたからだ。太陽が沈む少し前に、阿蘭はまた戻ってきた。腹は平たくなって、疲れきっていたが、顔はおだやかで、動ずる色もなかった。

「今日は、もうええ。帰って、寝てろ」と口まで出かけたが、自分も疲れきっていて体が痛かったので、彼は残酷になっていた。こいつがお産で苦しんだくらい、このおれだって仕事で苦しい思いをしたんだ、と考え直して、鎌《かま》を動かす合間に簡単にきいた。

「男か、女か？」

阿蘭は静かに答えた。

「また男です」

それ以上彼らは何も言わなかったが、彼は嬉《うれ》しかった。休む間もなく腰をかがめて稲を刈るのも苦痛でなくなった。彼らは、地平線にたなびいている紫雲の上に月がのぼる頃まで働きつづけ、刈入れをすませてから家へ帰った。

食事が終り、日に焼けた体を冷たい水で洗い、茶で口をすすいでから、王龍は今度生れた次男を見に寝室に入った。食事の支度をすましてから寝た阿蘭のそばに、その赤ん坊も寝ていたが、肥《ふと》った、静かな子で、まずまずといったところで、ただ長男のときほど大きくはなかった。王龍は、すっかり満足して、また中《なか》の間《ま》へ戻った。また男の子だぜ。次から次へと毎年生れるんだ。——んだけど、そのたびごとに赤い卵なんかにかまっちゃいられねえからな。長男だけで十分だよ。毎年、男の子か、運のいいことばかりだぜ。あいつは、まったく、運のいいことばかり持ってきてくれるんだなあ。彼は大声で父親に言った。

「なあ爺《じい》ちゃん。また孫ができたから、でっけえほうは、爺ちゃんと一緒に寝ねえとなあ」

老人は喜んだ。老人は体が冷えるので、孫の幼い体で温めてもらいたくて、前から一緒に寝たがっていたのだが、今までは子供が母親を離れなかったのだ。まだ足がしっかりしないので、よちよち歩きのその子は、母親のそばに寝ている新しい赤ん坊を、子供らしい真面目《まじめ》な眼でじっと見つめていたが、彼が占めていた位置を占領するものができたことを了解したとみえて、いやがりもせず祖父の寝床に寝るようになった。

その年の収穫も豊かで、それを売って手にした銀貨を、王龍はまた壁にうめた。黄家から買った土地から得た米は、彼が今まで持っていた田にくらべて二倍の収穫があった。そこは地質が肥沃《ひよく》で、水の便がいいので、まるで雑草が茂るように、いらないところにまで稲が生えたのだ。その頃には、もうその土地が王龍の所有であることを誰もが知っていた。村では、彼を村長にしようという話さえ起るようになった。

七

王龍《ワンロン》の叔父は、最初彼が心配していたように、その頃から面倒な重荷になってきた。叔父は王龍の父の弟なので、彼にしろ、その家族にしろ、もし食えなくなれば、王龍に養ってもらうのが骨肉として当然の権利だと考えていた。王龍の一家が貧乏でその日の食事にもこと欠いていた間は、叔父は、自身の田畑を引っかきまわして、なんとか七人の子供と妻を養っていた。

ところが、彼らは食ってさえいられれば、決して働かない。叔母は家の掃除もしないし、子供らは子供らで、顔についている御飯を洗い落すのさえ億劫《おっくう》がる。娘たちは、大きくなって結婚する年頃になっても、日焼けして赤くなったもじゃもじゃ髪に櫛《くし》も入れず、村の往来をほっつき歩いては、平気で男と口をきいたりする。親類のつらよごしだった。ある日、一番上の娘のそういうところを見た王龍は、一族の恥だと、ひどく憤慨して、叔父の家まで出かけて行った。

「あんなにどこの男とでも話をしてるような娘じゃ、もらい手はねえやなあ。この三年来、嫁に行ってもいい年頃なのに、村じゅうはねまわっててよ。今日も、往来で、のらくらもんの若いもんが、あの子の腕へ手かけたらな、平気で笑ってるじゃねえか」

叔父の妻は、口先だけは達者なので、盛んにまくしたてた。

「そうかい。んだけんども、媒酌人《ばいしゃくにん》の費用と嫁入支度と、持参金は誰が出してくれるんだい。そんなことは、始末がつかないほど土地があるくせに、余った金でお屋敷の土地まで買いこめるような人の言うことでね。お前の叔父さんは運の悪い人で、初めから運が悪かったんだよ。それが叔父さんの罪なもんかい、天命なんだよ。ほかの人の畑は実るのに、叔父さんのまいた種子《たね》は土ん中で枯れちまってさ、雑草ばかり生えてくるんだよ。背中が折れるほど働いてるのにさ」

叔母は、すぐに涙をこぼしてわめきたて、勝手に興奮して半狂乱になり、髪の結び目をかきむしり、髪を振乱しながら、夢中になって黄色い声を張りあげた。

「お前にゃわからねえのさ——悪運に取っつかれるなんてのは。ほかの人の田畑にゃ、米麦ができるってのに、うちのにゃ雑草ばかり生えるんだよ。ほかの家は何百年もそのままに建ってるってのに、うちのは地面が揺れて、壁にひびが入るんだよ。——人様にゃあ男の子が生れるのに、わたしゃ、男の子をはらんでも、生れてくるのは女の子なんだよ。ほんとに、運が悪いんだよ！」

あまりわめきたてるので、近所の女たちは、何事が起ったのかと、戸外に飛びだして聞いている。それでも王龍は一歩もひかず、言うべきことだけは言った。

「まあね、親爺《おやじ》の弟にあたる人に、おれが忠告するのは、おこがましいけんども、これだけは言っとくよ。娘は、傷ものになんねえうちに嫁にやるもんだ。牝犬《めすいぬ》を勝手に往来へほっぽりだしておくと、子を生むからね」

こう露骨に言ってから、王龍は泣きわめいている叔母をそのままにして、家へ帰った。今年も、彼は、黄家から土地を買うつもりでいたし、余裕さえあれば、毎年土地を買取ろうと思っていた。一部屋建て増しすることも考えていた。彼と子供たちが大地主になってゆく姿を心に描いているのに、だらしのない叔父の家族が、彼と同じ姓を名のって、近所をうろうろしているなんて腹立たしかった。

翌日、叔父は、王龍が働いている畑へやってきた。阿蘭《アーラン》は二番目の子を生んでからもう十カ月たっているので、三度目の臨月になっていて、体の具合が悪く、数日来、畑へ出ていなかった。王龍だけが一人で働いていた。

叔父は、例のとおり、だらしのない格好で畦道《あぜみち》を伝ってきた。いつも、この叔父は上着のボタンをかけたことがない。いつでも前を合せ、帯を無造作に巻いているだけで、急に風が吹いてきたら、裸になってしまう。彼は王龍のそばへ寄ってきて、王龍がそら豆にそって細い畝《うね》を耕しているのを黙って見ていた。しばらくしてから、王龍は、顔を上げないで、毒を含んで言った。

「叔父さん。手を休めないけど、勘弁してくれや。そら豆に実を結ばせるにゃ、知ってのとおり、二度も三度も、耕さねえとだめなんだ。叔父さんとこは、むろん、すんだんべえが。おれは仕事がのろいし、水呑《みずのみ》百姓で、休む暇もねえんだよ」

叔父には、王龍のあてこすりが、わかりすぎるほどわかっていたが、調子よく答えた。

「おれは運の悪い男でな。今年は、種子をまいたら、二十粒に一粒ぐらいの割にしか芽が出ねえんだ。んでその一粒もな、満足に伸びねえから、いくら手をかけたってだめさ。今年はそら豆は買わなけりゃ食えねえんだ」

叔父は深く溜息《ためいき》をついた。

王龍は、強《し》いて気持をかたくなにした。相手が何か、頼む目的で来たのはわかっていた。彼はゆるやかな一定の調子で、丹念に鍬を土に打ちこんで、前にも十分に耕してあるところに残っている、小さい土くれをこまかくした。豆苗は、秩序正しく列をなして真っ直《す》ぐに伸び、明るい日の光を浴びて、土にくっきりと影を落していた。

　叔父は、ようやく口を開いた。

「うちのやつに聞くと、お前は、おれの一番上のやくざ娘のことを、気にかけてくれてるってことだなあ。まったく、お前の言うとおりだよ。お前は、年も若えのに利口だ。あれは、もう嫁に行ってもいい年頃でな。十五になってるから、この三、四年は、いつでも子供が生めたわけだ。それでおれも、あれが野良犬みてえなやつの子をはらんで、おれや家名に泥《どろ》ぬりやしねえかと、しょっちゅう、びくびくしてるんだ。思ってもみろよ。おれんとこに——お前の叔父に当るおれの家に、そんなことができたら、大ごとだからな！」

　王龍は鍬を強く地中に打ちこんだ。彼は思う存分言ってやりたかった。こう言ってやりたかった。

「そんなら、なぜ娘をしっかり取締らねえんだ。なぜ、おとなしく家ん中にいるようにして、拭《ふ》き掃除したり、勝手やったり、家族の縫物やったりするように仕向けねえんだ」

しかし、年長者に対してそんな口のきき方は許されない。そこで、彼は豆の根もとの土を丹念にこまかくしながら、むっつりと待っていた。

「おれだって運さえよければな」叔父は、悲しい調子で言った。「お前の親爺や、お前みてえに、働きもので、男の子を生む女房もらえただろうけんども、うちの女房ときたら肉がついてくるばかりで、女ばかり生んでやがってさ。一人しかいねえぐうたら息子ときたら、あのとおりのらくらしてて、一人前の働きもできねえんだ。そうでなけりゃ、おれだって、お前みてえに金持になってたんだよ。お前みてえに今頃は金持にな。——おれが金持になってれば、その時にゃあ、お前にも財産分けてやっただよ。喜んでなあ。お前に娘がありゃあ、相当なところへ嫁にやってやるし、お前に息子がありゃあ、おれが身元保証金をつんで、どこかの店へ奉公に出してやる。お前の家だって、喜んでおれが修繕してやる。お前には、一番うまいものを食わせてやる。お前にも、お前の親爺にも、お前の子供らにもな。んだって、——みんな血がつながってるんだからな」

王龍はそっけなく答えた。

「おれは金持なんかじゃねえよ。今だって五人の口、食わせなくちゃなんねえんだ。それに、親爺はもう年寄りになって何も働けねえけんど、やっぱり食うしな。おまけに、また今度、口が一つふえるんだよ」

叔父の声は鋭くなった。

「お前は金持だとも――金持だともよ！　お前はお屋敷から土地を買ったじゃねえか、どれほど出したか知らねえけんどもな。――そんなことのできるもんが、ほかにもこの村にいると思うのかよ」

そう言われると、王龍は怒りで煮えくりかえった。彼は鍬を叩《たた》きつけ、叔父をにらみつけて、どなった。

「もしおれが金を持ってるとすりゃあ、そりゃあ、おれも働くし、女房も働くからだよ。おれたちは誰かみてえに、畑へは雑草を生《は》やす、子供にゃ十分に食わせねえのに、博奕場《ばくちば》に入りこんだり、掃除もしねえ戸口で、無駄《むだ》なおしゃべりして日を送ったりしねえからだよ」

すると、叔父の黄ばんだ顔に血がのぼってきて、いきなり、甥《おい》におどりかかり、頰《ほお》を殴りつけた。

「なんだと！　きさまの親爺みてえな者に向って何を言うだ！　叔父に対する礼儀をわきまえねえようなきさまは、神の教えを知らねえのか、人の道を知らねえのか！　聖諭（訳注　天子のさとし）にも、孝悌《こうてい》を敦《あつ》くして以《もっ》て人倫を重んず、ってあるのを、きさまは聞いたことがねえのか?」

王龍は、目上の者に非礼な言葉をはいた自分を悪いとは思ったが、心の底からこの叔父という男に憤《いきどお》りを感じて、渋い顔をして立っていた。

「お前の言ったことを、村じゅうにふれ歩いてやる」叔父は夢中になって、しわがれ声でわめきたてた。「昨日、お前は、おれの家へ押しかけて来て、おれの娘が生娘《きむすめ》じゃねえなんて往来で大声で言いやがって。今日はまた、おれに、知ったふうな口をききゃあがる。このおれはな、お前の親爺が死にゃあ、お前の親がわりになる人間じゃねえか！　たとえおれの娘がどいつも、生娘じゃねえにしてもだ、お前みてえな口のききかたをする子は一人もいねえぞ」

そして、何度も繰返した。

「村じゅうにふれてやる——村じゅうにふれてやる——」

王龍は辛抱しきれなくなって、いまいましいが、

「おれにどうしろって言うんだよ」ときいた。こんなことを、村じゅうに言いふらされては、まったく彼の沽券《こけん》にかかわる。なんと言っても骨肉のつながりがあるのだから。

叔父の態度は、すぐ変化した。怒りは見る間に消えて、微笑が現われ、親しそうに

王龍の肩に手を置くと、やさしい声を出した。
「そう、そう。おれにゃあ、お前がよくわかってるよ――お前は心のいい子だ――心のいい子だとも――そりゃあ、そうだよ――おれの子も同然なんだからな。そいで頼むんだ。この年寄りの手のひらへ、銀貨十枚、いや九枚でもいいから、のせてくれや。そうすりゃあ、娘の嫁入口を仲人《なこうど》に頼めるし。まったく、お前の言うとおりだよ。もう嫁にやる時機だよ――嫁にやる時機なんだよ」叔父は溜息をついて頭をふった。そして神妙な顔をして天を仰いだ。

王龍は鍬を拾いあげたが、また地面に叩きつけた。
「家へ来てくれよ」彼はそっけなく言った。「おれは、お大名じゃあるめえし、年じゅう、銀貨を身につけて歩いてるわけじゃねえからな」

土地を買うつもりでいた銀貨が叔父の手にわたる――それも、日の暮れないうちに、博奕場のテーブルへ流れてしまうんだと思うと、王龍は口もきけないほどいまいましく、それっきり何も言わず、先に立ってぐんぐん歩きだした。

家に帰ると、入口近くに、二人のわが子が暖かい陽《ひ》を浴びて裸で遊んでいたが、王龍はそれを払いのけるようにして、大股《おおまた》に家の中へ入った。叔父は愛想《あいそ》よく子供たちを呼んで、よれよれの着物のどこかの隅《すみ》から銅貨を取出して、一枚ずつ彼らに与えた。

そして、その小さい、むくむくした、つややかな体を抱き、柔らかい首に鼻を押しつけて、いかにも可愛《かわい》がる様子で、日に焼けた体のにおいを嗅《か》ぎながら、両腕に一人ずつかかえて言った。

「おお、二人ともいい子だな」

しかし、王龍は足を止めなかった。彼は、彼と妻と小さい子が寝ることにしている部屋へ入っていった。外の明るい光から急いで来た彼には、窓がわりの穴から流れこむ一条の光しか見えなかったが、よく覚えている熱い血のにおいが鼻をうったので、鋭くきいた。

「なんだ、――もう生れたのか?」

阿蘭の声は、今まで聞いたこともないほど弱々しく響いた。

「もう生れました。今度は、奴隷《どれい》です。――言うだけの値打ちもありません」

王龍は棒のように立っていた。不吉な気持が襲ってきた。女の子かい! 叔父の家に面倒がたえないのも、その女の子ばかり生れるからじゃないか! その女の子が彼の家にも生れたのだ。

彼は何も言わず、壁の面のあらいところを手で探った。そこには銀貨が隠してある。壁土を取りのけてから、穴の中の銀貨を手探りで数えて九枚取出した。

「銀貨を持ち出してどうするんです？」阿蘭は暗がりの中から急に声をかけた。

「叔父に貸さなけりゃなんねえんだ」王龍はそっけなく答えた。

妻は、すぐには何も言わなかった。しばらくして例の飾り気のない重苦しい調子で言った。

「貸すなんて言わないほうがいいでしょう。あすこの家には借りるってことはありません。あるのは、もらうってことだけですよ」

「そりゃあ、おれにもよくわかってる」王龍はにがにがしく言った。「親類だと言うだけで、銀貨をやるのは、身を切られるほどつらいもんだよ」

彼は戸口へ行って、投げるように銀貨を叔父に与えると、急いで畑へ戻り、地の底まで掘り返すような勢いで耕しはじめた。しばらくの間、彼の頭に行き来するのは銀貨のことばかりで、彼はその銀貨が博奕台の上に投げ出され、やくざ者の手にさらわれていくのを、まざまざと心のうちに見たのだった。——彼が汗水流して畑の収穫から手に入れ、自分の土地をもっとふやすために貯《たくわ》えておいた銀貨がである。

怒りもおさまり、家のことや食事のことを思い出して腰をのばした頃《ころ》には、すでに夕暮になっていた。そして、考えたことは、また養わなければならない口が一つふえたのだということ、彼の家にもまた、女の子が生れはじめたのだということで、娘は両親のものではなく、せっかく育てても他家のものになってしまうのだという重苦しさが彼を襲った。彼は叔父に対して憤慨したあまり、さきほどは、新しく生れた子供の顔をさえ立ちどまって見ようと思わなかったのだ。

体を鍬《くわ》にもたせかけた彼は、やるせない気持に襲われた。あの土地、あの地続きの土地を買うのは、次の収穫期まで待たなければならない。それに、家にはまた一つ口がふえたのだ。

薄暮の、青白い、真珠色の空に、くっきりと、黒い烏《からす》の一群がやかましく鳴きながら彼の頭上を横切り、一団の黒雲のように、彼の家のまわりの木立におりた。王龍は、そのあとを追って、大声を出して鍬を振りまわした。烏の群れは、悠然《ゆうぜん》と舞いあがり、彼の頭上をあざけるように鳴きながらふた回りして、暮れて行く空へ飛び去った。

王龍は、思わずうめいた――不吉の兆《きざし》なのだ。

八

神々は、一度人に背中を向けると、あとはその人がどうなってもかまわないらしい。

初夏に降るはずの雨は、降ってこない。来る日も、来る日も、空は無関心に輝いている。大地が乾こうが飢えようが、神々は意に介しない。夜明けから夜明けまで、空には一片の雲もない。日が暮れると、夜空にかかる星は、非情で、美しく、黄金のように輝いている。

王龍《ワンロン》は狂気のように耕したが、畑は干あがって割れ目ができてきた。春の訪れと共に勇敢に芽を伸ばしてきた小麦は、穂を結ぼうとするが、天からも地からも養分が来ないので、伸びかねて、最初は激しい日光の下で身じろぎもせず立っていたが、そのうち、しおれて、実らずに黄ばんでしまった。稲の苗代《なわしろ》は、王龍が小麦をあきらめてから、毎日重い水桶《みずおけ》を竹竿《たけざお》でかついで、たえず水をやったので、一面に褐色《かっしょく》になった大地の上に、四角なヒスイみたいに残っていた。しかし彼の肩には、くぼみができ、そして茶碗《ちゃわん》ほどもあるたこができるようになったが、雨はまだ降らなかった。

しまいに、池はこちこちの粘土の底を現わした。井戸の水さえ乏しくなったので、阿蘭《アーラン》も、とうとう彼に言った。

「子供に飲ませたり、老人に湯をあげると、稲は枯れることになりますね」

王龍は怒ったが、その声は、すすり泣きに変った。

「そうだ、稲が枯れれば、みんな飢え死にしなけりゃならねえ」

彼らの生活は、全部、土に頼っているのだから、それは事実なのだ。

収穫があったのは濠《ほり》のそばの田だけだった。一滴の雨も降らずに夏が過ぎると、王龍は、ほかの畑をあきらめてその田だけにつきっきりになった。朝から晩まで濠の水を汲《く》みあげて、幾らでも吸いこむ田に注いだ。そのためにかろうじて実ったのだ。この年は、王龍も初めて収穫した米をすぐに売り払ったが、手にした銀貨を、彼は、何くそっ！　とばかりに固く握りしめた。神々がどうあろうと、旱魃《かんばつ》がどんなに激しかろうと、彼は自分で決心したとおりにしようと腹を決めた。この、ひとつかみの銀貨を得るために、彼は骨身をくだき、汗を流したのだ。それだけに、思いどおりに使いたかった。彼は黄《ホワン》家へ急いで行き、例の執事に会い、礼儀も抜きにして用談に取りかかった。

「濠のそばの、私の田に続いている土地を買う銀貨を持ってきただよ」

この一年ばかりの間に、黄家の窮状がぎりぎりまできていることは、王龍も方々で聞いていた。大奥様は満足するだけの阿片《あへん》を得られない日が幾日も続くと、まるで飢えた老虎《ろうこ》のように狂暴になり、毎日、執事を呼びつけて、ののしったうえ、扇子で顔を打ったりして、「売る土地がもうないのか？」と、彼が度を失ってしまうほど甲高《かんだか》い声できめつけるのだった。

執事はほんとうに度を失ってしまったに違いない。今までなら取引のたびに自分がひそかにはねていたはずの上前《うわまえ》をあきらめたほどなのだから。しかも、このくらいの浪費では不足ででもあるみたいに、大旦那様《おおだんな》はまた新しい妾《めかけ》を入れた。それは、若いときに彼の奴隷だった女の娘で、その女を彼は愛していたのだが、妾にしないうちに興味を失い、下男と結婚させたのだった。その女に生れた娘が十六になったのを見て、彼は新しい情欲を燃やしたのだ。老齢になって身動きも不自由なくらいに肥《ふと》ってからというもの、かよわい、若い、少女が好きになったようだった。彼の情欲は満たされることを知らなかった。大奥様が阿片におぼれているように、彼は情欲におぼれていた。どんなに説明しても、愛妾《あいしょう》のためにヒスイの首飾りをやりたかろうが、そのきれいな手に銀貨をつかませたかろうが、それだけの余裕がないことなどわかるはずもなかった。生れて以来、手を伸ばしさえすれば、金は、いつでもいくらでも手に入ったのだから、「金が無い」というのは何のことか、納得できなかった。

両親がこんな調子だから、若様たちは肩をすくめるだけで、おれたちが一生を豪勢に暮すくらいの財産はまだあるだろうなどと言っていた。彼らは執事の財産管理法を責め立てる点でだけは一致していた。そこで、今までは、口先がうまくて、お世辞たらたらで、豊かで、安逸な暮しをしていた執事は、皆から責められて、心労のため、肉は落ち、皮膚はたるんで、ぼろ着物みたいになってしまった。

天は、黄家の田畑にも雨を降らせなかったから、そこにも収穫はなかった。そこで王龍が執事に「銀貨がある」と言ってきたのは、飢え死にしかかった人に向って、「食べ物がある」と言うのと同じだった。

執事はすぐに飛びついてきた。今までなら、駆引したり、茶を飲んだりしたものだが、この時はすぐに、ひそひそ声で、熱心に話しあい、用談がすむとすぐさま、金は執事の手に渡り、証書に署名捺印《なついん》して、土地は王龍のものになった。

王龍は、彼の肉であり血である銀貨を渡すのを、この時は苦痛に感じなかった。その銀貨で、彼は一番欲しいものを買い取ったからだ。広大な良田が、自分のものになった。新しい土地は最初に買ったものの二倍もあった。だが、それが黒々と肥えた土地であるということよりも、それが町一番の大長者の所有地だったということのほうが意味があった。そして、今度は、その土地を買ったことを、誰にも――阿蘭にさえも、言わなかった。

月は過ぎてゆくが雨は降らなかった。秋が近づくと、空には不承不承、淡い小さい雲が集まってくることがある。すると村の道路には、することのない人々が、心配そうに空をあおいで、この雲、あの雲を調べ、雨を含んでいる雲があろうかと話しあう。だが、雨になると期待できるほどの雲が集まらないうちに、遠い砂漠《さばく》に吹き起る乾燥した北西の風が、箒《ほうき》で床からゴミを掃き出すように、ひとかけらの雲も残さず吹き払ってしまう。いたずらに晴れわたった空には、毎朝、太陽がのぼり、軌道を進んで、毎夜、憂《うれ》わしげに沈んで行く。やがて夜空には、やや光度の低い太陽みたいに、月が明るく輝く。

王龍は、枯れ残った大豆をわずかばかり畑から刈り取った。また、水田へ出さないうちに黄色くしおれてしまった苗代へは、枯れるのを覚悟でトウモロコシを植えておいた。彼は、ここかしこにまばらに実がついているトウモロコシをもぎ取った。打穀するときも、一粒の豆さえもおろそかにできないので、彼と阿蘭は豆殻《まめがら》を打ったあとで、二人の子供に床の埃《ほこり》を手でふるいわけさせた。トウモロコシも、中の間の床で、実が遠くへ飛ばないように用心しながら、もいだ。穂軸も燃料にするために積んでおこうとすると、阿蘭が口を出した。

「いいえ、燃やすなんて粗末なことをしないでください。わたしがまだ子供で、山東にいた頃に、やはり、こんな日照り年が続いて、穂軸を食べたことを覚えています。草よりは、ましです」

彼女の言葉に、彼らは、みんな――子供までも黙ってしまった。こんなに日照りが続き、土が人を見はなしてしまうと、誰しも不安な予感に襲われる。ただ恐怖を知らないのは女の子だけだった。母親の二つの大きい乳房が、まだその飢えを満たしているからだ。しかし阿蘭は、乳房を含ませながらつぶやいた。

「さあ、おあがり。かわいそうに。おあがり。飲めるうちに飲んでおきな」

そのうちに、これでも禍《わざわ》いはまだ十分でないかのように、阿蘭は、また妊娠して、乳は出なくなった。そして家じゅうのものが、食べ物を求めてたえず泣いている赤ん坊の声に悩まされるようになった。

もし、誰かが、王龍に、

「この秋、どうやって食いつないでるんだ?」

ときいたら、彼は、

「わかんねえ。――どうにかこうにか食ってるだ」と答えたことだろう。

だが、誰も、そんなことをきかなかった。「どうやって食いつないでる?」と他人にきくほど余裕のある者は、その地方に一人もいなかったのだ。

「今日、どうやって食いつなごうか?」

みんな、そう自問するばかりだった。

「おれたちや子供は、どう食いつなごうか?」

両親は、そればかり思っていた。

王龍は、力の及ぶかぎり牛の面倒を見ていた。牛には少量の藁《わら》や蔓《つる》を与えていたが、それがなくなると、木の葉を取ってきて与えた。が、冬になるとそれも得られない。もう耕す畑もない。種子《たね》をまいても干上がってしまうだけだ。種子も食べてしまったので、牛を放して、勝手に餌《えさ》を拾わせることにした。ただ、盗まれないように、長男を牛の背中へ乗せて、鼻に通した縄《なわ》を手綱にし、そこいらを歩かせておいたが、ついにはそれもできなくなった。村の人々が――近所の人たちでもそんな子供が乗っていては、奪いとって、殺して食糧にしてしまう危険が迫ってきたからだ。彼は牛を戸口へつないでおいたが、やがて牛はやせて骨ばかりになってきた。

そのうちに、米も小麦もなくなり、少しばかりの大豆とわずかのトウモロコシしか残っていない日が来た。飢えにたえかねて、牛は低くうめいていた。老人は言った。

「この次は、牛を食うんだ」

王龍は声を放って泣いた。彼にとって、その言葉は、「この次は人間を食うんだ」と言うのと同じように聞えたからだ。子牛のときに買って以来、王龍の馴染《なじみ》であり、畑でも一緒に働き、気持の赴くままに賞《ほ》めたり、ののしったりして、この牛を追い、共に野良《のら》仕事をしてきた仲だからだ。彼は言った。

「牛が食えるもんか。牛を食ったら、どうして畑を耕すんだ」

だが、老人は平然として答えた。

「んだって、それはな、お前の命と牛の命とどっちが大事か、子供の命と、牛の命と、どっちが大事かってこったよ。牛なら、また買えるけんど、人の命は、そう簡単には、いかねえもんだ」

しかし王龍は、その日それを殺す気になれなかった。翌日も、また翌日も、そのまま過ぎていった。子供らは飢えて、泣き叫んでいるが、腹を満たすものはない。阿蘭は、子供のために訴えるような眼《め》をして彼を見た。王龍も、やっと殺す気になった。彼は、ぶっきらぼうに言った。

「そんなら殺すがええ。んだが、おれにゃあ、やれねえぜ」

彼は寝室へ逃げこむと、寝台に横になり、牛の断末魔の声が聞えないように、頭から蒲団《ふとん》をかぶってしまった。

阿蘭は静かに出て行った。彼女は台所にある庖丁《ほうちょう》を持ちだして、牛の頸動脈《けいどうみゃく》を切り、その命を断ち切った。流れる血は鉢《はち》に受けて料理の材料とし、さらに、皮をはぎ、巨体を無駄《むだ》のないように始末した。王龍は、その始末が残らずついて、料理した肉がテーブルに並べられるまで、寝室から出てこなかった。その肉を食べようとしても、胸がむかついて、喉《のど》を通らない。無理にスープを少し飲んでいると、阿蘭が言った。

「牛は、なんといっても牛です。それにこの牛は年をとっています。さあ、食べてください。これよりも若い、もっと良い牛を買う日が来るでしょうから」

王龍は少し気が楽になって、一口、二口としだいに食べた。ほかの者も、みんな食べた。しかし、この牛の肉も、とうとう無くなってしまい、ついには骨の髄までしゃぶった。ひどくあっけなかった。あとへ残ったのは皮ばかりで、この皮は、阿蘭が、手製の竹の枠《わく》にひろげて乾《ほ》したのだが、その時にはもうこちこちになっていた。

最初、村の人たちは、王龍が銀貨を隠している、穀物も貯蔵していると想像していたので、彼に対する反感が盛んだった。第一番に食うものがなくなった彼の叔父は、彼のところへ食べ物をねだりに来た。事実、その時には、叔父の妻と七人の子供とはもう何も食う物がなかった。王龍は少しの大豆と虎《とら》の子のようにしているトウモロコシをひと握りだけ計って、叔父の長衫《ツァンスァン》の裾《すそ》に入れてやって、はっきり言った。

「これだけだよ。たとえおれの子供がなかったとしても、まだ年寄りのことも考えてやらなくちゃなんねえんだからよ」

その次にまた、叔父がねだりに来ると、彼はどなりつけた。

「親類の義理ばかり考えてちゃあ、うちが食えなくなるよ」

その日からというもの、叔父は、足蹴《あしげ》にされた犬のように、王龍に向って悪意をいだいた。そして村じゅうの、この家、あの家へ言いふらして歩いた。

「おれの甥《おい》はな、銀貨も持ってる。穀物もしまってある。そいだのに、おれたちには何も分けてくんねえんだ。骨肉を分けたおれにも、おれの子供らにもな。おれたちは飢え死にするばかりだよ」

小さい村では、貯えの食糧が尽きて、最後の銅貨さえ、町の乏しい市場でつかってしまった。乾ききった冬の風は、砂漠から、白刃《はくじん》のように身を切る寒さで吹いてきた。村人の心は、彼ら自身の飢えと、やせ細った女房や子供らの飢えの泣き声で、狂おしくなってきた。その時、王龍の叔父が喪家の犬のような格好で、ふるえながら道路をうろつき、飢えた唇《くちびる》から、「あすこには食べ物が隠してある——あすこの子供は肥ってる」と囁《ささや》くのを聞くと、彼らは、ある夜、棒を持って王龍の家へ押しかけ、戸を叩《たた》いた。

近所の人々の声を聞いて、王龍が戸をあけると、彼らは彼に襲いかかり、戸外に引きずりだして、おびえている子供らまでも追い出し、隠してある食べ物を捜すために、いたる所、隅々《すみずみ》まで手探りして調べまわった。しかし、彼らが発見したのは、少量の大豆とトウモロコシだけだった。彼らは失望と落胆のあまり、声をあげて、家具、食卓、腰掛、老人が驚いて泣いている寝台にまで手を出した。すると、阿蘭《アーラン》は、彼らの前に立ちふさがって口をきった。彼女の飾り気ない、ゆっくりした声が高くひびいた。

「それは、いけません。――まだ、いけませんよ。まだ、うちから、食卓や、腰掛や、寝台を持っていっちゃ、いけませんよ。あなた方は、わたしたちの食べ物を残らず取ってしまったんでしょう。だけども、あなた方は、まだ、お宅の食卓や、腰掛は、売ってないでしょう。わたしたちのも、残しておいてください。わたしたちも、あなた方と同じ立場です。わたしたちは、あなた方よりもよけいには大豆も穀物も持っていません――いいえ、あなた方こそ、わたしたちのものを残らず取ったんだから、よけいに持ってるわけです。もしこれ以上取ろうとしたら、その人には天罰があたりますよ。さあ、これから一緒になって、草の根だの、木の皮だの、食べられるものを捜しに行きましょう。あなた方は、お宅の子供さんのために、わたしたちは三人の子と、そしてこんな年に生れてくる四番目の子のために」

彼女は叫びながらも、痛そうに片手で腹を押えていた。この人々は元来が悪人なわけではない。ただ飢えに駆られてのことである。そう言われると恥ずかしくなって、一人また一人、こそこそと出て行ってしまった。

ただ一人、隣家の陳《チェン》だけが、残っていた。小柄《こがら》な、口数の少ない、黄ばんだ顔色の男で、ふだんでも、御機嫌《ごきげん》なときの猿《さる》みたいな顔をしているのだが、今はその上にげっそりとやせて、心配そうになっていた。正直な人で、ただ飢えに泣く子供を見かねて、こんな乱暴をしただけだった。恥じて、あやまる気持がなかったわけではない。だが、ふところには、さっき見つけたときにひったくった大豆がひと握りしまってあった。もし口をきいたら、それを返さなければならなくなる。そこで、やつれた、なんとも言えない眼で王龍を見つめただけで、彼も、暗闇《くらやみ》の中へ消えた。

王龍は、呆然《ぼうぜん》として前庭に立っていた。——収穫期には、幾年となく穀物を打った庭だった。そこも、この数カ月は、暇になり、何の役にも立っていない。もう家には、父親と子供を養う食べ物は何も残っていない——妻を養う食べ物もない。妻は、自分だけではなく、その体の中で育っている生命を養わねばならないのに。この新しい激しい生命は、残酷にも、母の血と肉から、養分を奪っているのだ。一瞬、彼は非常な恐怖の念に襲われたが、やがて、血の中で酒が回ってくるように、こういう心の慰めが湧《わ》いてきた。

彼は心の中で言った。

「あいつらだって、おれから、土地は奪い取れやしねえ。おれは、おれの働きと、土地から実ったものを、あいつらには持って行けねえ土地にしてあるんだ。もし、おれが銀貨にしておいたら、あいつらは奪い取ったかもしれねえ。また、その銀貨で穀物を買って貯《たくわ》えておいても、あいつらは残らず奪い取ったかもしれねえ。とにかく、土地はまだみんな残ってるんだ。土地はおれのものだ」

九

戸口に坐《すわ》っていた王龍《ワンロン》は、この際どうにかしなければならない、と考えた。この、何もない家にぐずぐずしていて、死を待つわけにはいかない。日増しにやせおとろえて、帯を強くしめなければしまりのなくなる体の中には、生きていこうという強い決心があった。やっと人生の盛りに達したばかりなのに、無情な運命のために命を奪われるのは、耐え難いことだ。彼はなんとも言えない怒りを、たえず感じた。時々それに襲われては、狂人のようにむなしく前庭に飛びだして、永遠に青々と澄みわたって、冷たい、雲もない、輝く愚かな大空に向って、こぶしを振りまわした。

「天にいるおいぼれ親爺《おやじ》！　畜生！」

どうともなれという気持になって、よくそうどなったものだ。一瞬、思わずハッとなることもあるが、すぐまた思い返して、いまいましそうに叫ぶのだった。

「勝手にしやがれ、これより悪いことが、起るもんか！」

ある時、彼は、飢えた重い足を、一歩一歩、引きずって、土の神の祠《ほこら》へ行って、そこに泰然として女神と坐っている、土でこねた小さい神の顔に、思うさま唾《つば》を吐きかけた。二つの神の前には、もう線香はあがっていなかった——この数カ月、誰も線香をあげる者はいなかったのだ。赤紙の衣は破れて、粘土の肌《はだ》が現われているが、神は、どこを風が吹くかとすましている。王龍は、歯ぎしりして彼らを呪《のろ》い、うめきながら家に帰ると、寝てしまった。

みんな、誰も彼も、ほとんど起きる者はいない。起きても仕方がないのだ。横になってさえいれば、発作的に短い眠りが来て、その間だけでも飢えを忘れることができる。彼らはトウモロコシの穂軸を乾かして食べた。木の皮をはいだ。村じゅうの人々は、冬枯れの山々に枯れ残っている草の根まで捜し歩いた。動物はどこにもいない。幾日歩いても、牛やロバはおろか、どんな獣も鳥も見ることができなくなった。

子供らの腹は、何も入ってないのに異常にふくらんでいる。村の往来で遊んでいる子供は一人もいない。王龍の二人の子供は、せいぜい、戸口まで這《は》っていって、日向《ひなた》ぼっこをするのがやっとだ。無情の太陽は、飽きずに輝きつづけている。丸々としていた彼らの体は、やせて骨ばり、鳥のように鋭い細い骨が現われてきた。ただ腹ばかりが重苦しかった。

女の子は、普通なら歩ける時分だが、まだ坐ることもできない。古い蒲団にくるまって、不平もこぼさず、幾時間となくこんこんと眠ってばかりいる。初めのうちは、家じゅうに響きわたるほど泣いていたが、今では静かになり、口に入れてやれば、何でも弱々しく吸っているだけで、声もたてない。やせた顔をして、口は歯のない老婆《ろうば》のようにへこんで、青い。落ち込んだ黒い眼が、みんなを見つめている。

こんなになっても消えない小さい生命《いのち》は、父親の心を動かした。もしこの子が、ほかの子のその頃《ころ》のように、丸々と肥《ふと》って元気だったら、王龍は、可愛《かわい》がらなかったことだろうが、——彼女を見ては、時々彼はやさしい声であやしていた。

「かわいそうなやつだ——ほんとにかわいそうなやつだ——」

一度、彼女が、歯のない歯ぐきを出してかすかな笑みを浮べたときなど、彼は涙を流し、彼のやせた堅い手に、赤ん坊のちっちゃい手を取ってやった。すると、赤ん坊は五本の指で彼の人差し指をそっと握っていた。その時からというもの、彼は裸のまま横になっているその子を抱きあげては、上着の胸に入れ、体温であたためながら、戸口に坐って、乾いた、荒れた畑を、呆然と眺《なが》めていたりした。

老人はと言えば、彼は誰よりも大切にされていた。何か食べるものがあれば、子供にやらないでも老人にはかならず与える。たとえ父親が死んでも、王龍は父親の世話を忘れていた、などとは誰にも言わせない、自分の肉をさいてでも、父親には食わせる、そう彼は誇りをもって思っていた。老人は昼も夜も寝ていた。もらったものは何でも食べた。日光の暖かい正午ごろには、戸口まで這い出る気力がまだ残っていた。彼は誰よりも朗らかだった。ある日、さけた竹筒の中を弱い風が吹いたみたいな、かすかな老いぼれた声で言った。

「これよりひでえ凶作の年があっただよ——もっとひでえ凶作の年があっただよ。おれは、男や女が、子供を食うのだって見たことがあっただよ」

非常な恐怖を感じて、王龍は答えた。

「うちじゃあ、どんなことがあろうと、そんなことだけはしねえよ」

ある日、人間の影とさえも見えないほどやせ衰えた隣家の陳《チェン》が、王龍の家へ来て、土のように黒く乾いた唇でこう囁いた。

「町じゃ犬まで食ってるだよ。馬でも鳥でも、そこらじゅうで手当りしだいに食ってるだよ。おれたちは、畑で働かせる牛も草も木の皮も、食っちまっただ。あと、何が残ってるかな?」

王龍は、絶望したように首を横に振った。胸には、骸骨《がいこつ》みたいにやせた女の子を抱いていた。彼は、そのかよわい骨ばかりの顔と——胸の中から絶えず彼を見あげている、悲しい鋭い眼をのぞきこんだ。眼が合うと、女の子の顔には、ゆらめくような微笑がただよった。彼は、身を切られるようにつらかった。

陳は顔を寄せながら囁いた。

「村じゃ、人間の肉、食ってるだよ。あんたの叔父さんと叔母さんは、食ってるだとよ。あの人らが何も持ってねえことは村じゅうで知ってるだに。さもなければ、生きて歩きまわる力のあるわけがあるめえよ」

こう言いながら、陳がその死のような顔を突き出したものだから、王龍は、突然あとずさりした。こんなに近くで見ると陳の眼はすごかった。王龍は、わけのわからない恐怖に襲われた。そして、まといつく危険を払いのけるかのように急に立ち上がった。

「この村から出て行くべえ」彼は叫んだ。「南へ行くべえ。この広い土地のことだ。どこも飢饉《ききん》だってわけじゃあるめえ。いくら天が非道だからって、漢民族をみな殺しにするわけはねえ」

陳は、あきらめたような眼で、彼を見て、悲しい声を出した。

「あんたは若いからな。おれは、あんたより年とってるし、女房も若くねえし、一人娘がいるだけだ。死ぬのに足手まといはねえ身なんだ」

「お前のほうが、おれより運がいいよ。おれは老人をかかえてるし、子供が三人いるんだ。それに、もう一人生れかかってるんだものな。南へでも行かなけりゃあ、人間だってこと忘れて、野良犬《のらいぬ》みてえに、食い合うようになるよ」

そう言ってみると、王龍は、まったくそのとおりのような気がしてきたので、阿蘭《アーラン》に声をかけた。彼女は、料理するものもないし、竈《かまど》に焚《た》く薪《たきぎ》もないので、黙々として、毎日寝床に横になったままでいた。

「おい、阿蘭。南へ行くべえ」

彼の声には、ここ数カ月間、誰も聞いたことのない元気があった。子供らは彼の顔を見あげ、老人は寝床から危ない足取りで出てきた。阿蘭も苦しそうに起きてきて、戸につかまりながら言った。

「それがいいですね。どうせ死ぬんなら、歩きながらでも、死ねますからね」

腹の中の子供は、まるで節くれだった果物が腰から垂れさがっているといった図だった。彼女の顔からは肉という肉が消え、角張った骨が皮膚の下に岩のようだった。

「ただ、明日まで待ってください。それまでには生れます。動き具合でわかるんです」

「そんなら、明日にしよう」

王龍は妻の顔を見て、今まで自分に対して感じたよりも、もっと深い痛ましさに打たれた。このかわいそうな女は、もう一つの生命をひきずって歩いてるんだ！

「かわいそうに。お前は、それで歩く気か？」彼はそうつぶやいた。

彼は、その時まで戸口に寄りかかっていた陳に向って、言いにくそうに頼んだ。

「少しでも食べ物が残ってたら、どうか、子の母親の命を助けると思って、ひと握りだけでいいから分けてくんねえか。そうすりゃあ、お前さんが家へ盗みに入ったこたあ忘れるから」

陳は恥じいるように彼を見つめ、腰を低くして言った。

「あの時からってもの、おれはあんたにすまなくて、心の安まる暇もなかったんだ。あの犬みてえな、あんたの叔父が、あんたが穀物をたくさんしまってあるなんてそそのかしたんで、おれ、あんなことしでかしたんだ。天に誓って言うけんど、おれは、戸口の石の下に、乾《ほ》した赤豆を少し埋めてあるんでな、それは女房と二人でしまっておいたんだ。おれたちの最後の時の用意にな。死ぬ前に食って、胃袋に何か入れて死ぬつもりだったんだ。あんたにも、少し分けてやるよ。なんなら、明日、南へ行けよ。

おれは、家族と、ここへ残るから。おれは年寄りで、男の子はいねえし、死のうが、生きようが、大したこたあねえからな」

陳は自分の家へ帰って、しばらくすると、ふた握りの赤豆を布に包んで持ってきた。土の中に埋めてあったので、黴《かび》くさくなっていた。食べ物を見ると、子供らは彼にすがりつき、老人の眼《め》さえ異様に光ったが、王龍もこの時だけは彼らをおしのけて、寝ている妻のそばへ行った。阿蘭は、もし何か食べなければ、出産の苦痛で、死んでしまうのはわかっていた。彼女は生む時刻が近づいているので、すまなそうに一粒一粒、少しばかり食べた。

王龍は、ほんの数粒を手の中へ隠しておいて、口に入れて、軟らかく嚙《か》みくだき、娘に口移ししてやった。そして、小さい唇が動くのを見ると、自分まで食べたような気がするのだった。

その夜、王龍は、中の間から動かなかった。二人の子供は老人と寝ていた。三番目の部屋では阿蘭の出産が近づいていた。彼は長男が生れたときのように、そこに坐って耳をすましていた。これほどまでに弱っていても、阿蘭は、産褥《さんじょく》に彼を近づけようとしなかった。そのつもりで用意した古盥《ふるだらい》にかがみこみ、一人で生むつもりなのだ。

部屋をはいずりまわって、動物が子を生んだときに汚れを見せないみたいに、一人であと片づけをして、お産のあとを残さないつもりなのだ。

王龍は耳慣れている鋭い細い声を、今か今かと待ちかまえながらも、暗い思いにとらわれていた。男でも女でも、もう問題ではない——もう一つ、養わなければならない口がふえることが問題なのだ。

「死んで生れれば、かわいそうな目にあわせないですむがなあ」

そんなつぶやきが彼の口から思わずもれたとき、彼は、弱々しい泣き声を静寂の中に聞いた。——その泣き声の弱々しさときたら！「無慈悲な世の中になったもんだ」と彼はにがにがしそうに言って、坐ったまま耳をすましていた。

泣き声は二度と聞えてこなかった。家を包む静寂は、何とも言えない不気味さだった。ここ何日も、いたる所に静寂があった。それは、自分の家に閉じこもって、動かずに死を待っている人々の静寂なのだ。今の静寂もそれだった。王龍は、突然、それがこらえきれなくなった。恐ろしいのだ。彼は立ち上がって、阿蘭の寝ている部屋の前へ行った。そして、戸の裂け目から声をかけた。自分の声を聞くと、いくらか、気が強くなった。

「どうもなかったか？」

声をかけてから、耳をすました。彼が坐っている間に、もし、彼女が死んでいたら、と急に心配になった。かすかな衣擦《きぬず》れが聞えた。彼女は動きまわっているらしかった。やっと彼女は、溜息《ためいき》のような声で言った。

「来て！」

彼は、入った。阿蘭は寝床の上に横になっていた。やせてしまい、蒲団《ふとん》さえ高くなっていなかった。彼女は一人で寝ていた。

「赤ん坊は、どこにいるんだ？」王龍はきいた。

阿蘭は蒲団の上に出した手を、わずかに動かした。床には赤ん坊の体が横たわっていた。

「死んだのか？」彼は思わず声を高くした。

彼女は囁《ささや》いた。

「死んだんです」

彼は身をかがめて、手のひらにのるほど小さい死体をよく見た。やせて、骨と皮ばかり、――女の子だった。

「泣き声が聞えたぜ――生きて生れたと思うがな――」そう口まで出そうになって、彼は妻の顔を見た。彼女は眼をつむっていた。皮膚は灰のように艶《つや》のない色をして、皮膚の下から骨があらわに出ていた。――忍べるだけ忍んで黙々としているその顔を見ると、彼は、何も言えなくなった。何と言ったところで、彼がこの幾月もの間ひきずり歩いた苦痛は、彼一人の身にとどまっていたのだ。だが、この女は生きようとして必死になっている飢えた胎児に、内側からむしゃぶりつかれて、あらん限りの飢餓の苦しみに堪えてきたのだ。

彼は何も言わずに、死体を中の間に持ち出して、土間へ置き、小さい筵《むしろ》を捜し出して、それを包んだ。丸い頭はぶらぶらしていて、首には、二カ所に紫色のあとがあった。やるだけのことをやってから、筵の包みを持って歩けるだけ歩き、家からできるだけ遠いところまで行き、とある古い墓の窪地《くぼち》にその死体を置いた。それは、王龍の西の畑に沿った丘の中腹にあり、崩れた墓、無縁の墓、世話する者とてもない墓などの中に立っていた。彼が死体を置くが早いか、あっという間に、狼《おおかみ》のように飢えた野良犬が彼の後ろに現われた。これも、すっかり飢えているようで、石を拾って投げつけると、そのやせた腹に当って、にぶい音をたてたが、それでも犬はほんの二、三歩あとずさるだけだった。しばらく立っていた王龍は、脚ががくがくするような思いで、顔を両手でおおって、そこを立ち去った。

「このままのほうがいい」

彼はそうつぶやいたが、この時、初めて、まったく絶望を感じたのだった。

翌朝、輝いた青空にいつもと変らない太陽が出ると、自分で自分の身じまいもできない子供や衰弱しきった妻や、老衰の父を連れて、この家を棄《す》てようと決心した昨日が、夢のように思えるのだった。たとえ南に豊かな土地があるにしても、どうして何百マイルもの旅ができよう？　また南へ行ったところで、はたして食べ物があるかどうか、誰が知っていよう？　この、明るい空は無限に続いているだろう。おそらく体力が尽きるまで歩いても、要するにもっと多くの飢えた、しかも、見知らない人々を見かけるだけだろう。それよりも、住みなれた家の寝床で死ぬほうがはるかにましだ

すっかり元気を失った王龍は、戸口に坐って、今まで食糧から燃料にいたるまで、耕せば何でも得られた畑が、まったく乾ききって固まってしまったのを、さびしそうに眺めた。

もう彼は金を持っていなかった。最後の銅貨もよほど前につかってしまった。また、買おうにも食糧はどこにもないから、金があっても何の役にも立たなかった。彼は、以前、町では食糧を貯《たくわ》えている金持があって、特別の金持にだけ売っていると聞いて

いたが、それにも今では腹が立たなくなった。町にさえ来れば食べ物を無料で与えるという人があったとしても、今日の彼は、町まで歩いて行く気になれなかった——彼は、今では、飢えさえ感じなかった。

飢えがひどく苦しいのは最初だけで、その時期はすでに過ぎていた。畑の土を掘ってきて子供らには食べさせたが、彼自身は食べる気がしなかった。この土を水にとかして、彼らは幾日かの間食べていた。——それは多少の栄養分があって《観世音菩薩《かんぜおんぼさつ》の土》と呼ばれていた。それだけでいつまでも生命をつなぐことはできないが、粥《かゆ》のようにすれば、子供の飢えを一時しのぐことができ、ふくらんだ、からの胃袋を満たすことができた。王龍は、妻がまだ大切にしている赤豆に、何と言われても、手をふれなかった。彼女が、時々一粒ずつ噛んでいるのを聞くと、漠然《ばくぜん》とした満足を感じるのだった。

それから、彼が戸口に坐《すわ》って、万事をあきらめ、寝床に横たわったままで寝ながら死ぬ楽しさを夢のように考えていると、畑を横ぎって、誰かが近づいてきた。彼は坐ったまま待っていた。一人は彼の叔父で、あとの三人は知らない人たちだった。

「久しく会わなかったなあ」叔父は大声で、わざとらしく上機嫌《じょうきげん》で呼びかけた。そして、そばまで来ると、同じ調子で続けた。「うまく切り抜けてるようだな、親爺《おやじ》は

——おれの兄貴は、どんな具合だい」

王龍は叔父を見た。やせてはいるが、飢えているはずなのにそんな様子はない。王龍は、やつれきっている彼の肉体の中にわずかに残っている生命の力が、叔父であるこの男への猛烈な怒りとなって湧《わ》きあがるのを感じた。

「ははあ、こいつ、やっぱり食いやがったんだ。食いやがったんだ」彼は、ぼそぼそとつぶやいた。王龍はそこにいる見知らない人のことも、礼儀も忘れてしまった。彼は、骨の上にまだ肉のついている叔父だけが眼中にあるのだった。

叔父は、大きく眼を見ひらき、両手を上げた。

「なに？　食ってるって？」叔父は、叫んだ。「うちへ来てみるがええ。雀《すずめ》の拾うものさえありゃあしねえ。うちの女房はな——お前も、あれが肥《ふと》ってたの知ってるだろ。あれの肌《はだ》が肥って、艶があったのを覚えてるだろ。それが、今じゃ、骨ばかりになって、物干し竿《ざお》にかけた着物みてえに、皮だけが骨にぶら下がってるだよ。それから、子供らは、四人しか残ってやしねえ——小さいのは三人とも死んだだ——死んだだよ——それに、このおれは、お前の見てるとおりじゃねえか！」

叔父は着物の袖《そで》で、両方の眼をゆっくりふいた。

「いいや。食いやがったんだ」王龍は馬鹿《ばか》のように繰返した。

「おれはな、お前のことや、おれの兄貴に当るお前の親爺のことばかり心配してたんだぜ」叔父は口早に言いかぶせた。「今、その証拠を見せてやるよ。おれはな、ここに来られた町の親切な方々が、この村の地所を買いてえとおっしゃるんで、食って元気が出たらおれも手伝うからって約束してな、やっと食ったとこなんだ。そんで、おれは第一番に、お前の土地を——兄貴の子のお前の土地を思いついて、真っ先に来ていただいたんだよ。金もくださる、食べ物もくださる、生命《いのち》もくださるってわけだぜ」

叔父はそれだけ言ってしまうと、一歩しりぞいて、汚ないボロになっている長衫《ツァンスァン》の袖をひるがえして、腕組みをした。

王龍は動かなかった。立ち上がりもしなかった。また、来た人たちに挨拶《あいさつ》もしなかった。頭をあげて見ると、確かに彼らは町から来たには違いなかった。よごれた絹の長衫を着て、柔らかい手に爪《つめ》を長く伸ばしていた。まだ十分に食べているらしく、活気のある姿だった。王龍は彼らに対して、突然、無限の嫌悪《けんお》を感じた。自分の子供は、飢えて、畑の土まで食べているのに、この、町から来た人々は、十分飲み食いしている——彼の窮迫につけこんで、土地を奪おうとしている。彼は、やせて髑髏《どくろ》に似た顔に、落ちくぼんだ大きい眼で、いまいましそうに彼らを見上げた。

「おれは、土地は売らねえ」彼は言った。

叔父は、また一歩前へ出た。その時、王龍の二人の男の子のうち、小さいほうが這《は》いずってそこへ現われた。この頃《ごろ》は、子供の体力がまったく衰えてしまって、赤ん坊へ逆戻りし、這って歩いていた。

「お前の子か」叔父は叫んだ。「この夏、おれが銅貨をやったあの肥った子か」

彼らの眼は、みんなこの子に注がれた。この数カ月泣いたことのない王龍は、突然、声もたてずに泣きはじめた。喉《のど》には苦しそうな大きい瘤《こぶ》が現われた。涙はとめどもなく頬《ほお》を流れた。

「いくらでなんだ？」とうとう王龍は、きいた。なんとしても、この三人の子には、食わせなくちゃあ。――子供と年寄りには。おれと女房は、いつでも土に墓を掘って、そこへ寝て死ねるが、年寄りと子供だけはな。

すると、町から来た人々のうちから、片眼がつぶれて落ちこんでいる男が、いやにへらへらした調子で言った。

「ひもじい子供さんがかわいそうだから、この際、どこに売るよりも高い値段で買ってあげますよ。値段は――」と彼は言葉を切ってから、少し間を置いて荒々しく言った。「一エーカー（訳注　約四〇四六・九平方メートル）について銅貨百枚ですな」

王龍は苦りきって笑った。

「何だって？ それじゃ、おれの土地をただで進上するのと同じだ。おれなら、その二十倍は出すよ」

「しかし、お前さんだって、飢え死にしかけてる人から買うときは、そうでもあるまいさ」もう一人の男が口を出した。小柄《こがら》で、やせていて、鼻ばかり鋭く高いが、体格に似あわない残忍な、野卑な大声を出した。

王龍は、三人の男を見た。彼らは王龍をなめきっているのだ。飢えた子供と老父をかかえているからには、彼らの言うとおりになるとタカをくっているのだ。それを見ると、売ろうかと気の弱くなっていた王龍は、今までなかったほどの怒りにとらわれて、まるで犬が敵におどりかかるように、すごい勢いで起き上がって彼らに立ち向った。

「土地は売るもんか！ おれは、畑を少しずつ掘って、あの土で子供を養うんだ。子供が死んだら、この土地へ埋めてやるんだ。おれも、女房も、年寄りも、みんな、おれたちを育ててくれたこの土の上で、死ぬんだ」

彼は激しく泣きだした。全身に湧いていた怒りが、突然消えたように、彼は立ったまま、身をふるわして泣いた。人々は薄笑いを浮べて立っていた。それにまじって、叔父も、平気でいた。彼らは、王龍の言葉を狂人のうわ言ぐらいにしか思わない様子で、怒りの静まるのを待っていた。

するど、突然、阿蘭が現われて、彼らに話しかけた。例のとおり抑揚のない平板な調子で、こんなことは毎日のありふれたことのようだった。

「土地は、どうしても売りません。売ってしまうと、南から帰って来たときに、食べることができません。ですから、食卓と、寝台二つと、蒲団と、腰掛二つに、台所の大釜《おおがま》を売りましょう。けれども、馬鍬《まぐわ》と、鍬と、鋤《すき》は売りません。土地も売りません」

阿蘭の落着いた言葉は、王龍がどなったよりも、強い決心を秘めていた。叔父は半信半疑できいた。

「ほんとに、南へ行くつもりかね?」

しばらくして、片眼の男が彼らに何か言った。彼らは低い声で相談していたが、やがて片眼の男が振向いて言った。

「あんな物は焚《た》きつけになるばかりだ。全部を銀貨二枚でなら買おう。それでよければ、もらっとくし、いやならやめるよ」

彼は非常に軽蔑《けいべつ》した態度でそう言って背を向けた。阿蘭は、相変らず、もの静かに答えた。

「それじゃあ、寝台一つの値段にもならないでしょうけど。でも、今お金を持ってるんなら、すぐこっちへ渡して、品物を引取ってください」

男は、腹巻をさぐり、銀貨を取出して、阿蘭の差出した手へ落した。三人は家の中へ入って、食卓や、腰掛や、王龍の寝台を蒲団ごと、戸外へ運び出した。竈《かまど》にかけてある大釜も持出したが、老人の部屋のものを出すときには、叔父は外で待っていた。兄に見られたくなかったのだ。老人を床の上に寝かせて、寝台を運び出すのは見たくなかった。全部片づいて、家の中には、二本の馬鍬、二本の鍬、そして鋤とが、中の間の片隅《かたすみ》に残っているだけになったとき、阿蘭は、夫に言った。

「銀貨が二枚あるうちに、南へ行きましょう。いまに梁《はり》まで売るようになると、帰って来たときに、這いこむ穴もなくなりますから」

王龍は、沈んだ声で答えた。

「うん、行くべえ」

しかし彼は、畑を横ぎって、しだいに小さくなっていく町の人々の姿を眺《なが》めながら、幾度もつぶやくように繰返すのだった。

「まだあの土地がある――おれには、あの土地がある」

一〇

南へ行くと言っても、木の蝶番《ちょうつがい》でとめてある戸を、厳重にしめて、鍵《かぎ》をかけるだけだった。あるだけの着物はみんな着ていた。阿蘭《アーラン》は子供の手に、茶碗《ちゃわん》と箸《はし》を持たせたが、子供らは、いつ食べられるかわからないのに、食べ物でも入っているように大事にそれをかかえていた。この見すぼらしい小さい行列は、畑を横ぎって動きだした。歩くのがひどくのろいので、いつになったら町の城壁まで行きつくか、おぼつかなく見えるほどだった。

王龍《ワンロン》は女の子を胸に入れていたが、老人がころぶのを見ると、その子を阿蘭に渡して、父親を背負うことにした。老人は枯れきって空気のように軽いが、それでも王龍は、よろけた。彼らは、例の二つの小さい神様を祭ってある祠《ほこら》の前を黙りこくって通りすぎたが、この神様は何が通っても、泰然として無関心でいた。体力の弱っている王龍は、身を切るような寒風にもかかわらず、汗を流していた。寒風はまっこうから吹きつけてきた。子供らは寒さに堪えかねて、泣き叫んだ。王龍は、なだめて、元気づけた。

「お前たちは、二人とも、大きいじゃねえか。南へ行く旅人なんだぞ。南へ行くと、あったかいし、毎日、食い物がある。みんなで、毎日白い米が食えるんだ。お前たちも、食えるんだ、毎日、食えるんだよ」

少し歩いては休んで、そのうち楼門までたどりついた。ここでいつか王龍は涼しさをありがたがったものだが、今日は寒さに歯を食いしばった。——氷のように冷たい水が断崖《だんがい》の間を流れるみたいに、厳寒の風が、激しい勢いで吹き抜けていた。踏む足の下は深い泥《どろ》で、霜柱が槍《やり》のように突っ立っていた。子供らは歩けなかった。女の子を抱いている阿蘭は、自分が歩くだけでもやっとだった。王龍はよろけながら老人を背負ったまま、そこを通りぬけ、老人をおろしてから、また戻って二人の子を連れてきた。それがすんだときには、汗が雨のように流れた。彼はすっかり力が尽き、長い間、湿っぽい城壁にもたれて休んだ。眼《め》をつむって、盛んに呼吸をはずませていた。家族のものは、寒さにふるえながら、まわりに立って待っていた。

やがてあのお屋敷の前にさしかかった。堂々とした門は鉄の扉《とびら》を厳重に閉ざして、石の獅子《しし》は寒風に吹きさらされて灰色になっていた。門前には、見すぼらしい男女が数人うずくまって、その閉ざされた門をひもじそうに見つめていた。王龍のみじめな行列が通りかかると、その中の一人が、しわがれた声で叫んだ。

「金持なんてやつの心は、神様の心と同じで、むごいもんだぜ。あいつらは、まだ食べる米を持ってるばかりか、余分な米で、いまだに酒作ってるんだ。それだのに、おれたちは、飢え死にしかけてるんだぜ」

もう一つの声が、呻《うめ》いて言った。

「おれのこの手に、少しでも力があればな、この門だの、屋敷だの、中庭なんかに、火つけてやるんだ。おれは、その火の中で死んでも、くやしくねえ。こんな黄《ホワン》家の子孫を生んだ祖先なんか、千度も呪《のろ》われろだ！」

けれども、王龍は何とも言わずに、黙って、南をさして歩いて行った。

町を通り抜けて南側へ出たときには、もう日は落ち、夕闇《ゆうやみ》が迫っていたが、そこには南へ急ぐ人々の大群があった。王龍は、家族の者がひと塊りになって一夜を明かすのに、どこか城壁の手ごろな隅がないものかと思いめぐらしていた。と、突然、彼も家族のものも、この群衆の中へ巻きこまれてしまった。彼は、群衆の一人にきいてみた。

「この人たちはどこに行くんだね？」

その人は答えた。

「みんな飢え死にしかけてるんで、汽車つかめえて、南へ行くんだよ。あすこにある建物から出るんだ。おれたちみてえな貧乏人は、銀貨一枚も出さねえで乗れるんだよ」

汽車だって！　誰もが話には聞いていた。王龍も以前茶店《ちゃみせ》で、人々が話をしているのを聞いたことがあった。――いくつもの車が、鉄の鎖でつながれ、それを曳《ひ》くのは人でも獣でもなく、竜《りゅう》みたいに、火と水を吐く機械だというのだ。それを聞いてから、彼も休みの日に見に行こうと、幾度も思ったことがあるが、町のずっと北に住んでいるし、畑の仕事に何やかやと追われて、来る暇がなかったのだ。また、知らないことや、理解できないことに対して、王龍はいつも不信の念をいだいていたせいもあった。人間というものは、毎日の生活に必要なことだけ知っていれば十分で、それ以上知るのは有害だと彼は信じていた。

しかし、この時の彼は決心しかねたように阿蘭にきいた。

「おれたちも、その汽車とやらで、行こうか？」

二人は、老人と子供とを引っぱって、その群衆から少しはなれ、不安そうに顔を見合せた。ちょっとでも足をとめると、老人はくずれるように坐ってしまう。子供らは、行きかう人々に踏まれる危険も忘れて、土の上に横になる。女の子はまだ阿蘭に抱かれていたが、もう頭はぐんなりと垂れて、目をつむっている。まるで死んだようだ。王龍は何もかも忘れて叫んだ。

「その子はもう死んだのか？」

阿蘭は首を横に振った。

「まだです。まだ息をしています。けれど、このままなら、今夜は、死ぬでしょう。わたしたちも、みんな」

そのあとの言葉も続けられないように、阿蘭は、やつれきった、骨ばった顔で、彼を見つめた。王龍は何とも答えなかったが、もう一日、こんなふうにして歩いていれば、晩までには、かならずみんな死んでしまうだろうと思った。彼はできるだけ元気な声を出した。

「さあ、子供たち！　起きるんだよ。おじいさんを立たしてあげるんだ。みんなで、これから汽車に乗ろう。南へ、歩かないで、坐って行くんだよ」

その時、暗黒の中から、竜の吠《ほ》えるような音をとどろかして、二つの眼から火を吐いている怪物が驀進《ばくしん》してこなかったら、彼らは動く気力がなかったことだろう。怪物を見ると、みんなは悲鳴をあげて走りだした。王龍一家は、離れ離れにならないように、夢中になって固まりながら、その混雑の中で、あちこちへ押され、前へ進んでいるうちに、さまざまの声が叫びあっている暗闇の中で、小さい入口から箱のような部屋に押しこまれてしまった。やがて、彼らを腹の中に入れた怪物——汽車——は、間断なく吠えたけりながら、夜の暗黒の中へ突っこんで行った。

一一

王龍《ワンロン》は銀貨二枚で百マイルの汽車賃を払った。車掌はそれを受取って、ひと握りの銅貨をつりに返してくれた。次の駅で汽車が止ると、すぐさま窓から盆を突き出す物売り人から、彼は、パン四個と、女の子のために、粥《かゆ》を一杯買った。この数カ月来、彼らは一度にこんなに食べたことはなかった。彼らは飢えているが、食べ物を口に入れると、食欲がなくなってしまった。子供らに食べさせるには、なだめたり、すかしたりしなければならなかった。ただ、老人だけは、歯のない歯ぐきでパンを根気よく嚙《か》みしめていた。

「人間は食わねばならんて」老人はまわりにいる人たちに親しげにしゃべりかけた。汽車が揺れるたびにまわりから押された。「わしの馬鹿な胃袋は、長い間、何もしねえでいたんで、なまけぐせがついたようだな。かまわねえから、働かせますだよ。胃袋が働かねえからって、わしが死ぬわけにもいかんでな」

人々は、まばらな白ひげを顔いっぱいにはやした、小柄な、このしなびた老人が、微笑しているのを見て、急に愉快そうに笑いだした。

王龍は、銅貨の全部を食べ物に費やしたわけではなかった。南に着いたときに、雨露をしのぐ小屋がけをするために、筵《むしろ》を買わなければならないから、できるかぎりの金は残しておいた。汽車の中には、以前南へ行ったことのある男女がいた。ある者は、毎年、南の豊かな都市へ出稼《でかせ》ぎに行き、そこで働いたり、乞食《こじき》したりして、食いぶちを稼いでいた。王龍は汽車という怪物や、窓外の風景が、目まぐるしく移ってゆく驚きに慣れてから、車内の人々の話に耳を傾けた。南の事情に通じている者は、無知の人々に向って、物知り顔に話していた。

「第一に、筵を六枚買うんだ」一人の男が言った。駱駝《らくだ》のように唇《くちびる》の垂れている卑《いや》しい人相の男だった。「筵一枚が銅貨二つさ。もっともそれは、お前さんらが、気がきいてるときのことでな。ぽっと出の田舎者だと見られると、銅貨三枚はふんだくられるね。んだが、そんなに払う必要はねえんだ。それは、おれが、よく知ってる。おれは、南の町の人らにも決して馬鹿《ばか》にされねえ。たとえ連中が金持だってね」

彼は人々の賞讃《しょうさん》を求めるかのように、頭を振りたて、あたりを見まわした。王龍は、一心に耳をすましていたが、先が聞きたいので、「それからどうするんだ？」とうながした。この車輛《しゃりょう》は、木で作ったがらんどうの部屋のようなもので、腰掛も何もない。床の隙間《すきま》からは、風や埃《ほこり》が吹き上げてくる。王龍は、そこに尻《しり》をついて坐《すわ》っていた。

「それからね」男は、今までよりも大声で言った。下でごうごうと音を立てている車輪の響きに負けないように声を張りあげたのだ。「その筵をしばり合せて小屋がけしてから、乞食に出るんだ。泥だの、汚ねえものをぬりつけて、できるだけ哀れっぽい格好してね」

王龍は、まだ乞食をしたことがなかった。都会の知らない人から物をもらうのは、どんなに考えてもいやだった。

「物もらいしなきゃあだめかね？」彼は繰返してきいた。

「そうだよ」例の卑しい口をした男は言った。「しかし、それも、腹をこさえてからのことだぜ。南の町にゃあ米がたくさんあるんで、毎朝、公営食堂へ行けば、銅貨一枚で、白い米の粥が腹いっぱい食えるんだ。そしてすっかり支度のできたところで、気持よく乞食して、豆腐でも、キャベツでもニンニクでも、買うのさ」

王龍はみんなから少し後ろのほうへさがり、壁のほうを向いて、腹巻に残っている銅貨をそっと数えてみた。六枚の筵を買い、みんなで一碗ずつの粥を食べることにしても、まだ銅貨が三枚残る。これなら新しい生活が始められる。彼は急に気安さを感じた。ただ、茶碗を手に持って、通りすがりの人々に物乞《ものご》いするのは、どんなに考えてもいやでたまらなかった。老人や、子供や、阿蘭《アーラン》はいいだろうが、彼には、立派な二本の腕があるのだ――

「腕で働くような仕事はねえでしょうか？」

王龍は、振りかえって、突然声をかけた。

「なに？　働く？」その男は、ひどく軽蔑した調子で、床に唾《つば》を吐いた。「そりゃね、お好きなら、金持を乗せて人力車を曳《ひ》くんだね。曳いて駆けてると、血の汗が出る。客を待ってると、汗が凍って、氷の着物を着たようになる。おれは乞食のほうがいいね」

そう言ってから、彼は盛んにののしりはじめたので、王龍はそれ以上、たち入ってきくのをやめた。

だが、それだけでも聞いたことは、王龍にとって、有益だった。やがて汽車が目的地に着き、彼らを地面へおろしたときには、王龍は、すっかり計画を立ててあった。そこには、ある屋敷を囲む、くすんだ塀《へい》が長く続いていた。王龍は、老人と子供らをそこへ寄りかからせ、阿蘭に番をさせ、自分は筵を買いに出かけた。市のたつ通りがどこにあるのかわからなかったので、通りがかりの人々に聞くよりほかなかった。ところが、南の人の話し方は、鋭くて早い。せっかく教えてもらっても、初めのうちは聞きとれなかった。幾度も聞きなおすと、彼らは癇癪《かんしゃく》を起した。まったく南の人は気短かで怒りっぽいのだ。王龍は、尋ねようと思う人をよく見て、なるべく親切そうな顔の人を選んできくことにした。

とにかく、彼は筵を売る店を町はずれに捜しあて、値段を心得ている人のような態度で銅貨を渡し、巻いてある筵をかつぐと、一家のものを残しておいたところまで帰ってきた。みんなそこにいたが、彼の姿を見ると子供たちは安心して泣きだした。慣れない土地なので、恐怖を感じていたのだ。老人だけは、見るものごとに驚き、面白がって、王龍に言った。

「お前も、気がついたんべえが、南の人は、みんな肥《ふと》ってるなあ。肌《はだ》が白くって、脂《あぶら》ぎってるよ。ありゃあ、確か、毎日豚を食ってるからだぜ」

通り過ぎる人々は、誰も王龍一家を振向きもしなかった。町への石畳を、せわしく、足早に歩き、乞食などに足を止めるような人はいなかった。少しずつ間をおいて、ロバの一隊がその小さい蹄《ひづめ》で巧みに石を踏んで通った。みんな建築材料の煉瓦《れんが》を入れた籠《かご》を背中へのせ、あるいは、穀物の袋を両側へぶらさげていた。最後の一頭には、かならずロバ使いが乗っていて、大きな鞭《むち》を手にし、高い声で叫びながら鞭を振りまわした。鞭は風を切ってものすごい音をたてた。このロバ使いたちは、王龍のかたわらを通りすぎるときに、きまって人を見くだした、傲慢《ごうまん》な眼つきをした。そして、道ばたにぼんやり立っている王龍一家に、この粗末な仕事着を着ているロバ使いどもは、どんなお大名も及ばない尊大な態度を見せた。彼らは、王龍一家が遠い田舎から流れてきたことを見抜いて、前を通るときに、王龍たちの頭上で鞭をふるった。――鞭が風を切ってすごい音をたてると、みんな、驚いて飛び上がった。それを見て、ロバ使いはおもしろがり、大笑いするのだった。こんなことが二、三度も続いたので、王龍は、怒ってしまった。そして、小屋がけをするのにいい場所を捜す気になった。

彼らが今までよりかかっていた長い灰色の壁に沿って、いくつも乞食小屋がへばりついていた。その壁の向う側がどうなっているのかは、誰も知らないし、また知るすべもなかった。ただ、灰色の石を積んだ壁が、高くえんえんと続いていて、その下に、犬の背に食いついた蚤《のみ》みたいに、筵がけの小屋がへばりついているのだった。王龍は、ほかの小屋を見て、ああこう、形を作ろうとしてみたが、葦《あし》を割《さ》いて作ったものなので、堅くて、始末が悪く、絶望してしまった。すると、阿蘭が、突然言った。

「それなら、わたしにできます。小さいときやったのを覚えてますから」

阿蘭は女の子を下へ置いて、その筵をなんとかいじくりまわしているうちに、地面へ届く蒲鉾《かまぼこ》型の丸屋根を作りあげた。中は、坐っても頭をぶつけないくらいの高さがあり、地面へついている筵のはしは、煉瓦を拾ってきて押えた。阿蘭は子供らに煉瓦をもっと集めさせた。それができあがると、彼らは中へ入ったが、阿蘭は余った筵を下へ敷いて、床を作った。この中に坐っていれば雨風は防げた。

こうして顔を見合せていると、自分の家や土地を昨日あとにし、そこから百マイルも離れたところにいることが、夢のような気がした。もしこの途方もない距離を歩いたとしたら、幾週間もかかったばかりでなく、歩ききらないうちに死んだ者もあっただろう。

飢えている人が一人も見えないこの豊かな土地に、彼らはすっかり安心した。「さあ、みんなで公営食堂を捜しに行こう」と言う王龍の言葉に、誰もが元気よく立ち上がって小屋を出た。子供らは歩きながら茶碗《ちゃわん》を箸《はし》でたたいた。茶碗の中に入るものがすぐあるから嬉《うれ》しいのだろう。

この長い壁に沿って小屋がけがあるわけは、すぐわかった。長い壁の北端を少し行くと、一つの通りがあった。そこを大勢の窮民が、からの茶碗、バケツ、ブリキの器などを持って、公営食堂へ行くのだった。それは、通りの突き当りで、ここからあまり遠くないところにあった。王龍一家も、その群れに加わって押されながら動いていくと、とうとう、筵張りの大きい建物の前へ出た。みんな、その建物の入口からなだれこんで行った。

どっちの建物も、その奥のほうに、王龍が今まで見たこともない巨大な竈《かまど》があって、そこに、小さい池ほどもある大鍋《おおなべ》がのせてあった。大きい木の蓋《ふた》をあけると、真っ白なすばらしい米が煮えたぎっていて、香ばしい湯気が雲のように湧《わ》きあがっていた。この米粥の香ばしい湯気の香りは、窮民にとって、このうえなく嬉しいものだった。彼らは大きく、ひと塊りになって、そこへ殺到した。男たちはどなり、母親は子供が踏みつぶされるのを心配して金切り声をはりあげる。赤ん坊は泣きたてる。

大鍋の蓋をあけた男たちは大声でどなった。

「さあ、みんなに行きわたるだけあるんだから、順々に来るんだ」

しかし、どんなにどなっても、飢えている男女の集団を押しとどめることはできなかった。彼らは、食事にありつくまでは、野獣のように争った。その中に巻きこまれた王龍は、ただ父親と子供らとをかかえて、離れないようにするのが精いっぱいだった。そのうちに大鍋のそばへ押されていった。大きな茶碗を出して粥を入れてもらい、銅貨を一枚放り出したが、その間、押し倒されないように立っているのがせいぜいだった。

彼らは往来へ出た。みんなでその粥を立ったまま食べた。腹いっぱい食べてもまだ残っていた。「これをとっておいて、晩に食べよう」王龍が言った。

すると、彼のかたわらに立っていた男が——青と赤の制服を着ている、たぶん、この食堂の番人だろう——鋭い声でさえぎった。

「そりゃ、いかん。腹に入れたもののほかは、持ってってはならん」

王龍は、不思議に思って、ききかえした。

「何だって？　おれは金を払ったんだから、腹の中へ入れても、入れなくても、お前さんに関係ないじゃないか」

すると、男は説明した。

「そういう規則になってるんだ。これだけの粥は、銅貨一枚ぐらいで買えるわけのものじゃないんだけど、中には不心得者もいて、貧民用のこの粥を買いにきて、うちへ持ってって、豚に食わせるんだ。この粥は人間のためで、豚のためじゃないのにさ」

王龍はあきれて聞いていたが、こう叫んだ。

「それほどひどい人間がいるもんかなあ！」

そして、またきいた。

「どういうわけで、貧乏人に恵むんだね。恵んでくれるのは、どなたなんだね？」

　男は答えた。

「この市《まち》の物持ちの旦那《だんな》がたがなさるんだよ。人の命を救って来世の功徳《くどく》にあずかろうってわけで善根を積む者もあるし、また、世間から正義の人だとほめられたくてする人もあるんだ」

「どんな理由にしても、確かにえれえことだな。中には仏心《ほとけごころ》でなさる方もあるにちげえねえな」

　王龍はそう言ったが、男が何とも答えないので、自分の意見を弁護するためにさらに話しかけた。

「とにかく、そんな人も、少しはいるよね」

　だが、男は、王龍などに取りあっているのは面倒だと思ったとみえて、くるりと後ろを向いて、なんとなく鼻歌をうたいはじめた。その時、子供らが王龍の着物を引っぱったので、彼は、みんなを引連れて、さっき作った小屋へ帰った。この夏以来、満腹したのは、これが初めてだったし、腹がはると眠気に襲われて、一家のものは横になり、翌朝までぐっすり眠った。

　翌朝、最後の銅貨を朝の粥のために使ってしまったので、なんとかして金を手に入れることが必要になった。王龍は相談をもちかけるように、阿蘭の顔を見た。だが、荒れはてた不毛の畑を見るときのように、彼は絶望してはいなかった。この都会では、通りを行き来する人々はみな肥えている。市場には肉も野菜もある。魚市場では、魚が生簀《いけす》に泳いでいる――ここでは、親子が飢えるなんてありえない。故郷にいたときとは違う、あすこでは、銀貨があっても、買おうにも食べ物がなかったのだ。

阿蘭は、こんな生活に昔から慣れているかのように、しっかりした調子で答えた。

「わたしと子供たちは乞食をします。お年寄りもできます。わたしにくれない人も、あの白髪《しらが》を見れば、心を動かすでしょうから」

阿蘭は二人の子を呼んだ。二人とも子供なので、腹いっぱい食事をすると、今までのことはすっかり忘れて、物珍しいままに、往来へ出て、何でも通るものを一心に見ていた。阿蘭は子供たちに言った。

「さあ、二人とも茶碗を持って、こういうふうに持って、こう言うんだよ。――」

彼女は、からの茶碗を手にして、前のほうへ出し、哀れな声をはりあげた。

「旦那様――奥様！　恵んでくださいまし――来世のために善根を積んでくださいまし！　僅《わず》かでも、銅貨でも、お投げくださいまし。ひもじい子供をお救いくださいまし」

子供らは、あっけにとられて母親を見つめていた。王龍も同じだった。こいつは、どこでこんなことを覚えたのかな。まったく、こいつの一生には、おれの知らねえことが、実にうんとあったんだな。阿蘭は、彼の無言の問いに答えた。

「わたしは、子供のとき、こう言って、食いつないだんですよ。こんな凶作の年にでしたよ、わたしが奴隷《どれい》に売られたのは」

その時まで寝ていた老人も、眼《め》をさましたので、彼らは老人にも茶碗を持たせ、四人は通りへ出て乞食を始めた。阿蘭は哀れっぽい声を出して、道行く人々の前に茶碗を差出した。彼女は女の子を胸に入れていた。子供は眠っていた。母親が動きまわると、それにつれて頭がぐらぐら動いた。彼女は茶碗を差出して、施しを乞いながら、その子を指さして、悲しい声で訴えた。

「恵んでいただけないと、奥様――この子が死んでしまいます――わたしたちが飢え死にしてしまいます――飢え死にしてしまいます」

まったくその子は、頭をぐんなりさせてしまって、もう死んでいるように見えたので、いやいやながらも、小銭を投げてくれる人が少しはいた。

しかし、子供らは、しばらくすると遊び半分になってきた。兄のほうは、恥ずかしそうに、体裁の悪い笑いを浮べて恵みを乞うていた。それを見た母親は、子供らを小屋の中へ引きずりこんで、平手で激しく顎《あご》を殴りつけてから怒った。

「飢え死にしますと言いながら、お前たちは、その同じ口で笑ってるのか！　馬鹿ものめが！　そんなら、ほんとに飢え死にしちまいな！」

彼女は手が痛くなるまで二人の子を殴った。子供らの眼から涙がとめどなく流れた。彼女は泣きじゃくっている二人を往来へ追い出した。

「乞食ってのは、こういうものなんだよ！　また笑うと、もっとひどいからね」

王龍は、通りへ行き、方々できいて、ようやく人力車を貸してくれる宿を捜しあてた。そこへ行って、一日分の借り賃として銀貨半枚分を夜支払う約束をして、それを曳《ひ》いて往来へ出た。

車輪の二つあるぐらぐらした木の車を曳いていると、王龍は、通りがかりの人たちが、なんたる馬鹿者なんだろう、とあざけっているような気がした。牛が初めて鋤《すき》をつけられたように、梶棒《かじぼう》を不器用に握った彼は、ほとんど動くことができなかった。しかし、ここかしこのいたる所で、車に人を乗せて、車夫が盛んに町なかを走っていた。彼も生活費を稼《かせ》ぐためにはそうしなければならない。彼は住宅ばかりで店のない、狭い裏通りに入っていって、少し練習のために走ってみた。乞食したほうがましだ、と痛切に感じていると、その時、ある家の玄関から、老人が出てきて、彼を呼んだ。眼鏡をかけて、服装から見ると、学者らしかった。

王龍は、車を曳くのは初めてなのでまだ走れないんだと弁解したが、老人は耳が悪く、王龍の言葉が聞えなかった。落着きはらって手で合図し、梶棒を下げさせ、ゆうゆうと乗ってしまった。王龍はどうすればいいのか、困ったが、相手は耳が悪いんだし、服装も立派で、学者らしい老人なので、命令に従わねばなるまいと覚悟した。澄ましかえって乗っている老人は、言った。

「孔子廟《こうしびょう》までやってくれ」

老人は、泰然自若として落着いていた。その落着いている態度には、王龍に口をきかせる隙《すき》もなかった。彼は、ほかの車夫のように真一文字に駆けだした。孔子廟はどこにあるのか、露ほども知らなかったのだが。

彼は駆けながら道をきいた。道は繁華な大通りばかりなので、籠を頭にのせた行商人、市場に買出しに行く女、馬の曳く車、さては彼の曳いているのと同じ人力車などが、数かぎりなく行き来して、互いに押しあっていた。とても走ることなどできない。そこで、彼はできるだけ早く歩いた。曳いている車ががたがたして気になった。重い荷をかつぐのには慣れていたが、車を曳いたことはなかった。孔子廟の塀が見える頃《ころ》には、両腕が痛くなって、手には豆を出していた。鍬《くわ》を持つのと梶棒を握るのでは、あたりどころが違っていた。

孔子廟の門前で王龍が梶棒をおろすと、老先生は車から降り、ふところの奥から、小さい銀貨を取出して、王龍に渡しながら言った。

「わしは、これ以上、決して払わん。苦情を言っても無駄《むだ》じゃよ」

そして老人は向きをかえ、廟内へ消えた。

王龍は、こんな銀貨を見たことがなかったし、銅貨何枚に当るかも知らなかったので、苦情を言うどころではなかった。両替をしている近くの米屋で銅貨にかえると、二十六枚になった。南ではお金が実に容易に得られるものだと、今さらのように驚いていると、近くにいた人力車夫が、銅貨をかぞえている彼をのぞきこんで言った。

「なんだ。二十六枚きりかい。あの爺《じい》さんをどこから曳いてきたんだい？」

そして、王龍の答えを聞くと、男は叫んだ。

「ひでえ親爺《おやじ》だな。それじゃあ半値だぜ。どんな掛けあいをして乗せたんだい？」

「掛けあいなんかしなかっただ。おいと呼ばれたんで、乗せたんだよ」

その男は、哀れむように王龍を見つめた。

「おい、みんな見ろ。豚のしっぽをまだくっつけてる田舎者がいるぞ」彼は聞えよがしに叫びたてた。「呼ばれたからって、値を決めずに乗せるやつがあるかね。まったく馬鹿《ばか》の馬鹿とは、こいつだよ。乗せる前に、いくらくれるか掛けあうもんだ。よく覚えとけ。馬鹿め！　掛けあわずに乗せていいのは、白い外人ばかりで、あいつらは気は短いが、呼ばれたら信用して乗せても大丈夫さ。みんな馬鹿でな、物の値段がわからないんだ。それでいて、銀貨を湯水みたいに振りまくんだからな」

聞いている人たちは、声を合せて笑った。

王龍は何とも言わなかった。都会の人の間へ出ると、まったく何も知らないので、みずから卑下してしまうことは事実で、彼は一言も答えずに、車を曳いてそこを去った。

「それにしても、これだけありゃあ、明日、子供らを養えるぞ」そうひとりごとを言って、心のうちでは負けていなかったのだが、気がついてみると、車の借り賃があった。夜になれば払わなければならないのだが、これでは半分にも足りないのだった。

彼は朝のうちに、もう一人の客を乗せたが、今度は掛けあって、値を決めてから乗せた。午後には、二人の客があった。日が暮れて、人力車の借り賃を払うと、手に残ったのは、銅貨一枚きりだった。取入れの時よりもはげしい労働をして、銅貨一枚しか得られなかったのかと思うと、非常に苦い気持だったが、小屋へ帰る途中で、急に故郷の土地を思い出した。この珍しい経験をした今日一日、彼は故郷の土地をすっかり忘れていたが、思い出してみると、遠い所には違いないが、彼自身の土地が、彼を待っているのだ。そう思うと気分が休まり、彼は小屋に帰った。

阿蘭は、その一日に、ビタ銭を四十枚もらっていた――銅貨にすれば五枚にたりなかった。子供たちは、兄がビタ銭八枚、弟が十三枚で、全部合計すれば、明日の米代にはことたりた。ただ、みんなのを一緒にしようとすると、弟のほうは出すのをいやがって泣きわめいた。寝ても放さない。だが翌朝自分の粥《かゆ》の代を払うときには、初めて手放した。

老人は何ももらわなかった。終日、彼は言われたとおりに、道ばたに坐《すわ》っていたが、黙っていた。彼は居眠りばかりしていた。眼をさますと、往来の光景を面白そうに眺《なが》めていた。それに飽きると、また寝てしまった。老人だから、責めるわけにもいかなかった。自分の茶碗がからなのを見ると、ただこう言っただけだった。

「わしは、畑を耕し、種子《たね》をまき、取入れしてきたんだ。そうやって、おマンマ食ってきたんだ。その上、わしは子を育てたし、孫もおるんでな」

老人は、子があり、孫があるので、彼らが養ってくれるのだ、と子供のように信じて疑わないのだった。

一二

もう王龍《ワンロン》は飢えに苦しめられることはなくなった。子供たちも毎日何か食うものがあった。毎朝、米粥はあるし、彼の労働と阿蘭《アーラン》のもらいとでやってゆける見当がつき、この生活にも慣れてきた。王龍は、自分たちがへばりついているこの都会について考える余裕ができた。毎日、朝から晩まで、人力車を曳いて走りまわっているのだから、それ相応に事情もわかってきた。秘密な歓楽郷の二、三も知るようになった。

朝、彼が乗せるのは、女なら市場へ行くのだし、男なら、学校か、商業地区へ行くのだった。しかし、学校とはどんなものなのか、彼には知るすべもなかった。《泰西大学》とか、《中国大学》とかいう名前を聞くだけで、その門内に入ったことはなかった。もし入れば、何の用があって来たのかと、とがめられるだけだった。また商業地区の建物にしても、その内側で何をしているのか彼は知らなかった。そこまで曳いていって金をもらうだけなのだ。

日が暮れてから曳いていく先は、豪華な茶館や歓楽の場所だった。そこでは楽器の調べが往来まで流れていた。テーブルの上で、象牙《ぞうげ》と竹とで作った牌《パイ》で博奕《ばくち》をしている音も盛んに聞えてきた。その内側には秘密の遊びもあるのだろう。しかし彼はそのいずれもがどんな遊びなのか知らなかった。彼が足を踏み入れるのは自分の小屋だけで、その他の場所では、門から一歩も入ることがないからだった。この豊かな都会にいても、彼は、金持の屋敷にいる鼠《ねずみ》のように、よそものだった。投げすてられる屑《くず》で露命をつないで、あちこちに隠れている鼠と同じで、自分のいる家の本当の生活の一部になりきることは、ついぞないのだ。

千マイルとはない、せいぜい百マイルの距離だし、陸路続きで、海を隔てたわけでもないのに、この南の都会に流れてきた王龍一家は、外国に住んでいるような気がするのだった。もちろん、この都会の人々も、王龍一家や、その故郷の人々のように、髪も眼も黒いし、使っている言葉も、よく聞いていれば聞きとりにくいだけで、わかることはわかるが、どうも自分たちが外国人のような気がするのだった。

だが、安徽《アンホエ》（訳注　長江の下流にまたがる農業地帯）は江蘇《チァンスウ》（訳注　安徽の東、長江下流の沿海の省。省都は南京）ではない。王龍が生れた安徽では、言葉が遅く、重く、喉から出てくるが、彼らが今住んでいる江蘇の都では、唇《くちびる》で——舌の尖端《せんたん》で、言葉をころがしている。また、王龍の故郷では、一年に二回、小麦と米の収穫があるだけで、あとはトウモロコシとニンニクを少し作るだけ、はなはだのんびりしたものだが、ここでは一年じゅう人糞《じんぷん》の肥料をほどこして、米のほかに各種の野菜の促成栽培をしている。

王龍の故郷では、上等の小麦のパンとニンニクがあれば立派な食事で、それ以上何もいらなかったが、ここの人たちは、豚だの、タケノコだの、鶏肉入りの栗《くり》の煮つけだの、ガチョウのはらわただの、いろいろな野菜だのを調理している。もの堅い人が、ニンニクのにおいでもさせていると、すぐに鼻をひくつかせて、「やあ、いやなにおいのする、弁髪《べんぱつ》の北国人が来たよ」とどなる。ニンニクのにおいをさせていると、呉服屋でさえ、外国人に対するときのように、布地の値段をつりあげる。

ただ、この塀《へい》に沿って建てられている小屋がけの村は、都会の一部にもならなければ、またそこから拡《ひろ》がっている田園の一部にもならなかった。ある時、王龍は、一人の青年が孔子廟の片隅《かたすみ》に立って、群衆に向い演説しているのを聞いたことがあった。その場所では、勇気さえあれば、誰でも勝手に演説できるのだが、青年は「中国は革命を起さなければならない。いとうべき外国人を追いはらわなければならない」と言った。王龍は、この青年がこんなに激しく排斥する外国人とは自分のことなんだろうと、わけもなく恐ろしくなり、こそこそ逃げ出したことがあった。またその後、別の青年の演説を聞いたときに――まったくこの都会では青年がいたる所で演説していた――その青年は、街頭に立って、「今日《こんにち》中国の民衆は団結しなければならない、そして自ら教育しなければならない」と叫んでいたが、王龍は、中国人と言われても、それが自分のことのようには思えなかった。

彼が外国人ということの意味をさとったのは、ある日、絹市場に行く通りで客を捜しているとき、彼よりも、もっと外国人らしい人間が、この都会にいるのを発見したときだった。絹を売る店からは、よく婦人客が出てきて、車代もよけいに払ってくれるのだが、その日、ある店から急に現われたのは、今まで見たこともない種類の人間だった。男だか女だかわからない。背丈が高く、黒いあらい布地の長い着物を着て、首に死んだ動物の毛皮を巻きつけていた。王龍が通りがかると、男だか女だかわからないこの人物は、梶棒をおろせ、とつっけんどんに合図した。彼はそのとおりにした。そして、どうなることかと心配しながら、梶棒を持ち上げると、その人物は、下手《へた》な中国語で、橋通りまで行け、と言った。彼は夢中で、いっさんに駆け出したが、途中で、たまたま仕事の上で知りあった車夫に行きあったので、声をかけてみた。

「見てくれ。おれが曳いてるのは何だい？」

するとその男はどなり返した。

「外国人だ——アメリカの女だ——もうかるぞ」

しかし王龍は、後ろにいる見なれない人物が恐ろしいので、無我夢中で走った。目的地に着いたときには疲れきって、汗がしずくになって落ちていた。

女は車から降りると、前と同じ下手な中国語で言った。

「死ぬほど駆けないでも、よろしい」

そして彼の手に銀貨を二枚置いた。それは普通の料金の二倍だった。

王龍は、この人こそ本当の外国人で、この都会では彼よりもはるかによそものなのだとさとった。要するに、髪と眼の黒い人間が一方にいて、明るい髪と眼をした人種が、他方にいるのであり、彼も、この都会では、まるっきりのよそものでないことを知ったのだ。

その晩、もらったまま手も触れないでいる銀貨を持って小屋へ帰った王龍は、外国人のことを話すと、阿蘭は言った。

「わたしも見たことがあります。銅貨のかわりに銀貨を落してくれるのは、あの人たちばかりです。わたしは、見さえすれば、きっと、もらいます」

だが王龍も阿蘭も、外国人がたくさんくれるのは、親切からではなく、物の値段を、知らないからだろうと思った。乞食にくれるのは、ビタ銭のほうが適当なのだということを知らないからなのだろう――

とにかく、この経験は、王龍に、あの青年が教えなかったことを学ばせた。すなわち、彼は黒い髪と眼を持っている民族に属するのだという事実をさとらせたのだ。

この繁華な大都会の裾《すそ》にこうしてすがりついていれば、少なくも、食うにこと欠くことはないと王龍には思われた。彼の故郷では、太陽が無慈悲に輝いていると、大地が実らない。食べ物がなくなる。したがって食えなくなる。どんなに金銭を積んでも、ないものは買えないのだった。

この都会では、食べ物はいたる所にある。魚市場の石畳の道路の両側には、夜分、大河に網をひいてとらえた銀色の魚が、大きい籠《かご》の中にいる。池に網を投げてとった、ぴかぴか光る雑魚《ざこ》が桶《おけ》の中にいる。黄色いカニが、不平そうに脚を動かして、積みかさねられている。美食家の珍味として尊ばれるウナギが、身をもがいている。穀物市場へ行けば、人間がその中に足を踏み入れ、隠れてしまえば、誰も気づかないほど大きい籠があって、白い米、褐色《かっしょく》や暗黄色や淡い黄金色をした小麦、黄色い大豆、赤い豆、緑色のそら豆、カナリア色の粟《あわ》、灰色の胡麻《ごま》などが、山のように積まれている。肉市場には、大きな豚を首から吊《つる》して、腹をさき、赤肉や厚い脂身《あぶらみ》から、厚い柔らかい白い皮まで見えるようにしてある。アヒルを売る店には、とろ火でゆっくりとあぶって褐色になったアヒルが、入口から天井まで無数にぶらさげてある。塩漬《しおづけ》のアヒルの白身や臓物までいっぱいある。そのほかにもガチョウの店、あらゆる種類の鳥肉を売る店がある。

野菜には、人間の栽培できるあらゆる種類がある。赤く艶《つや》のある人参《にんじん》、孔《あな》のある白い蓮根《れんこん》、サトイモ、緑色のキャベツ、セロリー、モヤシ、褐色の栗、香りのよいカラシナまで店に並んでいる。人間の食欲をそそるもので、この都会の市場の通りに無いものはない。それに、行商人が——菓子、果物、木の実、油で揚げた温かいサツマイモ、豚肉を小麦粉でまるめて味をつけて蒸したもの、餅《もち》で作った砂糖菓子などを売り歩いている。すると、ビタ銭をいっぱいにぎった子供らが飛び出してきて、それを買い、皮膚が油と砂糖で光るくらいに食べる。

まったく、この都会の有様を見れば、飢えているものは一人もありえないと、誰もが言うだろう。しかし、毎朝夜が明けて間もなく、王龍一家が、茶碗《ちゃわん》と箸《はし》を持って小屋から出ると、そこには、同じような小屋から出てきて、長い行列を作る人々があり、王龍一家もその一員なのだ。みんな、河から吹いてくる湿っぽい朝霧の寒さを防ぎかねる薄い着物で、冷たい朝風に背中をまるくしながら、銅貨一枚で米粥を食べさせる公営食堂へ歩いて行く。王龍が必死になって人力車を曳《ひ》き、阿蘭が乞食をしても、自分の小屋で毎日飯をたくだけのゆとりは決して出ないのだ。

公営食堂に払うだけの金のほかに、銅貨一枚でもあまると、彼らはキャベツを買う。しかしキャベツはとにかく高くつく。阿蘭が二つの煉瓦《れんが》で細工した竈《かまど》で料理するにしても、燃料がいる。その燃料を集めるのは二人の子供の役で、それは燃料市場に葦《あし》や枯草を運んで行く百姓の荷からひったくるのだ。時々はつかまってひどい目にあう。ある晩、兄のほうは、百姓に殴られて、あけられないほど眼を腫《は》らして帰ってきた。この兄は、弟より気が小さく、盗むのが恥ずかしいらしかったが、弟は、非常にすばしこくて、乞食をするよりも、細かいものを盗むことのほうがはるかに上手になった。

阿蘭にとっては、こんなことは何でもないことだった。子供らが笑ったりふざけたりしていて、乞食ができなければ、盗みをして腹を満たしてもいいと思った。王龍は、そう言われると何と答えていいかわからなかったが、子供らに盗みをさせるのは、非常にいやだった。だから、ぬすっと商売の点で兄のほうが不器用でも、決してとがめる気にはなれなかった。この高い塀のかげに小屋がけしている生活は、王龍としては、決して好きではなかった。あの土地が彼を待っていてくれるからだ。

ある夜、彼が遅く帰ってくると、キャベツと大きな豚肉の塊りを煮た汁があった。肉を食べるのは、彼らの牛を殺して以来これが初めてだった。王龍は眼を丸くした。

「お前は、今日、外国人にもらったんだね」

阿蘭は、例のとおり何も言わずにいた。下の子は、まだそれほどの知恵はないし、手ぎわを誇らしげに、こう言った。

「おいらが取ってきたんだよ。おいらの肉だよ。肉屋が大きな肉からそれを切り取って、わき見をしてたとき、買いにきてる婆《ばあ》さんの袖《そで》の下に隠れていて、おいらが取ったんだ。それから、横町に逃げこんで、カラの水がめの中へ隠しといたら、兄さんが来たんだよ」

「そんな肉なら、おれは食わん」王龍は、むきになった。「おれは買った肉や、もらった肉は食うが、盗んだ肉は食いたくねえ。乞食《こじき》にこそなってるが、泥棒《どろぼう》じゃねえんだ」

彼は、その肉をつまみだして、弟が泣き叫ぶのもかまわず、地面にたたきつけた。すると、阿蘭は相変らず無神経な態度で、その肉を拾いあげ、水で洗って、また煮立っている鍋《なべ》の中へ入れ、そして静かに言った。

「肉は、肉です」

王龍は黙っていたが、この都会にいると、子供たちが泥棒になっていくので、腹立たしくもあり、不安でもあった。彼は、阿蘭が、煮えた柔らかい肉を箸で取りわけ、大きい塊りを老人に与え、子供たちにも、女の子の口にさえもやり、そして彼女自身まで食べているのを見ても、何とも言わなかったが、彼自身は箸もつけず、買ったキャベツだけで満足していた。食事がすむと、阿蘭には聞えない往来へ弟を連れていき、一軒の家の裏手で、頭をつかまえておいて、思うさま殴った。

「泥棒すると、こうだぞ、こうだぞ。――」

どんなに子供が泣きわめいても、彼は殴るのをやめなかった。そして泣きじゃくる子供を小屋のほうへ帰したあとで、彼はひとりごとを言った。

「おれたちは、あの土地へ帰らなくちゃいけねえ」

一三

この繁栄を誇っている都会に住むたくさんの貧民の一人として、王龍《ワンロン》は、その日その日を暮していた。市場には食糧が満ちあふれている。絹商人の商店街には、商品を宣伝するために、黒、赤、オレンジのあざやかな絹の旗が風にひるがえっている。富めるものは、繻子《しゅす》やビロードをまとい、また、その柔らかい肉体を絹の衣でおおう。彼らの手は、柔らかく、香水をふりかけて、遊惰の美があり、花のようだ。都会は帝王の宮殿に似て美しい。だが、王龍が小屋がけしているあたりには、飢餓をしのぐ食糧がなく、また骨をおおうにたりる衣服もない。

人々は、終日、金持の宴会に使うパンや菓子を作る。子供でも朝から深夜まで働く。油によごれ、疲れた顔で床の上に敷いた藁《わら》の中に寝る。そして翌日は、よろめきながらも、竈へ行って、仕事にかかる。しかも、彼らが金持のために作る上等なパンの一片を買うにたりるだけの賃金さえもらえないのだ。

男女の職人は、冬は厚い毛皮、春には軽い毛皮を裁断し、工夫をこらす。市場での美食に飽きている人々のために、厚い錦織《にしきお》りの絹を裁断して、豪勢な長衫《ツァンスァン》を縫う。それなのに、彼ら自身は、あらい青木綿を辛うじて手に入れて、大急ぎで縫いあげて、身にまとう。

ほかの人々を楽しませるために、営々として働いている人たちの間に住んでいる王龍は、妙な話を耳にすることもあったが、べつに心に留めずにいた。年老いている男女はなんにも言わない。白髪になって人力車を曳き、石炭や薪《たきぎ》の重い荷を、手押車でパン屋や邸宅へ運んでいる老人たちは、石畳の道を、重い荷を押したり曳いたりして行く。その時、背中の筋が荒縄《あらなわ》のようにむき出しになるほど背をまげ、貧しい食事で、眠る時間さえ短いが、みんな黙々としている。この人たちの顔は、みんな阿蘭《アーラン》と同じ顔をしている。何の表情もなく、押し黙っている。心の奥で何を考えているのか、誰にもわからない。まれに口をきくが、食べ物か銅貨に関したことだけだ。銀貨という言葉は、めったに彼らの口からもれない。銀貨を手にすることなど、めったにないからだ。

休んでいるときの彼らの顔は、怒っているように見える。しかし怒っているのではない。何年となく重すぎる荷を扱ってきたために、上唇が自然にまくれあがって、噛《か》みつきそうに、歯がむき出しになっているのだ。多年の労働は、眼のまわり、口のあたりに、深い皺《しわ》を刻みこんでいる。彼らは自分たちがどんな人間になっているのか気がつかない。ある時、彼らの一人は、家具を積んだ車の上にあった鏡に写る自分の姿を見て、「みっともねえやつがいるもんだなあ」と叫んだことがある。そばのものが声をそろえて笑っても、なぜ笑ったのかわからないまま、自分でもおずおずと微笑して、誰かを怒らせるようなことをしたのではないかと、急いで、まわりを見まわしたものだ。

王龍の小屋と並んで、そういう人たちの住んでいる小屋が、ぎっしりつまっている。女どもは、たえず子供を生んではボロを集めて着物を縫い、畑からキャベツを盗み、穀物市場からひと握りの米を盗み、一年じゅう、付近の山から、草を捜してくる。秋の収穫期になると、刈る人のあとをついて歩いては、鶏よりも敏捷《びんしょう》な眼つきで、落穂を拾う。小屋の中を子供が通っていく。生れては死に、そしてまた生れ、幾人生れて幾人死んだのか、両親さえ知らない——生きている子供の数さえ知らないのが多い。子供とは、食わせなければならない口として考えられるだけだ。

こんな男女や子供たちが、市場、呉服屋、郊外の田園を、終日、うろついている。男は少しばかりの銅貨を得るために、どんな仕事でもする。女と子供は、盗む、乞食をする、ひったくる。王龍と阿蘭とその子供たちは、そんな人々の中にまじっていたのだ。

老人たちは、こんな生活にも、甘んじていた。しかし男の子が、ある年齢になると——大人でもなく、子供でもない時期が来ると、彼らは不満でいっぱいになる。若者の間には、この運命を怒り呪《のろ》う言葉が生れる。そのうち、大人になって結婚すると、子供のふえるのに追われて、若いときの漠然《ばくぜん》とした不平は、激しい絶望へとかたまってしまう。一生を牛馬よりも激しい労働に送りながら、ひと握りの残飯で口腹を満たすばかりなので、言葉にも出せない反抗の念がくすぶっている。こんな人たちの話を、ある晩、王龍は聞いているうちに、初めて、小屋がけをしているこの高い塀の内側のことを耳にしたのだった。

それは、長い冬もようやく終りに近づいて、これなら来る春まで持ちこたえられようという希望が初めて湧《わ》いてきた頃《ころ》のことだった。小屋のあたりは雪どけのぬかるみで、小屋の中まで水が流れ込んだ。どこの小屋でも煉瓦を拾い集めて、その上に寝ている始末だったが、そんなに土がしめって不愉快なうちにも、空気の中には春のなごやかさがあった。その夜、王龍はなんとなく落着かず、いつもなら食事をすませるとすぐに寝るのだが、寝つかれそうもないので、道ばたへ出て、呆然《ぼうぜん》と立っていた。

老父は、いつもそこで、あぐらをかいて、塀によりかかっていた。この時も、子供らがあまり騒いで、小屋がはちきれそうなので、茶碗を持ってそこに坐《すわ》っていた。老人は、女の子を、阿蘭が腹巻を切ってこさえた紐《ひも》で結《ゆわ》えて、そのはじを押えていた。こうしていれば、女の子は、よちよち歩きまわっていても転ばない。もうその子も大きくなって、母親のふところでおとなしくしていないので、老人がおもりをしていたのだ。それに阿蘭はまた身重になったので、その子を抱いているのが苦しくてたまらなかったのだ。

王龍は、子供が、転んだかと思うと、這《は》いあがり、そしてまた転ぶのを見ていた。老人は紐のはじを押えていた。こうしてなごやかな風に吹かれて立っていると、彼の心のうちに、故郷の畑への思いが強く湧きあがってきた。

「こんな日にゃあな、お父《とっ》つぁん」彼は大きな声で父親に話しかけた。「土を掘り返して、麦の土寄せできるんだよなあ」

「うん」老人は静かに言った。「お前の考えは、わしにもわかるよ。わしもな、若いときに、四度も今年みてえな目にあったもんだよ。畑を捨ててな。帰っても、まく種《た》子《ね》もねえようなことがあったもんだよ」

「それでも、お父つぁんは、いつも帰ったんだな」

「そうだよ。土地があるからな」老人は単純に答えた。

そうだ、おれたちも帰ろう、今年帰れなければ、来年だ。王龍は、そう自分の胸に向って言った。土地がある間はな！　故郷には彼の土地が、この春雨を受けて豊かになり、彼を待っているのだと思うと、彼は渇望《かつぼう》でいっぱいになった。彼は小屋へ戻って、阿蘭に荒い声で言った。

「売るものがありゃあ、おれは何を売ってでも、おれの土地へ帰りたいんだがな。老人がいなけりゃあ、途中で飢え死にしても、歩いて帰るんだ。だけんど、老人や子供に百里の道を歩けるわけがねえ。それに、お前は身重だしなあ！」

阿蘭はわずかばかりの水で茶碗を洗っていたが、それを小屋の片隅《かたすみ》へ重ねて置いて、坐ったまま彼を見上げ、ゆっくりした調子で言った。

「女の子よりほかに、売るものはありません」

王龍は、息をのんだ。

「いいか、おれは、子供は売らんぞ」彼は大声で言った。「わたしをあのお屋敷へ売ったからこそ、両親は、故郷へ帰れたんです」阿蘭は、ゆっくり言った。

「んだから、お前は、あの子を売ると言うのか？」

「わたし一人だけなら、あの子を売るまえに殺してしまいます。――わたしは奴隷《どれい》に使われてる奴隷でしたもの。――ただ、死んだ娘は一文にもなりませんからね。あなたのために、あの子を売ります――あなたを故郷へ帰すために」

「おれは売らねえ。この荒野みてえな場所で死んでも、売らねえ」

しかし、ふたたび小屋の外へ出ると、今まで考えたこともないその思いが、心ならずも彼を誘惑するのだった。彼は小さい女の子を見た。相変らず老人に紐のはじを持たれて歩きまわっている。毎日食べ物があるので、発育はよいが、まだ口はきかない。それでも赤ん坊のことだから、手をかけなくても丸々と肥《ふと》っているのだ。お婆さんのみたいだった口もとも、今ではにこやかで艶がある。彼が顔を見つめると、以前みたいにはしゃいで、にっこりする。

「抱いたこともなく、また、あんなふうに笑いもしなけりゃあ、そうもできるけんどなあ」と彼は物思いに沈んだ。すると、また土地のことが頭に浮び、彼は勢いこんで叫んだ。

「二度と帰れねえのかなあ。これだけ働いて、乞食しても、その日を過せるだけなんだからなあ！」

するとタ闇《ゆうやみ》の中から、彼に答える声があった。低いが、たくましい声だった。

「それは、お前さんだけじゃねえだ。お前さんのようなのが、この町には何万人もいるんだ」

短い竹の煙管《きせる》をくわえて現われたのは、二つ置いて先にある小屋の主人だった。この男は、日中あまり姿を見せない。昼間寝ているのだ。彼は、交通の頻繁《ひんぱん》な日中は市内を運搬することを許可されない大きい荷物の車を、夜になって曳く仕事をしている。時々、王龍は夜明けがたに、この男がすっかり疲れきって息を切らせ、筋骨たくましい肩を落して、這うように帰ってくるのを見たことがある。それは、王龍が明け方、人力車を曳きに出るときだった。また、夜の仕事の始まらない宵《よい》のうちに小屋から出てきて、寝ようとする近所の人たちと立ち話をしているときに顔を合せることもあった。

「ふうん、いつまでも、帰れねえのかねえ？」王龍はにがにがしく言った。

男は、煙管を三度強く吹いて、地面へ唾《つば》をして言った。

「いや、いつまでもそうではねえだ。金持に金がありすぎると、道ができるし、貧乏人があまり貧乏になると、道ができるもんだよ。おれは、娘を二人売って、去年の冬をしのいだんだ。また女房がはらんでるんだが、女なら、この冬は、それを売るよ。おれは初めに生れた娘しか手もとへ置いちゃあいねえ。ほかの子は、殺すよりは売るのがいいんだ――世間では、子供らが息をする前に殺すものもいるけんども。これが、貧乏人があまり貧乏になったときの一つの道なんでな。また、金持に金がありすぎると、道ができるもんだが、おれの眼《め》に狂いがなければ、その道も、すぐできるわな」

男はうなずいて、煙管で彼らの後ろにそびえている高い塀《へい》をさした。

「お前さんは、あの塀の中を見たことがあるかね？」

王龍は首を横にふった。

「おれは、娘を、あすこへ売りに行って見てきたんだが、どれだけの金銀がこの屋敷から出入りするか、おれが話しても、お前さんは信用しねえだろう。これだけは言っとこうか――あすこでは、下男までが銀を巻いた象牙《ぞうげ》の箸で食べてるんだ。女奴隷さえ、真珠やヒスイの耳輪をさげ、靴《くつ》に真珠を縫いつけてる。泥が少しつくとか、お前さんやおれなら何とも思わねえような、ちょっとした破れができると、真珠ごと、その靴を捨てちまうんだ」

男は煙管を強く吸った。王龍は、あっけにとられて聞き入っていた。この塀の向う側じゃ、そんな豪勢なことやってるのかい！

「人間があまり金持になると、道ができるもんだよ」

男はしばらく黙っていたが、やがて、何も言わなかったみたいに、そっけなく、こう付け加えた。

「まあ働くんだな」

そして闇に消えた。

その晩、王龍は彼が体をもたせかけているこの塀の向う側の、金や銀や真珠のことを思い浮べて、眠れなかった。彼は掛ける蒲団《ふとん》もないので、毎日毎夜同じものを着たまま、煉瓦《れんが》の上に筵《むしろ》を敷いて横になっているというのに。彼は娘を売る誘惑にまた襲われて、こんなことを思った。

「あの子がきれいになって、旦那《だんな》の気に入れば、うまいものは食える、宝石も飾れるから、金持に売ったほうがましなんだろうなあ」

だが、そんな望みを否定するように、彼はまたこう答えた。

「あの子を売ったにしたところで、あの子の目方だけの金やルビーが手に入るわけじゃなし。故郷へ帰れるだけの値段で売れたところで、牛や、食卓や、寝台や、腰掛を買えるわけじゃないんだ。ここで飢え死にするかわりに、故郷へ帰って飢え死にするってだけなら、娘を売ってもしかたがないしな。第一、まく種子さえ無いじゃないか」

「金持に金がありすぎると、道ができる」とさっきの男は言ったが、それが、どんな道なのか、彼には想像もできなかった。

一四

春は小屋がけの村にもやってきた。今まで乞食《こじき》をしていた人々は、近くの丘や墓地へ、群れをなして出かけた。雑草の若芽、タンポポ、ナズナなどが、かよわい新芽を出すのを掘るためだった。もう野菜を方々でかっぱらう必要はなかった。毎日、どの小屋からも、汚ない女と子供が、ブリキだの、とがった石だの、折れたナイフだのを持ち、竹の小枝や、裂いた葦《あし》で作った籠《かご》をさげて、田舎や道ばたを歩きまわった。それは金も払わず、また物乞いもしないで手に入る食べ物を捜すためで、阿蘭《アーラン》と二人の子供も、毎日その群れに加わった。

だが、男は働きつづけなければならない。王龍《ワンロン》は、今までどおり働いた。一日一日と暖かくなる。日は長くなる。太陽の光は輝きを増し、にわか雨もある。人々の心には欲望と不満とが湧いてきた。

冬の間は、彼らは黙々として働いていた。素足に草鞋《わらじ》をはいて、氷雪を踏む寒さに堪え、暗くなって小屋に帰ると、その日の働きと乞食とで得た食べ物を黙って食い、男も女も子供も、ひと塊りになって、その貧弱な食べ物ではとれないものを、睡眠で補っていた。それが王龍の小屋生活だったし、きっとほかの小屋でも同じことだったろう。

しかし、春が来ると、彼らの胸の中に積り積っていたことが、言葉となって湧いてきて、みんなの口から流れ出た。日が暮れようとして暮れない夕方などに、彼らは小屋から出て、集まって話をした。王龍は、冬の間見たこともない近所の人々の顔を初めて見た。もし阿蘭がいろんなことをしゃべる女なら——たとえばその男は女房を殴り、あの男は癩病《らいびょう》で頰《ほお》が落ち、さらに、あの男は匪賊《ひぞく》の親分だなどと世間話をしただろうが、阿蘭は、日常のごく簡単な受け答え以外には相変らず何も言わない。だから、王龍は、そんな人々が集まると、はじのほうに小さくなって聞いているのだった。

このうす汚ない人々の大部分は、その日暮しの労働者か乞食なのだ。王龍はどうしても彼らと自分とが同じ立場にいるとは考えられなかった。彼は土地を持っているのだし、土地が彼を待っているのだ。ところが、彼らは、明日は、魚を食べたい、少し怠けたい、銅貨一枚か二枚で、博奕《ばくち》をしたいと、その方法ばかり考えている。来る日も来る日も、相変らず苦しく、年じゅう、貧しい。しかし、彼らとて、どんなに希望を失っていても、たまには目の前の楽しみをしたいのだ。

しかし、王龍は、自分の土地のことばかり思っている。そして、どうしたら帰れるかと、遠のく希望に、胸を痛めながら、あれこれと思いわずらっている。彼は、この金持の屋敷の高い塀にへばりついている貧民の仲間ではない。また、金持の屋敷に住む人間でもない。彼は土に生きる人間なのだ。彼には、土を踏んで、春には牛を追って畑をすき、秋には鎌《かま》を手に、取り入れをする生活でなければ、生き甲斐《がい》がないのだ。だから、彼は、人々とは別な気持で、その人々の話を聞いている。彼の心の奥には、自分には祖先から伝わる小麦畑がある、あのお屋敷から買った肥沃《ひよく》な田がある、土地を持っている、という考えが意識の下にひそんでいるのだ。

この人々が、たえず話題にするのは、金銭のことだ。一フィートの布地に銅貨何枚はらったとか、指ぐらいの小魚がいくらするとか、一日いくら稼《かせ》げるとか、についてだった。そして最後には、もしこの塀の向う側に住んでいる人が金庫にしまってあるだけの金を、彼らが手に入れたら、何をやるかという話になった。彼らの話は毎日つぎのように終るのだった。

「あの主人が持っている黄金がおれのものになり、腹巻に入れている銀貨や、妾《めかけ》どもが飾ってる真珠や、奥方のルビーが、おれのものになれば――」

そういうものを手に入れたとき、彼らがどんなふうに使うつもりなのか、聞いていると、食うことや寝ることばかりで、今まで食べたことのないどの珍味を味わいたい、どこそこの茶館で開かれている博奕場で勝負してみたい、美しい女を買って欲を満たしたいというようなことばかりだった。とりわけ、誰にも共通していることは、その高い塀の中に住んでいる金持が、決して働かないように、彼らも決して働かないということだった。

話がそこにいったとき、突然、王龍が言った。

「もし、おれが金銀真珠を持っていりゃあ、土地を買うね、肥えた土地を買う。それで、立派な作物を作るよ」

これを聞くと、彼らは口々に、王龍をやっつけた。

「この豚のしっぽを頭につけてる田舎者は、都会生活を知らねえんだ。金の使い方を知らねえんだ。いつまでも牛やロバのあとについて、奴隷のように働きたがってるんだ」

その人たちは、王龍より金の使い方を知っている、したがって彼よりも金持になる資格があると思っていた。しかし、侮辱されても王龍の気持は変らなかった。彼はほかの人に声に出して言うかわりに、腹の中で言った。

「どうしたって、おれは、金銀真珠があれば、肥えた、いい土地を買うさ」

そう思うと、王龍は、もう彼のものになっている土地へ帰りたくて、矢も楯《たて》もたまらなくなってきた。

自分の土地のことで頭がいっぱいになっている王龍は、この都会での日々の事柄《ことがら》を、夢のように見ていた。どんな不可解なことがあっても、なぜそうなのか、という疑問を起さなかった。こんなことが今日あった、と思うだけだった。一例をあげると、往来で、いろんな紙きれを、彼にさえくれるものがいた。

王龍は、子供のときから字を読むのを習ったことがなかった。だから、彼にはこの都会の城門や壁にべたべた貼《は》ってあるビラや、一つかみいくらで売ったり、みんなに無料で配ったりしているビラに、何が書いてあるのかわからなかった。彼もそんな紙きれを、二度もらった。

一度は、彼がしぶしぶ、人力車に乗せて走った外国人がくれたのだ。この外国人は男で、非常に背が高かった。木枯しに吹きさらされた木のようにやせていた。氷のように青い眼をして、顔には毛が多い。王龍にその紙きれを渡した手も毛むくじゃらで、皮膚は赤い。おまけに、船の舳先《へさき》のような巨大な鼻が頬から突き出ている。王龍は、そんな男から何かもらうのは恐ろしかったが、その奇妙な眼や恐ろしい鼻を見ると、受取らずにいることはさらに恐ろしかった。彼は、差出された紙きれを受取った。そして外国人が立ち去ったあとで、勇気をふるってその紙きれを眺《なが》めると、そこには白い皮膚の男が十字架にかかっていた。腰のまわりに布を巻いているだけで、顎鬚《あごひげ》のある顔を肩の上に垂れ、眼をつむっている。どう見ても死んでいるのだろう。それを見ると王龍は恐ろしくもあり、興味もそそられた。その下に字が書いてあるが、王龍には読めなかった。

彼は夜その絵を小屋へ持ち帰って、老人に見せたが、老人も字が読めない。二人の子供も加わってその意味を議論してみた。子供らは恐怖と興味をつきまぜた声で叫んだ。

「横っ腹から、血が出てるよ！」

老人は言った。

「はりつけになってるんだから、悪人に違いなかろう」

王龍にはその絵がただ恐ろしかった。なぜその外国人が彼にくれたのかを、あれこれと考えてみた。あるいはその外国人の兄弟が、こんな目にあったことがあって、その復讐《ふくしゅう》をするつもりなのではあるまいか？　そこで、彼はその外国人に出あった通りを避けるようにしていると、二、三日がたち、それを忘れてしまった。阿蘭は、靴の底を丈夫にするために紙を縫いこんでいたのだが、そのうちに、この絵も、あちこちで拾った紙と一緒に、靴底になってしまった。

その次に、王龍に紙きれをくれたのは、服装の立派なこの都会の青年だった。彼は何かというと群がってくる物見高い群衆に紙きれを配りながら、大声で叫んでいた。この紙きれにも血なまぐさい死人が描いてあったが、今度のは、皮膚の白い、毛の多い人間ではなく、王龍のような貧民で、眼も髪も黒く、黄色くやせて、青木綿のきたない着物を着ていた。この死人の上に、肥った大男が立ちはだかって、長いナイフで何度もその死人を刺している、惨憺《さんたん》たる絵だった。王龍は、それをじっと見ているうちに、その下に書いてある字の意味が知りたくなって、かたわらにいる人にきいた。

「この恐ろしい絵は、なんと書いてあるんだね。教えてくれねえですか？」

するとその男が言った。

「静かにしろ。黙って聞いていな。あの若い先生が、みんなに説明してるじゃないか」

そこで王龍が耳をすますと、まだ一度も聞いたことのない話だった。

「死んでいるのは諸君だ！」青年は声をはりあげた。「殺されたのも知らずにいる諸君を、なおも突き刺している犯人は、金持と資本家だ。彼らは、諸君が死んだ後も、このとおり刀で刺している。諸君は貧しい。社会の下づみになって踏みにじられているんだ。金持がすべてを握っているからだ」

王龍も、自分が貧乏であることは、飽きるほど知りぬいていた。しかし、それは、天がちょうどいい季節に雨を降らせない、また、雨を降らせはじめると、幾月もぶっ続けに降らせるからで、悪いのは天だとうらんでいた。太陽と雨とが適当で、畑にまいた種子《たね》が芽を伸ばし、実を結べば、彼は決して自分が貧乏だとは思わない。どうして金持というものは、天が季節に応じて降らせるはずの雨と関係があるのか、彼は興味を持って聞こうとした。ところが、その青年の弁舌は、いつになってもこんこんとして尽きないが、王龍が聞きたいと思う点にはふれなかった。とうとう、彼は大胆になって質問した。

「先生、おれたちを圧迫している金持は、おれが畑で働けるように、雨を降らせることもできるのかね?」

青年は、あきれはてたように、軽蔑《けいべつ》の眼で彼を見下した。

「君は、いまだに豚のしっぽを長く垂らしているね。実に無知なもんだ。誰も、雨を自由に降らせるわけにいかないが、しかし、それとこの問題と何の関係があるんだ。もし金持が、やつらの持っているものを、すべての人に分配すれば、われわれはみな金と食べ物とが得られるから、雨が降ろうが降るまいが、そんなことは問題ではなくなるんだ」

聴衆の中から、どよめきの声があがった。王龍はその答えに満足しないで、そこを離れた。確かにそうかもしれないが、まだ土地のこともある。金や食べ物は、使えばなくなる。もし日光と雨とが適当でなければ、また飢えるではないか。そう思ったが、靴底にする紙の不足を知っているので、その紙きれだけは喜んで受取った。彼は小屋へ帰って、その紙きれを、阿蘭にやって言った。

「ほら。靴底にする紙があるよ」

そして彼は相変らず働いていた。

夕方、彼が話をする小屋の人々のうちには、その青年の言葉を熱心に聞いたものもいた。彼らは、その塀の中に金持が住んでいることを知り、彼らとこの金持の富とを隔てるものは、高い煉瓦の塀であり、またその塀は、彼らが、毎日重い荷をかつぐときに使う頑丈《がんじょう》な天秤棒《てんびんぼう》で、二、三度叩《たた》けばこわれることを知っているだけに、特に熱心だった。

春の不満に加えて、新しい不満が全市にみなぎってきた。それはあの青年の一派が、彼らの持っていないものを、ほかの者が持っているのは不当だという思想を、この小屋がけの住民の心に向って盛んに宣伝したからだった。小屋がけの人々は、毎日、そのことを考えるようになった。夕方になると、そのことを話しあう。そのうえ、いくら働いても彼らの生活は楽にならないので、若いもの、元気なものの心には、雪どけ水でふくらんだ大河の流れのように、狂暴な欲望をたたえた潮《うしお》が、制しきれないほどの力であふれてきた。

しかし王龍は、その有様を見、彼らの話を聞き、また、彼らの怒りを妙に不安な気持で感じとってはいたが、もう一度この足で故郷の土地を踏みたいと思う以外は、何も望まなかった。

たえず新しいことが起るこの都会で、また王龍は理解できないことにぶつかった。ある日、彼が空車を曳《ひ》いて客を捜していると、そこに立っていた一人の男が、武装している兵隊の一団につかまえられた。その男が、抗議すると、兵隊たちは、その顔の前に銃剣をひらめかした。何事だろうとあっけにとられて眺めていると、また一人、また一人とつかまった。兵隊につかまった人々は、自分の腕で働いている貧民であることが王龍にもわかった。驚いて見ているうちに、また一人つかまったものがある――それは彼と同じ塀《へい》の下に住んでいる男で、その小屋は彼のと隣り合っていた。

その時まであっけにとられていた王龍は、うむを言わさず連れていかれるこの人々が、なぜつかまったのか、彼ら自身にも理由がわからないのだ、と急に気がついた。理由なしにつかまるものなら、彼もつかまるかもしれない。彼は人力車を大急ぎで横町に曳きこみ、梶棒《かじぼう》を放してから、湯を売る店へ飛び込んで、その兵隊の一団が通り過ぎるまで、大釜《おおがま》の後ろに小さくなって隠れていた。そのあとで、王龍は、いったい、あれは何事だろう、と店の主人にきいてみると、その老人は、商売用の銅釜からたえず吹き上がる湯気で萎《しな》びた顔で、冷淡に答えた。

「またどこかで戦争があるんだろう。何のために方々で戦争があるのか、誰も知らんがね。わしの子供の時分から、そうだったし、わしが死んだあとでも、やっぱりそうに決ってるよ」

「それにしても、おれの隣の人が、なぜ、連れていかれたんだ。おれと同じで、あの人も、新しい戦争なんて、何も知らねえのに」

王龍はびっくりしてきき返した。老人は大釜の蓋《ふた》をがたつかせながら答えた。

「あの兵隊どもは、どこかで戦争やるんで、寝具だの、鉄砲だの、弾薬だのを運ばせる人夫がいるんだよ。んだから、お前さんたちのような労働者をつかまえていくのさ。ときに、お前さんはどこから来なすった？　こんなことは、ここでは、珍しくないのに」

「それからどうなるのかね？」王龍は息をはずませた。「賃金はいくらだね。帰ってこられるのかね？」

老人は非常な高齢で、商売に売る湯を沸かす釜以外のことには興味がないし、また世の中のことには希望を失っているので、無造作に答えた。

「賃金はくれないが、毎日、パンをふた切れくれるそうだ。水は池から飲む。それで、お前さん、目的地まで着いて、二本の足が達者なら、家へ帰れるだろうさ」

「家族は、どうなるんだね」王龍は青くなった。

「ふん。家族のことなんど、兵隊の知ったことじゃあねえよ」

馬鹿《ばか》にしたように老人はそう言って、湯が沸きたっているかどうかを見るために、一番手近にある釜の蓋をあけて、のぞいた。湯気が雲のように立ちこめて老人を包み、釜の中をのぞいている横顔がもうろうとなった。それでも、この老人は親切で、湯気の中から出てくると、坐《すわ》っている王龍の場所からは見えないが――しっかりした体格の労働者がすっかり逃げてしまった大通りへ、また兵隊たちが人夫徴発に来たのを、見たのだった。

「もっとしゃがむがいいぞ」老人は王龍に注意した。「兵隊が、また来たからな」

王龍が釜の後ろに小さくなっていると、兵隊たちの靴音《くつおと》は、敷きつめた丸石を踏んで、西へ遠ざかった。その靴音が消えると、王龍はそこから飛び出して、空の人力車の梶棒を握るや、一目散に小屋まで帰ってきた。

そして阿蘭に――その時、阿蘭は、田舎道から集めてきた草の根や葉を料理していたのだが、――彼は、とぎれとぎれに、息を切らせて、一部始終を話し、ほとんど逃げられないとまで思ったと話しているうちに、新しい恐怖が湧《わ》いてきた。彼が戦場へ引きずって行かれる。あとへ残った老父をはじめ、家族が飢え死にするばかりでなく、彼も血を流し、戦場に死骸《しがい》となって横たわり、故郷の土地を二度と見られなくなる。彼はおびえきったものすごい顔をして、阿蘭を見た。

「こうなると、まったく、小さい娘を売って、故郷に帰りたくなるよ」

しかし阿蘭は、この話を聞いてから、ゆっくり考えたあとで、例の飾り気のない、無感覚のような調子で言った。

「二、三日待ちなさい。妙な話を聞いてますから」

王龍は、それから日中は決して小屋の外に出ないことにした。その日も、借りた人力車は長男に曳かせてもとの所へ返しにやり、自分は夜になるのを待って、商店へ出かけた。彼は日中の半分の賃金で、箱をいっぱい積んだ荷車を夜どおし曳くことにした。一台に十二人ついて、うめきながら曳くのだ。その箱というのは、絹や、綿や、かおりの高い煙草《たばこ》がつめてあり、箱の隙間《すきま》から、そのかおりがもれてくる。油や、酒の大瓶《おおがめ》もあった。

彼は真っ暗な通りを、裸の体に汗を流しながら、夜どおし、懸命に綱を引っぱった。夜露にぬれた道路の丸石で、素足がすべった。彼らの先に立って、松明《たいまつ》を持った子供が行った。その光で見ると、彼らの顔も体も、道路の丸石も、同じように光っていた。夜明けに、王龍は疲れて帰ってくるが、過労のため、ひと寝入りしなければ、飯も喉《のど》を通らなかった。そのかわり、兵隊が、徴発する人夫を捜している日中は、小屋の隅《すみ》で、阿蘭が集めて積んだ藁《わら》の後ろに隠れて、楽々と寝ていた。

その戦争はどこでやっているのか、誰と誰とが戦っているのか、王龍は知らなかった。ただ春が深くなるにつれて、全市は恐怖の不安でいっぱいになってきた。毎日、馬車が、金持や金持の持物である衣類、繻子《しゅす》の寝具、美しい女たちや、その宝石などを積んで、河岸《かし》へたどりつき、そこから船でどこかへ運んで行った。ある者は、汽車でこの都を去っていった。王龍は決して日中は外に出ないが、子供らは、丸い眼《め》を輝かして帰ってきて話した。

「こんな人を見たよ。神様みてえに肥《ふと》ってて、こわくって、体に黄色い絹を巻きつけて、指に大きい金の指輪はめてんだよ。そこに、ガラス玉みてえな青い石つめてあるんだ。それからよ、うまい脂《あぶら》っこいものばかし食べてるから、体が光ってたよ」

　また兄が言った。

「荷物の箱がたくさん、あんだよ。その中何だろうってきいたらね。こう言ったよ——金や銀が入ってる。だけど、金持も、全部は持ってけねえ。それで、それは、いまにおらたちのものになるんだってさ。何のことだろう、お父《とっ》つぁん」

子供は好奇心にあふれた眼で王龍の顔を見た。だが王龍は「町ののらくら者の言うことを、お父つぁんが一々知るもんか」と無愛想に答えた。子供は物ほしそうに叫んだ。

「ふんとに、おいらのもんなら、これから行って、とってきちまうんだけどなあ。菓子が食いたいや。あの、上に胡麻《ごま》ふりかけた菓子、食ったことねえんだもの」

それを聞くと、老人は急に夢からさめたように、ひとりごとみたいなことを低い声で言った。

「豊作の年には、秋の祭に、そんな菓子作ったもんだっけな。売る前に、胡麻を残しておいて、そんな菓子作ったたんだよ」

王龍も、正月に阿蘭が米の粉と豚の脂身と砂糖とで作った月餅《ユイピン》のことを思い出して、生唾《なまつば》がたまり、胸が痛むくらいに過ぎた日がなつかしくなった。

「あの土地へ帰れさえすればなあ！」

そうつぶやいた彼は、突然、これ以上、一日でもこうしているのがいやになった。体さえ満足に伸ばせない小屋の中で、藁の後ろに小さくなっているのも、肉にくい入る引綱に身をかがめて、重い荷を引っ張り、丸石の上を行くのも、いやになった。今では、彼は丸い敷石の一つ一つを敵のように考えて、すべらない石の隙間があると、生命《いのち》を一オンスだけ倹約できたように嬉《うれ》しく思った。雨が降って、街路がいつもよりぬれていて、真っ暗な夜には、彼の全身の憎悪《ぞうお》が、足もとの丸石に注がれた。丸石は、その無慈悲に重い荷車の車輪にくっついて離れないかと思われた。

「あーあ、あのいい土地がなあ！」

突然、そう叫んで、彼は男泣きに泣きだした。子供らは、何事かと驚き、老人もびっくりして、ちょうど母親の泣くのを見て、顔をゆがめる子供のように、まばらな白《しら》髪《が》のある顔を、さまざまにゆがめてわが子を眺めていた。

すると、阿蘭は、例の平板で飾り気のない調子で言った。

「もう少しすると、何か起りますよ。どこでも噂《うわさ》でいっぱいですから」

小屋の中に隠れている王龍は、幾時間もつづけて表を通る足音を聞いた――戦場へ進む兵隊の足音だ。時々、筵《むしろ》を少し上げたり、隙間に片方の眼を当ててみると、革靴をはき、ゲートルを巻いた足が、次から次へ、幾十、幾千となく通る。夜間、彼が重い荷を曳いているときにも、先頭に立っている松明の光で、闇《やみ》の中を行進する彼らの顔を、ちらっと見ることがある。王龍は兵隊のことについて、誰にもきいたりしない。一心不乱に荷物を曳き、大急ぎで飯を食べて、日中は、小屋の中の藁の後ろで、落着かない眠りをむさぼっている。その頃《ころ》になると、誰も人に話しかけたりなどしているものはない。全市は戦争の恐怖でふるえあがっている。誰もが、さしせまった用事だけすませると、あたふたと家へ帰って、戸をしめてしまう。

この小屋がけの村でさえ、夕暮になっても無駄話をする者はいない。市場でも食料品の露店は荷がなくなった。絹店も派手な五色の旗を引っこめ、大きい商店は、みな丈夫な厚い扉《とびら》を固くしめている。日中目ぬきの場所を通っても、どこも寝ているようだ。

敵が迫っているという噂が盛んで、少しでも物を持っている者は、恐怖を感じている。しかし王龍は恐ろしいとは思わない。小屋がけの住民にとっては、こわいものなんてない。第一、彼らは、誰が敵なのかはっきりと知らない。無くなって惜しい物は持っていない――命を失ったところで、大した損害と思っていないほどなのだから。敵が来るなら、来るがよかろう。敵が来たところで、今以上に悪い状態になろうはずがない。そう考えて自分なりの生き方をしていながら、彼らでさえ、お互いによけいな話をしなくなってきた。

そのうちに、各商店の支配人たちは、夜間に商品の箱を河岸から方々へ運搬していた労働者たちに、もう来る必要はない、と言いわたした――小売りがまったく止ってしまったからだ。そこで、王龍は、昼も夜も小屋の中で寝ていた。彼は死人のようにいくら寝ても寝たりない。最初は仕事が無くなったのが嬉しかったが、働かなければ収入もないので、わずか二、三日のうちに、今まで残しておいた貯《たくわ》えも残らずなくなって、またしても、なんとしたものかと、せっぱつまって考えだした。貧乏人たちの頭に落ちる苦難は、これでもなおまだたりないと天は思ったのだろうか。貧民救済の公営食堂も閉鎖されて、今まで義金を出していた人々も、みんな自宅に閉じこもってしまった。窮民は仕事を離れ、食うものもない。通りには行き来する人もいない。したがって乞食《こじき》もできないのだ。

王龍は、小さい女の子を抱いて、小屋の中へ坐り、その顔を見ながらやさしく言った。

「お前は、あの屋敷へ行きたかねえか。あすこには食べ物もある。飲むものもある。体じゅうに着られる着物もあるんだよ」

すると女の子は笑顔《えがお》をした。まだ何を言われたのかもわからないで、小さい手を伸ばし、父親の見つめている眼を、珍しそうに指でさわろうとする。王龍は、堪えられなくなって、阿蘭に声をかけた。

「おい、お前は、黄《ホワン》家で殴られたことがあるのか？」

彼女は、重苦しい、平板な調子で答えた。

「わたしは、毎日、殴られました」

「何で殴るんだ？　帯でか、それとも竹か縄《なわ》のようなものでか？」

阿蘭は例の調子で言った。

「わたしが殴られたのは革帯ででした。ロバの馬具のです。それが、台所の壁に掛けてあるんです」

王龍は、彼が何を考えているのか、阿蘭にはわかっている、と思った。それでも思いきり悪く、もう一度きいた。

「この子は、今でも顔だちがいい。きれいな奴隷《どれい》でも、殴られるのか?」

どっちにしたって、そんなことは問題でないといったふうで、阿蘭は、よそよそしい態度で答えた。

「そうです。殴られるか、男の寝床へ連れていかれるか、どっちかです。それもその男だけではなくて、その晩ほしいという者には、誰のところへでも行かされます。若様たちは若様たちで、あれやこれやと腕ずくで取りあって、今夜君なら、明日は僕だ、などと言います。そのうちに若様たちがその奴隷にあきると、今度は召使の男どもが、そのおさがりを取りあいます。それも、奴隷がまだ子供のうちからで――奴隷が美しければ、誰でもそうです」

王龍はうめき声をあげて、その子を抱きしめ、

「かわいそうに――かわいそうに!」と何度もやさしく言った。しかし心のうちでは、洪水《こうずい》に押し流される人間が、考えるゆとりもないように、「ほかにしかたがないんだ――ほかにしかたがないんだ」と叫んでいた。

そうして、彼が坐っていると、突然、天が裂けたようなすさまじい物音がした。ものすごく恐ろしい音で、その響きだけでも押しつぶされそうだった。みんなは思わず土間に倒れて、顔を隠した。この恐ろしい響きから、どんな恐怖がもちあがらないともかぎらない。王龍は、女の子の顔を手でかばった。老人は王龍の耳に口をつけて、「この年になるまで、こんな音は聞いたことがねえ」と言った。子供たちは、こわがって大声を出してわめいた。

だが、あたりが火の消えたように静かになると、阿蘭は顔を上げて言った。

「とうとう、わたしの聞いていたことが起ったんですよ。敵が、この都の城門をこわして攻めこんだんでしょう」

誰も何とも答えないうちに、全市をおおう人間の喚声が聞えてきた。最初は、近づいてくる嵐《あらし》の音を聞くようにかすかだったが、しだいに力を集めて、巨大なおたけびとなり、やがて町々をうずめる恐ろしいどよめきに高まってきた。

小屋の中に半身を起して坐っていた王龍は、なんとも言えない恐怖に襲われた。髪の根もとがうずいた。彼らには、予想もできない何かが起るのだろうと、みんなは顔を見合せていた。しかし人の集まる物音とわめき声は高まってくるばかりだった。

すると、彼らの小屋から遠くない高い塀を越えて、大きな扉の開く音が聞えてきた。

無理にあけたのだろう、蝶番《ちょうつがい》のきしむ音がうめくように響いた。その時、いつか王龍と夕暮時に話した、竹の短い煙管《きせる》をくわえていた男が、小屋の中へ顔を突っこんで叫んだ。

「まだぐずぐずしてるのかい？　時が来たんだぜ――金持の門が開かれたんだぜ」

すると、阿蘭は、魔法の煙のように、男の腕の下をくぐって消えた。

続いて王龍もなかばあっけにとられ、のろのろと立ち上がった。女の子を下に置いて、小屋の外へ出ると、金持の巨大な鉄門の前には、貧民の大群がひしめきあい、わめきたてていた。彼が聞いた猛虎《もうこ》の吠《ほ》えるような声は、彼らのおたけびだったのだ。その声は、町々にあふれていた。今まで飢え、しいたげられていた男女の大群は、解放されるときが来たとばかりに、あらゆる金持の門にこのおたけびをあげて、押寄せてきているのだ。

巨大な鉄門はあけ放たれていた。人々は、足は足を踏み、体は体をはさみつけ、全集団がひと塊りになって進んで行った。王龍も背中から押されて、群衆の中に巻きこまれてしまい、それからあとは、彼の意志とは無関係に、進むよりほかしかたがなかった。それに彼は、この予期しない出来事に驚いて、自分でも自分の気持がわからなかったのだ。

そんな状態で、彼は巨大な門から中へ押しこまれてしまった。群衆にはさまれて、足も地につかない。野獣の吠え声のような群衆の叫びが、あたりを埋めて耳を聾《ろう》するばかりに響いていた。

中庭から中庭へ押されながら、王龍は、奥深く入っていった。この大きい屋敷に住んでいた人々を彼は一人も見かけなかった。庭に咲いている百合《ゆり》や、まだ葉もない枝に、早咲きの春の木が黄金色の花をつけているほかは、まったく人の住まない宮殿のように見えたが、食卓には料理が出されたままになっているし、台所には火が燃えていた。

群衆は、こういう金持の屋敷の間取りをよく知っていて、召使や、奴隷が住んでいる入口近くの建物には目もくれず、奥深く進んで行った。そこには旦那《だんな》方や奥方たちの優美な寝室があり、黒、朱、黄金に塗った美しい箱があり、絹布をつめた箱もある。彫刻したテーブルや椅子《いす》があり、壁には美しい軸がかかっている。群衆は、それらを手当りしだいにつかみ取る。戸棚《とだな》や箱をあけて、何かあると、われがちに引っぱりあう。誰もが他人の手にあるものをひったくる。何を持っているのか、見るだけのゆとりもない。衣裳《いしょう》、寝具、カーテン、皿が、手から手へ渡ってゆく。

この混乱の中で、何もとらないのは王龍だけだった。彼は今まで他人のものをとったことがないので、なかなかその気になれないのだ。最初、あっけにとられたまま、群衆の真ん中で、もまれながら、あちこちへ引きずられていたが、そのうちに多少正気に戻り、はじのほうへ根気よく押して、やっとのことで群衆の外側へ出ることができた。急流が渦《うず》を巻くと、そのはじにも小さい渦ができる。外側へ出たといっても、まだ王龍は小さい渦に巻かれていた。だがとにかく、自分がどこにいるのかだけはわかった。

　そこは婦人ばかりいる後房の裏になっていた。裏門があけ放たれていた——この門は、こんなときの用意に、金持が幾世紀も昔から作ってある非常門で、この時も、みんなこの門から逃げだして、町の各所に隠れ、窮民のおたけびに耳をそばだてていたのだろう。

　だが、逃げ遅れた男が、一人いた。肥りすぎているためか、それとも、酔いつぶれていたせいか、秘密の隠れ場所にひそんでいて、見つけられずにすんだこの男は、侵入した暴徒が通りすぎてしまったあと、もう誰もいないと思って、逃げようと這《は》いだしてきたのだろう。がらんとした部屋の中で、王龍とばったり行きあってしまった。群衆に押しのけられて、あとへあとへまわっていた王龍は、一人だけ取残され、その男と行きあったのだ。

男は大柄《おおがら》で肥っていた。老人でもないが若くもない。たぶん、女と寝ていたのだろう。大急ぎで着た紫繻子の長衫《ツァンスァン》の間から、裸の体が、まる見えで、黄色い肉が腹や両の胸に盛り上がっていた。頬《ほお》も山のように豊かで、豚みたいな眼が、小さく、くぼんでいた。彼は王龍を見るとふるえあがって、ナイフで刺されたかのように、悲鳴をあげた。武器を持っていない王龍も、その男の狼狽《ろうばい》ぶりがおかしいので、もう少しでふきだすところだった。男は、ひざまずいて、床に頭をすりつけて叫んだ。

「命だけは助けてください――命だけは助けてください――殺さないでください。金は、あります――金は、たくさん――」

金という言葉を聞くと、彼の頭は、急に眼がさめたように、はっきりとなった。金！　そうだ。おれがほしいのは、その金なんだ！「金さえあれば、子供も助かる――あの土地へも帰れる！」彼ははっきりそう言われたような気がした。

彼は、自分でも驚くほどのすごい声で、突然どなりつけた。

「そんなら金を出せ！」

肥った男は立ち上がって、泣き声で聞きとれないことを言いながら、長衫の隠しへ手を入れて探り、黄色い手で、ざくざく、銀貨をつかみだした。王龍は、上着の裾《すそ》にそれを受けてから、また、自分のとも思われない、聞きなれない声で、どなりつけた。

「もっと、出せ！」

ふたたびその男は、銀貨をつかみだして泣き声をあげた。

「もう、これしかありません。あとは、この見すぼらしい命があるだけです」

彼は泣きだした。涙が、肥って垂れさがっている頬を油のように流れた。

ふるえながら涙をこぼしているその男を見ていると王龍は、急に今まで感じたこともないほど胸がむかついてきた。彼は湧《わ》きあがるような激しい嫌悪《けんお》の情にかられて、どなりつけた。

「あっちへ行け。行かねえと、ぶっ殺すぞ、この百貫デブ野郎！」

牛さえ殺せないほど気の弱い王龍も、この時ばかりは、こうどなった。

男は、野良犬《のらいぬ》のように、逃げていった。

あとには銀貨を持っている王龍だけが残った。彼は勘定もせず、急いで銀貨をふところへ押しこみ、あけ放しになっている非常門から外へ出て、狭い裏通りを通り、小屋へ帰った。そして、まだ他人の体のぬくもりのある銀貨を胸へ押しつけながら、幾度もひとりごとを言った。

「さあ、あの土地へ帰るんだ——明日は、あの土地へ帰るんだ！」

一五

故郷へ帰ってから、片手でかぞえるほどの日もたたないうちに、王龍《ワンロン》は、この土地から離れていたのは夢ではなかったかと思うようになった。実際、彼の心は、そこから離れたことはなかったのだ。彼は銀貨六枚で、南から、米、麦、トウモロコシの優良な種子《たね》を買いこんだばかりでなく、金があるにまかせて、今まで植えたこともないセロリーや蓮根《れんこん》や、お祭の料理のときに豚と煮こむ大きい赤大根や、小さい、赤い、かおりのいい豆などを仕入れてきた。

また銀貨十枚で、畑を耕している百姓から牡牛《おうし》を買った。これは、まだ家へ帰る途中のことだった。彼は、畑で働いている男を見て足をとめた。老人も子供も阿蘭《アーラン》も、早く家へ帰りたいと思ったが、一緒にその牡牛を見た。王龍は、頑丈《がんじょう》そうなその太い首と、木の軛《くびき》を曳《ひ》く強い力に感心して、声をかけた。

「なんだ、つまらねえ牛だな。けんど、牛がいねえで、おれも困ってるから、まあ、どんなんでもいいや。いくらなら売るね？」

百姓も負けてはいなかった。

「この牛を売るくれえなら、女房を売らあな。まだ三歳で、働き盛りだでよ」

彼はそう言って、王龍には目もくれず、牛を追っていった。

すると、王龍は、世界じゅうにどんなにたくさんの牡牛がいるにしても、どうしてもこれがほしい、という気持になった。そこで、阿蘭と老人にきいてみた。

「どうだ、この牛は？」

老人はしげしげと見てから言った。

「金抜《きん》きは、うまくやってあるようだな」

つづいて阿蘭も言った。

「年は、あの人が言うよりも、一つよけいに取ってますよ」

しかし王龍は、その牛の強い力や、黄色い艶《つや》のある毛並や、黒ずんだ眼《め》にすっかり心をひかれ、買う決心をつけているから、何とも答えなかった。この牛があれば、畑は耕せる、ひき臼《うす》につければ、製粉もできる。彼は百姓のところまで行って頼んだ。

「金は、かわりの牛買ってもあまるほど出すから、ぜひ、譲ってくんねえか」

まるで口喧嘩《くちげんか》のような掛引きを重ねたあとで、百姓は、この地方の相場より、なお半分高い値段で手放すことになった。とにかく、この牛を見てからというもの、金は問題でなくなっていたから、王龍は、銀貨を百姓の手へ渡し、軛をはずすのも待ちかねて、鼻面《はなづら》に通した縄を引っぱり、自分のものになったことの嬉《うれ》しさに心をおどらせながら、家へ向った。

帰ってみると、扉《とびら》はめちゃめちゃにこわされていた。草ぶきの屋根はなくなっていた。残しておいた鍬《くわ》も馬鍬《まぐわ》も盗まれてしまって、土の壁と、梁《はり》だけになっていた。そして土の壁さえも、季節はずれの雪や、冬から早春へかけての雨に打たれて、ひどく破損していた。しかし、最初驚いただけで、あとは何とも思わなかった。彼は町へ行って、堅い木で作った新品の鋤《すき》に、馬鍬と鍬とを二本ずつ買った。屋根は秋の取入れのあとで、藁《わら》ができてからふくことにして、それまでのしのぎに、筵《むしろ》を買った。

その夕暮、彼は、戸口に立って彼の土地を眺《なが》めた。凍りついた冬から解放されて、土はゆるみ、いつでも種子はまける。もう春で、浅い池には蛙《かえる》がのどかに鳴いている。静かな夜風に、庭の隅《すみ》の竹が、ゆっくりと揺れている。たそがれの光を通し、近くの畑の境に並んでいる一列の木が見える。桃の木だ。淡紅のつぼみがほころびかけている。そして柳は、しなやかな緑の葉を伸ばしている。やがて、その静かな、待ちこがれている土から、月の光に似て、銀のように淡い霧が立ちのぼって、木々の幹にまといつく。

最初、長い間、王龍は人間に会うのがいやで、彼の土地に自分だけでいたかった。

彼は村の誰の家へも行かなかった。そこで、この冬の飢饉《ききん》に生き残ったものがたずねてくると、不機嫌《ふきげん》になって、

「おれの家の扉をこわしたのは誰だ。おれの馬鍬や鍬を盗んだのは誰だ。おれの家の屋根を、たきつけにしたのは誰だ？」

と、どなりつけた。

すると、彼らは、有徳《うとく》の君子ででもあるかのように、みんな首を横にふって、自分ではないと答えた。ある者は、「あんたの叔父さんがしたんだ」と言う。また、ほかの者は、「飢饉や戦争ばかりのこんな物騒な時世で、どこでも匪賊《ひぞく》があばれまわってるんだから、あの人が何を盗んだ、この人が何を盗んだなんて、言えたもんじゃねえ。食えなけりゃあ、誰だって、泥棒《どろぼう》になるんだから」と言う。

隣家の陳《チェン》は、這うようにして王龍に会いにきた。

「この冬じゅう、泥棒どもが、あんたの家を巣にして、村や町を根こそぎ荒してたんだ。あんたの叔父さんは、正直な人なら、そんなことはあるめえが、連中と懇意にしてたそうだよ。それにしても、こんな時世じゃ、世間の噂《うわさ》は信用できねえから、誰が悪いとも言えねえでな」

陳は、まったく影のようにやせほそっていた。皮膚は骨にくっついて、まだ四十五

にもならないのに、髪は薄く、真っ白になっていた。王龍はしばらく彼を見つめていたが、急に気の毒になった。

「あんたは、おれたちよりも苦労したようだな。何を食ってただ？」

陳は、嘆息して囁《ささや》いた。

「おれの食わなかったものなんて、ねえよ。町で乞食《こじき》してたときには、犬みてえに、道ばたに捨ててある臓腑《ぞうふ》を食っただ。死んだ犬を食ったこともあるだ。女房が死ぬ前に、肉汁作っただだが、それが何の肉だか、おれには聞く気にもなれなかっただ。ただ、女房は、生き物なんか殺すほどの度胸はねえから、あいつが拾ったんだと思って、おれは食っただ。そのあとで、女房は、おれほど持ちこたえる力がねえんで、死んだがな。女房が死んでから、娘も飢え死にしそうで、見ちゃいられねえから、兵隊にくれてしまっただ」

そこで言葉をきった陳は、黙然としていたが、しばらくして言った。

「少し種子があれば、また、まいてみてえが、種子もねえんでなあ」

「こっちに来いよ」王龍は荒々しく言って、彼の手をとって家の中へ引っぱりこみ、ぼろぼろになった上着の裾を拡《ひろ》げさせて、南から買ってきた種子を入れてやった。米や、麦や、キャベツの種子をやってから、彼は言った。

「明日、あんたの畑を、おれが牛を連れてって耕してやるよ」

陳は急に泣きだした。王龍も涙の湧いてくる眼をこすりながら、怒ったような声で言った。

「あんたが、赤豆をひと握りくれたことを、おれが忘れると思ってるのかよ？」

しかし陳は答える言葉もなく、とめどなく泣きながら、帰っていった。

王龍にとって叔父が村にいないことは嬉しかった。どこへ行ったのか、確かなことは、誰も知らなかった。町へ行っているとも、妻子を連れて遠い国へ行ったとも噂されていた。とにかく、村の、叔父の家には誰もいない。娘たちは、みんな売られたという。値が高いので、きれいなのから売ったが、しまいにはあのアバタのある、みにくいのまで、戦場に行く途中、ここを通った兵隊にひと握りの銅貨で売ったという。

王龍は憤慨した。

王龍は、土の中で真っ黒になって働きだした。家で食事をしたり、眠ったりする時間さえ惜しくてたまらないようだった。かれはパンとニンニクの弁当を畑の中で立って食べながら、「あすこにササゲを植え、ここに苗代《なわしろ》を作って——」と計画したり、考えるのが、楽しかった。そして、日中、あまり疲れてくると、畝《うね》の中へごろりと横になり、畑の温かさを肌《はだ》に感じながら、ひと寝入りするのだった。

家にいる阿蘭も決して遊んでいなかった。彼女は自分の手で筵を梁に打ちつけて、丈夫な屋根を作り、畑の土を持ってきては、水で練って、壁の修繕をした。新しい竈《かまど》を築き、雨のために穴のできた土間をならした。

それがすむと、ある日、王龍と町に行って、寝台と、食卓と、腰掛六脚と、大きな鉄鍋《てつなべ》とを買い、そのほかには、必要品ではないが、黒い花模様のある赤い土瓶《どびん》と、それにあう模様の茶碗《ちゃわん》を六つ買った。そして最後に、香を売る店で、中の間《なかのま》の食卓の上にかける紙の福の神や、その前に立てる合金の蠟燭《ろうそく》立てと香を焚《た》く壺《つぼ》、神に捧《ささ》げる二本の蠟燭を買った。その蠟燭は牛の脂《あぶら》で作ったもので、赤く染めた真ん中に、細い葦《あし》の芯《しん》が入っている。

買物をすませると、王龍は、例の祠《ほこら》の二つの小さい土の神のことを思い出したので、帰りみちに寄って、のぞいてみた。哀れな有様だった。粘土でこねた神体だから、雨に洗われて、眼も鼻もなくなり、紙の衣裳は破れて土の肌がむきだしになっていた。あんな恐ろしい年だったから、誰もお詣《まい》りしなかったのだろう。王龍はいい気味だと満足して眺めていたが、おしおきを受けた子供にでも言うように言った。

「人間にわるさする神様は、こうなるんだぞ」

王龍の家は、ふたたび家らしくなった。輝く合金の蠟燭立てには、赤い蠟燭が燃えていた。食卓の上には土瓶と茶碗があった。寝台と寝具もそろった。寝室の窓がわりの穴には、新しい紙をはった。新しい扉もできた——こうなると王龍は、あまりの好運がそら恐ろしくなった。

阿蘭は、次の子の臨月が近づいていた。子供らは、褐色《かっしょく》の犬の子みたいに、戸口や南向きの壁のあたりを騒ぎまわっていた。そこには老人が寄りかかって、満足なのだろう、居眠りしながら微笑していた。彼の田では、稲がヒスイのように緑色に美しく育ち、豆の芽は殻《から》をかぶったまま、土から頭を出した。少し倹約すれば、例の銀貨のおかげで取入れまでは不自由ない——

王龍は、顔を上げて空を仰いだ。白雲が悠々《ゆうゆう》と流れていた。耕した土にも、彼自身の体にも、日光と雨のうるおいを感じた。彼は不承不承つぶやいた。

「あのちっちゃい祠の神様にも、線香をあげなけりゃあな。なんとしたところで、土の神様なんだから」

一六

ある夜、王龍《ワンロン》は、そばに寝ている妻の乳房の間に、人の握りこぶしくらいの塊りが結びつけてあるのを発見した。

「何だね、体にくっつけてあるのは？」

手を伸ばしてみると、それは、布に包んであり、堅くて、さわると動かせた。阿蘭《アーラン》は最初、盛んに逃げようとしたが、彼がつかんで、もぎ取ろうとしたので、あきらめて言った。

「どうしてもってんなら、見たらいいでしょう」

彼女は首にかけてある紐《ひも》を切って、包みを彼に渡した。

それはボロにくるんであった。彼が無造作に破ると、手のひらに、突然おびただしい宝石があふれ落ちた。王龍は驚いて呆然《ぼうぜん》としてしまった。これだけの宝石が一個所に集まっていようとは、誰も、夢にさえ思ったことがないだろう。西瓜《すいか》の中身を思わせる赤、小麦のような黄金色、春の若葉に似た緑、大地から湧き出る泉のような澄明《ちょうめい》、王龍にとって宝石の名も実物も、今まで縁がなかったので、何であるのかわからなかった。それにしても、彼の日に焼けたごつごつした手のひらにのっているこのたくさんの宝石が、なかば暗闇《くらやみ》の寝室の中でさえ、きらきらと輝いているのを見ると、ここにあるのは確かにすばらしい財宝なのだと思った。彼は、その色彩と形とに酔いしれたように、言葉もなく、身動きもできなかった。二人は見とれていたが、かろうじて、彼は息をはずませて阿蘭に囁いた。

「どこでだ——どこでだ——」

　阿蘭も、同じように低い声で言った。

「あの金持の屋敷でです。お気に入りの妾《めかけ》の持ち物なんでしょう。あの時、ある部屋の壁の煉瓦《れんが》がゆるんでたんで、他人に分け前を取られるのがいやですから、誰にも見られないように、そっとその煉瓦を抜くと、光ってるものがあったんで、袖《そで》の中に隠してきたんです」

「どうして、お前は、そこに宝物が隠してあるのがわかったんだ？」王龍は感心して、また低い声でたずねた。彼女は、眼には出さない笑いを口もとにただよわせた。

「わたしが、金持の屋敷で奴隷《どれい》になってたこと知ってるでしょう？　金持は、年じゅう、恐れてます。ずっと前の凶作のときに、匪賊が黄《ホワン》家の門から押し入ったんですが、その時には奴隷からお妾、大奥様まで、あわてて逃げまわりました。そして、てんでに宝物を秘密の隠し場所へ隠したんです。それで、あの時も、ゆるんでる煉瓦があったんで、すぐ気がついたんです」

　二人はまた沈黙して、うずたかい宝石の山を驚きのうちに見つめていた。しばらくして、深く息を吸いこんだ王龍は、やっと決心したように言った。

「これほどの宝になると、おれたちにゃしまっとけねえ。売り払って安全なものにかえなけりゃ——まあ、土地だな。ほかのものは、どれも安心できねえ。他人にもれたら、翌《あく》る日になんねえうちに匪賊がおれたちを殺して、取っていくぜ。今日のうちに土地にしとかなけりゃあ、おれは気味が悪くって寝てられねえ」

そう言いながら彼は宝石をボロに包み、しっかりと糸でゆわえて、ふところへ入れようとした。そしてなにげなく阿蘭の顔を見た。彼女は寝台の脚のほうに、あぐらをかいて坐《すわ》っていたが、感情を表わしたことのない顔は、宝石に心を惹《ひ》かれているらしく、口を少しあけて、宝石のほうへ首を伸ばしていた。

「おい、どうしたんだ」王龍は不審になってきいた。

「それを、みんな売るんですか?」阿蘭はしわがれた声で言った。

「売らねえでどうするんだ」彼はびっくりした。「土壁の家に、こんな宝石はふさわしかねえよ」

「わたしは、二つだけほしいんです」

阿蘭の声には、望みながらも、とてもかなえられないというあきらめがあった。王龍は、子供に、玩具《おもちゃ》か菓子をねだられたときのように、心を動かされた。

「そうかい」意外に思って叫んだ。

「二つだけほしいんです」彼女は、哀れみを乞うように訴えた。「小さいのを二つだけ――小さい真珠を二つだけでいいんですから――」

王龍は、息をのんで言った。

「真珠だって！」

「持っていたいんです――飾るんじゃありません。ただ、持っていたいんです」

彼女は眼をふせて、寝具の縫目のほころびをもてあそびながら、返事を当てにしていない人みたいに、辛抱強く待っていた。

その時、王龍は、この鈍重な、忠実な女の心を――報酬ももらわずに働きとおし、また、あの屋敷の奴隷の頃《ころ》、ほかの女が宝石を飾るのを見ながら、自分は手にも触れることができなかった女の心を――理解したわけではないが、その一瞬、かいま見たのだった。

阿蘭は、ひとりごとのように低く言った。

「時々、手に持って見られますからね」

王龍は自分にもわからない感情に動かされて、宝石の包みをふところから出し、それを拡げて、無言のまま彼女に渡した。阿蘭の日に焼けた頑丈《がんじょう》な手が、輝いている宝石の中をやさしく、ためらいながら動いて、二つの白いつやつやした真珠を、捜しだした。彼女は、それだけ取ると、残りを包んで、王龍に返した。彼女は二つの真珠を、着物を裂いた小さい布に包んで、ふところへ入れた。それですっかり満足していた。

王龍は、あっけにとられて眺めていた。どうも、わかったようで、わからない。その日も、またその後も、彼女を見るたびに不思議になって、彼は幾度も考えさせられた。

「おれの女房は、今でも、あの真珠をふところにしまってるんだろうな」

だが、王龍は、妻がその真珠を取出して眺めているところを、一度も見たことがなかった。また、それについては、お互いに何も言わなかった。

王龍は、自分の持っている宝石について、いろいろ思案した末、黄家へ行って、まだ売る土地があるかどうか、確かめてみようと決心した。

黄家へ行ってみると、もうその頃は、ほくろから生えている長い毛を引っぱって、門内へ入るものを傲然《ごうぜん》と見下げている門番はいなかった。大きな門はひっそりとして、閉ざされていた。王龍は割れるほど両手で叩《たた》いたが、誰も出てこなかった。通りを行く人たちは、王龍を眺めて、こう声をかけた。

「おい、うんと叩くがいいよ。大旦那《おおだんな》が眼《め》をさましてれば、たぶん、出てくるだろう。さもなきゃあ、野良犬《のらいぬ》の雌奴隷が、そこら、うろついてれば、気が向くとあけてくれるからな」

とうとう門内に、のろのろした足音が聞えてきた。止ったり、歩いたり、しっかりしない歩調だった。そのうち、門を閉ざしている門を閂《かんぬき》をゆっくりとはずす音が聞え、鉄の扉《とびら》がきしみ、しわがれた声が囁いた。

「誰だね?」

王龍は驚いたが、大声を出した。

「私です。王龍です」

門内の声は、気むずかしそうに言った。

「誰だ? 王龍てのは?」

王龍は、おうへいな声の調子から、相手が黄家の大旦那様に違いないと思った――召使や奴隷を使いなれた人の声だったからだ。そこで、王龍は前よりもていねいに言った。

「旦那様、私は、ちょっとした用事で参ったんです。旦那様に申上げるほどのことでねえので、執事に会って、話したいんですが」

大旦那様は、それ以上扉をあけないで、口をとがらして言った。

「あいつなんか! あん畜生は、もう数カ月も前に、どこかへ逃げて行きやがった。

ここにはいないよ」

王龍は、それを聞いて、どうしたらいいのか思案がつかなくなった。間に人を入れず、大旦那様と直接に土地を買う交渉をするわけにはいかなかった。しかも、ふところに入れてある宝石は、火のように燃えていて、早く始末しなければならないし、土地への欲望はさらに大きい。今持っている種子《たね》だけでも、今の二倍の土地にまくだけはある。彼には黄家の肥沃《ひよく》な土地が強い魅力だった。

「ちっとばかりの、金銭のことで来たんです」と王龍は、ためらいながら言うと、相手はぴしゃりと扉をしめてしまった。

「金なら無い」大旦那様の声は前よりも高くなった。「ぬすっとの、泥棒野郎の執事のやつが、みんなとっていったんだ。あいつの母親も、母親の母親も、呪《のろ》われろだ。借金は払えん！」

「そうでは、ありません――」王龍はあわてて口を出した。「お金を払いに参ったんで、借金の取立てではありません」

すると、門内に、王龍が聞いたことのない鋭い声がして、女の顔が門外に現われた。

彼女は「おや、ずいぶん久しくそんな言葉は聞かなかったですよ」と、甲高《かんだか》い調子で言った。王龍が見たのは、美しい、利口そうな、あでやかな顔だった。その女は、

「お入り」と手短かに言って、王龍の通れるだけ門をあけ、そして、入った彼が驚いているうちに、後ろへ回って、また門を厳重にしめてしまった。

大旦那様はそこに立って、咳《せき》をしながら王龍をじっと見ていた。よごれた灰色の繻《しゅ》子《す》の長衫《ツァンスァン》の下から、毛皮の裏が出ていた。方々にしみができてよごれているが、もとは上等の繻子で作った立派な着物だったことは誰が見てもわかった。皺《しわ》くちゃになっているのは、寝るときにも着ているからだろう。王龍も老人を見返した。好奇心もあったが、恐ろしい気もした。今まで彼は、お屋敷に住んでいる人たちには恐怖をいだいていた。したがって、噂《うわさ》に聞いていた大旦那様が、この老人であろうとは信じられなかった。彼の父親と同じで品がない、いや、父親よりも品がないのだ。彼の父親は、とにかく、これよりもっとさっぱりした服装をしている好々爺《こうこうや》なのだ。以前は肥《ふと》っていた大旦那様も、すっかりやせてしまい、皮膚がたるんでいる。顔も剃《そ》らず、洗わないらしい。手は黄色くしなびて、顎《あご》をなでたり、唇《くちびる》を引っ張ったりするときにふるえている。

女はきれいだった。高い鼻、鋭い黒い眼——鷹《たか》を思わせる美人で、きつい顔をしている。白い皮膚が引きしまって、頬《ほお》と唇は、あざやかな赤味を帯びている。真っ黒い髪は、鏡のようにつややかに光っている。ただ、口のきき方から、黄家の家族でないことがわかる。誰が見ても奴隷だ。声がきつく、舌に毒がある。そしてこの二人——女と大旦那様のほかには、以前たくさんの男女が働いていた前庭には、誰もいない。

「さあ、お金のことなんでしょう？」

女の声がきつかったので王龍はためらった。彼は大旦那様の前では話したくなかった。すると、この女は、言われなくてもいっさいをのみこんで、老人に甲高い声を浴びせかけた。

「あっちへ行っててください」

老人は何も言わず、よろめきながら立ち去った。ビロードの古靴《ふるぐつ》が脱げそうだった。踵《かかと》を、ばくばくさせ、盛んに咳をしていた。女と残った王龍は、どうしていいのかわからなかった。彼は、あまりの静けさに気をのまれてしまった。中庭をのぞいてみたが、そこにも人はいない。ごみ屑《くず》や汚物が山のように積んであって、藁《わら》、竹の枝、枯れ松葉、枯れた花の茎などが散らばっている。久しい間、誰も掃かないのだろう。

「まあ、気のきかない人だね」

女は、ものすごくきつい声を出した。王龍が飛び上がったほど甲高い声だった。

「何です？　お前さんの用っていうのは、お金があるんなら見せてごらん」

「いや」王龍は用心深かった。「私は、お金を持ってるとは言わねえです。用事があると言ったんで」

「用事って、お金のことじゃないの。お金が出て行くか、入ってくるかよ。この屋敷には、もう出て行くお金は無いんですよ」女は言い返した。

「んでも、女の人じゃ、用がたりねえです」王龍は静かに言った。彼は、自分で飛びこんできたのだが、こうなると事情が全然わからなかったので、キョロキョロあたりを見まわしているばかりだった。

「なぜ、話せないの？」女は怒って言葉を返し、急にどなりつけた。

「馬鹿《ばか》だね。この家には、ほかに誰もいないこと知らないの？」

王龍は信用しかねて、おずおずと女を見た。女はまた叫んだ。

「あたしと大旦那様とで――ほかには誰もいませんよ」

「では、どこにいるんだ？」王龍はあまりびっくりしたので、意味のない言葉が口からもれた。

女は言い返した。

「大奥様は死にましたよ。匪賊《ひぞく》が来て、奴隷も品物も、みんな持ってかれちゃったこと、お前さん、町で聞かなかったの？　あの匪賊どもは、大旦那様の親指をしばって、吊《つ》るしあげて折檻《せっかん》したり、大奥様を椅子《いす》にくくりつけて、サルグツワをはめたりしてさ。――みんなは逃げたけど、あたしだけは、水の半分たまってる瓶《かめ》に隠れて蓋《ふた》してたんだよ。出てきてみると、もう匪賊はいなかったけど、大奥様は椅子にしばられたままで死んでるのさ――匪賊にやられたんでなく、びっくりして死なれたんで、阿片《あへん》のために、体が腐った葦《あし》みたいになってたから、それでまいっちまったんでしょう」

「下男や、奴隷たちは？」王龍は息をはずませてきいた。「それから門番は？」

「ああ、あの連中」女はこともなげに答えた。「みんな、とっくにいなくなってたんだよ。冬の中頃には、食べ物もお金も無くなったんで、歩けるものは逃げてしまったのさ。ほんとうのことを言うとね」女は急に声を落した。「匪賊の中には、逃げた下男たちが幾人もいたんでね、あの門番の畜生、案内人になってるの、あたしは見たんだよ――あの男は、大旦那様の前ではそっぽ向いてたけど、ほくろの長い毛は隠せないものね。あの男ばかりじゃない。それでなけりゃ、宝石や宝物の、秘密の隠し場所がわかるはずがないもの。あの執事だってそうだと思うよ。あの男は黄家の遠縁にあたるんだから、表向き、匪賊と一緒に顔は出さないけど」

女は口をつぐんだ。庭の静けさは、生命が抜け去ったあとの静けさに似て重苦しかった。女はまた続けた。

「だけど、これというのも、急に起ったことじゃないのさ。先代から、黄家には没落する運命が来ていたんだろうと思うね。前の代から、土地の管理は執事にまかせっきりで、執事の手をとおしたお金は湯水のように使うし、今の代になると、土地の力がなくなって、ぼつぼつ、売りはじめたんだものね」

「若様たちはどこにいるんです」あまり意外なので、王龍はきかないではいられなかった。王龍は、あたりを見まわした。女は無頓着《むとんじゃく》だった。

「方々に行ってるよ。こんなになる前に、二人のお嬢様がかたづいてられたのは、せめて運がよかったのさ。こっちの事情を聞いて、上の若様が大旦那様を迎えに使いの者をよこしたけど、あたしがすすめて、ここにいるようにしたんですよ。〈それじゃ、誰がこのお屋敷にいるんですか。女のあたしばかりじゃ留守はできませんからね〉って言ってね」

女は、そう言いながら、薄紅色の唇をつぼめ、気の強そうな眼をふせて、はなはだ殊勝な様子をした。そして間を置いてから、言葉をたした。

「それにこの数年てものは、大旦那様はあたしばかり頼りにするし、あたしとしても別に行くところはないしね」

王龍は、その女の顔をじっと見て、すぐ眼をそらせた。彼にもようやく事情がのみこめてきた――この女は、死にかけている年寄りの大旦那様にへばりついて、最後までしぼり取るつもりでいるのだ。彼は軽蔑《けいべつ》したように言った。

「お前さんが奴隷だとすると、交渉を進めるわけにゃあ、いかねえな」

女はまた高い声をあげた。

「大旦那様は、あたしの言うとおりになるんですよ。あたしは、ただの奴隷とは格が違うんだから」

王龍は、この返事を聞くと、思案した。よし、土地はあるんだな。おれが買わなけりゃあ、ほかのものがこの女から買っちまうんだ。

「土地はどのくらい残ってるかね？」

王龍は、しぶしぶだったが、そうきいた。女は、すぐ彼の腹を見抜いて言った。

「土地を買いに来たんなら、売る土地はありますよ。西に百エーカー、南に二百エーカー。一つに続いてはいないけど、みんな広いところで、残らず売るでしょ」

女の即座の返事を聞いて、王龍は、この女は大旦那様に残されている土地財産なら、文字どおり、隅々《すみずみ》まで知っているのだと感づいた。だが彼はなお彼女を信用しかねて、この女と交渉する気になれなかった。

「大旦那様は、若様たちと相談なしにゃあ、先祖からの土地を売らねえだろうな」

女はせきこんで答えた。

「そのことですか。若様たちは売れたら売るようにって大旦那様に言ってましたよ。あの人たちは、こんな土地に住みたくないしね。凶作になると匪賊があばれまわるから、それでみんなそう言うんです――こんなところに住めるもんか、土地を売った金を分けることにしようってね」

「んでは、誰に金を払えばいいんだね？」王龍は、まだ信用できずにたずねた。

「大旦那様にですよ。ほかに受取る人がいますかね！」女はよどみなく答えたが、王龍は大旦那様の手からこの女の手へこぼれてゆくことは知っていた。

　彼は、この女と交渉を進める気になれないので、「また日をあらためて――ほかの日にな――」と言いすてて門のほうへ歩きだした。女は後を追ってきて、門を出た彼に、鋭い声で言った。

「明日の今頃――今頃か、午後にね――いつでも同じだけどさ」

　王龍は返事もせず往来を歩いて行ったが、今聞いたことはどうしても事実とは受取れず、考えなければならなかった。彼は小さい茶店に入って茶を一杯注文した。給仕は彼の前に器用に茶碗《ちゃわん》を置いて、彼の払った銅貨を、気どった格好で放りあげたり、受取ったりした。王龍は、考えこんでしまった。彼が物心ついてからも、父の代、祖父の代から、この町の勢力であり栄光だった豪勢なお屋敷が、今や落ちぶれて離散したということは、考えれば考えるほど不思議だった。

「土を離れたから、ああなったんだ」惜しいことだと思ったが、そのうち、彼の思いは二人のわが子の上へ及んだ。彼らは、春さきのタケノコのようにすくすくと伸びていたが、王龍は、彼らを日向《ひなた》で遊ばせてばかりいないで、今日からは畑で働かせよう、そして小さいうちから彼らの骨と血の中に、土の感触、堅い鍬《くわ》の柄《え》の感触を植えつけようと決心した。

だが、王龍は、ふところに入れている宝石が重く、焼けつくような感じがして、何を考えている間も、恐怖が頭から離れなかった。今にも、汚ない着物の下から、光がキラキラとほとばしって、誰かが、

「ほらみろ、貧乏人が、皇帝の宝物持ってるぞ」

と叫びそうな気がした。

宝石を一刻も早く土にかえなければ安心できない。そこで、店の主人が手のすいている時をみて、声をかけた。

「お茶を一杯御馳走《ごちそう》するから、ここへ来て町の話を聞かせてください。私は、冬じゅう、よそへ行ってたもんでね」

茶店の主人は、そういう話は大好きで、とりわけ、他人の財布でお茶を飲みながら

話すのは大好きなので、すぐ王龍のテーブルへ坐《すわ》りこんだ。イタチのような顔の小さい男で、片目がゆがみ、やぶにらみで、上着と褲子《クーツ》の前側が脂《あぶら》でごわごわして、真っ黒になっていた。彼は、茶のほかに、食べ物を売っていて、自分で料理するからだ。《腕前のいい料理人は、決してきれいな服装をしていない》っていう諺《ことわざ》があるんでね、などと言うのが好きで、そのひどく汚ない服装が、当然必要なんだと思いこんでいた。彼は坐るとすぐに口をきった。

「そうですね。飢饉《ききん》で食えなかったことは耳新しくもないけど、そのほか変ったことと言えば、黄家に大勢の強盗が入ったことぐらいですな」

王龍の聞きたいことは、まさにそれだった。亭主は得意になってしゃべりたてた——どんなふうに残っていた奴隷《どれい》がわめき立てて連れていかれたか、どんなふうにまだいたお妾《めかけ》さんたちが犯され、追い出されて、その中のある者が引きずられていったか、などをくわしく述べたててから、こう結んだ。

「ですから、あの家には誰もいませんよ。いるのは大旦那様だけで、その大旦那様も、今じゃ杜鵑《トーチュエン》っていう女奴隷の思うままなんです。あの女は、長い間、大旦那様につきそいのお気に入りで、ほかの女は始終変ったんですが、あの女だけは利口なので、ずっとついていたんですな」

「んじゃ、何でも、あの女の言うとおりになるのかね」王龍は念を押した。

「とうぶんあの女の思うとおりになるんでしょう。だからこの時とばかり、あの女は、握れるものは何でも握るし、ネコババできるものは、何でもネコババしてるようですよ。どうせそのうちに、若様たちがあっちでの御用が一段落つくと、帰ってくるので、そうなれば、いくらあの女が忠義ぶっても、ごまかしきれやしませんや。お払い箱ですよ。それでも、一生楽に暮すぐらいは、ためこんだんでしょう——百まで生きてもね」

「まだ田畑は残ってるのかね」王龍はせきこんできいた。

「田畑？」亭主は、がてんがいかないようだった。茶店の亭主にとっては、田畑なんて、どうでもよかった。

「田畑を売るかね？」王龍はいらだたしそうに繰返した。

「ああ、そのことですか」亭主は無関心にそう言って、その時、新しい客が入ってきたので、立ち上がり、そっちへ行きながら続けた。

「売りに出してるって話ですよ。しかし墓地は放さぬそうです——六代もの一族の人たちが埋めてあるんでね」

聞くだけのことを聞いたので、王龍は店から出て、また大きい門の方へ向った。例の女が門をあけると、彼は門外に立ったままで言った。

「これだけ初めに聞いときたいんだがね。大旦那様《おおだんな》は土地の証文に判子《はんこ》を捺《お》しなさるかね？」

女は、彼をじっと見つめながら、熱心に答えた。

「捺しますとも――捺しますともさ――あたしの命にかけても――」

そこで王龍は露骨にきいた。

「お前さんは、あの土地の代金に、お金と宝石とで、どっちがいい？」

女は瞳《ひとみ》を輝かして言った。

「宝石ですよ」

一七

王龍《ワンロン》の土地は広くなって、彼と一頭の牛だけでは耕作しきれなくなった。取入れにも手不足になったので、ロバをもう一頭買い、また家に一室を建て増して、隣の陳《チェン》に相談した。

「お前の持ってる土地をおれに売って、寂しいだろうから、うちへ来て、おれを手伝ってくれねえか」

陳は喜んで承知した。

天は季節にふさわしく雨を降らせた。稲の苗は伸びた。小麦を刈って、取入れが終ると、そのあとに水を引いて、二人は力を合せて懸命に田植えをした。王龍は、この年ほど広く田を作ったことはなかった。雨が多かったので水が豊富だった。今まで乾いていた畑も立派な田になった。やがて取入れの時期になると、豊かな実りは、王龍と陳の手だけでは刈りきれないので、村の者を二人雇った。

黄《ホワン》家から買った土地で働いていると、王龍には、没落したあのお屋敷の若様たちのことが思い浮んだ。自分の子供は堅実にきたえようと、彼は毎朝、二人の子を畑へ連れて出て、牛やロバの手綱《たづな》を取るような、小さい手でもできることをやらせた。もちろん、二人とも、大した役には立たないが、炎天の暑さや、畦《あぜ》を行ったり来たりする疲れを、知らせるためだった。

子供は畑で働かせたが、彼は、阿蘭《アーラン》を畑には出さなかった。もう貧乏人の女房ではないからだ。今年みたいに収穫があったからには、その気になれば、彼だって作男を雇って、みずからは働かないでもすむ身分になったのだ。収穫は豊かで、囲い入れる場所がなかった。彼はやむを得ず、またもう一室を建て増した。そうでもしなければ、家の中は足の踏み場もなかった。また彼は豚を三頭と数羽の鶏を買った——落ちこぼれた穀粒を拾わせるためだ。

阿蘭は家の中の仕事だけになったので、みんなに新しい着物を縫い、新しい靴《くつ》を作り、寝台にかける花模様の蒲団《ふとん》に、新しい綿を入れて仕上げた。一家には今までになかったほど、十分な着物と寝具がそろった。

そのあとで、阿蘭はまたお産の床についたが、やはり、誰をも近づけなかった。人を雇うことができるのに、相変らず一人のほうがいい、と言うのだった。

今度のお産は長くかかった。夕方、王龍が畑から帰ってくると、父親が戸口に立って嬉《うれ》しそうに笑いながら、こう言った。

「今度の卵は、黄身が二つじゃよ」

寝室に入ってみると、阿蘭の寝台には二人の赤ん坊がいた。男の子と女の子の双生児で、米粒のように似ていた。彼も、これには嬉しくなって、声をたてて笑った。何か冗談を言ってみたくなった。

「んでお前は、宝石を二つふところに大事にしてたんだね」

彼は自分の言ったことがおかしくなって、また笑った。阿蘭は、嬉しそうな彼を見て、例のはっきりしない、苦しそうな笑顔《えがお》を見せた。

こうして、王龍には、当面なんの心配もなかった。気になることと言えば、最初に生れた女の子だけで、その子は口をきかなければならない年になったのに言葉が出ない。何もしない。ただ父親の顔を見ると、赤ん坊のような笑顔をするだけだった。飢饉の中に生れて最初の一年を送ったためなのか、それとも、ほかに何か原因があるのか、来る月も来る月も王龍は待っていたが、世間の子供のように親を呼ぶ「ダーダー」という声さえ口から出てこなかった。ただ、かわいらしい空虚な笑顔をするだけだった。王龍は、その子を眺《なが》めながら、幾度、嘆息したかわからなかった。

「かわいそうに――かわいそうに――」

そして、心の中で言った。

「こんな馬鹿《ばか》な子を、あの時売ってたら、買ったやつは、あとで気がついて、殺しちまったな」

王龍は、この子を売ろうとしたことに対して、償いをするつもりで、ひどくこの子をかわいがった。ときには畑にも連れていく。また子供も、黙って彼のあとばかり追う。彼が顔を見たり声をかけたりすると、にこにこ笑うのだった。

王龍も、彼の父も、父の父も、一生を過してきたこの地方では、五年に一度の割合で飢饉がくるのだった。神々のおぼしめしで、七年に一度、八年に一度、ときには十年に一度のこともあるが、それはまれだった。飢饉の原因は、雨が続きすぎるか、まったく無いか、あるいは北にある大河が氾濫《はんらん》するからで、遠い山々に豪雨があったり、冬の雪が急に溶けると、みなぎる水は、幾百年も昔から人間が苦心して築いた堤防をこわして、平野を一面の水にするのだった。

人々は幾度となく、飢饉のときにこの土地から逃げ出しては、また帰ってきた。しかし王龍は、たとえ凶作の年が来ても、この土地を離れずに、豊作の年の貯蓄で食いつなぎ、次の年を迎えることができるように財産を築きあげようと、熱心に経営を始めた。そういう彼の決心を神々も助けたのだろう、豊作は七年続いた。毎年、王龍と彼の雇った作男たちは、一年の食べる量よりもはるかに多くを取入れた。作男の数も今では六人になったので、彼は古い家の後ろに新しい家を建てた。庭を前にした大きな部屋と、その両側に、庭を包むように、二つの小さい部屋のある家で、屋根には瓦《かわら》をふいたが、壁は畑の土を固くねったもので、ただ表面に漆喰《しっくい》を塗った。真っ白できれいだった。この新しい家に家族のものが移って、前の家には陳を頭《かしら》に作男を住まわせることにした。

その頃《ころ》になると、王龍は陳をいろいろな仕事にあててみて、すっかり彼が正直で忠実なことを見抜いた。そこで彼を作男や土地の管理人にあて、待遇もよくした——食糧のほかに、毎月、銀貨二枚を与えた。王龍は彼に、よく食うようにすすめるのだが、陳は決して肉がついてこない。いつになっても、やせて小柄《こがら》で真面目《まじめ》いっぽうの男だった。しかも、実によく働く。夜明けから日の暮れまで喜んで黙々と働いている。口をきかなければならない用があれば、低い声で話すが、黙って働いていられれば、それが何よりも幸せで、何よりも好きなのだ。幾時間も鍬を動かす手を休めない。そして夜明けと日暮には桶《おけ》に水や肥料を入れて畑に運ぶ。

陳は黙々として働いているが、何でも知りぬいていた。作男のうちには、毎日、ナツメの木の下で昼寝ばかりする者がある。同じ皿の中から、自分ひとりだけよけいに豆腐を食ってしまう者がある。取入れ時、脱穀作業の忙しい際に、女房や子供を来させて、穀物を幾つかみかそっと持って帰らせる者がある。すると年の終りに、王龍と陳とが、取入れを祝う御馳走を食べているときに、陳が言う。

「あの男とあの男は、来年、雇わないほうがいいと思いますよ」

この二人が取りかわしたひと握りの豆と種子《たね》とは、二人を兄弟のようにしたのだった。ただ、普通の兄弟と違うところは、年の若い王龍が兄の立場で、また陳も彼が使用人であること、他人の家に住んでいることを忘れないことだけだった。

五年目の末になると、王龍は自分で畑に出て働くことはほとんどなくなった。所有する土地が広くなったので、その管理や、生産物の販売や、作男を指図することに時間を取られて、畑で働く暇がなくなったのだ。この時になって、彼が一番不便を感じたのは、読み書きの心得がないこと、紙に毛筆と墨で書いた字が読めないことだった。特に、彼が穀物を売買する問屋で、米や麦を売る契約をするときに、いばり返っている町の商人に、腰を低くして、

「すみませんが、読んでくれませんか。おれは読めねえんだから」

と頼むのが、恥ずかしかった。

また、読んでもらった契約書に署名するだんになると、下っぱの店員どもまでが、馬鹿にしきった顔をして、筆に墨をふくませ、王龍という字を、さっさと代筆してしまう。これも恥ずかしかった。一番恥さらしなのは、代筆を頼んだ男が冗談まじりに、

「ワンロンのロンは、龍のロンかね、聾《つんぼ》のロンかね」と大声で言ったときだった。

「どっちでもよろしいだよ。おれは無学で、自分の名を知らねえんだから」王龍は腰を低くするよりほかなかった。

ある年の収穫期に、穀物問屋に行った王龍は、そこで同じようにからかわれたことがある。ちょうど、お昼前後の退屈なときで、店員どもは何か事あれかしと待ち構え

ていたのだった。みんなが声を合せてはやしたてた。彼の子供くらいの小僧まで笑ったので、彼はひどく憤慨して家へ帰ってきた。自分の畑を通りながらも怒っていた。

「町の馬鹿どもは、尻《けつ》の下ほどの土地も持ってねえくせに、おれが、紙に書いた筆の跡が読めねえからってガチョウみてえに笑いやがる」

しかし怒りがおさまってから、彼は胸の中で言った。

「おれが読んだり書いたりできねえのは、恥ずかしいことに違いねえ。だから長男には畑をやらせねえで、町の学校へあげて勉強させよう。そしておれが穀物問屋へ行くときには、連れてって、おれのかわりをさせよう。そうすりゃ、おれみてえな大地主を笑うものはいなくなるだろ」

名案だと思った彼は、その日、すぐに長男を呼びつけた。長男はもう十二になっていた。背丈のすらりと高い少年で、頰骨《ほおぼね》の広いところや、手足の大きい点は、母親に似ているが、眼《め》は父親ゆずりで、敏捷《びんしょう》さを表わしていた。

「今日から畑に出ねえでいい。字を知らねえと恥をかくからな、うちにも一人、学者がほしいんだよ。契約書を読んだり、おれの名前を書いたりするんでな」

少年の眼は輝いて、日焼けした顔を、ほてらせた。

「お父《とっ》つぁん。もう二年も前から、学校に行きたかったんだけんど、言い出せなかったんだよ」

　するとそれを聞いて、弟もすぐに飛んできて、自分も学校に行きたい、と泣き声をはりあげて苦情を言った。この子は口をききはじめた頃からもうおしゃべりでやかましく、兄と同格にしてもらえないと泣きわめく癖があった。この時も父親に泣いてせがんだのだった。

「そんなら、おれだって畑に出ないぞ。兄さんだけ学校で坐って本をならってるのに、おればっかり作男みたいに働かせようったって無理だい。おれだってお父つぁんの子じゃないか」

　王龍は、次男にやかましく泣きわめかれると、すぐに閉口して、言うとおりになるのだった。彼は早口に言った。

「よし、よし。二人とも学校へ行け。災難で一人とられても、どっちかがおれのたしになるだろうから」

　彼は二人の子の母親を町へやって、二人に着せる長衫《ツァンスァン》の布地を買わせ、そのあとで自分で文房具店へ行き、紙と筆と墨と硯《すずり》を買った。彼は文房具についてはまったく何も知らなかった。何を見せられても、あやふやだったが、それでもやっと買いととのえて、学校へあげる手続きもすませた。

町の楼門の近くにあるこの小さい学校は、昔から国家試験に落第ばかりしている老先生が開いていた。自宅の中《なか》の間《ま》を教場にして、机と腰掛を置き、盆暮などに少しばかりの謝礼をもらって、子供らに経書《けいしょ》（訳注　古代中国の儒教の最も基本的な書籍）を教えていた。子供らが怠けたり、夜明けから日暮までかかって習ったところが読めないと、大きな扇子で殴った。

生徒が楽なのは、春の暖かい日と夏だけだった。その時には、老先生は、きまって昼食のあと居眠りをしたので、小さい暗い部屋はイビキでいっぱいになってしまった。すると生徒らは、囁《ささや》いたり、ふざけたり、勝手な絵をかいて見せあったり、また老先生の不作法にあいている口の近くを飛んでいる蠅《はえ》が、はたして老先生の口の中に飛びこむかどうかなどと賭《かけ》をした。だが老先生は不意に眼をさます。――いかにも、居眠りしていたのではないぞといったそぶりで、いつなんどき、そっと、急に眼をさまさないともかぎらない。生徒たちが、それに気づかずにいると、老先生はそばに置いてある扇子を取りあげて、いたずらっ児《こ》の頭を、ぴしゃぴしゃ殴る。その扇子の音と生徒らの泣き声を聞くと、近所のものは感心して話しあう。

「やっぱり、厳格な立派な先生だよなあ」

王龍が子供をこの老先生に弟子入りさせたのも、こういう噂《うわさ》を聞いたからだった。

初めてそこへ子供を連れていく日、王龍は先に立って歩いた。親子が並んで歩くのは礼儀ではないからだ。彼は青い風呂敷《ふろしき》に生みたての鶏卵を包んで持参し、老先生に差上げた。王龍は、老先生の大きな真鍮《しんちゅう》ぶちの眼鏡、黒いゆっくりした長衫、冬でも身辺から離さない大きな扇子に威圧されてしまった。彼は老先生にお辞儀して言った。

「この二人は私のろくでなしの子でございます。まるで真鍮みてえな石頭ですから、たたきこまなけりゃあ、何も覚えねえです。どうか殴って教えてくだされればありがたいんでございますが」

二人の子供は、腰掛けている生徒たちを、立ったままでじろじろ見ていた。彼らも二人をじろじろ見た。

二人の子供をそこへ残して、一人で家へ帰る王龍は、誇らしさで胸が張り裂けるようだった。彼の見たところでは、あの教室には、彼の子供のように背丈の高い、健康そうな、元気のある顔をしているのは、一人もいなかった。町の楼門を通り抜けるとき、村から来た人に会って、「どちらへ？」ときかれたので、彼は答えた。

「子供の学校から帰るとこなんだ」

王龍はその人の驚くのを見ると、わざと無造作に付け加えた。

「もう野良《のら》で働かせねえでもいいんで、腹いっぱい、字を習わせることにしたんですよ」

しかし、すれちがいながら、心のうちでは考えた。

「長男のやつが勉強して、立派な人物になっても、おれは意外だとは思わねえ」

その日まで、兄または弟とだけしか呼ばれていなかった二人は、老先生から名前をさずけられた。父親の生業をまずたずねてから、老先生は、二人の名前を組み立て、兄を農恩《ノンエン》、弟を農温《ノンウン》と命名した。農《ノン》という最初の字は、その人の富が土から来たことを意味する。

一八

王龍《ワンロン》がこうして一家の基礎を築きあげた七年目に、北にある大河が氾濫した。その水源になる北西部地方に雨や雪がおびただしかったため、水かさが増して、堤防を破った水が、この一帯の平野に押し寄せたのだった。しかし王龍は平気だった。彼の所有地の五分の二以上が、人の肩をこすほどの深い湖水になっても、彼は恐怖を感じなかった。

晩春から初夏にかけて、水は増すばかりで、ついには大海のようになった。それは、雲や、月や、なかば水にひたっている柳や竹藪《たけやぶ》の影を、鏡のように写して、静かで、美しかった。あちこちに、人に見棄《みす》てられた家の土壁が見えた。それは幾日か水にひたっていると、しだいに崩れて元の土に還《かえ》ってしまう。王龍の家のように、丘の上に建っていない家は、みんなそういう運命になった。この大海の中に、小高い丘だけが島のように浮いていた。人々は小舟や筏《いかだ》で町へ往復した。そして、また例のように飢えるものが多くなった。

しかし王龍は恐れなかった。穀物問屋には貸金があった。過去二年間の収穫は部屋にぎっしり貯《たくわ》えてあった。丘の上の彼の家は、まだ水面から遠いので、少しも心配はなかった。

だが大部分の土地が水の下になると、彼には今までになかったような暇ができた。暇はあるし、食べ物も十分あるし、寝られるだけ寝て、するだけのことをしてしまうと、彼は体をもてあました。それに、一年ぎめで雇った作男も相当にいて、その連中がなかば無駄飯《むだめし》を食いながら水のひくのを待っているのに、主人の彼が働くなんて、馬鹿げたことだった。そこで、彼は、彼らに古い家の屋根を葺《ふ》かせた。新しい家の、屋根瓦のもるところを修繕させた。鍬《くわ》、馬鍬、鋤《すき》などの農具を手入れさせた。家畜に餌《えさ》をやらせ、アヒルを買ってきて、水にはなし、そして麻縄《あさなわ》をなわせた――こんなことは、すべて一人で働いている頃には自分でやったものだが、ほかに働く人々がいるので、彼はすることがなかった。まったく体をどう使っていいかわからなくなった。さて、人は一日、坐《すわ》ったきりで、自分の畑をひたしている湖水を眺めてばかりいられるものではない。また腹がいっぱいになれば、一度にそれ以上は食べられない。いくら寝たところで、目覚めるときがくる。彼はいらいらして、家の中を歩きまわったが、彼のように血気盛んなものにはあまりに静かすぎる。老人は、もう高齢だし、非常に老衰して、耳はほとんど聞えなかった。眼も盲目に近かった。寒くはないか、空腹ではないか、茶を飲みますか、ときくほかには、話をすることもない。それに、老人が、どうしても息子が金持になったことをわからないでいるのも、王龍をいらだたせた。老人が湯がほしいというとき、茶を与えると、今でも「湯が少しあればたくさんだ。茶を飲むのは、銀を食うようなもんだから」と言う。しかし、何を聞いても、すぐ忘れてしまう。どんなに説明しても仕方がない。自分の世界の中へ引っこんで、若かったときのことばかり夢みているらしい。まったく、自分の世界に満足している。どんなことが周囲に起っても、少しも気にとめない。

いつになっても口のきけない長女は、老人のそばに坐って、何時間でも小さい布を折ったり拡《ひろ》げたりして、ひとりで笑っている。老人と長女は、この元気盛んな、景気のよい王龍に向っても、何も言わない。王龍が老人にお茶をつぎ、長女の頰をなでてやると、この子はかわいらしいうつろな笑顔をするが、それはほんの一瞬で消え去り、すぐもとのうつろで、どんよりした、光のない眼に返っていく。それで万事は終りなのだ。この娘を見ると、悲しい気持に襲われて、一瞬、気が沈むが、そのあとで、彼は二人の小さい子供を捜す。阿蘭《アーラン》が生んだ男女の双生児は、その頃になると家じゅうを楽しそうに飛びまわっていた。

しかし大人は、小さい子供のわんぱくの相手になって満足していられるものではない。笑ったり、からかったりしても、すぐに子供らは、自分たちの遊びへ戻ってしまい、あとには、所在のない王龍だけが取残される。そうなると王龍は、妻の阿蘭に眼を向けるが、こう長くつれそって、飽きるほど知りつくしていると、何か期待をかけたり、希望を託したりするような目新しいものは一つもない。

王龍は、阿蘭をつくづく見たのはこの時が初めてのような気がした。誰が見ても、この女は鈍重な、平凡な女で、他人の眼に自分がどう映るかということは、決して考えてもみない。ただ、黙ってとぼとぼと人生を歩いている女だとしか言わないだろう。髪があらく、赤ちゃけている。油をつけていない――顔が大きく平ったくて、皮膚が荒れ、目鼻だちに美しさや、明るさがない――眉毛《まゆげ》が薄く、髪は少なく、口が大きい

——手足が大きく、拡がりすぎている。今までと違った眼で阿蘭を見ていた彼は、突然、どなりつけた。

「お前を見たら、誰でも、貧乏人の女房だと思うぞ。とても、作男を幾人も使ってる男の女房とは見えねえじゃねえか」

彼の眼に彼女がどう映るかを彼が口に出したのは、これが初めてだった。阿蘭は、例のにぶい苦しそうな視線を返した。その時阿蘭は、腰掛に坐って、長い針で靴《くつ》の底を縫っていたが、針を運ぶ手をとめ、黒くなった歯を見せたまま、ぽかんとしていた。やがて、彼が彼女を女として眺《なが》めているのをやっとさとったかのように、高い頬骨の上まであかくして、つぶやいた。

「あのふたごを生んでから、体の具合が悪いんです。腹がやけるように痛いことがあります」

単純な彼女は、七年間、子供を生まなかったことを、彼が責めているのだと思ったらしい。彼は、それほどの気持もなく、乱暴な口をきいてしまった。

「おれが言うのは、ほかの女みてえに、髪に油つけて、黒い着物でもなぜ作らねえんだってこった。それに、お前のはいてる靴は、地主の女房としてみっともねえんだ。今の身分を考えてみろ」

阿蘭は何とも答えなかった。ただ小さくなって彼の顔色をうかがって、思わず知らず両足をかさねて腰掛の下に隠した。王龍は、長い間、犬のように忠実に彼に従ってきたこの女を責めるのは、恥ずかしいことだと心に思い、また、彼がまだ貧乏で、自分でも野良に出ていた頃、彼女が、お産の直後でさえ出かけてきて、取入れを手伝ったのを忘れたわけではなかった。だが、癇癪《かんしゃく》を胸の中へおさめておくことができず、心にもなくむごいことを言ってしまった。

「おれは働いて、金ができたんだ。自分の女房を日雇いの女みてえにしておきたかねえんだ。それに、お前の足はな――」

王龍は、そこで言葉をきった。どこからどこまでみにくい阿蘭のうちで、一番みにくいのは、木綿の布靴をはいているときの大きな足だった。その足を彼が腹立ちまぎれに見つめたので、阿蘭はもっと腰掛の奥へ隠した。

そして、やっと低い声で言った。

「わたしはとても小さいときに売られたので、母が纏足《てんそく》しなかったのです。でも、娘の足は――下の子のは、纏足します」

王龍は彼女に対して腹を立てたことが恥ずかしかったうえに、彼女のほうでは、一向に怒り返す様子もなく、ただ恐れてばかりいるのを見ると、腹立たしくなって、ぷいと身をひいた。そして、新しい黒い長衫《ツアンスアン》を引っ掛けて、癇癪声を出した。

「おい。これから町の茶館へ行って、耳新しいことでも聞いてくるからな。この家にゃあ、馬鹿《ばか》と、おいぼれと、子供しかいねえんだから」

町のほうへ歩きながら、王龍の不機嫌《ふきげん》はつのる一方だった。この広大な土地は、阿蘭があの金持の屋敷で宝石をわしづかみにして、それを彼の言いなりに渡さなかったら、彼が一生働いても、買えなかったのだということを、突然思い出したからだ。それを思うと、無性に癪にさわってきて、まるで自分の心に反抗するように、ひとりごとを言った。

「あの女は、自分のしたことの値打ちを知らなかったんだ。子供が赤や青の菓子に手を出すようなもので、ただほしいからつかんだんだ。おれが見つけなけりゃあ、一生、ふところへしまっておいたはずなんだ」

彼は、あの真珠を阿蘭がまだふところへ入れているだろうか、と考えた。それまでは、それを考えると、何かしら不可解で、時々、想像をめぐらすたねになったものだが、今日は軽蔑《けいべつ》の思いばかりが先に立った――幾人も子供を育てたから、阿蘭の乳房は、しなびて、だらしなく垂れている。少しも美しくない。あんな胸に真珠をしまっておくのは、ばかばかしくもあり、無駄なことだと思った。

王龍が昔のままの水呑百姓《みずのみ》であるか、または洪水《こうずい》が彼の田畑を水浸しにしていなければ、気になることはなかったのだ。しかし、今、彼は金を持っていた。壁にも、新しい家の床下にも、妻と寝ている寝室の箱の中にも、敷蒲団《しきぶとん》にも、それぞれ銀貨をぬりこんだり埋めたり縫いこんだりしてあり、腹巻にも銀貨がいっぱいで、金には不足しない。そこで、以前なら、銀貨を手放すのは身を切る思いがしたのだが、今では、腹巻に手を触れると、手が焦《こ》げつくようで、早く使いたくてたまらない。金銭には自然、無頓着《むとんじゃく》になって、男盛りをおもしろく楽しみたい気になっているのだ。

何を見ても昔ほどよく見えない。昔は貧乏な田舎者としてこわごわ入った茶店も、今ではうす汚なく下等に思われる。あの頃《ころ》は誰も彼を知らず、給仕も生意気だったのに、この頃では、彼が顔を出すと、居合せた人々はひじでつつき合って囁きかわす。

「あの人が、王村の王さんだよ。あの大飢饉《だいききん》があって大旦那《おおだんな》様が死んだ冬に、黄《ホワン》家の土地を買った人だ。大金持だよ、今じゃ」

王龍は、体裁を作って無造作に腰をおろすが、胸のうちは、現在の自分が非常に誇らしく思われた。

だが、妻を叱《しか》って出てきたこの日は、茶店でどれほどていちょうに扱われても不愉快だった。憂鬱《ゆううつ》な顔で茶を飲みながら、世間には思ったほどいいことはない、と考えていたが、急にこんな気が起った。

「なんだって、こんな場所で茶を飲んでいるんだろう。ここの亭主はやぶにらみのイタチみたいな男で、その収入といったら、おれの畑で働く作男より少ないんだ。おれみたいな地主で、学問をしている子供を持った男が、こんなところの茶を飲んでるなんて!」

彼はにわかに立ち上がって、銭をテーブルの上へ投げ出し、誰も声をかける暇のないうちに店を出た。どうしたらいいのか、自分でもわからなかった。往来をあてもなく歩いた。一度は、講釈師の掛小屋の前に足をとめて、大勢坐っている腰掛のはじに腰をおろしたが、武勇絶倫、知謀抜群の英雄が活躍する三国志を語っているのに、気持は落着かない。ほかの人のように、物語にうっとりしてしまうこともない。講釈師が、むやみに叩《たた》くドラの音が気になるばかりだった。彼は腰を上げて、また歩きだした。

その頃、その町に大きな茶館が、新しく開かれていた。海千山千の、南から来た人が経営していた。王龍はその前を通って、今まではその中で、どんなに多くの金銭が、博奕《ばくち》、遊興、あやしい女のために使われることかと、恐ろしく感じていたが、今日は、女房にすまないことをしたという自責の念から逃れたいし、また、退屈からくる落着かない気持にかられて、足は自然にそこへ向った。何か新奇なことを見るか聞くかしなければ、落着けないのだった。彼は新しい茶館に足を入れた。往来に面した、大きい、まばゆい広間には、テーブルをいっぱい並べてあった。彼はいばった態度をしていたが、元来が傲慢《ごうまん》なたちでなく、数年前までは銀貨一枚か二枚しか持ったことのない貧乏人で、南の都では人力車を曳《ひ》いたことさえあるのを思い出して、気がひけた。それだけに、なおさら強《し》いて威張ろうとしたのだった。

最初その大きい茶館に行った彼は、黙って、静かに茶を飲み、珍しそうにあたりを見まわした。大広間の天井は金色に輝き、壁には、美人の姿を絹に描いた軸がいくつもかかっていた。王龍は見ないふりをしてその絵をよく眺めた。そんなあでやかな美人は今まで見たこともなかった。たぶん、華胥《かしょ》（訳注　古代中国の黄帝が昼寝の夢に見たという理想郷）の、夢の国の女ででもあろうかと思った。最初の日はその絵を眺め、静かに茶を飲んで帰ってきた。

それからの彼は、田畑が水の下になっている間、毎日この茶館へ行って、一人で黙って茶を飲んでは、美女の絵を眺めていた。野良にも、家にも、やることがないので、茶館で坐っている時間は、日ごとに長くなった。特別の事件が起らなければ、いつまでもこのままだったろう。彼は腹巻にこそたくさんの銀貨を入れていたが、まだ風采《ふうさい》は田舎者で、流行を追う茶館の客の中で、絹のかわりに木綿を着ているのは彼一人で、弁髪《べんぱつ》を背中に垂らしているのも町の人にはほかにいなかった。だが、ある晩、彼が、広間の奥のテーブルで茶を飲みながら眺めていると、二階へ通う狭い階段をおりてきたものがあった。

この町で二階のあるのは、この茶館と、西の門外にある西塔という五重の塔だけだった。五重の塔は上るほど狭くなっているが、この二階は下の建物と大きさが同じで、夜になると高い窓から、女が歌う声や、ほがらかな笑いや、少女たちの細く美しい手でひく琵琶《びわ》の音が妙《たえ》に響いてくる。夜がふけると、弦歌の音が往来まで流れてくるが、王龍のいる場所は、茶を飲んでいる人々の騒々しい談笑と、麻雀《マージャン》のサイコロや牌《パイ》をもてあそぶ音でざわめいていた。

王龍は階段をおりてくる足音に気づかなかった。肩に手をかけられたので、驚いて振向いた——こんな所で知っている人に会おうとは思いもかけなかった。びっくりした目で見上げると、おもながの、美しい女の顔が笑っている。杜鵑《トーチュエン》だった——彼が黄家の土地を買ったときに、宝石を渡し、大旦那様のふるえる手を持ちそえて、売買契約書に判を捺《お》させた杜鵑なのだ。彼女は彼を見ると笑った。その笑い声は、鋭い囁《ささや》きに似ていた。

「まあ、百姓の王さんじゃない！」と、わざと意地悪そうに、「百姓」というところを長く引っぱった。「ここで、お目にかかろうとは思いませんでしたよ」

そう言われると王龍は、今の彼は一介の田舎者ではないことを、この女に見せてやりたい気になって、声をたてて笑ってから、高すぎる声で言った。

「わしの金は通用しないかね。金ならこの頃不自由しねえよ。回りあわせがよくてな」

これを聞くと杜鵑は笑うのをやめた。眼《め》は細くなって、蛇《へび》のように光った。声は壺《つぼ》から流れ出る油のようになめらかになった。

「世間では、みんな知ってますよ。いらないお金を使うのには、ここが一番いいんですよ。お金持や旦那様がたがみんな、ここで御馳走《ごちそう》を召しあがったり、楽しみをなさるのですものね。うちのような酒はどこにもないんですよ――飲んでくださって？」

「茶しか飲んでねえ」王龍は、少し恥ずかしい気持になった。「酒も飲まん、牌にも手をつけたこたあねえ」

「まあ！ お茶だけ？ いいお酒がありますよ。虎骨酒《フークウチユオ》、焼 酒《スアオチユオ》、香ばしい米の酒があるのに、お茶なぞを飲む方があるものですか！」

杜鵑の嬌声《きょうせい》に、きまりが悪くなってうつむくと、女は、やさしく思わせぶりな調子で言った。

「それでは、ほかのものも何もごらんにならないのね？　そうでしょう？――やさしい小さい手も、においのいい頬《ほお》もね？」

王龍は、いっそう、頭を垂れた。熱い血が顔にのぼってきた。あたりの人々が、彼をあざけるような眼で、女の言葉に耳を傾けていると思われた。しかし、勇気を出して、顔をふせたままでまわりをうかがうと、誰も彼なぞに注意を払っていない。麻雀の音が新しく湧《わ》いた。彼は、どぎまぎしながら言った。

「なんにも――なんにも、わしは見てねえ――茶ばっかりだよ」

女はふたたび声を立てて笑って、壁に掛けてある美人の絵をさした。

「あそこに絵があるでしょう。あれですよ。どれでもお選びなさいな。お気に召したのがあったら、あたしに銀貨を渡してくだされば、会わせてあげますよ」

「あの絵か！」王龍はびっくりした。「おれは華胥の国の女かと思ったよ――昔話に聞いてる崑崙山《こんろんざん》の神女の絵だと思ってたよ」

「そうよ、華胥の国の――夢の国の女よ」杜鵑はからかうように、にこにこ笑って答えた。「でもこの夢は、ほんのわずかのお金で、血の通った女になるのよ」

女は、そう言って立ち去りながら、かたわらにいる召使たちに目くばせした。そしてその一人に、王龍を指さしてそっと囁いた。

「田舎のカボチャよ」

何も知らない王龍は、まだ見ぬ興味にそそられて、それらの絵を眺めていた。この狭い階段を上がると、上のいくつかの部屋に、こうした生身の女が実際にいて、いろんな男がそこへ行くのか――もちろん彼ではないが、とにかく男が行く！ そうか。もし彼が妻子のある、善良な、勤勉な男でなかったとしたら。人真似《ひとまね》をして、もし二階へ上がるとしたら、どの絵を選ぼうか？ 彼はすべての絵を、まるで実物を見るような熱心さで、しげしげと眺めた。一様にうるわしく見えていた絵は――さて選ぶ段になると優劣が眼についた。彼は二十あまりの絵から、まず三人の美人を選び、それからさらに一人を抜いた――小柄《こがら》な、華奢《きゃしゃ》な女で、若竹のように軽快な体、子猫《こねこ》のように生き生きした顔かたちをしていた。蕾《つぼみ》のついた蓮《はす》の茎を片手に持っていて、それは伸びたワラビのように、しなやかだった。

その絵をじっと見つめていると、彼の血管は酒に酔いしれたようにうっとりとしてきた。

「まるで、マルメロ（訳注 中央アジア原産のバラ科の小高木。花はボケに似た淡紅色の五弁花）の花のようだ！」

彼は思わず声に出した。そして、自分の声に驚き、恥ずかしくなって、急に立ち上がり、金を卓上に置いて、外へ出た。日は落ちて、闇《やみ》が訪れていた。彼は家へ急いだ。

野と水の上に、月の光が、銀の霧のように一面にただよっていた。彼の体には血が、ひそかに、熱く、あわただしく駆けめぐっていた。

一九

もし、この時、洪水がひいて、ぬれている土が、夏の太陽に照らされ、水蒸気に煙っていたとすれば、二、三日じゅうに掘り起して地ならしをし、種子《たね》をまかなければならないので、王龍《ワンロン》は例の大きい茶館へ行けなかったことだろう。また、子供が病気になるとか、老人の寿命が急に終るとか、何か新しいことが起れば、王龍はそれに気を取られて、絵にあった女の生き生きした顔や、若竹のようにすんなりした姿を忘れたに違いない。

しかし、水は満々として動きもしない。ただ日没に訪れる夏のそよ風が、さざ波を立てるだけだった。老人は居眠りをしている。二人の子供は、夜が明けると学校へ行き、日が暮れなければ帰ってこない。王龍は家にいても落着かず、あちこち歩きまわり、椅子《いす》に腰をおろしたかと思うと、阿蘭《アーラン》がついだお茶も飲まずに立ち上がる。煙草《たばこ》に火をつけても、吸うのを忘れる——そして、心配そうに見ている阿蘭の眼を避けようとする。王龍には一日が長かった。ただでさえ長い七月のある夕方、暮れなずむたそがれに、囁くような風がさわやかに水面をわたっていた。

戸口に立っていた王龍は、急に思いたったように、寝室に入って着物を着がえた。阿蘭が、祭日に着るために仕立てておいた新しいので、木綿だが、絹のように光っている。彼は誰にも言葉をかけず、水の中に残る狭い道を伝って、町の楼門の暗がりをくぐりぬけ、繁華な通りを通り、新しい茶館へ行った。

そこは、こうこうと輝いていた。海岸の、遠い都でなければ買えない石油ランプが、惜しげもなく輝き、その下で大勢の人が、飲んだり話したりしている。みんな着物を涼しい夕風になびかせて、扇子が盛んに動き、おもしろそうな笑い声が音楽の調べのように往来まであふれている。この家の中には、土の上で働いてきた王龍が、まだ一度も経験したことのない歓楽が満ちているのだ――ここには、働きに来た人はいない。みんな遊び興じるために集まってきているのだ。

王龍は入口に立ってためらった。明るい光線が、あけ放しの正面から流れてくる。彼の熱い血は、血管を破裂させるばかりに駆けめぐっていたが、まだ気が弱く、こわさが手伝って、そのままだったらおそらく入らずに帰ったことだろう。だが、その時、暗い戸口に手もちぶさたによりかかっていた女が、光の中に現われた。杜鵑《トーチュエン》だった。

茶館の二階にいる女たちのために客を引くのがこの女の商売なので、男の姿を見て近づいたのだが、王龍であることがわかると肩をすくめて言いすてた。「まあ、百姓じゃない」

王龍は、その無愛想な鋭い調子に胸を刺され、腹が立った。そして、かえって勇気が出た。

「そうだ。おれじゃあ、ほかの人みてえに、ここへ入って、同じことしちゃ悪いってのかい？」

杜鵑は、また肩をすくめて笑った。

「ほかの方のように銀貨があれば、同じことができるわよ」

こうなると、彼は、自分も好きなことをやれるくらいの大旦那で、金持なのだということを、彼女に見せないわけにはいかず、腹巻へ手を入れて、銀貨をわしづかみにし、杜鵑に見せつけた。

「これでたりるか、それともたりねえか？」

女は銀貨を呆然《ぼうぜん》と眺《なが》めていたが、気がつくと、ぐずぐずしてはいなかった。

「こちらにいらっしゃい。どれにいたしましょう？　お望みは？」

王龍は、ついこう言ってしまった。

「そうだな。おれには、なんともわからんけど」

そう言ったが、欲望を制しきれず、低い声で言った。

「あの小柄な、細い顎《あご》をしている、顔の小さな——白い、桃色の、マルメロの花みたいな顔の、手に蓮の蕾を持ってる——」

女は気軽にうなずいて、大広間にいっぱいになっている客を縫って先に立った。王龍は、少し間を置いてついていった。最初、彼はすべての人々が彼の顔を見ているような気がしたが、勇気を出してまわりを眺めると、誰も彼などに注意を払っていない。ただ、こんなことを言っているのが聞えただけだった。

「もう、女のとこへ行くほど遅い時間なのかな?」

また、ある者は言った。

「元気なもんだね、こんなに早くから」

だが、杜鵑と王龍とは、狭いまっすぐな階段を上っていった。二階の階段を上るのは、王龍にとって初めての経験なので、上りにくかったが、それでも上りきると、普通の家と同じで、ただ、通りすがりに窓から空を見ると、非常に高い所にいるように思われた。杜鵑は暗い廊下を先に立って歩きながら叫んだ。

「今晩、最初の、お客様のおいでですよ」

すると廊下に沿っているすべての扉《とびら》が一斉《いっせい》に開いて、照明の中に、一つずつ、女が顔を見せた。日光を受けて、花がパッと開いたようだった。杜鵑は、皮肉な調子できめつけた。

「いいえ、お前さんじゃないよ——お前さんでもないよ。誰が、お前さんとこなんかに来るものかね。」この人はね、あの桃色の顔をしている、蘇州《スウツォウ》から来たおチビさんの——蓮華《リエンホワ》のお客だよ」

さざ波の立つような音が廊下に流れた。はっきりと聞きとれない、あざわらう音だ。石榴《ざくろ》のように赤い顔の女が、大声を出した。

「蓮華さんには、お似合いでしょうよ。——泥《どろ》くさいし、ニンニクくさくてさ」

この言葉は王龍にも聞えた。相手にするのは大人気ないので答えなかったが、百姓まるだしに見えるのを自分でも心配していたところだったから、まるで短刀で刺されたように、ぎくりとした。しかし、腹巻のずっしりした銀貨を思い出すと気が強くなって、いばって歩いて行った。ようやく廊下の尽きる頃《ころ》に、杜鵑は、しまっている扉を平手で強く叩いて、返事も待たずに扉をあけた。内側には、花模様の、赤い蒲団《ふとん》におおわれた寝台の上に、すんなりした小娘が坐《すわ》っていた。

もしこんな小さい手があると言う人がいても、王龍は信用しなかっただろう――蓮華の手は、それほど小さく、骨が華奢で、細い指先の長い爪《つめ》は、蓮の蕾のように、濃いバラ色に染められていた。またこんな足があると言う人があっても、王龍は信用しなかっただろう――薄紅色《うすべにいろ》の繻子《しゅす》の靴《くつ》をはいた、男の中指くらいしかない小さい足――蓮華は寝台に腰をかけて、子供のように、その足をぶらぶらさせていた。

王龍は固くなって、彼女と並んで寝台に腰をかけると、顔ばかり見ていた。絵によく似ていた。どこで出会ってもすぐこの女だとわかったろう。とりわけ、絵にそっくりなのは、その手だった。それは、しなやかで、華奢で、乳のように白かった。その両手を、彼女は、桃色の絹服の膝《ひざ》の上に組んでいた。この手にふれることができようとは、彼は夢にも思わなかった。

彼は絵を眺めていたときのように、蓮華を眺めていた。ぴったりとあった短い上着を着ている姿は、若竹のようにすらりとしていた。白い毛のふちのついた高い襟《えり》から出ている顔は、絵と同じで小さく美しかった。眼は杏子《あんず》のように円かった。王龍は、講釈師が昔の美人を形容するのに杏子に似た眼とたたえる意味が、やっとわかった気がした。彼にとって、蓮華は肉もあり血もかよったこの世の女ではなく、絵にかいた女だった。

蓮華は、その小さい、すんなりした手をといて、王龍の肩にかけ、ゆっくりと彼の両腕をなでおろした。そのような、軽いやさしい手ざわりを彼は味わったことがなかったし――また自分の眼でまのあたり見なければ、さわられた感じのしないほどの軽さだったが、その小さい手が、彼の両腕をなでているのを見ると、まるで燃えている火に、着物の上から腕の肉を焼かれるようだった。その手は、彼の袖口《そでぐち》のところで、ちょっとためらってから、彼の手首にふれ、そして、日に焼けた堅い手のひらの中へすべりこんだ。王龍は、どうしたらいいのか、わからないまま、全身がふるえてきた。その時、王龍は、軽快な、せわしげに響く笑い声を聞いた。五重の塔にかけてある銀の鈴が、風に揺れるように、笑っている可憐《かれん》な声が言った。

「あなたは、何もごぞんじないのね。大きななりをして。朝までこうしてあたしの顔ばかり見ているつもりなの？」

こう言われると、王龍は、蓮華の手を両手で握ったが、熱く、乾いている、もろい枯葉のような感じだったので、力をこめなかった。彼は、何を言っているのか自分でもわからず、訴えるように言った。

「おれは、なんにも知らねえんだ。――教えてくれ」

王龍は、この上ない重い病気にかかってしまった。彼は、激しい暑さにも、きびしい砂漠《さばく》の身を切るような北風にも、土地が収穫をあげないときの餓死の恐怖にも、あるいは、南の都で、絶望の淵《ふち》に落ちて車を曳《ひ》いたときにも、この華奢な女のかぼそい手のもとで味わうほどの苦悩を味わったことはなかった。

毎日、彼は茶館へ行った。毎夕、彼女が彼を迎えるまで待った。毎晩、彼は彼女の部屋で過した。そして、毎晩そうしながらも、彼は何も知らない田舎者だった。入口でふるえている。固くなってそばに坐っている。彼女の合図のような笑いを待っている。すると、熱に浮かされ、病的に飢えて、彼は奴隷《どれい》のように彼女の手ほどきに一つ一つ従う。そして、ついには絶体絶命の一瞬が訪れて、ひきちぎられるのを待つ花のように、彼女は喜んですべてを彼にまかせてしまう。

しかし、王龍は、どうしても彼女を自分のものにしつくせなかった。どんなに彼女が彼に許しても、彼は、なお熱に浮かされ、ひもじい思いをしていたからだ。阿蘭が来たときには、欲情は彼の肉体を健全にしてくれた。彼は獣が雌を求めるように荒々しく彼女を抱き、それで満足し、そして彼女を忘れ、落着いて働くことができた。だがこの小娘に対しては、その満足がない。彼女には、その健康さがない。もう飽食しつくして、王龍に帰ってほしいと思う夜には、彼女の細い手は急に彼の肩を強く押して、怒ったように扉の外に押し出し、銀貨を胸へ押込む。彼はそのまま帰らなければならなかった。渇きに堪えかねた人が海水を飲むと、さらに激しく渇き、かえって狂い死にの最期《さいご》をとげるものだが、それと同じだ。彼女を抱き、何度となく思いどおりにしながら、いつも満足しきれないで帰っていく。

暑い夏の間、王龍は、そういう状態でこの小娘を愛しつづけた。彼は彼女についでは何も知らなかった。どこから来たのか、どういう身の上なのか。一緒にいるときの彼は、ほとんど口をきかなかった。彼女は、子供のように笑いながら、たえず軽快にしゃべっているが、彼はそれにも耳を傾けていなかった。ただ彼女の顔を、手を、体を、大きな眼《め》の意味を、一心になって見つめて、彼女を待っていた。彼は決して彼女に飽食することがなく、気の遠くなるような、物たらない思いを抱《いだ》いて、夜明けに家へ帰った。

一日が退屈で長かった。部屋が暑いからといって、自分の寝床では寝なかった。筵《むしろ》を竹藪《たけやぶ》の中に敷いて横になる。だが、落着かないので、すぐに眼がさめる。とがった竹の葉を見ていると、胸の中に、自分でもわからない甘美な病的な苦痛が渦巻《うずま》くのだった。

阿蘭や子供が、彼に話しかけたとしたら、あるいはまた、陳《チェン》が、「もうすぐ水がひくんだが、種子まきの支度は、どうしましょうかね？」と相談でもすると、彼はどなりつけた。

「うるせえな。ほっといてくれ」

そうしながらも、彼の心は飽くことなくあの女を求め、今にも破裂しそうだった。

日中は、毎日こうして過ぎて行った。まるで日の暮れるのを待つばかりだった。彼は思いつめた阿蘭の顔を見ようとさえしなかった。遊んでいる子供らも、彼が近寄ると急にむっつりしてしまった。老人までが彼を探るように見て言った。

「どうもお前は、むしゃくしゃしてるようじゃな。肌《はだ》の色も粘土みたいに黄色くなってる。何か病気じゃねえのか？」

夜になると、蓮華は彼を思いどおりにした。彼女は彼の弁髪を笑った。――その頃の彼は毎日かなりの時間をかけて、髪をとかしたり編んだりしていたが、――彼女の、「南では、そんな猿《さる》のしっぽみたいなものをつけている人はいないわ」という言葉に、彼は黙って理髪店へ行って、即座に切らせてしまった。それまでは誰が笑っても、誰が馬鹿《ばか》にしてもそれを切らせたことはなかったのだが。

阿蘭は、彼が弁髪を切ったのを見ると恐ろしさのあまり叫んだ。

「あなたは、寿命を、切りました」

彼はどなりつけた。

「いつまでおれに時代遅れの馬鹿な格好をさせときたいのか？　町へ行ってみろ、若い人は、みんな短く刈りこんでるぞ」

しかし心の中では彼も後悔していた。だが、彼が女に望むすべての美を備えている蓮華が、もし彼に死を求め、彼にそれを命令したら、彼は死んでもかまわない気持にさえなっていた。

今までの彼は、日に焼けた褐色《かっしょく》の体を、まれにしか洗わなかった。働いて汗を流す、それだけで十分洗っているのだと考えていた。だがこの頃では、自分の体をあたかも他人のもののように吟味して、毎日、洗った。

阿蘭が心配して言った。

「そんなに洗っては死んでしまいます」

彼は町の店で、外国製の香りの強い赤い石鹸《せっけん》を買った。それを体に擦りつける。今まで好きだったニンニクをどうしても食べなくなった。あの女の前でくさい息をしたくないからだった。

彼は着物にする布地を新しく買った。それまで裁縫は全部阿蘭がした。阿蘭はたっぷりと仕立てて実用向きの丈夫なものを作った。今の彼は、そんな作りは鼻であしらって、町の仕立屋へ持って行き、町の人のようなものを作らせた——長衫《ツァンスァン》は淡い銀《ぎん》鼠《ねず》の絹でぴったりと体に合せ、その上に、黒繻子の袖無しを着た。そして生れて初めて、手製でない靴を買った。大旦那《おおだんな》様が踵《かかと》を引きずっていた黒ビロードの靴に似ていた。

しかし彼は、こんな着物を阿蘭や子供の前で急に着るのは気がひけた。褐色の油紙に包んで、顔見知りになった茶館の使用人に預けることにした。男に相当の料金を払って、そっと奥の部屋へ行き、そこで着かえて二階に上った。その外に彼は金メッキの銀の指輪を買ってはめた。今まで剃《そ》りつけていた額の上に髪が伸びてきたので、高価な外国製の香油を買って塗った。

王龍のこんな変化を、阿蘭は驚いて見ているだけで、どう解していいかわからなかった。ある日、昼飯のときに、彼を見つめてから、例の重苦しい調子で言った。

「あなたを見ていると、黄《ホワン》家の日那様方のようなところがあります」

王龍は大きな声を出して笑った。

「わしだって、いつまでも水呑《みずのみ》百姓の格好ばかりしちゃあいないさ、ありあまるほど財産ができたんだからな」

しかし彼の心は、非常に愉快だった。久しぶりで阿蘭に向って親切だった。

お金は、彼の手から湯水のように出て行った。女と一緒にいる時間だけの代金を払うばかりでなく、彼女が甘えてねだる物も買ってやった。彼女は何かほしくなると、欲望で胸が裂けるように嘆息して、囁《ささや》いた。

「あたし――あたし――」

彼女の前でやっと口がきけるようになってきた王龍は、

「どうしたんだ？」とやさしく囁いた。

「あたし、今日、気持が沈んでますの。あの向うの部屋にいる黒玉《ヘーユ》さんは、いい人から金のヘアピンを贈ってもらったのに、あたしはずっと前からこんな銀のしかないんですもの」

王龍は、彼女の小さいかわいい耳を見るのが楽しみなので、そのなめらかな黒髪を押し分けながら、命にかけてもこう囁かずにはいられなかった。

「おれだって、金のピン買ってやるさ。宝石みたいな、この髪のためになら」

彼女は子供に言葉を教えるように、そんな愛の言葉を王龍に教えた。

実際、教えはしたものの、王龍は、今まで、種子《たね》まきとか、取入れとか、太陽とか、あるいは雨とか――農事に関係のある言葉以外は知らなかったので、教えられたとおりにどもりがちに言いながらも、十分自分の心を言い表わせないのが残念だった。

王龍の財宝は、壁からも、袋からも、流れ出した。前なら阿蘭も、「どうして壁の中から銀貨を持ち出すのです?」と気軽にたずねただろうが、彼が、彼女から離れ、土地から離れ、そして彼女の知らない生活をしていると思うから、ただ心配そうに眺めているばかりだった。それに阿蘭は、彼が彼女のみにくさを口に出したときから、すぐにどなりつけられるのを恐れて、きく勇気もなかった。

ある日、王龍が帰ってくると、阿蘭は池のそばで洗濯《せんたく》をしていた。しばらく立っていた王龍は、荒い声で言った。

「お前の持ってる真珠は、どこにある?」

彼はそういうのが恥ずかしかったが、恥ずかしいのを認めまいとして、かえって荒い声を出した。池のかたわらの、平たい石の上で、洗った着物を叩《たた》いていた阿蘭は、おずおずと彼を見上げて答えた。

「真珠ですか?　持っています」

彼は阿蘭の顔から眼をそらせて、皺《しわ》のよってぬれている手を見た。

「ただしまっておいてもしようがないじゃないか!」

すると、阿蘭は、ゆっくりと言った。

「いまに耳輪にしようと思っています」と答えたが、彼に笑われるのを心配したように、続けて言った。

「娘が嫁に行くときに、くれてやることもできますし」

王龍は強《し》いて心をかたくなにしてどなった。

「あんな土みたいに真っ黒な子に、真珠をやってどうなるんだ。真珠は、きれいな女がつけるもんだ」

そして、少し間を置いてから、また急にどなった。

「おれに、よこせ——用があるんだ」

阿蘭は、いつものように、にぶい動作で、皺くちゃのぬれた手をふところに入れて、小さい包みを出し、彼に渡してから、彼が包みをあけるのを見守っていた。彼の手の上で、真珠は日の光を受けて、柔らかく、いっぱいに光った。彼は愉快そうに笑った。

阿蘭は、洗濯している着物をふたたび打ちはじめた。涙が眼を伝って、静かに重く落ちていった。阿蘭は手でふこうともせず、石の上へ拡《ひろ》げた洗濯物を、棒で前よりも強く打ちつづけるだけだった。

二〇

こうして、王龍《ワンロン》の貯《たくわ》えた財宝がやがて無くなるまで、こんなことが続くであろうかと思われた頃、突然叔父が現われた。彼はどこにいたとも、何をしていたとも説明しなかった。例のとおりに、ぼろ服のボタンもかけず、だらしのない格好で、空からでも降って湧《わ》いたように戸口に立ったのだった。日に焼け、風に吹かれて、皺こそ多くなっているが、昔のような顔をして、王龍一家のものが朝食の食卓についているのを口をあけて、にやにやしながら見ていた。叔父の生きていることをすっかり忘れていた王龍は、死人を見たようにあっけにとられた。老人は、眼を細くして見すかしたが、誰が来たのかわからないらしく、叔父が大声を出したので、初めてわかった。

「どうだ、兄さん。子も孫も嫁も達者かね」

迷惑を感じながら王龍は立ち上がって、表面だけは愛想のいい顔をして、ていねいに言った。

「やあ、叔父さん。食事はすみましたか?」

「まだだよ」叔父は気軽に答えた。「一緒に御馳走《ごちそう》になろう」

彼は、食卓に腰をおろして、茶碗《ちゃわん》と箸《はし》とを勝手にとり、ごはん、魚の干物、塩づけのニンジン、乾《ほ》し豆などを遠慮なく食べはじめた。よほど空腹のようで、米粥《こめがゆ》を三杯も音をたててかきこみ、魚の骨、豆の堅いのを忙《せわ》しそうに噛《か》んでいるので、誰も口をきかずにいた。満腹した叔父は、当然の権利のような顔つきで簡単に言った。

「これから寝るよ。三晩も寝なかったんだ」

王龍はすっかり煙《けむ》にまかれてしまったが、仕方がないので老人の寝室へ案内した。叔父は掛蒲団《かけぶとん》を取って、布や綿が新しく、きれいであることを見たり、王龍が父親のために買った、大きい椅子《いす》だの、立派なテーブルだの、木の寝台だのを眺《なが》めまわしたあとで王龍に言った。

「なるほど。お前が、金持になったって噂《うわさ》は聞いてたが、これほどとは思わなかったよ」

彼は自分の寝床ででもあるかのように、寝台に横になって、夏だというのに蒲団を肩までかけて、何もかもわがもの顔に使い、それ以上何も言わずに、寝てしまった。中の間《なかのま》に戻ってきた王龍は、まったくろうばいしていた。王龍が金持で、養ってくれるだけのものを持っていると叔父が知った以上、叔父を追い出せないと思ったからだ。それに叔父ばかりでなく、叔母の来ることが不愉快なのだった。叔父の一族は、とにかく彼の家に来るのだ――誰がなんとしても拒むわけにはゆかない、と彼は思った。

そして、事は彼が心配していたとおりになった。叔父は、ひるすぎまで熟睡していたが、やがて大きいあくびを三度して、着物の皺を伸ばしながら寝室から出てくると、王龍に声をかけた。

「これから女房と伜《せがれ》を連れてこよう。三人だよ。お前のところもこんな大きい家になったんだから、おれたちが食ったり着たりするのは、なんでもあるまい」

王龍はしぶい顔をした。衣食にゆとりのあるものが、父の兄弟の家族を追い出すのは恥だからだ。それに、家運が盛んになってきて、村でも尊敬されている彼は、面目上叔父を拒むわけにはゆかなかった。

彼は、作男全部を以前の家へ移らせて、門のかたわらの建物をあけさせると、その日の夕方、叔父は女房と子供を連れて帰ってきた。王龍は腹の立つのをおさえて、彼らを歓迎したり、微笑しながら口をきかなければならない。それだけに、なおさら腹立たしかった。叔母の肥《ふと》ったすべすべした顔を見ると、どなりつけたくなるし、叔父の息子のいやしい生意気な顔を見ると、拳固《げんこ》で殴りつけたくなる。それをこらえるのに骨が折れた。三日間、彼は怒ってばかりいて町へ行かなかった。

そのうち、みんなは、こんなことにも慣れてきた。阿蘭《アーラン》は、彼に「怒っても仕方ありません。辛抱しなけりゃあ」と言った。叔父の一家も、食わして、泊めてもらっているのだから、彼には慇懃《いんぎん》な態度に出た。そうなってみると、あの小娘の蓮華《リエンホワ》恋しさは、それまで以上に激しくなり、彼は、こうつぶやいた。

「家の中は野良犬《のらいぬ》でいっぱいなんだから、どこかほかで気を休めなくちゃ、たまらねえ」

そして、これまでの熱病と苦悩がまたも燃え上がった。しかも、いくら通っても飽きたらないのだった。

阿蘭は単純だし、老人はもうろくしているし、また陳《チェン》は尊敬しているから、みんな気がつかなかったが、叔母はすぐに見破って、眼で笑いながら言った。

「王龍さんは、どこかで、花をもぎ取ろうとしてるんだよ」

その意味がわからないで、阿蘭がおとなしくしていると、叔母はまた笑った。

「お前さんは、西瓜《すいか》を割らなければ種子が見えないんだね。わかりやすく言うと、お前さんの亭主は、ほかの女に夢中になってるんだよ」

朝早く、疲れきって、うつらうつら寝室で横たわっていた王龍は、叔母が庭でそう話しているのを、窓越しに聞いた。彼はすっかり眼がさめてしまった。叔母の眼の早いのにあきれながら、あとを聞きたいので、耳をすました。叔母の肥った喉《のど》から油が流れるように、だみ声が絶え間なく出てくる。

「そうだとも、あたしも、たくさんの男を、見ているよ。急に頭に油を塗ったり、新しい着物をこさえたり、ビロードの靴《くつ》をはいたりするのは、新しい女ができたからだよ。それこそ確かだとも」

阿蘭の言葉がとぎれとぎれに聞えた。何を言っているのか、王龍には聞き取れなかった。叔母が、また言った。

「お前さんも馬鹿だね。どんな男でも、一人の女に満足するものかね！　それにね、男のために骨身をけずって働いてきた、くたびれた女なんかには、不足なんで、すぐほかの女を捜すものだよ。それに、お前さんは浮気な男には向いていないんで、まあ、働くから、牛よりはいいぐらいに思ってたんでしょう。王龍さんもお金持になったんだから、女を買ってこの家へ連れてきたところで、お前さんはくやしがることはないさ。男ってみんなそんなものでね、うちのやくざ亭主でも、そうしたいのは眼に見えてるけど、おあいにくなことに、一生貧乏で、自分の口さえ養えなかったんでね」

叔母はなお引続いてしゃべっていたが、寝床に横たわっていた王龍は、これ以上聞いていなかった。そこまで聞くと、彼の考えは、今、叔母が言った言葉に釘《くぎ》づけになった。突然、彼は、愛している女に対する飢えと渇きを満足させる道を思いついたのだ。あの女を身請けして、この家へ連れてきて、おれのものにしてしまおう。そうすれば、ほかの奴《やつ》に邪魔だてされないで、おれは、恋の味を満喫できるんだ。

彼は寝台から起き上がって外に出ると、そっと叔母に合図した。叔母があとからついてくると、門の外のナツメの木の下の、誰にも立ち聞きされない所で、叔母に言った。

「あんたが庭で話してたことを、おれは聞いたよ。あんたの言うとおりだ。おれは、阿蘭のほかにも女がほしいんだ。みんな養えるぐらいの土地があるんだから、そうしたって悪いわけはないと思うんだ」

叔母はべらべらと、せきこんで答えた。

「そうですともさ、金のある人は、みんなそうだよ。一つの杯で年じゅう飲んでるのは、貧乏人だけだものね」

叔母は、王龍が何を言うつもりなのか察していたので、そう言った。そして、王龍は、彼女の思う壺《つぼ》にはまって、話をすすめた。

「それにしても、誰に頼んだら、かけあってくれるかな？　誰を仲だちにすればいいかな？　まさか、男のおれが女のところへ行って、うちへ来てくれとは言えねえからな」

　すると、叔母はすぐに応じた。

「あたしに、いっさいまかせなさいよ。どの女かってことさえわかれば、あたしがまとめてあげるよ」

　王龍は、女の名を誰にも今まで言ったことがないので、臆病《おくびょう》になり、しぶしぶ答えた。

「蓮華っていう女だよ」

　彼は、この二カ月前の夏までは、自分さえ、そんな女のいることを知らなかったのに、今では誰もが彼女の名を聞き知っているはずだと思うようになっていた。そこで、叔母に、「その女は、どこにいるのかね？」ときかれると、癇癪《かんしゃく》を起して、恐ろしいけんまくで答えた。

「どこだって？　町の大通りにある大きい茶館よりほかに、いるはずがないじゃないか！」

「それじゃあ、百花楼っていう店だね」

「ほかに、あるわけがないよ」王龍は不機嫌《ふきげん》だった。

　叔母は、つぼめた口に指をあてて、しばらく考えてから言った。

「あたしは、あすこの人は誰も知らないから、なんとか道をつけないとね。蓮華のやりては誰かしら？」

それは、昔黄家の奴隷《どれい》だった杜鵑《トーチュエン》だ、と王龍が言うと、叔母は笑いだした。

「ああ、あれか？　大旦那様があの女の寝室で死んでから、あいつ、そんなことしてるのか！　そうだろうとも。あの女のやりそうなことだよ」

そして叔母は「へっへっへっ」といやしく笑って、手軽に引受けた。

「あんなのならわけはない。万事簡単にいきますよ。あんなのなら、銀貨さえ握らせれば、すぐ何でもする。山でも築こうさね」

これを聞くと、王龍は、急に口が乾いて、ひからびたようになって、しわがれ声で言った。

「そんなら、銀貨を出すよ。銀貨でも、金貨でも。土地を売り払ってでも工面するよ」

恋の不思議な通例とでも言おうか、その時から、王龍は話がまとまるまで茶館へ足ぶみしない決心をして、みずから誓った。

「もし蓮華が、この家へ来て、おれのものにならなければ、おれは喉を突いて死んでも、そばに行かねえぞ」

しかし、「もし来なければ」と思うと、彼は心配で、心臓の動きも止まる思いだった。彼はたえず叔母のところへ行って言った。

「金のことならなんとでもするよ」また、こうも言った。「杜鵑に、金ならいくらでもおれの自由になると言ってくれたかい？」とか「うちへ来れば、何もさせねえ、絹物ばかり着せて、食べたけりゃあ毎日でも、フカのひれをたべさせると言ってくれよ」とか言った。しまいには肥った叔母も、辛抱しきれなくなって、眼《め》をむいて彼をきめつけた。

「もうたくさん、もうたくさん、そんなことは。あたしは、馬鹿《ばか》じゃないよ。こんなこととりもつのも、これが初めてじゃあないんだからね。あたしにまかしてさえおけば、まとめて見せるさ。そんなことは、口がすっぱくなるほど言ってあるよ」

すると、王龍は、やることがなくなってしまった。爪《つめ》を噛んでは、急に蓮華がこの家を見たら、どんなふうに映るだろうなどと思ったりするばかりだった。そこで、彼は、阿蘭に、急に、そこを掃け、ここを洗え、その食卓と椅子を動かせ、などと色々性急に言いつけはじめた。王龍からは何も聞いていなくても、どんなことになるかは、もう彼女だって、知っていたので、彼女はただどぎまぎするばかりだった。

王龍は、もう阿蘭と寝室を共にするのは我慢できなかった。一軒の家に二人の女がいるとすれば、部屋がよけいなければならないし、彼としても、好きな女といる場所が別にあったほうが好都合だと思った。叔母が身請けの奔走をしている間に、彼は母屋《おもや》の後ろに庭を作り、そのまわりに、一つの大きい部屋と二つの小さい部屋を建てるつもりで、作男を集めて、言いつけた。彼らは驚いたが、何も言わなかった。彼もまた、説明をせず、自分で彼らを監督して、陳にさえ事情を話さなかった。彼らは畑の土を掘ってきて壁を固め、王龍は町から屋根にする瓦《かわら》を買いこんだ。

部屋ができあがり、床になる土間を平らにしてから、彼は煉瓦《れんが》を買ってきて敷かせ、石灰でくっつけて、立派な床にした。そのほか、王龍は入口にかける赤いカーテンとか、新しい食卓とか、彫刻のある椅子二つ、壁にかける山水の軸を買った。朱ぬりの丸い蓋《ふた》のある菓子鉢《かしばち》には、胡麻《ごま》のついた菓子や、油で揚げた菓子を入れて、食卓の上に置くことにした。寝台は、小さい部屋いっぱいになるぐらいで、大きい深い彫刻の飾りがあり、そのまわりには、花模様のとばりが垂れるようになっていた。こんなふうに、室内を整えるにも、彼は阿蘭に手伝わせるのが恥ずかしいので、夕方になると、叔母が来て、男にできないことを手ぎわよくやった。

そのうち全部完成して、することがなくなった。ひと月たったが、身請けは、まだはかどらなかった。王龍は、蓮華のために作った新しい庭に立って、一人でぶらぶらしていたが、庭の真ん中に小さい池を作ることを思いつくと、人夫を呼んで三フィート四方の池を掘り、瓦を敷きつめさせた。そして町から金魚を五匹買ってきてはなした。もうそのほかにすることは王龍には考えつかなかった。彼は、またいらいらして熱にうかされたようになった。

　こうしている間、彼は誰とも話さえしなかった。ただ子供がハナを垂らしていると叱《しか》った。阿蘭が三日も髪をとかさずにいるとどなりつけた。とうとう、ある朝、阿蘭は声をあげて泣きだしてしまった。昔、飢え死にするほど窮乏のどん底に落ちたときでさえ、阿蘭が声をたてて泣いたのを見たことがなかった彼は、またどなった。

「どうしたっていうんだ。馬のしっぽみたいなあたまをしてるから、とかせと言ったが、いけねえか?」

　阿蘭は、ただ呻《うめ》くように、一つ言葉を繰返して言った。

「わたしは、あなたの男の子を生んでいます——わたしは、あなたの男の子を生んでいます——」

　彼は沈黙して不安になった。すまない気がしたので、阿蘭の勝手にさせることにした。阿蘭は三人の立派な男の子を生み、そしてみんな元気でいる。世間のならわしによれば王龍はいささかも苦情を言う筋合いはないはずだった。すべては情欲のためと言うよりほかに弁解の言葉がなかった。

こんな日を送り迎えしているうちに、ある日叔母が来て言った。

「万事片づいたよ。主人に代って店を取りしきってる女は、一どきに銀貨百枚渡してくだされば、きまりをつけると言ってるし、蓮華は、ヒスイの耳飾りと、ヒスイの指輪と、金の指輪と、繻子《しゅす》の着物ふた重ねと、靴十二足と、絹の蒲団二枚とをくれれば来るってね」

叔母の言葉のうちで、王龍の耳に入ったのは、「万事片づいた」という一言だけだった。それだけ聞くと、彼は叫んだ。

「そのとおりにしてくれ――そのとおりにしてくれ――」

彼は寝室へ駆けこんで銀貨を持ち出し、叔母の手へあけた。とは言え、多年の豊作の結果が、こんなふうに消えて行くのを他人に見られたくはないので、誰にも気づかれないように用心した。そして叔母には、「あんたも、銀貨を十枚取ってください」と言った。

叔母は、遠慮する真似《まね》をした。肥った体をこわばらせて、首を左右に振りながら、囁《ささや》いていた声を高くした。

「いいや、それはいけない。あたしたちは身うちで、お前さんはあたしの息子、あたしはお前さんの母親も同然なんだから、これもお前さんのためにしたので、銀貨がほしくってじゃないいんだからね」

けれども王龍は、そんな言葉を並べながらも叔母が手を伸ばしたのを見たので、その手に銀貨をあけた。そして、彼は、お金を上手に使ったつもりでいた。

王龍は、豚肉と牛肉と鮭《さけ》と、タケノコと、栗《くり》と、吸物にするために南方から来る燕《えん》巣《そう》と、乾《ほ》したフカのひれと、彼の知っているかぎりの菓子を買って待っていた。この燃えるような、席の温まらないいらだたしさを、「待っている」と呼べればのことだが。

夏が終りになる八月、太陽のまばゆく輝いているある日、蓮華はやってきた。王龍は、遠くから眺めていた。彼女は男たちが肩にかつぐ竹の箱型の轎《かご》に乗っていた。轎は畑に沿った狭い畦道《あぜみち》をあちこちに揺れながらやってきた。その後ろについてくるのは杜鵑だった。一瞬、彼は急に恐怖に襲われて、ひとりごとを言った。

「いったい、おれは、何をうちへ連れこむつもりなのかな？」

彼はわれ知らず、過去何年となく阿蘭と眠ってきた寝室へ逃げこんで、扉《とびら》をしめ、暗い中でまごまごしていた。すると、もう門の前まで来たから、迎えに出てください、と叔母が大声で呼びたてた。彼はすっかり恐縮して、今まで蓮華に会ったことがないかのように、気が進まない足どりで、ためらいながら出てきた。彼は立派な着物の上へうなだれて、眼は落着かずに動いているが決して前を見なかった。

だが杜鵑は浮いた調子で声をかけた。

「まったく、こうなろうとは思いませんでしたわ」

杜鵑は、男たちがおろした轎のそばへ行って、とばりを上げ、舌打ちしてから言った。

「出てらっしゃい。蓮華さん、これが、あなたのお屋敷で、これがあなたの旦那《だんな》様ですよ」

王龍は轎かきたちが、にやにや笑っているのを見て身の置きどころに困った。「こいつらは、町のやくざ者で、取るにたらん連中だ」と考えたが、顔が赤くなって、ほてっているのが自分でもわかり、腹立たしかった。そこで、何も言わないでいた。轎のとばりが上がると、王龍は無意識のうちに中を見た。轎の隅《すみ》の蔭《かげ》に、化粧した蓮華が、百合《ゆり》の花のように、涼しく坐《すわ》っていた。彼は万事を忘れてしまった――町から来て、にやにや笑っている轎かきに対する怒りも、何もかも忘れてしまった。この女が自分のものになったんだということ、いつまでも自分の家に住むために来たんだということしか念頭になかった。堅くなって、ふるえながら、蓮華が風に吹かれる花のように優美に立ち上がるのを眺《なが》めていた。王龍の眼は艶《あで》やかな姿から離れなかった。蓮華は杜鵑の手にすがって轎から出たが、うつむいて、まつげをふせ、杜鵑にもたれながら、細い纏足《てんそく》でなよなよと歩いてきた。王龍のそばを通るときも黙っていたが、弱い声で杜鵑に囁いた。

「あたしの部屋は、どこかしら」

その時叔母が出てきて、蓮華の向う側に回り、二人で守るようにして庭を横ぎり、王龍が彼女のために建てた新しい家へ導いた。

王龍一家のものは、誰も蓮華が庭を通って行ったのを見なかった。作男たちと陳は、遠い畑へやってあったし、阿蘭は末の子二人を連れて、王龍の知らない所へ行ってしまった。上の二人の子は町の学校だし、老人は壁によりかかって例のとおり昼寝していて、何も聞かず何も見ない。白痴の娘は、誰が出入りしても気がつかず、父母の顔しかわからない。それでも、蓮華が新宅の中へ姿を隠すと、杜鵑は入口のとばりをおろした。

しばらくすると、そこから叔母が、少し意地悪そうに笑いながら出て来て、何か手についているものを落すかのように両手を払った。

「香水と、白粉《おしろい》で大変だよ、あの女は」叔母はまだ笑っていた。「まったく商売人のにおいだよ」

さらに深い悪意をこめて言葉を続けた。

「あの女は、見かけよりも年をとっているよ、王龍。男が相手にしなくなる年が近くなけりゃあ、ヒスイの耳飾りと、金の指輪と、絹や繻子ぐらいで百姓のうちへ――いくら金があっても、百姓のうちへ来るもんかね」

そこまで弁じたてた叔母は、この露骨な言葉を聞いた王龍が、けわしい顔をしたのを見て、たちまち調子を変えた。

「だけど、美人だね。あんな美人を見たことがないよ。あの黄《ホワン》家から来た頑丈《がんじょう》な奴隷と何年も暮したあとだから、祭りの八宝米を食べるようだろうね」

王龍はひと言も答えなかった。ただ家の中を歩き回ったり耳をすましたりして、じっとしてはいられなかった。そのうち、やっと勇気を出して、蓮華のために建てた家へ行き、赤いカーテンを上げて彼女のいる暗い部屋へ入った。そして日が暮れるまで彼女のそばに坐っていた。

その間、阿蘭は家へ近づかなかった。この日彼女は、夜が明けると、壁に立てかけてある鍬《くわ》を持って小さい子供たちを呼び、弁当をキャベツの葉に包んで、畑へ行ったまま、帰ってこなかった。日が暮れてから彼女は、黙って土だらけになって、疲れきって帰ってきた。子供たちも黙ってあとについていた。阿蘭は誰にも口をきかず、台所へ行って夕食の支度をして、例のとおり食卓の上へ並べ、老人を呼んでその手に箸《はし》を握らせ、白痴の娘にも食べさせてから、子供たちと一緒に自分も食べた。みんなは寝てしまい、王龍はぼんやりして食卓に坐っていた。阿蘭は寝る前に体をふいてから、寝室へ入って、一人で寝た。

　その日から、王龍は、昼となく夜となく愛欲におぼれきった。毎日、彼は蓮華がものうそうに横になっている寝台のかたわらへ坐って、彼女の一挙一動を見守っていた。初秋の日光は暑く、彼女は決して室外へ出なかった。寝台に横になったまま、杜鵑にぬるま湯で体をふかせ、香油をぬらせ、髪に香水をつけさせた。蓮華は杜鵑にどうしても召使としていてほしいと言った。そして、ふんだんに給料を払うことにしたので、杜鵑も茶館で二十人の世話をするよりは、一人の世話をするほうがよくなってしまった。彼女と蓮華とは、王龍の家族とは別に、新しい家に住んだ。

　終日、女は部屋を暗く涼しくして、外へ出てこなかった。腰のところまで切れ目のある小さいぴったりした上着とゆったりした褲子《クーツ》という緑色の夏の絹物一枚きりの姿で、菓子や果物をかじっていた。王龍が日中、いつも見る彼女の姿は、こんなふうで、彼は愛におぼれきった。

日が沈むと彼女は少しすねてみせ、彼を追い出した。そのあとで杜鵑はまた湯をつかわし、香油を肌《はだ》にぬり、柔らかい白絹の裏をつけた桃色の絹の衣裳《いしょう》に着かえさせた。王龍が買ってやったのだ。小さい足には、刺繍《ししゅう》のある、小さい靴《くつ》をはかせた。これだけの支度がすむと、蓮華はやっと庭へ出て、五匹の金魚が泳いでいる小さい池を見た。王龍は、今は自分のものとなった彼女を、うっとりと眺めて立っていた。蓮華は、小さい纏足でなよなよと歩いた。王龍にとって、彼女の先のとがったかぼそい足と、すんなりした力ない手ほど、この世に美しいものはなかった。

彼は、恋の味を満喫し、ただひとり、心ゆくまで御馳走《ごちそう》を楽しんだ。

二一

一つ屋根の下に二人以上の女がいると、平和はないものだ。蓮華《リエンホワ》という女と杜鵑《トーチュエン》という召使が王龍《ワンロン》の家へ来て、何の悶着《もんちゃく》も起らずにすむと思ってはならない。しかし王龍は、そんなことを予測していなかった。阿蘭《アーラン》のしぶい顔と、杜鵑の抜け目のなさを眼にして、王龍も、どうも面倒なことだとは思ったが、激しい情火の渦中《かちゅう》にある間は、あまり気にもとめなかった。

昼は夜になり、夜は朝になる。太陽は朝のぼり、蓮華というこの女はそこにいる。月はその周期に従ってのぼり、蓮華は彼の身近にいて、いつでも抱くことができる。王龍は、これがすべて事実であることを知った。そして、恋の激情がやや満たされてくると、今まで気づかなかったことが、ようやくはっきりしてきた。

彼が気づいた一つは、阿蘭と杜鵑との間に問題が持ち上がっていることだった。彼は阿蘭が蓮華を憎むものと思っていただけに、これは王龍にとって意外だった。世間ではよく聞くことだが、第二夫人を家へ入れると、ある女房は梁《はり》から縄《なわ》を吊《つ》り下げて首をくくって死に、またほかの女房は、そんなことをしでかした亭主を叱りとばして、とどのつまりは、男を甲斐性《かいしょう》なしにしてしまう。王龍は阿蘭が口数の少ない女で、彼にはなんとも文句を言わないので、助かったと思っていた。しかし蓮華のことをなんとも言わない阿蘭が、その鬱憤《うっぷん》を杜鵑に向けるだろうとは、予測していなかった。

王龍は、蓮華のことばかり考えていた。彼女は頼んだ。

「杜鵑を、あたしの召使にしてくださいまし。あたしは、この世の中にひとりぼっちなんですもの。両親には、あたしがまだ口もきけないうちに死に別れましたし、伯父は、あたしがきれいになると、すぐに今のような世界へ売ったので、誰も身寄りがないんですもの」

彼女は泣いて訴えた。彼女の涙は、すぐその美しい眼にあふれた。王龍は涙の眼で見上げながら頼まれると、一も二もなく承知するのだった。それに、事実、この女の世話をする者はいないのだし、彼女がこの家でひとりぼっちなことも事実だった。

阿蘭が、第二夫人の世話をしないで、彼女とは決して口もきかず、その存在を無視することは明らかだった。さしあたって、蓮華のそばへ行くのは叔母だけになるが、叔母に彼の身辺の秘密にまで立ち入っておしゃべりされるのも、王龍にとっては腹にすえかねた。そこで、召使としてほかに適当な女を知らない彼は、杜鵑でもいいと思った。

しかし阿蘭は、杜鵑を見ると、王龍が眼にしたことのない、思ってもみなかったほど深刻な重苦しい怒りを示した。杜鵑は、以前黄家にいた頃《ころ》、大旦那様の付添いであり、阿蘭は勝手まわりで、たくさんいた奴隷《どれい》の一人にすぎなかったことも忘れてはいないが、もう王龍に雇われた以上、阿蘭と仲よくするつもりでいた。彼女は阿蘭と初めて顔を合せたとき、こう声をかけた。

「まあ、なつかしい。また一緒になりましたね。今度は、あなたが女主人で、第一夫人で——奥さんよ。変りましたわね」

阿蘭はあっけにとられて見つめていたが、話しかけた女が杜鵑で、蓮華の召使になっているとわかると、彼女は持っていた水瓶《みずがめ》を下へ置いて、中の間へ行った。阿蘭はそこで愛欲の中休みをしている王龍に簡単に聞いた。

「あの女奴隷は、わたしたちの家で何をしているんですか?」

王龍はあちこちへ眼《め》をそらしたが、主人らしいおうへいな声を出して、「ここはおれの家だ。呼びたい女を呼ぶさ。なんだって、そんなことを、きくんだね」こう頭ごなしに言いたかった。だが阿蘭の顔を見るとすまない気がした。しかし、考えてみれば、彼のした事は余分な金さえあれば、誰でもすることなのだから、すまないはずがない——それだけに、彼は腹が立ってきた。

しかし彼は、はっきりそう言えなかった。彼は、あちこちへ眼をそらし、煙管《きせる》をしまい忘れたようなふりをして、着物を捜したり、腹巻を探ったりした。阿蘭は、例の大きい足を踏みしめて、頑固に突っ立っていた。どんなに待っていても返事がないので、ふたたび同じ言葉を繰返して返事をうながした。

「あの女奴隷は、わたしたちの家で何をしてるんですか?」

王龍は、相手がどうしても返事をもらうつもりでいるのを知って、元気のない調子で言った。

「それが、お前と何の関係があるんだ?」

すると、阿蘭は言った。

「わたしがあのお屋敷にいた頃、わたしは、あの女の大風《おおふう》なやりかたに苦しめられました。あの女は、毎日何十回となく台所へ来て、大旦那様のお茶です、大旦那様のお食事です、とせきたてては、熱すぎる、冷たすぎる、料理がまずい、そして、わたしを、みにくすぎるとか、のろまだとか、ああだとか、こうだとか——」

王龍は答えなかった。どう言ったらいいのか、わからなかった。

阿蘭は、いくら待っても彼が無言なので、熱い涙が、わずかに、じわじわと、眼頭《めがしら》にこみあげてきた。彼女は、まばたきして、涙をこらえた。しまいには、青い前掛のはしで、眼をふいていたが、とうとうこう言った。

「自分の家でこんなことがあるのは本当につらいんです。わたしは、出て行くにしても、どこにも母の家がありませんから」

王龍は黙っていた。ひと言も返事をしなかった。煙管に火をつけて坐ったままだった。彼女は物言わぬ動物みたいに、おし黙った、不思議な眼つきで、彼を哀れむように、悲しそうに見ていたが、やがてあきらめて、手探りで這《は》うように自分の部屋へ行ってしまった。涙で眼が見えないのだ。

阿蘭が立ち去ると、王龍はほっとしたが、すまない気がした。そして、すまないと思う自分が腹立たしかった。彼は誰かと喧嘩《けんか》でもしているような、いらだった、落着かない調子で、ひとりごとを言った。

「ほかの男だって、みんなそうじゃないか。おれはとにかく阿蘭によくしてきたんだ。世間には、もっと悪い男がいるんだ」

しまいに、彼は、阿蘭が辛抱すべきだ、と言った。

しかし阿蘭は、それで終りにしたわけではなかった。彼女は、黙って、自分の方法でやりはじめた。毎朝、阿蘭は湯を沸かして、老人にお茶を持っていった。王龍が後房へ行かないでいるときには、彼にもお茶を出した。しかし、杜鵑が彼女の女主人の湯を台所へ取りにいくと、大釜《おおがま》の中には一滴の湯もなかった。どんなに大声でわめいても、阿蘭は決して返事をしなかった。女主人のために茶がほしければ、杜鵑が自分で沸かすよりほかに仕方がなかった。だが、その時刻には朝の粥《かゆ》の鍋《なべ》をかけるので湯は沸かせなかった。

「あたしの御主人は、喉《のど》が渇いて困ってらっしゃるんですよ」

杜鵑がどんなに大声で叫んでも、阿蘭は自分の料理を黙ってやっていた。杜鵑の言葉には耳を貸そうともしなかった。ただ竈《かまど》の中に枯草や藁《わら》を突っこんでいた。一本の枯草でも貴重だった昔のように、火力を無駄《むだ》にせず、丹念に拡《ひろ》げた。

杜鵑は、金切り声をあげて王龍にうったえた。王龍は好きな女がこんな目にあっていると聞くと、阿蘭のやりかたに憤慨して、台所へ行って、阿蘭をどなりつけた。

「お前は、毎朝湯を沸かすとき、少しよけいに入れられないのか！」

彼女は今までよりももっと執念深い憎しみを顔に表わして答えた。

「この家では、わたしは、奴隷に使われてる奴隷ではありませんよ」

王龍は怒りを抑えきれず、阿蘭の肩をつかまえ、強くこづきまわしてから言った。

「くだらないことを言うな。召使のためではない、女主人のためだ」

阿蘭は、彼の乱暴を辛抱して、彼の顔を見つめ、あっさり言った。

「あの女に、わたしの真珠を二つともやったんですね！」

王龍は両手をさげて、口がきけなくなった。怒りも消えてしまった。彼は早々にそこを去って、杜鵑に言った。

「もう一つ台所を作って、竈も別にしよう。阿蘭は、蓮華のような、華奢《きやしや》な体に入り用なうまいものや、お前の好きなものなんか、知らないんだ。これからは、お前の好きなものを料理するがいいよ」

彼は作男に言いつけて、新しい台所と、竈を築かせ、すばらしい鉄鍋を買ってきた。杜鵑は、王龍が「お前の好きなものを料理するがいいよ」と言ったので、喜んでいた。

王龍は、「これで万事片づいた、女どもも平和になるだろうし、おれも安心して、愛情を楽しめる」とひとりごとを言った。蓮華に飽きることはあるまい、彼女がすねて、あの大きな眼の長い睫《まつげ》が百合の花びらのようにかげったり、彼を見る眼に笑いの光が流れたりする姿にも、飽きることはあるまい、と彼はあらためて思った。

しかし、この新しい台所は、彼にとって迷惑なものになった。杜鵑が、毎日町へ行って、南の都会からくる贅沢《ぜいたく》な食料品を買うからだ。名前さえ聞いたことのないものが多かった。茘枝《れいし》の実、蜜漬《みつづけ》のナツメ、米の粉で作った菓子、くるみ、赤砂糖、海のサヨリ、そのほかさまざまなもので、王龍が出したくないほどの金がかかった。もっとも、杜鵑が言うほど金額が張ったとは思われなかった。しかしお前は、「おれの肉をしゃぶってるんだ」と言えば、彼女は気を悪くして、腹を立てるだろうし、蓮華の機嫌《きげん》も悪くなると思うので、彼は、しぶしぶ腹巻へ手を伸ばすほか仕方がなかった。そして、これが毎日、彼を突き刺す棘《とげ》でもあった。しかも、誰にも愚痴を言うわけにゆかないので、それだけ一層、この棘は深く、のべつまくなしに、彼を突き刺した。そして、このことは、蓮華に対する愛の炎に、ある程度、水をかけることになった。

この最初の棘から、もう一本、小さい棘が生えてきた。それは、うまいものを食べたがる叔母が、食事時に後房へ出入りし、気ままにふるまっていることで、王龍は、蓮華が人もあろうに、叔母と親しくなるのを、好まなかった。三人の女たちは、そこで盛んに食べて、絶え間なくしゃべり、ひそひそ声になったり、笑ったりしていた。蓮華は叔母のどこかが気に入ったらしい。三人の女たちは楽しそうにしていた。それが王龍には不愉快だった。

だが王龍には打つ手がなかった。ときには、彼もやさしく頼むように言った。

「ねえ、蓮華。あんなデブの婆《ばあ》さんに親切にすることはないよ。それくらいなら、おれが親切にしてもらいたいんだ。あの女は、腹黒くて信頼できないんだ。あんな女が、朝から晩まで、お前と一緒にいるのは、おもしろくないよ」

すると蓮華は、気むずかしくなり、口をとがらせて、そっぽを向き、怒って答えた。

「ここでは、あなたよりほかに、あたしの友達はいないんですよ。あたしは、にぎやかな所にいたのに、ここでは、あたしを憎んでる阿蘭さんと、うるさい子供たちだけでしょう。寂しいわ」

蓮華はすねて、夜になっても、彼を部屋へ入れないで、愚痴を言った。

「あたしの幸福を思ってくださらないのは、あたしを愛していない証拠よ」

王龍は頭が上がらず、心配になり、完全に征服されて、気が弱くなった。

「それなら、これから、なんでも思うとおりにするがいいよ」彼はそう言った。

蓮華は女王のように、彼を許した。王龍は彼女のすることには決して口出ししないようにした。こんなことがあったあとで、彼が後房へ来たとき、叔母と茶を飲んだり菓子を食べたりしていた蓮華は、彼を室内へ入れず、平気で待たせておいた。王龍は、ほかの女と一緒にいながら、彼の来ることを喜ばない女の態度に腹が立って、大股《おおまた》でその場を去った。それやこれやで、王龍の蓮華に対する愛は、自分でも気がつかないうちに、少しずつ冷めていった。

そのうえ、さらに腹の立つことがあった。と言うのは、彼が蓮華に買ってやるおいしい食べ物を、叔母も食べ、そのために、叔母が肥えて、今まで以上に脂《あぶら》ぎってきたからだ。かと言って、彼には何も言うことができない。叔母は利口で、彼に向っては礼儀をつくし、うまい言葉でお世辞を言い、彼が入ってくると立ち上がったりしたからだ。

そんなわけで、蓮華に対する愛は、これまでの、身も心も吸いつくされるような、完全で、隙間《すきま》のないものではなくなってきた。ささいな腹立たしさが、たえず起った。ささいなことであるが、誰にも訴えることができない。二人の生活が分裂してしまった今では、阿蘭とも、心置きなく話もできない。それだけに一層腹立たしかった。一本の根から出た野の茨《いばら》が、ここかしこに拡がっていく道理で、やっかいなことは、これだけにはとどまらなかった。ある日、彼の父親は——すっかりもうろくして何もわかりはしないと思っていた父親は、日向《ひなた》ぼっこの居眠りから急に眼をさますと、王龍が七十の祝いに買って贈った竜《りゅう》の頭が飾ってある杖《つえ》にすがって、蓮華が歩いている庭と母屋《おもや》との間の、カーテンのある戸口へよろける足で歩いて行った。今まで老人は、この戸口も、この庭ができた時期も、知らなかった。新しくこの家へ入った人がいることも知らないようだった。老人はほとんど耳が聞えなくなっていて自分で考えていること以外はまったく何もわからなかったから、王龍は「もう一人、女を入れたんだ」とも話さずにいた。

この日、老人は、なにげなくその戸口へ来て、カーテンをあけてみると、王龍が蓮華と一緒に庭へ出て、池のそばで金魚を眺《なが》めていた。しかし王龍の眼は金魚よりも蓮華に吸いつけられていた。老人は、王龍のかたわらに、厚化粧の華奢な女が立っているのを見ると、鋭い金切り声で叫んだ。

「この家へ、女郎が来てるぞ！」

王龍は、蓮華が怒ると大変なので——この小柄《こがら》な女はいったん怒ると、悲鳴をあげ、手を叩《たた》くのだが――老人のそばへ行って、庭の外へ連れ出し、なだめすかした。

「気を、静めてくれよ、お父《とっ》つぁん。あれは女郎ではないんだよ。二番目の女房だよ」

だが老人はどうしても黙らない。王龍の言葉が耳に入ったのかどうか、それもわからないが、ただ、しつっこく、「ここに女郎がいるぞ！」と叫ぶ。そして、王龍がそばにいるのを見ると、藪《やぶ》から棒に、こう言った。

「わしは、一生、一人しか女を持たねえ。わしの親爺《おやじ》もそうだった。わしらは、土に生きたんだぞ」

そして、少し間を置いてから、またどなった。

「女郎がいるって言ってるのに！」

それ以来、老人は、幾度となく、年寄りの短い眠りからさめるたびごとに、蓮華に対する憎しみに燃え、庭の入口まで行っては、いきなりわめきだした。

「この女郎め！」

ときにはまた、庭へ通じるカーテンをあけて、その庭に唾《つば》をはきかけたりした。小石を拾ってきて、おいぼれた腕で小池の中へ投げこみ、金魚を驚かした――まるでいたずらっ児《こ》のような方法で、鬱憤《うっぷん》をはらすのだった。

これもまた、王龍にはやっかいな問題だった。子として父親に小言は言えないが、蓮華に怒られるのも恐ろしい——蓮華がすぐに甘えてすねることを、彼はもう知っていたからだ。父親をなだめ、蓮華を怒らせないようにする心労は、まったく、やりきれなかった。彼の愛は、このためにもまた重荷になってきた。

ある日、彼は、後房の方で悲鳴を聞いた。それは蓮華の声らしかった。駆けつけてみると、双子《ふたご》の男の子と女の子が、白痴の姉を真ん中にして立っていた。

子供らは、後房の女に好奇心を持っていたが、上の二人の男の子は、彼女がそこにいるわけや、父親との関係を、二人だけで内証で話しあったこともあり、多少知っているので、意識して、恥ずかしがっていた。しかし下の二人は、そこをのぞいたり、たまげてみたり、香水の香りを嗅《か》いだり、杜鵑が食後に運び出す皿に指を入れるぐらいでは、満足できなかった。

蓮華は幾度も、子供らがうるさいから、来させないようにしてくれと王龍に頼むのだが、彼はその気がないので冗談のようにまぎらしていたのだった。

「そうかい。子供たちも、親爺のように、きれいな顔が拝みたいんだろうよ」

彼は、子供たちに、そこへ行ってはいけないと簡単に言い渡しただけだった。だから彼らは父親が見ていると決して入らないが、眼が届かないと、そっと出たり入ったりしていた。白痴の姉は、なんにも知らずに、前庭の壁によりかかって、日向ぼっこをしながら、小さい布をいじくりまわして、にこにこ笑っていた。

だが、この日は、上の二人の子が学校へ行ってしまったので、下の二人の子は、白痴の姉にも奥庭の女を見せてやろうという心から、二人で姉の手をとって奥庭へ引っぱって行った。白痴の姉が来ると、彼女を見たことのない蓮華は、あっけにとられて、坐《すわ》ったまま彼女を見つめていた。白痴の娘は、蓮華が着ている明るい絹の上着や、輝くヒスイの耳飾りを見ると、不思議な喜びを感じたらしく、その明るい色をつかもうと手を伸ばして、意味のない、空虚な笑い声をあげた。

それに驚いて蓮華が悲鳴をあげ、その悲鳴を聞いて王龍が駆けつけたのだった。蓮華は、怒りに全身をふるわせ、小さい纏足《てんそく》で地団駄踏んで、笑っている白痴の娘を指さし、こう叫んだ。

「こんなものがそばに来れば、あたし、すぐ出て行きます。こんな白痴をがまんしなければならないなんて。知ってれば、誰が来るもんですか――なんて汚ない子供たちでしょう」

彼女は、女の子の手を引いて、そばで口をあけて驚いている男の子を突きとばした。平常から子供をかわいがっている王龍は、急に怒りの湧《わ》きあがるのを感じて、声も荒くなった。

「子供らの悪口言ったら、承知しねえぞ。いいか。誰にも言わせねえ。このかわいそうな子のことだってそうだ。お前なんか、子供を生んだこともねえくせに、何が言えるってんだ！」

彼は子供たちを集めて言った。

「さあ、お前たちは、あっちへ行くんだ。もう決してここへ来るんじゃない。この女は、お前たちがきらいなんだからな。お前たちをきらいなのは、お前たちの父親のこともきらいだってことなんだ」

そして、上の娘には非常にやさしく言った。

「日向ぼっこのできるほうへ、帰ってな」

彼女は例のとおり微笑した。王龍は、その手を引いて行った。

彼が一番憤慨したのは、蓮華が、彼の娘を罵倒《ばとう》し、白痴よばわりしたことだった。彼は今さらのようにこの娘への胸の痛みを新たにした。彼は一日二日と、蓮華のそばへ近づかず、子供らを相手に遊んだり、町へ行って輪になっている大麦の菓子を、白痴の娘に買ってやったりした。そして、娘がその甘いべとつく菓子を赤ん坊みたいに喜んでいるのを見て、われとわが心を慰めた。

二日たってから彼は蓮華の部屋へ行ったが、彼らはこの二日間の留守については、少しも口にしなかった。だが蓮華は、彼の気に入ろうと、特別に気を使っていた。彼が来たとき、叔母と茶を飲んでいた蓮華は、

「旦那《だんな》様が来ましたわ。あたし、主人をもてなさなければなりませんの——それがあたしの楽しみなの」

そう言って、叔母を帰したほどだった。

蓮華は王龍を迎えて、彼の手をとり、それを顔に当てて、機嫌を取った。彼は、また彼女を愛したが、それは以前のように純粋なものではなかった。そして、二度と以前のように純粋にはならなかった。

夏もすでに終っていた。早朝の空の色は、清澄《せいちょう》で冷気を覚え、海のように紺青《こんじょう》だった。さわやかな秋風が、強く吹いていた。王龍は長い眠りから急にさめたような気がした。彼は母屋の入口に立って、畑を見渡した。洪水《こうずい》はすでに引いて、土地は、激しい日ざしを受け、冷たく乾いた風に光っていた。

すると、彼の心の奥で、声が——愛欲よりも深い、土に対する愛着の声が叫んだ。その声を、彼の生活のほかのすべての声よりも高らかに聞いた彼は、着ている長衫《ツァンスァン》

をかなぐり棄《す》て、ビロードの靴《くつ》と白い靴下を脱ぎ棄てて、褲子《クーツ》を膝《ひざ》までまくりあげ、たくましく、勢いこんで突っ立ち、こう叫んだ。

「馬鍬《まぐわ》はどこにあるんだ？　鋤《すき》はどこにあるんだ？　小麦の種子《たね》はどこにあるんだ？　おい、陳《チェン》さん――おい――みんなを呼び集めてくれ――おれは、今日から野良《のら》へ出るぞ！」

二二

土は、王龍《ワンロン》が南の都会から帰ったとき、そこでなめた辛苦を慰め、心の痛みをいやした。そして、ふたたび、畑の黒い肥沃《ひよく》な土は、彼の愛欲の病をいやした。彼は、湿った土を足の裏に感じ、小麦をまくために掘り起す畦《あぜ》から立ちのぼる土のにおいを嗅いだ。彼は作男たちに命令し、あちこちと耕させた。彼らはその一日、たっぷり働いた。王龍は鋤をつけた牛を使った。牛に鞭《むち》をあて、鋤が土を深く掘り起すのを見ていた彼は、陳《チェン》を呼んで手綱《たづな》を渡し、自分は鍬を手にして、掘り起した土を黒砂糖のように柔らかく、細かく砕いた。土は、まだ湿っているので黒かった。彼は、ただ、喜びのために働いた。働く必要があったからではない。疲れると土の上へ横になって眠った。土の健全さが彼の体に拡がっていき、愛欲の病は、いやされた。

夜が来た。太陽が一かげりの雲もない西の空に輝きを残して沈むと、彼は大股に歩いて家へ帰った。体は痛み、疲れていたが、勝ち誇った気持で、奥庭へ出るカーテンを勢いよくあけると、蓮華《リエンホワ》が絹の衣裳《いしょう》で歩いていた。彼女は土まみれになっている彼を見ると、驚いて声をあげ、彼が近寄ると身ぶるいした。

しかし彼は高笑いして、彼女の小さいしなやかな手を、泥《どろ》だらけの手で握り、また笑った。

「どうだ。お前の旦那は百姓だとわかったろう。お前は百姓の女房だよ」

すると蓮華は威勢よく叫んだ。

「あなたは何であっても、あたしは百姓の女房じゃありません」

王龍は高笑いしながら、平気で彼女のそばから離れて行った。

彼は土に汚れたままの格好で夕飯を食べた。そして寝る前、体を洗うのもいやなようだった。彼は、体を洗いながら、これは女のためではないと思って笑った。そして、愛欲から解放されたことを思って、また笑った。

王龍は、長い間、家を留守にしていたような気持がしてならなかった。急に、さまざまの用事が一度にたてこんできた。土地は、耕作と種まきをわれがちに待ちかねていた。毎日毎日、彼は畑に出て働いた。愛欲に過した夏の間に青白くなった皮膚は、また日に焼けて濃褐色《のうかっしょく》になった。愛におぼれている間に、たこが消えてしまった彼の手は、鍬のあたるところ、鋤の柄《え》を握るところが、また堅くなってきた。

彼は、昼も夜も、家へ帰って、阿蘭《アーラン》の料理した食事をたっぷり食べた。おいしい御飯と、キャベツと、豆腐と、そしてニンニクを巻きこんだ小麦のパンだ。彼が入ってくると蓮華は鼻を押えて、臭気の不平を言うが、彼は平気で笑って、ニンニクくさい息を、わざと彼女に吹きかけた。好きなものは何でも食べた。だから、辛抱しなければならないのは、彼女の方だった。彼はまったく健康を取戻し、愛欲の病から解放された。相変らず彼女のところへ行くが、それは、それだけで、すぐ彼女を忘れて、ほかの用事に没頭できるようになった。

いつか、一家での二人の女の位置が落着いてきた。蓮華は、彼の慰みものであり、娯楽品であり、異性としての美しさ、かわいらしさ、楽しさの点で、彼を満足させた。阿蘭は、働く女として、息子たちを生んだ母として、一家をつかさどる女として、彼や老人や子供らが食事に不自由しないようにした。村の人々が王龍の後房の女のことをうらやましそうに話すのを聞くと、彼は得意になるのだった。世にもまれな宝石とか、高価な玩具《おもちゃ》とかは、それ自身は無用であっても、日常の衣食にわずらわされる必要がなく、楽しみそれ自身のために金を使えるということのしるしであり、象徴であるため、村の人々はうらやましがるのだった。

ことに、王龍の富裕を口をきわめて言いふらすのは、彼の叔父だった。叔父はこの頃《ころ》になると、忠実な犬のように、王龍の歓心を求めた。

「わしの甥《おい》はな、わしらのような貧乏人が見たこともねえ美人を囲って、楽しんでるんだよ」

また、こうも言った。

「あれの女は、絹や繻子《しゅす》の衣裳を着てな、お屋敷の奥方みてえなんだ。わしは見たこともねえが、わしの女房が知ってるんでな」

またこうも言った。

「わしの甥は――わしの兄の子だがな――大変な財産を作りあげてな。息子らは金持の子だから、一生、働かねえでも過せるだよ」

王龍に対する村人の尊敬は増すばかりで、彼らはもう、彼を自分らの同輩としてではなく、お屋敷に住んでいる人として話しかけた。彼らは利息を払って金を借りにきた。子女の結婚について、意見を求めにきた。畑の境界線のことで争いが起ると、その解決を依頼してきた。そして、どんな結果であっても、彼が決めれば異議なく承服するのだった。

今までは愛欲のために忙しかったが、もうそれに満ちたりてしまうと、今度は、いろんな事で忙しくなった。雨は季節をたがえずに降り、小麦は芽を出して、伸びた。やがて冬になると、王龍は収穫を市場へ出した。値段があがるまで、待っていたのだ。今回は市場へ長男を連れていった。

長男が紙に書いてある字を声高く読み、墨を含んだ筆を紙へあて、他人に読ませる字を書くのを見ていると、人は親としての誇りを感じるものだが、そんな誇りを王龍も味わった。彼は、得意になって、長男が読んだり書いたりするのを眺めていた。いつか彼をからかった店員も、今度は感心して、

「ほんとうにきれいな字ですね。利口なんだなあ！」

と感嘆した。彼は笑いをこらえていた。

実際、王龍は、素振りにも、自分の息子が非凡だなどというところは見せなかった。しかし、

「この字はさんずいにしなければならないのに、きへんになっていますよ」

と契約書の誤字を鋭く指摘する息子の声を聞くと、王龍の心は、胸苦しいほどの誇りを感じるのだった。彼は、横を向いて、唾を吐いたり、咳《せき》をしたりして、得意の顔

を見せまいと苦心した。店員たちが、彼の息子のかしこさに驚いてざわめいていると、彼はごく単純にこう言った。

「そんなら直すがいい。間違ってる契約書に名は書けんからな」

彼は、長男が筆をとって、その誤りを直すのを誇らしげにそばに立って見ていた。

それがすむと、長男は、穀物の売渡し証書と代金の受領書に、父の署名をし、二人は一緒に家へ帰ってきた。父親は考えた——もうおれの子も一人前になった。長男だから、するだけのことをしてやらなくちゃあ。まず、嫁になる女の子を選んで婚約しておこう。今の身分から考えると、昔のおれのように、どこかのお屋敷へ行って、誰もほしがらねえ、残りかすの女をもらうには及ばねえからな。

その日から、王龍は長男の嫁になる娘を捜しはじめたが、これは簡単なことではなかった。——彼は普通の百姓の娘を嫁にしたくなかった。ある夜、一日の労働の後、陳と二人、中の間《なかま》で、春にまく種子がどれだけあるか、どのくらい買いこまなければならないかの相談をすませてから、陳に話したのだった。むろん、陳は単純すぎる男なのだし、たいした助けにならないとは知っているが、犬みたいに忠実な陳に話すだけでも、気持がくつろぐのだった。

陳は、王龍が腰掛けている前に、謙遜《けんそん》して立っていた。王龍が金持になって以来、陳はどんなにすすめても、対等の人間同士みたいに彼の前で腰をおろしたりは決してしなかった。息子のことや、捜している嫁のことを話す王龍の言葉を、注意深く聞いていた陳は、やがて、溜息《ためいき》をついて、囁《ささや》くような低い声で、ためらいながら、言った。

「私の、あの娘が達者でここにいれば、ありがたく差上げるんだが、どこにいるやら、わからねえんでな。死んだのかもしれねえが、それもわからねえんでな」

王龍は、彼に感謝はしたが、内心、陳よりも身分の高い娘がほしいと思った——陳は善人ではあるが、ただの百姓で、彼の使用人だ。息子の嫁には、それでは困ると思ったが、なんとも言わなかった。

王龍は嫁のことを自分一人の胸の中で思案していた。茶店で娘の話が出たり、年頃の娘のいる金持のことを聞くと、耳をすまして聞いた。しかし、叔母には何も言わず、むしろ心の中を隠すようにしていた。叔母は茶館から女を買うようなときには役に立つし、はまり役だが、息子にお似合いの娘を持っている人々を、叔母が知っているはずがないし、それに、叔母のような女に、息子のことは頼みたくなかった。

年は暮れて雪は深くなった。寒い冬が来た。やがて正月が来た。御馳走《ごちそう》を食べたり酒を飲んだりした。王龍の家に新年の挨拶《あいさつ》に来るのは、村の人たちばかりではない。今では、町からも来た。みんな、彼を祝って言った。

「これ以上の好運は、望みようがありませんですね。息子さんはいるし、奥さんがたもいるし、お金も、田畑も、十分に持ってるんですからね」

王龍は、絹の着物をつけ、立派な服装をした息子たちを両側に並べて、客を迎えた。食卓の上には、菓子、西瓜《すいか》の実、くるみがある。新年を迎えて幸福を祈る赤紙は、どの部屋の入口にも貼《は》りつけてある。彼は自分でも、好運に恵まれていると感じた。

春になって、柳の枝には若々しい緑がもえ、桃の蕾《つぼみ》もふくらんできた。しかし王龍には、まだ息子の嫁が見あたらなかった。

春はたけなわになった。一日が長く、暖かになった。李《すもも》や桜の花が、におってきた。柳の糸はすっかり葉を伸ばした。木々は緑に、ぬれた土からは、かげろうが立ち、豊かに作付けされていた。そして、王龍の長男は急に子供ではなくなった。ふさぎこんだり、怒りっぽくなったり、食べ物に好き嫌《きら》いをする。読書をしていても、すぐに飽きる。王龍は心を痛め、医者に見せようかと思った。

手のつけようがない。機嫌《きげん》をとるよりほかに方法がない。「さあ、うまい肉や、御飯を食べるんだ」と言うと、少年は、かたくなになり、ふさぎこんでしまう。王龍が腹を立てると、急に涙を流して部屋から逃げて行ってしまう。

王龍はびっくりするだけだった。彼は長男のあとを追って、できるだけ静かに言った。

「わしは、お前の父親だよ。さあ、お前の胸にあることを言ってみろ」

長男はすすり泣きし、頭を振るだけだった。

それればかりでない。彼は老先生をきらって、学校へ行くために床から出るのをいやがった。王龍にどなりつけられたり、殴られたりすると、しぶしぶ出て行くが、学校には顔を出さず、町の往来でぶらぶらしていた。すると夜になって下の子が帰ってきて、軽蔑《けいべつ》した口調で、父親に言いつけた。

「兄さんは、今日、学校に来なかったよ」

王龍は、腹を立てて、どなりつけた。

「月謝を無駄《むだ》にする気か！」

怒りにまかせて、息子に襲いかかり、竹の鞭でぴしぴし殴った。それを聞きつけた阿蘭が台所から飛んできて、身をもって息子をかばい、王龍の前に立ちふさがった。王龍は息子をつかまえようと思って、あちこちへ向きを変えるのだが、鞭の雨はかえってみんな彼女に当った。長男は、ささいな小言にもすぐ泣きだすのに、こうして殴られるときには、真っ青な、木像のような顔をして、決して声もたてなかった。不思議だった。王龍は、日夜その理由を考えてみたが、見当がつかなかった。

ある晩、食事のあとで、王龍は、思案していた。その日も長男が学校へ行かないので、殴ったのだ。その時、阿蘭が部屋へ入ってきた。阿蘭は静かに入ってきて、王龍の前へ立った。彼女の顔には物言いたげな表情があった。彼は口をきった。

「言うがいい。なんだね」

「あなたのように、あの子を打っても、なんにもなりませんよ。わたしは黄《ホワン》家にいた頃、若様がたがあんなになるのを、幾度も見てきました。若様がたがふさいでくると、大旦那様は、女の奴隷《どれい》をあてがわれました。自分で捜せない場合ですが——そうすると、すぐになおったものです」

「そんなことありゃあしないさ」王龍は反対した。「おれは若い時分、あんなにふさいだことはない。泣いたり、怒ったりなんか、しなかったよ。奴隷なんてものも、いなかったしな」

阿蘭はその言葉が終るのを待ってから、例のゆっくりした調子で答えた。

「わたしも、こんなことは、若様がたよりほかには、見たことがありません。あなたは畑で働いていたでしょう。あの子は、若様と同じで、なんにも荒仕事をしませんからね」

王龍は意外なことを聞いて驚いたが、考えてみると、阿蘭の言葉は正しかった。彼が長男ぐらいの年頃には、ふさいでいる暇がなかったのだ。日の出と一緒に起きて、鋤と鍬を持って出かける。取入れ時には背中が折れるほど働く。いくら泣いても誰も聞いてくれない。長男が学校から逃げ帰るみたいに、畑から逃げれば、家へ帰っても食う物がない。彼は働くよりほか仕方がなかったのだ。

それを思い出して彼は考えた。

「おれの子は、そうではないんだ。あの子は、おれほど、頑丈《がんじょう》にできてないんだ。おれの親は貧乏だったが、あの子の親は金持なんだ。働く必要はない。家には作男が大勢いる。それに、おれの子のような学者を、野良で働かせるわけにゃあいかないんだ」

彼は内心、こんな子を持ったのが、得意だった。そこで阿蘭に言った。

「なるほど、あの子が、若様みてえだとすりゃあ、そうかもしれねえ。しかしおれは奴隷を買ってあてがうわけにゆかねえ。婚約して、早く結婚させよう。そうするよりほかはねえよ」

彼は立ち上がって後房へ行った。

二三

蓮華《リェンホワ》は、王龍《ワンロン》が彼女の前でも、彼女以外の何かに気を取られて思案している様子を見ると、すねるのだった。

「一年にもならないのに、あたしの顔を見ても、興味なさそうね。そうと知っていれば、いつまでも茶館にいたんだわ」

そう言いながら、彼女が顔をそむけて彼を横目で見ると、彼は笑って蓮華の手をつかまえ、自分の顔に押し当ててその香気を嗅《か》ぎながら、答えた。

「いいか、たとえ、宝石を着物の中へ縫いこんでいても、年じゅう、そのことばかり考えちゃあいられねえんだ。ところがまた、それをなくすと、実にどうにもならなくなるんだよ。この頃、おれは長男のことで苦労してるんでな。あれも、色気がついてきて、落着けないらしいんだ。結婚させたいと思ってるんだが、ちょうどいい娘が見つからねえし。村の百姓の娘はもらいたくねえし、また王《ワン》という同じ姓のばかりだからな、もらうわけにはいかねえ。また、うちの息子に、お宅の娘さんをください、と言えるほど懇意な人も町にいねえ。商売人の仲人《なこうど》に頼むのもいやだし——娘の親となれあいで、不具や白痴を押しつけられると大変だからな」

蓮華は、王龍の長男が、背丈の高い美青年になったのを見て、好意を持っていた。王龍の言葉を聞くと、機嫌がなおって、少し考えてから答えた。

「あたしが茶館にいた頃に来ていた人で、その人、よく娘さんのことを話してましたわ。その娘さんはまだ小さいんですけど、あたしみたいに、小柄《こがら》で、華奢《きゃしゃ》だそうで、よく、あたしに言いましたの。——わしはお前が好きだが、どうも娘のような気がして困る。実に娘とよく似ている。悪いことしてるみたいで、気がとがめてな——っておっしゃってね。あたしが好きなのに、そういうわけで、石榴華《スーリュホワ》って、赤い顔の大女をひいきにしてましたわ」

「どんな人だね、それは？」王龍はきいた。

「善《い》い方よ。お金はたくさんあるし、くれると約束すれば、きっとくれたし、あたしたちは、みんな好意を持っていましたわ。気のおけない方で、あたしたちのもてなしが悪いと、ペテンにでもかけられたように大声でどなる人がいるのに、その方は、——さあ、お金をここへ置いとくよ。ゆっくり休みなさい、愛の花が咲くまでね——って、貴公子か、さもなければ、学者か貴族の生れみたいに、やさしくおっしゃったの。言葉のきれいな方でしたわ」

蓮華は、昔をしのぶように考えこんでしまった。王龍は彼女にその頃の生活を思い出してもらいたくないので、あわてて夢から呼び起して、大声できいた。

「そんなにお金を持ってる人なんて、いったい、商売は何だろう？」

「さあ、よく知らないけど、穀物問屋の御主人でしょう。あの杜鵑《トーチュエン》は、いろいろ、人のことや、お金のことを知ってるから、きいてみましょう」

蓮華が手を叩《たた》くと、杜鵑は台所から急いできた。火を焚《た》きつけていたとみえて、頰《ほお》と鼻を赤くしていた。蓮華はきいた。

「あの大柄の立派なやさしい方は何と言ったかね。あたしのところへ来て、あたしがあまりその方の娘さんに似ているというんで、あたしが好きだけど、石榴華さんにした人は？」

杜鵑は即座に答えた。

「ああ、あれは劉《リュウ》さんよ。穀物商人ですよ。いい方でしたわ。あたしの顔さえ見ると、きっと、銀貨を握らせてくださったんですものね」

王龍は、女の話であるから当てにならないと思ったが、念のためにきいた。

「店は、どこだね」

「石橋街です」杜鵑が答えた。

その言葉が終らないうちに、王龍は喜んで手を打った。

「そこならおれが穀物を売る店だ。縁起がいい。きっとまとまるに違いない」

初めて彼は興味を湧《わ》かした。彼の穀物を買う家の娘を嫁にするのは好都合だと思ったからだ。

働けばお礼がもらえる仕事を嗅ぎつける点では、杜鵑は、鼠《ねずみ》が脂身《あぶらみ》を嗅ぎつけるように、抜け目がなかった。彼女は、前掛で手をふいて、すかさず言った。

「御用ならすぐいたしますよ」

王龍は、そのはしこそうな、抜け目のない顔を、信用しかねるように眺《なが》めた。すると、蓮華がはしゃいだ声を出した。

「それがいいわ。杜鵑が行って劉さんにきくのよ。劉さんは杜鵑をよく知ってるし、すぐまとまりますわ。それに杜鵑は利口だし、うまくいったら、仲人のお礼を杜鵑にやることにしてね」

「きっと、まとめますとも」杜鵑は本気になった。もうお礼の銀貨をごっそり握ったように喜んで笑っていた。前掛を腰からはずして、忙しそうに言った。

「すぐ行きましょう、肉はもういつでも料理できるようになってるし、野菜は洗ってあるから」

王龍は、もっと十分に考えたかった。こんなに早急に決めたくないので、押えるように言った。

「いや。わしはまだ何も決めていないだ。五、六日考えてみる。考えが決ったらもう一度相談しよう」

女たちは、せきたてた。杜鵑は銀貨がほしいし、蓮華は、この耳新しいことで気分をまぎらしたいからだ。

「いや、長男のことだから、ゆっくり、考えることにしよう」

王龍は、考えあぐんで、そのままいつまでも決めかねていたかもしれなかった。ところが、ある朝早く、長男が、酒を飲んで、真っ赤なほてった顔をして、くさい息を吐きながら、怪しい足取りで帰ってきた。物につまずく音を聞きつけた王龍が、誰だろうと思って庭へ出てみると、長男だった。よほど苦しかったとみえて、吐いてしまった。そして、その汚物の散らばっている地面へ倒れてしまった。彼は、自分の家の弱い酒しか飲みつけていなかったのだ。

王龍はびっくりして阿蘭《アーラン》を呼んだ。そして二人で息子を持ち上げ、汚れを洗ってから阿蘭の部屋へ寝かせた。母親が始末しているうちに、長男は死人のようにぐっすり眠りこんでしまった。父親が何をきいてもわからなかった。

王龍は、子供ら二人の寝室になっている部屋へ行った。弟はあくびをして起きだし、学校へ持ってゆく本を風呂敷《ふろしき》に包んでいた。王龍は弟に言った。

「ゆうべ、兄さんは、お前と一緒に寝てなかったのか？」

弟は、ためらいながら答えた。

「う、うーん」

どことなくこわがっている顔色だ。王龍はそれを見のがさず、荒々しく叫んだ。

「兄さんは、どこへ行ってたんだ？」

弟は答えなかった。彼はその首をつかまえて、こづきまわし、またどなりつけた。

「言わないか、こいつ！」

子供はびっくりして、泣きだした。そして、泣きながら、やっと言った。

「兄さんが、父さんに言うなって言ったんだもの——言えば殴りつける。焼火箸《やけひばし》をくっつける——言わなければ、銅貨をくれるって言ったんだもの——」

王龍は怒りを抑えきれず、本気になってどなった。

「言わないか！　殺すぞ」

弟は、父親が自分をしめ殺しかねないのを見て、あたりを見まわし、必死になって言った。

「兄さんは、これで三晩、どこかへ行ってたんだ。叔父さんの子と一緒に——それっきりしか、知らないよ」

王龍は首をつかんでいた手をゆるめて、下の子を押しのけ、叔父の部屋へ大股《おおまた》で歩いた。そこには叔父の子が、やはり酒に酔った赤い顔をしていたが、足はしっかりしていた。彼は王龍の長男よりも年上で、また、飲み慣れてもいた。王龍は、どなりつけた。

「いったい、どこへうちの子を連れて行ったんだ？」

相手は王龍の顔を冷笑するように見た。

「あの子は、連れて行くことはありませんよ。ひとりで、行けるもの」

王龍は、二度、繰返してきいた。そして生意気な、小憎らしい顔をした叔父の子を、殺したいほどの気持になり、恐ろしいけんまくで、どなりつけた。

「ゆうべ、うちの子はどこにいたんだ？」

叔父の子は、王龍のものすごい声にちぢみあがって、生意気な眼《め》を落し、しぶしぶ返事をした。

「以前の黄《ホワン》家の庭にある建物に女郎が住んでるでしょう。あすこに行ったんです」

これを聞いた王龍は、うなってしまった。その女郎のことは町で知らない者はなかった。もう盛りは過ぎていて、貧乏人を相手に安く春を売っている女なのだ。

王龍は食事もとらず、門を出て、畑を横ぎった。畑に何が植えてあるかも眼に入らず、その出来具合がどうかにも気づかなかった。ただ、自分の心を深く見つめていた。彼は町の楼門を抜けて、その昔は栄えていた黄家の門へ足を向けた。

例のいかめしい門は、大きくあけ放しになっていた。今では誰でも自由に出入りできるのだ。重い鉄の扉《とびら》をしめる者もない。庭にも部屋にも貧民が大勢いた。一家族に一部屋の割で借りているのだ。あたりは、実に不潔をきわめていた。庭にそびえていた松の大木も、あるものは切り倒され、あるものは枯れかけていた。池は塵芥《ちりあくた》で埋まっていた。

だが、そんなことは王龍の眼にとまらなかった。彼は前庭に面している、とっつきの家できいた。

「娼婦《しょうふ》の揚《ヤン》という女は、どこにいるかね?」

部屋には、三本足の腰掛に坐《すわ》って、女が靴底《くつぞこ》を縫っていた。頭をあげて、中庭へ行く入口を顎《あご》で教えて、また縫い仕事を始めた。年じゅう、こんなことをきかれるので、面倒なのだろう。

王龍は教えられた部屋の扉を叩いた。中から癇癪《かんしゃく》持ちの声が答えた。

「帰っておくれ。あたしの仕事は、もうすんだよ。ひと晩働いたから、もう寝るんだよ」

彼は、それでも叩いた。中から、また叫んだ。

「誰だい？」

彼は無言のまま、なおも叩きつづけた。どんなことがあっても会う覚悟だった。やがて、人の気配がして、女が扉をあけた。決して若くはない。疲れきった顔で、厚い唇《くちびる》がだらしない感じを与えている。額には白粉《おしろい》がまだらだった。頬や口の紅《べに》を洗い落してない。女は、王龍を見ると、つっけんどんに言った。

「もう今夜までだめよ。来るなら、夜早くおいでよ。これから寝るんだから」

王龍はあらい声を出して、言葉をさえぎった。この女を見ると胸が悪くなり、自分の長男がこんな不快な女と一夜を過したのかと思うと、耐えられなかった。

「おれは、お前みたいな女に用はない。息子のことで来たんだ」

彼は、急に、長男のために泣きたくなって、言葉が喉《のど》につまった。

「あんたの息子がどうしたっての？」

答える王龍の声はふるえた。

「ゆうべ、ここへ来たんだ」

「若い人が、ゆうべ大勢来たよ。どれがあんたの子か、わかるものですかね」

王龍は訴えるように、言った。

「よく考えて思い出してくれ。やせぎすな、若い子だ。年のわりに背が高くて、まだ一人前になってないんだ。あの子が女を買うなんて、夢にも思わなかったんだ」

女は、思い出した。

「そうそう。二人連れの若い人がいたわ。一人は、高慢ちきで、何でも知ってるような眼つきをして、帽子を、片方の耳が隠れるくらい横っちょにかぶってね。一人はあんたが言うような、背の高い子で、盛んに背伸びして大人になってるってとこだったよ」

「それだ――それだ――それが、わしの子だ」

「で、あんたの息子が、どうしたっての？」女はきいた。

王龍は息をはずませた。

「頼むから、あの子がまた来たら、追っ払ってくれ――子供は相手にしない、とでも、なんとでも言って、追っ払ってくれ。その代り、あの子を断わってくれれば、わしが二倍のお金を払うから」

女は気楽そうに笑っていたが、急に愛想よく言った。

「仕事をしないでお金をくれるの。いいわ、それなら誰だって承知するわよ。あたしだって、もちろん、本当のこと言えば、一人前の男はいいけど、子供はあまりおもしろくないいんだからさ」

女はそう言いながら、色っぽい眼で王龍を見た。彼はそのみだらな顔が実に不愉快だった。

「頼んだよ」

そう簡単に話を打ちきって、彼は家へ帰ってきた。歩きながらも、その女のことを思い出すと胸が悪くなって、ぺっぺっと盛んに唾《つば》を吐いた。

この日、彼は杜鵑に言った。

「お前が言ったようにしてくれ。穀物商人のとこへ行って、話してみてもらいたいんだ。持参金は相応にあるほうがいいが、その娘さえいい娘で、話がまとまりそうなら、たくさんはいらん」

杜鵑にそう言ってから、彼は、阿蘭の寝室で寝ている長男のそばへ腰を掛けて、その美しく若々しい顔を見て、考えこんでしまった。若い肌《はだ》は、つやつやして、静かな寝顔をしていた。あの疲れきった、厚化粧をした、厚い唇の女のことを思うと、胸が不快と怒りで狂おしくなって、坐ったまま、ぼそぼそとひとりごとを言ってしまった。

阿蘭が入ってきた。長男の肌に汗がたまっているのを見ると、湯の中へ酢を入れてきて、やさしくふきとった——黄家で、若様たちが悪酔いすると、こうするのだった。長男はそれでも眼をさまさないで、深く眠っていた。その可憐《かれん》な顔を眺めていた王龍は、急に叔父に対するいきどおりを感じて、立ち上がった。彼は、叔父の部屋へ行った。叔父が、父の弟であることを忘れてしまったのだ。ただ、彼の美しい息子を誘惑した怠け者の、生意気な青年の親だとしか考えられなかったのだ。彼は入って行くなり、どなりつけた。

「恩知らずめ！　仇《あだ》しやがって！」

叔父は、その時、食卓に坐って朝飯を食べていた。彼は仕事がないので、昼まで寝床から出てこないのだ。叔父はちょっと王龍を見上げたが、面倒くさそうに言った。

「どうしたんだ？」

王龍が、息をつまらせながら、すべてのことを話した。叔父は、一笑に付して言った。

「そうだなあ。子供が大人になるのを、止めるわけにゆかねえものなあ。さかりがついていれば、野良犬《のらいぬ》とだってくっつくんだからよ」

王龍は、この叔父のために我慢してきた今までのことを、一瞬のうちに、全部思い出した——飢饉《ききん》の年に無理に彼の土地を売らせようとしたこと。いま親子三人が何もしないで彼の厄介《やっかい》になり、贅沢《ぜいたく》をしていること。叔母は、蓮華のために杜鵑が買ってくる高価なものを一緒に食べていること。そのうえ、今度は叔父の息子が自分の長男を誘惑したこと。そんなことを思い出して、彼は舌を噛《か》む勢いでどなりつけた。

「さあ出て行け。お前も、家族もな。今からは、一粒の米も、食わせるもんか。こんな恩知らずの怠け者を住まわせておくくらいなら、こんな家は焼いてしまうから」

叔父は相変らず坐ったままで、あちこち皿へ手をつけ、食事を続けていた。王龍は全身の血管が破裂するほどの気持で立っていたが、叔父が彼なぞ眼中にない素振りでいるのを見ると、げんこを振りあげて彼にせまった。すると叔父は振向いて言った。

「追い出せるものなら、追い出してみろ」

「何を——何を——」王龍が訳もわからずにどなると、叔父は上着の胸を開いて、その裏を王龍に見せた。

王龍は、急に、すくんだように、体が堅くなってしまった。彼はそこに、赤いつけ髭《ひげ》と赤い布とを見たのだ。彼は、あっけにとられてそれを見つめた。怒りは水のようにひいて行き、まったく力を失い、ふるえだした。この赤いつけ髭と赤い布とは、当時、北西部をおびやかしている匪賊《ひぞく》の一団のしるしだった。その匪賊は、都市を襲い、農家を焼き、婦女を奪った。彼らは多くの善良な農民をその家の戸口にしばりつけた。その翌日人々が知ったときには、そのしばりつけられた人は、生きていれば狂ったようにどなりちらし、死んでいれば焼き肉みたいに、ぱりぱりになるまで焼かれていた。

王龍は、眼がくらむまで、それを見つめていたが、やがて、ひと言も言わず立ち去った。彼は叔父が箸を取りなおしながら、低く笑うのを、背後に聞いた。

王龍は、今まで夢にみたこともない渦巻《うずまき》の中に、自分が巻きこまれているのに気がついた。叔父は、例のまばらな髭を風になびかせながら、にこにこして、相変らず、長衫《ツァンスァン》をだらしなく体にまといつけて、出たり入ったりしていた。王龍は叔父の顔を見ると冷汗が出たが、口に出すのは慇懃《いんぎん》な言葉だけだった——叔父に何をされるかわからないので恐ろしかったのだ。

王龍が豊かな収穫を得ていた年にも、また、田畑が実らず、あるいは不作で、多数の人が家族と一緒に飢えに苦しんでいた年にも、王龍の家や畑には匪賊の影を見なかった。それは事実だ。彼は常に恐れをなして、夜は戸を厳重にしめた。蓮華を家へ入れる夏までは、身なりを粗末にして、金があるふうを見せずに気をつけたものだ。村人の間で、匪賊が掠奪《りゃくだつ》した噂《うわさ》を聞くと、家へ帰っても、おちおち眠れない。ちょっとした物音にも神経質に耳をすましたのだった。

しかし匪賊は彼の家を襲わなかった。彼はだんだん無頓着《むとんじゃく》に大胆になって、自分は天の助けを受けて好運に恵まれているのだと信じるようになった。例の、粘土でこねた神様への信心もおこたりがちで、線香さえあげないで、自分一家のこと、自分の土地のことしか思わなかった。そんなことをしなくても、神様は、とにかく彼によくしてくれたからだ。彼は、突然、自分が匪賊から安全だったわけを、理解したのだった。彼は、叔父の一家三人を養っているかぎり安全なのだ。そう思うと彼は、どっぷりと冷汗をかいた。――彼は、叔父の上着の裏に何が隠してあるか、誰にも語る勇気がなかった。

叔父に対して彼はもう、出て行け、とは言わなかった。叔母には、できるだけお世辞をつかった。

「奥の部屋で、好きなもの食べてくれや。それから、これ、少しだけんど、小づかいにしてください」

そして叔父の息子には、むらむらと湧《わ》く癇癪を抑えて言った。

「ほら、銀貨あげるよ。若い者は遊びたいだろう」

だが、王龍は、自分の長男にだけは厳重にした。日が暮れると決して外へ出さなかった。長男が怒っても、すてばちになって暴れても、また鬱憤《うっぷん》を晴らすため、わけもなく弟たちを殴っても、決して外へ行かせなかった。こうして、王龍は急に心配ごとに取りかこまれたのだ。

最初、王龍は、身に振りかかったさまざまな厄介ごとを思って、仕事も手につかなかった。あのことも、このことも頭にあった。「叔父を追い出して町の城壁のなかへ引っ越せば、あの楼門は毎晩しまるから匪賊を防げるな」と考えたが、毎日、野良仕事で出てこなければならないのだし、かりに自分の土地にいても、丸腰の身で、どんな事件が起るかわからないのだった。それに、彼には、町や、町の家は、監獄のようで住む気になれなかった――彼の土地から離れては、生きている甲斐《かい》がないのだ。また凶作はかならず来る。すると、かつて黄家が掠奪されたように、町の楼門でさえ匪賊を防げないのだ。

もちろん、彼は町の役所へ行って、役人に、

「私の叔父は、赤ひげの匪賊です」

と訴えることはできた。しかし、訴えたとしても、父の弟を訴えた彼を、誰が信用するだろうか。おそらくは、不孝の罪を理由に、彼が鞭打《むちう》たれるだけだ。そして、匪賊がこのことを耳にすれば、彼は復讐《ふくしゅう》のためにつけねらわれ、いつもおびえていな

ければならないだろう。

そのうえ、杜鵑が穀物商人の劉からもたらした返事も、彼をわずらわせた。婚約の相談はとどこおりなく進行したが、劉のほうでは、娘がまだ結婚するには若過ぎる——今、十四なので三年待ってほしいという。この際は婚約書の取りかわしだけにしたいとの意見だった。王龍は、これからの三年間を思うと、うんざりした。長男は、怒りっぽく、何もしないで、うつろな眼をして、学校へも、十日のうち二日は行かなかった。

その晩、食事をしながら、王龍はどなるように阿蘭に言った。

「おい。あと三人の子供は、できるだけ早く婚約させよう。早いほどいい。色気が出てきたら、すぐ結婚させちゃおう。こんなことが、あと三度もあっては、たまらねえからな」

その夜、まんじりともせずに過した彼は、夜が明けると、長衫をかなぐりすて、靴もけとばし、鍬《くわ》を持って畑へ出た——彼は、家内の厄介ごとが手におえなくなると、きまって、畑へ出るのだった。前庭を通り抜けるとき、白痴の長女が、例のとおりに小布をいじくりまわしては伸ばしながら微笑しているのを見て、彼は思わずつぶやいた。

「まったく、この馬鹿《ばか》の子は、ほかの子供たち全部を合せたよりも、ずっと、おれをなぐさめてくれるよ」

王龍は、長い間、来る日も来る日も、畑へ出た。

土は、またその治癒力《ちゆりょく》を発揮した。照りつける太陽は彼の心配をいやし、夏の熱風は、おだやかに彼を包んだ。そして、頭にこびりついている厄介ごとへの思いを、まったく根だやしにでもするかのように、ある日、南の空に小さい雲が現われた。それは最初、地平線に、ささやかな霞《かすみ》のようにかかっていたが、風に吹きただよう雲とは違って、しばらく動かずにいた後、やがて扇形にひろがってきた。

村人たちはそれを見守っては語りあい、恐怖に襲われた——彼らが恐れたのは、南の空からイナゴの大群が飛来して、彼らの畑を食いつくすことだった。王龍も、彼らと一緒に眺《なが》めていたが、そうして見つめている彼らの足もとに、風に運ばれて落ちたものがあった。一人が急いで拾ってみると、死んだイナゴだった。死んでいるので、あとからくる、生きた大群よりも軽かった。

すると、王龍は、今までの心配を何もかも忘れてしまった。女も、息子も、叔父も忘れた。何もかも忘れて、驚いている村人の真ん中へ飛びこんで、叫んだ。

「さあ、おれたちの畑のために、イナゴと戦うんだ！」

しかし、ある者は最初から絶望し、首を横に振って応じなかった。

「いや、何をしても、仕方がねえ。今年は飢饉の運命だで。どうせ、結局、食えなくなるんだから、力を尽すだけ無駄《むだ》だよ」

女たちは泣きながら、町へ行って、線香を買い、小さい祠《ほこら》に祭ってある土の神へ捧《ささ》げた。ある者は、町にある天神《てんじん》の社《やしろ》へ行って祈った。天地の神々に祈願したのだ。しかし、イナゴの大群は天に拡《ひろ》がり、大地をおおって襲来した。

王龍は、彼の雇っている作男たちを呼び集めた。陳《チェン》は黙々として、彼のそばに立って命令を待っていた。ほかに、若い百姓たちもいた。彼らは、自分の手で、畑の、もう熟れて刈り取れるばかりになっている小麦に、火をつけて焼き、幅の広い濠《ほり》を掘って、井戸から水を引いた。彼らは、不眠不休で働いた。阿蘭はじめ女たちは、畑へ弁当を運んできた。男たちは畑で立ったまま、まるで野獣のようにせっかちに食い、そして日夜、働いた。

そのうち空は真っ暗になった。大気は、イナゴの羽のふれ合う底深い音で、いっぱいになった。イナゴは地面へ降った。イナゴが飛びすぎた畑は被害がないが、襲われた畑は冬枯れと同じで、丸裸になってしまった。あるものは、「天命だよ」とあきらめてしまうが、王龍は狂気のように怒って、イナゴの大群を打払い、踏みにじった。

作男たちは、殻竿《からざお》でイナゴを打った。燃えている火に落ちたイナゴもあった。掘った濠《ほり》の水におぼれたイナゴもあった。何百万となく死んだが、生き残ったイナゴの群れにとっては、痛くも、かゆくもなかった。

だが王龍には、戦っただけのむくいがあった。このイナゴの雲が過ぎ去って、やっと休むゆとりができてから調べてみると、彼の畑の一番いい所は難をまぬがれていて、小麦は刈り取れるし、苗代《なわしろ》には被害がなかった。彼は満足だった。

多くの人々はイナゴをあぶって食べたが、王龍は畑に害をしたものだと思うと、けがらわしい気がして口にできなかった。阿蘭がそれを油であげると、作男たちは、歯で噛んでいたし、子供たちは、大きい眼玉《めだま》が恐ろしいので、きれいに引きさいて食べたが、王龍は食べる気がしなかった。

とにかく、イナゴの大群は、これだけのことは彼にしてくれた。つまり、七日間、彼は畑を防ぐのに熱中して、おかげで、彼は一家の心配も、恐れの念も、みんな、いやされたのだ。彼は落着いて、自分に言い聞かせた。

「人間は、みんな心配があるんだ。おれも、そうくよくよしないで暮そう。叔父はおれより年上なんだから、先に死ぬだろうし、長男もなんのかのしてるうちに、三年たってしまうだろう。おれが自殺するほどのこともないさ」

小麦の収穫がすむと、雨が来た。水を引いた田に、若い緑の稲を植えた。そしてまた夏になった。

二四

王龍《ワンロン》が、これで一家は平和だ、とひとりごとを言った。その後のある日、お昼に彼が畑から帰ると、長男がそばへ来て言った。

「お父さん。もし僕が学者になるんだったら、あのおいぼれ先生から教わることはもう何もないいんだよ」

王龍は台所の大釜《おおがま》から湯をくみだして、タオルをひたし、それをしぼって、湯気の立ったまま顔に当てていた。

「ふうん。それで、どうしたってんだ?」

若者はためらいながら、続けた。

「学者になるんだったら、南の都会の大学へ入って、もっと勉強しようと思うんだ」

王龍はタオルで眼や耳をこすった。畑で働いて、ふしぶしが痛んでいたので、顔じゅう湯気につつまれたまま、声をとがらせて答えた。

「何だと、くだらねえ。行かせねえよ。いくら言ったってだめだ。行かせねえんだから。お前ぐらい勉強すりゃあ、このあたりじゃ十分だよ」

彼は、タオルをまた湯の中へ入れてしぼった。

若者は父親を憎悪《ぞうお》の眼で見つめて立っていた。何かつぶやいたが、王龍は、はっきり聞き取れないので、腹を立てて、大声を出した。

「言いたいことがありゃ、はっきり言え」

若者は、父親の声が癪《しゃく》にさわったので、むきになって言った。

「南へ行きますよ。こんなつまらない家にいて、子供みたいに監督されていられるもんか。あの町だって、村も同じじゃないか。僕は、遠くへ行って、何か勉強して、知らない土地を見てくるんだ」

王龍は驚いて、長男を見、また自分を見なおした。長男は、暑い夏をしのぐために、薄い涼しそうな銀鼠色《ぎんねずいろ》のリンネルの長衫《ツァンスァン》を着て立っていた。鼻の下には、薄髭が生えはじめていた。肌はなめらかで艶《つや》があり、長い袖《そで》に隠れている手は、女の手のように、柔らかで、華奢《きゃしゃ》だった。それから、王龍は、自分を顧みてみると、自分は頑丈《がんじょう》で、土まみれで、膝《ひざ》から腰まで青木綿の褲子《クーツ》で隠してあるに過ぎなかった。上半身は裸で、風采《ふうさい》この若者の父親というより、むしろ下男といった格好だった。彼は、背の高い、のすぐれた息子を軽蔑《けいべつ》したくなった。そして残酷で腹立たしくなり、乱暴にどなりつけた。

「そうか。それより畑へ行って、体に土を塗ってこい。そうでもしねえと、女と間違われるぞ。自分の食う米ぐらいは自分で働いて取ってみろ」

王龍は、かつて長男の字のうまいことや、学問の成績がすぐれていることに誇りを感じたのは忘れて、この一瞬間、長男のやさしい風采ばかりに、怒りを湧かせたのだった。彼は素足を踏みならし、床に唾《つば》を吐きながら、すごいけんまくで出て行った。若者は、憎悪の眼で彼を見送っていたが、王龍は振返りもしなかった。

その晩、王龍が後房へ行くと、蓮華《リエンホワ》は寝台の上に莫蓙《ござ》を敷いて横になり、杜鵑《トーチュエン》にあおがせていた。そばに腰をかけると、蓮華は、話のついでのように、なにげなく言った。

「あなたの大きい息子さんは、悩んでますわ。遠くへ行きたいんですってね」

長男に対する怒りを思い出した王龍は、鋭く言った。

「ふん。それがお前に何の関係があるんだ。あんな年頃《としごろ》の子を、こんなとこへは来させねえぞ」

蓮華はあわてて、「いいえ、来たんじゃないの。杜鵑が聞いてきたんですよ」と言った。杜鵑もあわてて言った。

「そりゃあ、誰が見ても、わかりますよ。すてきな青年になられましたわ。大きくなったのに、何もさせずに考えさせておくのはお気の毒ですわ」

王龍は安心したが、長男に対する怒りはまだ消えなかった。

「いや、あの子は行かせねえ。そんな馬鹿なことに、金を使いたくねえんだ」

彼はそれっきりこのことにふれなかったが、蓮華は彼が何かに腹を立てて不機嫌《ふきげん》なのを知り、杜鵑を立ち去らせた。

それから幾日にもわたり問題はなかった。長男は急に落着いてきた。学校へは行かないが、王龍もそれは許した。長男はすでに十八歳に近く、母親に似て大柄《おおがら》な骨格だった。彼は父親が帰宅するときは、自分の部屋で読書していた。王龍は安心して、こう考えた。

「南へ行きたいというのは、若者の気まぐれで、あの子には、何がほしいんだか、わからないんだ、三年くらい、すぐたつ。——お金を多少つかえば、二年でいいかもしれない。お金しだいで、一年にだってなるだろう。収穫がすっかりすんで、麦のまきつけが終り、豆の草取りをやってから、劉《リュウ》さんと相談しよう」

王龍は、すぐに長男のことを忘れてしまった。収穫が忙しくなった。イナゴの害を受けた場所のほかは、まああと言った作柄で、蓮華のために使っただけのものは取戻した。彼にとっては、また、お金が大事になってきた。ときには、自分でどうして女のためにあんなにたくさんの金を使ったのだろう、とひそかに怪しむこともあるようになった。

とは言え、最初ほどではないが、まだときには魅力を感じた。彼の叔母が、いつか言ったように、蓮華は見かけよりも年をとっていた。また、子供を生めないこともよくわかった。が、そんなことは、まるで気にならなかった。王龍は、彼女を自分のものにしていることに誇りを感じていたのだ。すでに息子も娘もいる。彼女が彼を楽しませてくれるだけでも、置いておく値打ちがあった。

蓮華は、年と共に美しくなってきた。それまでの彼女は、強《し》いて欠点をあげれば、小鳥のようにやせていたので、顔の輪郭が鋭くなりすぎ、こめかみに肉がなかった。だが、今では杜鵑が料理したものを食べ、一人の男にかしずくだけののんびりした生活なので、肥《ふと》ってきた。顔にも円味ができ、こめかみもなめらかになった。大きい眼と小さい口とは、これまでになく彼女に可憐《かれん》な子猫《こねこ》の感じを与えた。食べては眠るので、柔らかく、なめらかな肉がついてきた。もう蓮《はす》の蕾《つぼみ》ではないにしても、満開の盛りを過ぎてもいなかった。若くないとしても、老《ふ》けてもいない。若さも、老いも、共に彼女から遠く離れていた。

彼女の生活も波が立たなくなった。長男も落着いていた。王龍は、このまま満足していられそうだった。ところが、ある夜、一人で、小麦と米をどのくらい売れるだろうかと指で勘定しているところへ、阿蘭《アーラン》が静かに入って来た。彼女は年ごとにやせて、やつれ、顔は岩のように骨ばって、眼が落ちくぼんでいた。具合が悪いのかと心配してきく人があっても、「おなかが、焼けるようです」としか答えなかった。

この三年間、彼女の腹は、妊娠でもしているように大きいが、子供は生れない。毎日、日の出と共に起きて、例のとおり働く。王龍は、食卓や、椅子《いす》や、庭の木を見るつもりで阿蘭を見ていた——牛が頭を垂れたり、豚が餌《えさ》を食べないときほども彼女には注意を払わなかった。阿蘭は一人で働いていた。叔母には、やむを得ない用事のほかは口をきかなかった。杜鵑とは、まるっきり、話をしなかった。そして蓮華の後房には断じて行かない。きわめてまれに、蓮華が奥庭から外に出ることがあると、阿蘭は自分の部屋に閉じこもって、誰かが、蓮華が部屋へ帰った、と知らせなければ、決して出てこない。彼女は黙々として、食事の支度をしたり、冬にも厚い氷を割って池のそばで洗濯《せんたく》をした。だが王龍は「もうお金があまってるんだから、女中を使うなり、奴隷《どれい》を買うなりしてはどうだ」と言おうと思ったこともなかった。

王龍は、そんな必要があるとは、思ってもみなかった。彼自身は、野良《のら》仕事に作男を雇い、彼らに牛やロバや豚の世話をさせる。夏になって河が増水してくると、その水を利用してアヒルやガチョウを飼うために、臨時に人を雇ったりしていたのだが。

その晩も、王龍が中の間《なかのま》で、合金の燭台《しょくだい》に赤い蠟燭《ろうそく》をともして、一人きりで坐《すわ》っていると、阿蘭が前に立って、もじもじしてから、ようやく言った。

「聞いていただきたいことがありますが」

王龍は、驚いて彼女の顔を見つめながら答えた。

「何だ、言ってみろよ」

彼は、まじまじと彼女を見つめた。蠟燭の光が彼女の顔のかげを強くしていた。なんてまあ、きれいなところのない女なんだ。抱く気もなくなってから、何年になるかなあ。彼はふとそう思った。

阿蘭は耳ざわりな声で囁《ささや》いた。

「長男が後房へ行ってばかりいます。あなたがいないと、きっと、行ってます」

最初、王龍には囁き声で言っていることの意味がわからなかった。彼は、あっけにとられて、半身を乗り出してきいた。

「なんだって、お前？」

阿蘭は黙って長男の部屋をさした。そして乾いた厚い唇《くちびる》で後房へ行く入口を示した。しかし、王龍は、彼女の顔を見つめているばかりで動ずることもなく、信用しなかった。彼は、やっと言った。

「お前は、夢を見てるんだよ！」

阿蘭は首を横に振った。たどたどしい言葉が、口からためらうようにもれた。

「旦那《だんな》様、不意に帰ってきてごらんなさい」

少し間を置いて、彼女はまた言った。

「南でもいいから、とにかく、家を離れさせたほうがいいですよ」

彼女は食卓の上にある茶碗《ちゃわん》を取り、冷えているのを見ると、煉瓦《れんが》の床《ゆか》に捨て、熱いお茶をいれかえてから、入ってきたときと同じように、静かに出て行った。王龍は、呆然《ぼうぜん》として坐っていた。

そうだ、阿蘭は嫉妬《しっと》してるんだ、と彼は思った。長男は、あのとおり、毎日自分の部屋で落着いて読書しているんだから、心配することはないさ。彼は立ち上がって笑った。女は気が小さいものだな、と笑って、いま聞いたことを、頭からのけてしまった。

しかし、その晩、王龍が後房へ入っていって、蓮華のそばへ横になろうと寝台に上がると、彼女は、ぶつぶつ言いながら、すねて、彼を押しのけた。

「暑いわ。それに臭くてよ。あたしのそばへ来るときには、体を洗ってからにしてくださいな」

蓮華は寝台の上に坐って、額にかかる髪をじれったそうにかきあげた。王龍が引寄せようとすると、肩をすくめるだけで、甘い言葉にも応じない。彼は静かに横になって、ここ幾夜か、蓮華がこころよく彼の求めに応じなかったことを思い出した。それまで彼は、彼女の気まぐれか、または残暑で気がくさくさしているせいだろうと、許していたが、阿蘭の言葉が急にはっきり浮び上がってきた。彼ははね起きて言った。

「そんなら、一人で、寝てるさ。おれは、寝首でもかかれたら大変だからな」

彼はすごいけんまくで出ていった。大股《おおまた》で母屋《おもや》の中の間へ行き、椅子を二つ並べ、その上に体を伸ばしてみたが、どうしても寝つかれなかった。門を出て、家の壁に沿って茂った竹藪《たけやぶ》をうろついた。冷たい夜風が、興奮している彼の体をなぶった。近づく秋の涼風が感じられた。

王龍は考えた――蓮華は、長男が南へ行きたがっているのを知っていた。どうしてだろうか？　この頃、長男はもう南へ行きたいとも言わず、落着いている。なぜだろうか？

彼は猛然として心につぶやいた。

「よし、おれが自分で調べてやる！」

明け方になった。ぼうぼうとした畑の地平線を、太陽の黄金色がふちどった。彼は家へ帰って食事をすませ、畑の各所を回って、作男たちの仕事を一応見て歩いた。収穫期や、種子《たね》まきの時期には、いつも彼はそうするのだった。

それが終ると、家じゅうに聞えるような大声で叫んだ。

「おい。これから濠のそばにある田へ行ってくる。帰りは遅くなるからな」

そして、町の方へ向った。

途中まで行って、小さい祠《ほこら》のある所まで来ると、彼は道ばたにある小高い草の中で休んだ。それは、誰からも忘れ去られている古墳だった。彼は草を抜いて、もてあそびながら、思案にふけった。祠の中の小さい神様は、彼と向いあっていた。神様は、おれをにらんでるんだな。昔は神様が、こわかったけど、今じゃ家は栄えてるし、かまわなくなって、神様にも用がなくなったよなあ、とうわべでは思っていた。だが、心の底では、繰返し、こう思案していた。

「家へ帰ってみようか？」

すると、急に、前夜、蓮華が彼を押しのけたことを思い出し、今までの親切が怒りに変ってくるのだった。

「あの女は、あのまま茶館にいれば、じきに使いものにならなくなったんだ。おれの家にいるからこそ、うまいものを食って、めかしていられるんでな」

怒りにまかせて、彼は、別の道から大股で家へ帰り、奥庭へ通うカーテンのかげにそっと隠れて、耳をすました。男の声が聞えた。長男の声だった。

王龍は、家運が盛大になったこの頃、昔のような田舎者の気弱さはなくなり、町へ行っても尊大で、遠慮なく癇癪《かんしゃく》を起すようになっていたが、この時彼の胸に湧《わ》き起った怒りは、今まで味わったこともないような怒りだった。この怒りは、男が、愛する女を彼から盗んだ男に対する怒りだった。そしてその男が彼の長男なのだと思うと、吐き気で胸がつまった。

彼は歯をくいしばって、そこを出た。竹藪から、細いしなやかな竹を選びだして枝を落し、その先に、細縄《ほそなわ》のような細い頑丈な小枝を残して、葉をむしりとった。彼はその竹を持って、そっと家の中へ戻って、いきなりカーテンをあけた。奥庭には長男が立っていた。池のそばに小さな床几《しょうぎ》を出して腰かけている蓮華を一心に見おろしていた。蓮華は桃色の絹の着物を着ていた。王龍は彼女が朝からこんな服装をしているのを見たことがなかった。

二人は熱心に話しこんでいた。蓮華は軽快な笑い声をたてて、少し首をかしげ、こびを含んで若者をながしめに見上げた。彼らは王龍が来たことに気がつかなかった。彼は顔色を変えて、二人をにらんでいた。唇がまくれあがって、歯をむき出しにし、手には竹を握りしめていた。二人はまだ彼に気がつかなかった。もし杜鵑が出てこなかったら、二人は、いつまでも知らずにいただろう。杜鵑は王龍を見て、悲鳴をあげた。二人はやっと気がついた。

王龍は飛び出し、おどりかかって、長男を打ちすえた。長男は背こそ高いが、父親には畑仕事できたえた力、成熟した肉体の強さがあった。王龍は、長男の顔から血が流れるまで、打ちつづけた。蓮華は悲鳴をあげて、王龍の腕にすがったが、彼は荒々しく突きとばした。絶叫しながらまといつく彼女を、容赦なく打ち、彼女が逃げ去ったあとで、また長男を打った。若者は、傷ついた顔を両手でおおって、うずくまってしまった。

王龍は打つ手を止めた。呼吸があえいで、唇から笛のような音をたてていた。汗が全身を流れていた。彼は病気のときのように力がなくなり、竹を投げ捨てて、あえぎながら長男に言った。

「お前の部屋へ行って、おれがなんとか言うまで、出てくるな。出てくると、殺すぞ」

長男は黙ったまま立ち上がって、そこを去った。

王龍は、蓮華の坐っていた床几に腰をかけ、頭を両手にうずめて眼《め》を閉じていた。肩で息をはずませていた。誰も彼のそばに近寄らなかった。落着いて、怒りが消えるまで、彼は一人でじっとしていた。

それから疲れたように立ち上がって、後房へ足をはこんだ。蓮華は寝台の上で声をたてて泣いていた。彼は彼女のそばへ寄って引起した。彼女は横になったまま、泣きながら彼を見上げた。彼に打たれたあとが、紫色になってはれていた。

彼は沈痛な声で言った。

「お前は、いつまでもばいいたなのか。おれの息子にまでこびを売ろうってのか」

こう言われると、蓮華は、前よりも声を高くして泣いた。

「いいえ、そんなことありませんわ。あの子は、寂しいので来ただけです。杜鵑にきいてごらんなさい。あなたが庭で見たよりも近くまで、あたしの寝台のそばへ来たことはないんですから」

彼女は王龍の顔を、おびえながら、悄然《しょうぜん》と見上げた。そして彼の手をとって、顔のみみずばれの所へあて、悲しい声で訴えた。

「あなたの蓮華をどうなすったか、見てください——あたしには、この世で、男はあなた一人なんですよ。たとえあなたの息子さんでも、それは、ただそれだけのことじゃありませんか。あたしにとって、あの子が何だっていうんでしょう」

彼女の美しい眼には、きれいな涙があふれていた。彼は、うめいた——この女はどうにもできないほど美しいのだ。愛してならないときにでも、愛さずにはいられないのだ。突然、王龍は、長男との間に何があったか、知るのは堪えられない、知りたくない、知らないほうがいい、とさとった。彼はふたたびうめいて、そこを出た。

王龍は、長男の部屋の前を通るとき、外から声をかけた。

「いいか。荷物をまとめて、明日、南へ行って、したいことをしろ。おれが呼びにやるまで、帰ってくるな」

中の間で、阿蘭が、彼の着物を縫っていた。王龍が前を通っても、なんとも言わなかった。奥庭の悲鳴や、殴りつける音を聞いたのだろうが、そんな様子は、おくびにも出さなかった。王龍は、そのまま外へ出て、畑へ行った。正午の太陽は高く輝いていた。彼は、終日、激しい労働をしたときのような疲労を感じた。

二五

長男が南へ行ってしまうと、王龍《ワンロン》は、一家から大きな不安を追い払ったような気がして、ほっとした。若い者のためにも行ったほうがいいんだと思った。これからはほかの子供たちの様子にも気をつけて見よう。今までは、わが身の厄介《やっかい》ごともあったし、何はさておき、季節に従って種子まきをし、取入れをする、土地への心づかいがあって、長男以外の子供をみるゆとりもなかった。彼は次男に早く学校をやめさせて、商売を見習わせ、長男のように家じゅうを困らせることがないようにしようと思った。

王龍の次男は、同じ兄弟でありながら、兄とは不思議なほどの違いがあった。長男は背丈が高く、骨太で、顔には赤味がさし、母親の国である北の人々を思わせた。次男は背丈が低く、やせていて、黄色い顔で、老父を思わせる、ずるそうな、敏捷《びんしょう》な、ユーモアのある眼をしていて、必要があれば意地悪もする。王龍は思った。

「よし。この子は、いい商人になるぞ。もう学校をやめさせて、穀物問屋で小僧に使ってもらおう。おれの取入れたものを売る店に、この子が働いていれば便利だ。それに、はかりの目を厳重に見ていてくれて、ときには、おれの都合のいいようにもしてくれるだろう」

ある日、彼は杜鵑《トーチュエン》に言った。

「長男の許嫁《いいなずけ》の父親のところへ行って、少しわしがお話ししたいことがあると言ってきてくれ。いまに劉《リュウ》さんと血縁になるんだから、とにかく、一緒に一杯やらないことにはな」

杜鵑は帰ってきて、こう返事をした。

「いつでも、お目にかかるとおっしゃいました。今日の昼にでも酒を召しあがりにいらっしゃれば、お待ちしますし、また、こっちへ出向いてもよろしいとの御返事でした」

王龍は、町の商人が彼の家へ来るとなると、あれやこれやと、支度をするのが大変だと考えたので、体を洗い、絹の着物を着て、畑を横ぎって出かけた。彼は杜鵑から教わったとおり、まず石橋街へ行ったのだが、劉という名を書いてある門の前で足を止めた。もちろん、彼は字が読めないが、杜鵑から石橋を渡って右の二軒目だと聞いていたので、その門の前に立って、往来の人にきいて確かめた。門は白木《しらき》造りの卑《いや》しからぬ門で、王龍はそれを手のひらで叩《たた》いた。

門はすぐに開いた。現われた女中が、ぬれた手を前掛でふきながら、どなたでしょうか、ときいた。王龍が名を言うと、女中は彼の顔をまじまじと見つめてから、彼を導いて、男ばかり住む突き当りの建物へ案内し、椅子《いす》をすすめてから、また彼の顔をまじまじと眺《なが》めた。王龍が、この家の娘と許嫁になっている青年の父親であることを知っているからだった。女中は主人を呼びに行った。

王龍は念入りに四方を見まわした。立ち上がって、カーテンの地質や、白木の机の材質などをていねいに調べて、生活状態は裕福ではあるが、ひどい贅沢《ぜいたく》はしていないことを認めて安心した。あまり金持から嫁をもらうと、生意気で、強情で、衣食に贅沢を言い、息子の心を両親から離れさせたりする。王龍は、やっと安心して、また椅子に腰をかけた。

突然、重々しい足音がして、でっぷり肥《ふと》った、年輩の人が入ってきた。王龍は椅子から立ち上がって、お辞儀をした。先方もお辞儀をした。両方とも頭を下げながら相手の様子を盗み見て、お互いに、裕福な立派な人物だと認め合い、すぐ敬愛する気分になった。二人は、椅子に腰をおろして、女中のついだ熱い酒を飲みながら、作物の状態だの、穀物の値段だの、もし今年が豊作なら米はいくらぐらいするだろうかなどと、ゆっくり四方山《よもやま》話をしてから、最後に王龍がきりだした。

「ときに、私はお願いがあって来ましたんですが。お気が向かなけりゃあ、まあ話は別ですが。もしあなたのお店で、小僧が御入用でしたら、私の次男がおりますのでね。はしっこい子でして。もっとも、御入用がなければ、話は別なんですが」

劉は非常に愛想よく答えた。

「そうですか。私のほうでも、さしせまって利口な子が一人ほしいところなんで。読み書きはできましょうね」

王龍は得意になった。

「うちの子は、長男も次男も勉強させてありますからね。どちらも、間違った字をすぐ見つけますよ。きへんとさんずいとどっちが正しいか、知っておりますよ」

「そりゃけっこうです、いつでもよこしてください。商売を覚えるまで、最初の一年は食べるだけ、二年目からは、役に立てば毎月銀貨一枚、三年勤めあげれば銀貨三枚で、しかも、その時からは、もう見習いではなく、腕しだいでいくらでも稼《かせ》げます。そのほかに、売り手や買い手から自分でもうけるのは勝手で、私は何も言いません。それからお宅とは縁組してある仲なんで、保証金には及びません」

王龍はすっかり喜んで、帰りかけたが、微笑して言った。

「こう御懇意に願ったので申しますが、私の二番目の娘をもらってくださる息子さんは、ございませんか」

すると劉は豊かに笑った。肥っていて、食べ物もいいので、笑う声まで福々しかった。

「十になる次男がいます。まだ婚約してないんですが、娘さんは、おいくつですか」

王龍も、笑って答えた。

「次の誕生日で十になります。花のような子でしてね」

それから二人は声を合せて笑った。

「すると二重の縄で、お互いに結ばれるわけですね」

王龍は、それ以上、言わなかった。これ以上、直接に話を進めるのは、穏当でないからだ。そこでお辞儀して、喜んで帰ってきた。これはまとまる、と思った。家へ帰ってから、末の娘をよく見た。非常に美しい。母親が纏足《てんそく》させているので、可憐《かれん》な歩き方をしている。

王龍は、初めて娘をよく見たのだった。顔には涙のあとがあった。顔色がやや青白くて、年のわりに大人びていた。王龍はその小さい手をとって引寄せた。

「なんで、泣いたんだ？」

娘は、うなだれて、恥ずかしそうに上着のボタンをいじっていたが、やっと低い声を出した。

「お母さんが、毎日、足の布を前よりも強く巻くんですもの、夜、眠られないの」

「お前の泣いたのを聞いたことがないがな」王龍は不思議がった。

「そうよ」娘はあっさりと答えた。「お母さんが、声を出して泣いてはいけないって言うの。お父さんは、やさしすぎて、気が弱いから、纏足はしないでおけって言うといけないからって。纏足しないと、お母さんがお父さんにかわいがられないように、あたしも、お嫁に行ったとき、かわいがられなくなるって言うんですもの」

末娘は、子供が物語を話すときのように、あどけなく、こう言った。この子供の母である阿蘭《アーラン》は、彼から愛されていない、と子供に言ったのだ。彼はそれを聞くと、身を刺されたようにつらく感じた。彼はせきこんで言った。

「そうかい。今日は、お前のよいおむこさんを捜してきたよ。一つ杜鵑にまとめてもらおう」

末娘は、微笑して顔を伏せた。急に子供から乙女になったようだった。

その晩、彼は後房へ行って、杜鵑に言った。

「劉さんとこへ行って、話を進めてくれ」

彼は蓮華《リエンホワ》と寝ていても、なんとなく落着かず、夜中に眼をさまして、過ぎ去ったことや、阿蘭が彼の最初の女であり、どれほど忠実だったかを思いめぐらした。末娘の言葉から浮ぶ雑念は、彼の心を暗くした。——阿蘭はぼんやりしているようでも、彼の心の底を知っていたのだ。

それから間もなく、彼は、次男を町へ出し、末娘の婚約書を取りかわし、持参金の額をきめ、結婚する際の衣裳《いしょう》や宝石の相談をすませた。王龍は重荷をおろした気持で、心の中で言った。

「これで、よし、と。これで子供たちのかたはついた。あの白痴娘だけは、日向《ひなた》ぼっこさせて、布でもあてがっておくよりほかにしかたがない。三男は百姓させることにして、学校には、やるまい。上の二人が読み書きできるんだから、それでたくさんだ」

彼は三人の男の子を持っていて、一人は学者、一人は商人、一人は百姓にすることに誇りを感じた。彼はそれに満足し、子供たちについては、もうそれ以上考えなかった。しかし、子供たちを生んだ母親のことがいやおうなしに頭へ入ってきた。

この長い年月を阿蘭と過してきた王龍は、今になって、初めて阿蘭のことを真面目《まじめ》に考えたのだった。彼女が初めて来た日にも、彼女の身になって考えたりはしなかった——ただ女だということ、彼が初めて知った女だということだけしか、考えなかった。それ以来、何やかやと取りまぎれて、暇もなかった。今、子供たちの行末は目鼻がついた。野良《のら》は手が行き届いて、近づく冬を静かに待っていた。蓮華も竹で殴られてからは言うことをきくようになり、そのほうも、しめしがついた。こうなると、彼にも好きなことを考える暇ができ、思いは自然、阿蘭へと向うのだった。

彼は阿蘭をしげしげと眺めた。今度は、女としてではない。みにくく、やつれはて、肌《はだ》が黄ばんでいるからではない。一種悔恨に似た気持で眺めたのだ。彼は、彼女がやせて、黄色く、しなびてきたことを、今さらのように知った。阿蘭は、元来が色の黒い女で、野良へ出て働いていた頃《ころ》には赤黒かった。しかし野良へ出なくなってからは、もう久しい。二年ばかり前までは収穫期だけは出たが、それも、世間の人が「あんたほどの金持になっても、奥さんは野良仕事ですかい？」などと言うのをはばかって、やめさせたのだ。

とは言え、王龍は、なぜ阿蘭自身畑に出る気がなくなったのか、なぜ身のこなしが日増しににぶくなるのか、考えたことがなかった。今にして思えば、朝起きるときや、竈《かまど》を焚《た》きつけるためにかがむとき、阿蘭は苦しそうにうなり、彼が「おい、どうしたんだ？」と声をかけると、初めて急に黙ってしまったことがあった。

だが、こうして彼女を見直し、腹部が異常にふくれているのを眺めると、彼はどうしたわけか、ある種の悔恨に似た情に責められるのだった。

「おれが、妾《めかけ》同様に阿蘭をかわいがらなくなったって、おれが悪いんじゃない。世間はみんなそうじゃないか」

そう彼は自分に弁解した。

「おれは阿蘭を一度も殴ったことはない。銀貨がほしいと言えば、かならず、やったんだ」彼はそう言って、みずから慰めた。

だが、末娘の言ったことは彼の頭から去らず、彼の胸を刺した。よく考えてみると、彼は阿蘭に対して決して悪い亭主ではない。世間なみ以上によかったとしか思えない。だとすれば、なぜ、すまない気持になるのかわからなかった。

阿蘭に対する自責の念がいつまでも消えないので、彼は食事を運んだり動きまわったりする彼女から、眼を放さないでいた。ある日、食事のあと、煉瓦《れんが》の床を掃いていた彼女の顔が、急に苦しそうになり、血の気がなくなっていった。口をあけて、あえぐように息をしている。痛そうに腹に手をあてながら、それでもなお掃除を続けようとしている。

「どうしたんだ?」

王龍は鋭くきいた。

阿蘭は顔をそむけて、静かに答えた。

「なんでもありません。前からの、おなかの痛みです」

王龍は彼女を見つめていたが、末娘に言った。

「お前が掃きな。母さんは病気なんだから」

そして、阿蘭には、この幾年間、かつて示したことのないやさしい調子で言った。

「部屋へ行って、横になってな。今、娘に湯を持っていかせるから――起きちゃいけないぞ」

阿蘭は例のにぶい動作で、黙々として、言われたとおりに、自分の部屋へ行った。何かごとごと音が聞えた。そのうち横になって、静かにうめいていた。その低いうめき声に耳をすましていた王龍は、堪えきれなくなって、立ち上がり、町へ行って医者を捜した。

次男が働いている穀物問屋の店員がすすめてくれたところへ行くと、医者は退屈そうに、茶を飲んでいた。長い白髭《しろひげ》を生やした老人で、鼻の上に、フクロウの眼《め》のように大きい、真鍮《しんちゅう》ぶちの眼鏡をかけていた。汚ない灰色の長衫《ツァンスァン》を着ていて、袖《そで》はすっぽりと両腕を隠すほど長かった。王龍が妻の容態《ようだい》を話すと、彼は口を結んで、かたわらの机の引出しから、黒い風呂敷《ふろしき》に包んだものを取出して、

「今いきます」と言った。

阿蘭は軽い眠りに落ちていた。鼻の下と額には、汗が露のようにたまっていた。医者はそれを見ると、むずかしそうに頭を振った。そして、猿《さる》の手のようにひからびた黄色い手を伸ばして、阿蘭の脈をはかった。長い間、脈をはかったあとで、またむずかしそうに頭を振って言った。

「脾臓《ひぞう》がはれてるし、肝臓も悪いな。人間の頭くらいの石が下腹にできてますよ。胃も、めちゃめちゃだ。心臓はやっと動いてるが、きっと、虫がいるんだな」

それを聞くと、王龍は心臓が止るかと思った。彼は急に恐ろしくなって、怒ったように叫んだ。

「じゃあ、薬をください。やってくれるでしょうね？」

その声で眼をさました阿蘭は、二人を見たが、苦痛で意識がもうろうとしていて、事情がわからなかった。

老医は、言った。

「これは難病だね。全快を保証しなくていいんなら、銀貨十枚で、薬草と、乾《ほ》した虎《とら》の心臓と、犬の牙《きば》を処方してあげますよ。それを一緒に煎《せん》じて飲ませるんです。もし全快を保証してもらいたいっていうんなら、銀貨五百枚ですね」

阿蘭は銀貨五百枚と聞くと、昏睡《こんすい》からさめたように、急に弱い声を出した。

「よしてください。わたしの生命《いのち》に、そんな値打ちはありません。それだけのお金があれば、立派な土地が買えます」

これを聞いた王龍は、今までのあらゆる悔恨の情に責められて、激しく言った。

「おれは、この家から葬式を出したくねえ。そのくらいの銀貨なら払えるだ」

老医は、王龍が、「そのくらいの銀貨なら払えるだ」と言うのを聞くと、貪欲《どんよく》そうに眼を輝かした。しかし、もし全快の保証をしておきながら病人が死んだ場合には、法律上、刑罰を受けなければならない。そこで彼は残念ながらこう言った。

「いや、御病人の目が白いところをみると、わしの診断は間違いでした。全快を保証付にするには、銀貨千枚いただかなければなりませんね」

王龍は、悲しい事実がわかったので、無言で医師の顔を見た。土地を売らなければ、千枚の銀貨はない。しかし医者は、「この病人は死ぬ」と宣言したのも同様で、たとえ土地を売ったところで、なんの役にも立たないことは明白だった。

だから、彼は医者と病室を出て、銀貨十枚を払った。そして医者が帰ったあとで、王龍は、阿蘭がその生涯《しょうがい》の大部分を暮してきた薄暗い台所へ行った。そして、今はもう誰もいなくなり、人目もないそこで、彼は、すすけた壁に向って泣いた。

二六

しかし阿蘭《アーラン》の生命の火は、急には消えなかった。まだ中年をやっと過ぎたばかりなので、生命は容易に彼女の肉体から離れようとしなかった。幾月も瀕死《ひんし》の体を寝台に横たえていた。長い冬の間、阿蘭に病床につかれてみると、王龍《ワンロン》と子供たちには、この家での母親の位置が初めてわかったのだった。どんなに母親の世話になっていたか、それまで知らずにいたのだ。

枯葉に焚きつけて、竈の火を燃しておくには、どうすればよいか。鍋《なべ》の中で魚をくずさずに返すには、どうすればよいか。魚の片側だけを真っ黒こげにしないためには、どうすればよいのか。こんなことは、誰も知らなかった。食卓の下には、ゴミや、こぼれた食べ物がたまっていて汚ないが、誰も掃く者はいなかった。あまりくさくなると、たまりかねて、王龍が犬を呼んで、それをなめさせるか、または、末娘をどなりつけて、それをこすり落し、掃きださせるのだった。

末の男の子が、母親のかわりにあれこれと祖父の始末をした。祖父はもう子供みたいにたわいがなく、阿蘭が病気になったことを話してもわからなかった。彼女が茶や湯を持ってこず、寝起きを手伝ってくれないのが不平で、どんなに彼女を呼んでもこないと、腹を立てた子供のように、茶碗《ちゃわん》を床《ゆか》に叩《たた》きつけたりした。王龍は老父を阿蘭の病床へ連れていった。老父は、もう眼がかすんで、なかば盲目なのだが、それでも何かおかしいことにぼんやり感づいたのだろう、わけのわからないことをつぶやいて、泣いた。

なんにも知らないのは白痴の娘だけだった。相変らず布をもてあそんでは微笑していた。しかし夜になれば彼女を寝かせ、時刻がくれば食事させ、日向に坐《すわ》らせ、雨が降れば家の中へ連れてこなければならない。それだけのことは、誰かが覚えていなければならないのだが、王龍自身さえ忘れることがある。一度などは、白痴の娘を一晩家の外へ出したままだった。翌朝、娘は明け方の寒さにふるえて泣いていた。王龍は怒って、姉を忘れていた子供たちを叱《しか》りつけたが、やはり子供は子供で、どんなに母親の代りをしようと努めてもできないのだ。彼もあきらめて、それ以後は、白痴の娘の面倒は自分で見ることにした。雨や雪の降る日や、寒い風が吹く日には、竈の前の暖かい灰の中に連れてきて、坐らせたりした。

陰鬱《いんうつ》な冬の間、阿蘭は重態のままで病床に寝たきりだった。王龍は畑のことをいっさい、かまわなかった。冬の仕事や作男の管理を残らず陳《チエン》に一任しておいたが、陳は実に忠実に働いた。朝晩はかならず阿蘭の病床に来て、毎日二回ずつ例の細い声で、容態をきいた。王龍は、いつもきまって、

「今日は、鶏のスープを少し食べたよ」

「今日は、米の粥《かゆ》を少し食べたよ」

と言うだけだった。それが毎朝毎晩なので、ついには王龍も面倒になって、陳に、もうきかないで、畑の仕事さえ満足にやってくれれば十分だからと、断わった。

寒い暗い冬の間、王龍は、よく阿蘭の病床のそばに坐っていた。寒そうだと、火鉢《ひばち》に火を盛んにおこして寝台のそばに置いた。するとその度ごとに、彼女は弱い声でつぶやくように言った。

「もったいない」

ある日、彼女がまたそう言ったので、彼はたまりかねて叫んだ。

「そんなこと言うな。お前をなおすことができるんなら、畑でもなんでも、売り払っても惜しくはないんだ」

阿蘭はそれを聞くと、かすかな微笑を浮べ、とぎれがちに囁《ささや》いた。

「それは、いけません。わたしは、死ぬのです。土地は、死ぬのです——いつかは、わたしが死んでも残ります」

王龍は、阿蘭の口から死という言葉を聞くにしのびなかった。彼女が言い出すと、彼はすぐに立って、室外へ出るのだった。

だが、彼もいずれは阿蘭は死ぬのだと思っていた。ある日、彼は町の葬儀屋へ行って、そこに陳列してある棺をしさいに見てから、重い堅い木で作った黒塗りのを選んだ。彼が決めるのを待っていた店の主人は、抜け目がなかった。

「二つ買ってくだされば、三分の一だけ値段を引きます。あなたのも買っておきなされば、あとのことが御安心でしょうが」

「いや。おれのことは、息子たちにまかせるんでな」王龍はそう答えたが、父親のことを思い出し、まだ父親の棺が買ってないのに気がついたのだった。

「しかし年寄りがいるんだ。もう、足も弱ってるし、耳も聞えず、眼もよく見えない。やがて死ぬんだろうから、そんなら二つ買おうか」

主人は二つの棺をもっと十分に塗りなおして、王龍の家に送り届けると約束した。王龍は阿蘭にこのことを話した。彼女は、彼のやさしさと、死後の安心を考えて喜んだのだった。

こんなふうに彼は、毎日、幾時間も阿蘭の病床に坐っていた。病人は弱っていたし、達者なときでも、あまり話をしない仲だったから、今はなお黙々としていた。その静寂の中で、阿蘭は自分がどこにいるのか忘れることがあったらしい。時々、子供のときのことなどをつぶやいた。王龍は、初めて、阿蘭の心の底を見たような気がした。もちろん、それも、こんな短い言葉を通してのことだったが。

「はい、料理を持っていくのは、戸口までにします。わたしは、みにくいから、大旦《おおだん》那《な》様の前へ出てはいけないのは、ぞんじています」

また、あえぎながら、こうも言った。

「打《ぶ》たないでください――もう、決して、その皿のものは食べたりしませんから」

そして、幾度も、こう繰返した。

「お父さん――お母さん――お父さん――お母さん――」

そして、再三、こうも言った。

「わたしは、みにくいから、かわいがられないことは、よく知っています――」

王龍は聞くにしのびなかった。彼は阿蘭のもう死んでいるような、大きい、骨ばった手をとって、静かになでた。彼女が言っていることは事実なのだ。自分の優しい気持を阿蘭に知ってもらいたいと思い、彼女の手を取りながらも、蓮華《リエンホワ》がすねて、ふくれっつらをしたときほど心暖まる情が湧《わ》いてこない。それが不思議で悲しかった。この死にかかっている骨ばった手を取っても、彼にはどうしても愛する気が起らない。かわいそうだと思いながら、それに反撥《はんぱつ》する気持がまざりあってしまうのだ。

　それだけに、王龍は、いっそう阿蘭に親切を尽し、特別な食べ物や、白魚とキャベツの芯《しん》を煮た汁を買ってきたりした。おまけに、手のつくしようのない難病人を看護する心の苦しみをまぎらすために、蓮華のところに行っても、少しも愉快ではなかった――阿蘭のことが頭を離れないからだ。蓮華を抱いている手も、阿蘭を思うと、自然に離れるのだった。

　阿蘭は、時々、意識がはっきりして、周囲のものが明瞭《めいりょう》になった。そんな時に、一度、彼女は杜鵑《トーチュエン》を呼んだ。王龍が非常に驚いて連れてくると、阿蘭はふるえる腕で半身を起して、きっぱりと言った。

「いいですか。お前は、黄《ホワン》家にいたときには、大旦那様につきそって、美人だと思われていましたけどね、わたしは、一人の男の妻になって、男の子たちを生んだんですよ。だけど、お前は、今でも昔ながらの奴隷《どれい》ですからね」

杜鵑が怒って、何か言い返そうとするのを、王龍はとめて室外に連れだしてなだめた。

「もう何を言ってるのか、自分でもわからないんだから、気にするな」

彼が部屋へ戻ると、まだ片手に頭をもたせかけたままで言った。

「わたしが死んだあとで、杜鵑にも、あの女にも、この部屋へ来たり、わたしのものに手をふれたりさせないでください。そんなことがあれば、わたしは幽霊になって、呪《のろ》ってやりますから」

そう言うと、また発作的な眠りに襲われ、がっくり枕《まくら》に頭を落した。

新年がくる前に、阿蘭は急によくなった。蠟燭《ろうそく》が消える前、一時ゆらめきながら輝くようなものだろう。寝ついてから今までになかったほど、意識もはっきりして、寝台の上に坐り、自分で髪をすいて、茶が飲みたいと言った。そして、王龍が来ると、

「もう正月だけど、料理も菓子も用意してないでしょう。それで考えたんですが、わたしは、台所へ、あの奴隷を入れたくはありません。ですから、長男の許嫁《いいなずけ》の娘を呼びにやってほしいんです。まだ会ったことはありませんが、もし来てくれれば、どうしたらいいか、わたしが教えますから」

王龍は、この正月に御馳走《ごちそう》があろうとあるまいとかまわないつもりでいたが、阿蘭に、それだけの気力が出たことを喜んで、すぐ杜鵑を穀物問屋の劉《リュウ》家へやって、事

情を訴えさせた。劉家では多少ためらったが、たぶん、阿蘭は春まで生きられまいと聞き、また娘ももう十六になっていて、それよりも若い年で夫の家へ行く例もあるからと、快く承知した。

しかし阿蘭が病気だから、許嫁の娘が来たときにも儀式ばった御馳走はなかった。娘は轎《かご》に乗り、母親と年老いた女中がつきそって来ただけで、母親は娘を阿蘭に渡すとすぐに帰り、つきそいの女中だけが残った。

そこで子供らは今までの部屋からほかへ移され、かわりに、そこは許嫁の娘の居間になった。すべては、型どおりにうまく片づいた。王龍は、世間のおきてにしたがって、嫁とはまだ口をきかなかった。彼女がお辞儀すると、彼も真面目《まじめ》くさって頭を下げるだけだった。彼女が嫁としてのつとめを心得ており、家の中を歩くにも伏し目がちで、しとやかなことが気に入った。そのうえ、器量のいい娘で、とにかく美人だが、それを鼻にかけるほどの美人でもないことが彼を喜ばせた。彼女は注意深く、動作には非難すべき点がなかった。そして忠実に阿蘭の看病をした。王龍は、妻の病床に嫁がいるのでいくらか心の負担が軽くなった。そして、阿蘭はまったく満足していた。

阿蘭は三日かそこら満足していたが、考えついたことがあるらしい、朝、王龍が見舞いに来ると言った。

「安心して死ぬ前に、もう一つ、お願いがあります」

王龍は、怒ったように答えた。

「たのむから、死ぬなんて言わないでくれ」

阿蘭は、例のゆっくりした、途中で消えてしまう笑みを浮べて答えた。

「死ぬことは決ってるんですよ。体が、もう死ぬのを、待ってるんです。けれど、長男が帰ってきて、この嫁と結婚するまでは、わたしは死ねません。いい娘で、よく仕えてくれますよ。湯を入れた洗面器を持つ時はしっかり持ってますし、わたしが苦しくて汗をかくと、よくふいてくれますし。わたしは死ぬんですから、その前に長男を呼びかえして、この娘と結婚式を挙げさせたいんです。あなたには孫、おじいさんには、ひい孫が生れるようにしてから、安心して死にたいんです」

　健康のときでも、阿蘭がこれだけ長く一度に話すのは大変なことなのに、ここ幾月も聞かなかったほど、しっかりした調子でそう言ったので、王龍は、その声の力と、それを求める激しさとに、すっかり気をよくしてしまった。できれば、長男の結婚式はあとへ延ばして、盛大にやりたかったが、彼女にさからいたくないので、心からそれに賛成して言った。

「うん、そうしよう。今日、すぐ人を南へやって、長男を捜させ、連れ帰らせよう。

そのかわり、お前も元気を出して、気の弱いことを言わず、なおってくれなければこまるよ。お前が寝ついてから、家の中はまるで獣《けもの》の巣みたいなんだから」

彼がこう言ったのは、阿蘭を喜ばせるためだった。彼女は喜んだが、なんとも言わずに、かすかな笑みを浮べながら眼《め》を閉じて横になった。

王龍は、使いの者を長男のところへ走らせた。

「若旦那に、こう言え——母親が危篤《きとく》だが、お前の顔を見て、結婚したのを見とどけないうちは、安心してあの世へ行くこともできないでいる。わしや、母親や、家を大切と思うなら、息もつかせず帰ってこい。今日から数えて三日目には披露《ひろう》の宴をひらいて、客を招き、結婚式を挙げる——となⅰ」

王龍は自分で言ったとおりに用意を始めた。彼は、杜鵑に披露宴の用意をさせることにした。町の茶館から料理人を手伝いに呼ばせた。杜鵑にたくさんの銀貨を渡して言った。

「こんな場合に黄家でやったように、やってくれ。お金は、もっと使っていいから」

それから、村へ行って、知っている男女をすべて招いた。また町へ行って、茶店や、穀物の取引で知合いになった人々を全部招いた。そして叔父にも言った。

「長男の結婚式には、あんたの仲間や、あんたの息子さんの仲間を、誰でもいいから、みんな招いてください」

王龍は、叔父の身分を忘れたためしがなかったから、そう言った。彼は、叔父に礼をつくし、大事なお客様としてもてなした。叔父が何者かを知ってからというもの、いつもそうしてきたのだ。

結婚式の前夜、長男は帰ってきた。彼が部屋へのっしのっしと入ってくると、家にいたときの心痛など王龍は忘れてしまった。この前わが子を見たときから、もう二年以上たっていた。帰ってきた息子は、もう少年ではない。背の高い、立派な一人前の男で、がっちりした体をしていた。頬《ほお》は高く、赤味を帯び、黒い髪は短く刈りこんで、油で光っていた。南方の店に売っているような、繻子《しゅす》の暗紅色の長衫《ツァンスァン》に、袖《そで》なしの短い黒ビロードの背心《ベーシン》（訳注　チョッキ）を着ていた。それを見ると、王龍の心は誇らしさではちきれるばかりだった。こんな立派な息子のほかは何もかも忘れてしまい、彼は母親のところへ息子を連れていった。

若者は母親の病床のそばへ坐った。母のやつれはてた姿を見ると、眼頭《めがしら》に涙をためていた。しかし口では、母を元気づける言葉しか言わなかった。

「使いの者が言った倍も元気そうじゃありませんか。まだ死ぬまでには、幾年もありますよ」

しかし阿蘭はあっさり言った。

「お前が結婚するのを見たら死にます」

許嫁の娘は、結婚式のときまで、約束した男に顔を見せてはならない。蓮華は、彼女を後房へ連れていって、結婚の支度をすることにした。こんなことにかけては、蓮華と杜鵑と叔母の三人は、まったく、またとない適任者だった。この三人は、娘の世話を引受け、結婚の朝、その娘を頭のてっぺんから足の先まで洗い、靴下《くつした》の中へ巻く纏足《てんそく》の布も新しくした。そして、蓮華は、その肌《はだ》へ、愛用しているかぐわしいアーモンド油をすりこんだ。そして、彼女が里から持参した衣裳《いしょう》を着せたが、美しい処女《おとめ》の肌にすぐつけるのは白い花模様の絹の小襖《はだぎ》で、その上へ、またとなく柔らかい羊毛の織物でつくった衫《ひとえ》を着、さらに、赤い繻子の結婚用の礼服をまとわせた。次に、額に石灰水を塗り、絹糸によりをかけて、生えぎわのうぶ毛を抜き、額に垂れた処女のなごりの垂れ髪をあげて、新しい身分にふさわしく、額を高く、四角に、なめらかにした。そして白粉《おしろい》と紅を塗り、眉《まゆ》を細く長くかき、頭には珠《たま》すだれのついている花嫁の冠をかぶせ、纏足した小さい足には、刺繍《ししゅう》のある靴をはかせ、指の先を染め、手には香水を塗った。こうして、結婚の支度はととのった。娘は三人のなすがままになっていた。遠慮深く、しとやかで、花嫁にふさわしかった。

王龍と叔父と老父と客は中《なか》の間《ま》で待っていた。花嫁は里から連れてきた女中と叔母とに両方からささえられて現われた。顔を伏せて、歩くのもつつましく、礼儀正しく、もしつきそいがなければ席へも出かねる風情《ふぜい》だった。それは、花嫁が大変つつましい証拠であり、王龍は嬉《うれ》しくなって、これはいい嫁だと、思った。

このあとで長男が現われた。彼は赤い長衫に黒の背心《ベーシン》を着、髪をなでつけて、顔をきれいに剃《そ》っていた。その後ろに二人の弟がついていた。王龍は、彼の生命を継ぐ子供たちが、こんなに立派にそろっているのを見て、誇らしさで今にも胸がはりさけんばかりだった。耳の悪い老父は、今まで何のためにその席に出ているのか、いくら大声で言っても、きれぎれにしか聞き取れないようだったが、突然、合点がいったとみえて、しわがれ声で笑いだして、甲高い声で幾度も繰返した。

「結婚だな。結婚すりゃあ、いまに、子供が生れる、孫たちが生れるよ！」

老人が心から愉快に笑うのを聞くと、みんな声を合せて笑った。王龍は、もし阿蘭さえ病床から起きられたら、どんなに楽しい一日だろうと、独り思った。

こんな間にも、王龍は、長男が嫁に対してどんな素振りを示すか、そっと、鋭く観察することを忘れなかった。長男は、ただ一度、横眼でこっそり花嫁を見ただけだったが、それだけで十分だった。喜びがその素振りに現われていたからだ。王龍は、心の中で自慢した。

「どうだ。おれの選んだ嫁は、お前だって、気に入っただろう」

長男と嫁とは、王龍と老父とにお辞儀してから、阿蘭の病室へ行った。阿蘭は上等の黒い衣服に着かえていて、二人が入ってくると、半身を起して寝床の上に坐《すわ》った。両方の頬が火のようにほてっていたので、王龍は、それを健康のせいだと勘ちがいして、喜んで大声を出した。

「そらみろ。なおるぞ」

若い二人がそばへよってお辞儀すると、阿蘭は蒲団《ふとん》を平らにして言った。

「さあ、ここへ腰を掛けて、婚礼のお酒を飲み、御飯を食べなさい。わたしは、それを見たいと思ってました。わたしはすぐに死んで、葬《ほうむ》られるから、この寝台は、お前たちのものになるんですよ」

阿蘭にそう言われると、誰も口がきけなかった。二人は恥ずかしそうに黙ったまま、並んで腰を掛けた。肥《ふと》った叔母が、この時とばかり、もったいぶった格好をして、熱くした酒を二つの杯へ入れてきた。二人はまず別々に口をつけてから、その酒を一つにして、また飲んだ——彼らが一体になったという意味だ。彼らはさらに御飯を食べ、それを一つにまぜてから、また食べた——彼らの生命が、一つになったという意味だ。

これで儀式は終った。二人は阿蘭と王龍にお辞儀して室外へ出た。そして集まっている客に一礼した。

それから、披露宴が始まった。部屋から庭まで食卓が並べられ、御馳走のにおいと談笑が、あたりに満ち満ちた。客は遠近いたる所から訪れた。王龍が招いた人たちばかりでなく、王龍の知らない人々まで、彼が金持なのを知っているので、こういう場合、誰にでも惜しまず御馳走すると思って、やってきた。杜鵑は宴会の支度のために、町から料理人を招いたが、農家の台所では料理できない御馳走がたくさんあった。彼らは大きな籠《かご》に、前もって料理したものを入れてきて、ただ温めればよいようにしてあった。彼らは働きぶりを見せるため、油のついた前掛をして、熱心に四方を動きまわった。人々は、腹いっぱい食べた。腹いっぱい飲んで、そのうえにも飲んだ。そして歓楽をきわめた。

阿蘭は、愉快な談笑を聞き、御馳走のにおいを嗅《か》げるように、すべての扉《とびら》と、カーテンをあけ拡《ひろ》げさせ、たえず容態《ようだい》を見にくる王龍に、幾度となくきいた。

「みんなに酒がゆき渡ってますか？　食卓の真ん中にある御飯は、冷えてないでしょうね？　牛の脂身《あぶらみ》や砂糖や、八種類の果物を、たっぷり入れてあるでしょうね？」

王龍が、すべてそのとおりにやってあると返事すると、阿蘭は満足な面持《おももち》で、横になり、賑《にぎ》やかな音を聞いていた。

やがて宴会は終り、来客は帰り、夜がきた。歓楽の声が消えて、あたりが静かになると、阿蘭の気力は急に衰えて、疲れ、ぐったりしてしまった。彼女は結婚した二人を病床へ呼び寄せた。

「もう、わたしは満足しましたよ。もうこれで、いつ死んでもいい。息子や、お前はお父さんと、おじいさんに、よくつくしなさいよ。それから、嫁のお前は、夫と、お父さんと、おじいさんと、あの頭のうとい、庭にいる娘の面倒を見てください。そのほかのものには、つくすことはありませんからね」

この最後の言葉は、今まで一度も口をきいたことのない蓮華をさして言ったのだ。二人は、母親の言葉の続きを待っていたが、阿蘭は昏睡《こんすい》状態に陥っていたようで、もう一度眼をさまして口を開いたときには、彼らがそこにいることも何もわからない様子だった。眼をつぶって、頭を左右に動かしながら、彼女はつぶやくように言った。

「わたしは、みにくいでしょう。だけど、息子を生みましたよ。昔は奴隷でしたが、この家へ立派なあととりを残しましたよ」

また、突然、こうも言った。

「あんな女に、亭主の面倒が見られるもんですか。美しいだけじゃ、子供は生めないんですよ!」
彼女は前後を忘れて、つぶやきつづけた。王龍は二人を室外へ去らせ、自分だけそばに坐っていた。阿蘭は眠っては、また眼をさました。王龍は、この臨終の床にある妻の顔を見ても、紫色の唇《くちびる》から歯がむき出しになっているのを見ると、なんとまあ大きい、すごい口なんだろうと思ってしまい、そう思う自分がまたいやになった。彼がそうしていると、やがて阿蘭は眼をあけたが、眼には、不思議な霧がかかっているみたいだった。彼女は王龍が誰だかわからないらしく、いぶかしそうに彼の顔をまともに、一心に見つめていたが、突然、頭を円い枕から落した。そして身をふるわせたかと思うと、それが最期《さいご》となった。

阿蘭が死んでしまうと、王龍はどうしてもそのそばに近づく気になれなかった。叔母を呼んで死体を洗わせたが、そのあとも、病室に入る気になれなかった。彼が買っておいた大きい棺におさめるのも、叔母と長男夫婦にさせた。だが、それでは気がすまないので、自分は町へ行って人を雇い、慣習どおりに、棺を密封させ、陰陽師《おんみょうじ》を捜して、埋葬によい日取りをきいたりした。それは三カ月先で、それより早い日はないと言う。王龍は陰陽師にお礼をしてから、町の寺へ行き、住職と交渉して、そこに三カ月間だけ場所を借り、すぐに阿蘭の棺を運んで、埋葬の日まであずけることにした。王龍はその棺を家の中へ置いて、毎日それを見るのは堪えられなかったのだ。それから、彼は、追善に手落ちのないようにつとめた。自分も子供らも喪に服し、哀悼を示す白のあら布《ぬの》で作った靴をはき、くるぶしにさらしを巻き、家の女たちは髪を白い紐《ひも》でたばねた。

王龍は、阿蘭が死んだ部屋にいるのがいやなので、身の回りのものをまとめて蓮華の後房へ移り、長男に言った。

「嫁と一緒に、あの部屋に住みな。母親がお前を生んだのもあの部屋なんだから、お前も、あすこで子供を生めよ」

長男夫婦は、その部屋に移り、満足していた。

死というものは、ある家を一度訪れると、容易にそこを立ち去れないものらしい。王龍の父親は、固くなった阿蘭の死体を棺に入れるのを見てから、取りみだしていたが、ある夜、いつものとおりに寝て、その翌朝、末娘が朝の茶を寝床へ持っていくと、まばらな老いの髭《ひげ》を天井へ向け、頭をのけぞらして、寝台の上で死んでいた。それを見た末娘は、悲鳴をあげて父親のところへ駆けつけた。王龍が急いで行ってみると、まったくそのとおりの姿だった。その軽い硬直した老体は、ごつごつした松の木のようにひからびて、冷たく、やせていた。おそらく、横になるとすぐ死んだので、もう数時間も経過していたのだろう。王龍は自分で老人の死体に湯かんを使わせ、前から買っておいた棺へ静かにおさめ、密封して言った。

「二人を同じ日に埋葬しよう。おれも死んだらそこへ寝かせてもらうんだ」

彼はそうやろうと口にしたとおりのことをやった。蓋《ふた》をした老父の棺を、中の間の二つの腰掛を並べた上へ置き、埋葬の日を待った。死んでも老父は、そこにいたいだろうし、彼も棺のそばにいたかった。父親を思う心はあったが、死んだことには深い悲しみを感じなかった。もう、年が年で、天寿をまっとうしたのだし、またここ数年間は、生きているというのは名ばかりだったのだ。

陰陽師がきめた埋葬の日は、春の盛りの日だった。王龍は道教の寺から多くの道士を招いた。――彼らは黄色の長い衣を着て、長髪を頭の上へたばねてきた。また、仏教の寺からも多くの僧侶《そうりょ》を招いた。――彼らは灰色の長い衣を着て、頭を剃っていた。そこには九つの尊い灸《きゅう》がすえてあった。彼らは、二人の死者の冥福《めいふく》を祈るために、終夜、太鼓を叩《たた》き、経文《きょうもん》をとなえた。読経《どきょう》の声がおとろえると、王龍は彼らの手に銀貨をつかませた。すると読経の声は再び高くなる――こうして追善の読経は、明け方になるまでやまなかった。

王龍は墓地として、小高い丘の上のナツメの木のある所を選んだ。陳はすでに作男を指図して、墓穴を掘らせ、そのまわりに土の壁をめぐらしてあった。この壁の内側には、王龍だけでなく、息子たち夫婦と、その子供らまで埋められる広さがあった。それは小麦を作るのにいい肥えた土地だったが、王龍は墓地として少しも惜しいとは思わなかった。なぜなら、それは彼の家がこの土地に根を据《す》えたことを象徴しているからだ。死んでからも、生きているときも、彼らは、自分の土地に安住していられるのだ。

道士や僧侶が死者の供養《くよう》をして夜が明けると、王龍は白の喪服を着、叔父にも、叔父の子にも、自分の息子たちにも、長男の嫁にも、娘にも、同じ白の喪服を着せた。彼らは、貧乏人や普通の百姓のように、墓地まで歩くのは体面にかかわるので、町から轎《かご》を招き、王龍は初めて他人の肩にかつがれて阿蘭の棺にしたがい、老父の棺のあとには叔父がしたがった。阿蘭の生きている間は肩身の狭かった蓮華も、阿蘭が死んだ今は、第一夫人に忠実だったと他人に思わせるため、轎に乗ってしたがった。叔母や叔父の子のためにも、王龍は轎を雇い、そして白痴の娘のためにも喪服を作り、轎に乗せた。だが、彼女はひどく戸惑うばかりで、涙を流すはずのこの場にも、甲高《かんだか》い声を出して笑っていた。

葬式の列は、泣き声をあげながら、墓地へ進んだ。作男らと陳とは、白靴をはいて、そのあとを歩いた。やがて、王龍は、墓穴のかたわらへ立った。二つの棺は、まず老父から中へおろされた。それを立って見ている王龍の悲しみは、こわばって、涙も出なかった。涙さえこぼさなかった。すでに起ってしまったことが訪れたまでなのだ。これまでつくした以上、ほかに打つ手は何もなかったのだ。

けれども二つの棺に土をかけて、土饅頭《どまんじゅう》が盛りあげられてしまうと、彼は轎を先に帰し、一人で黙々と家へ向った。重苦しい胸のうちに、不思議にも一つの考えがはっきりと浮んできた。それは非常な苦痛だった。それは、いつか阿蘭が池で洗濯《せんたく》していたときに、真珠を取上げたことだった。取上げなければよかった、と後悔された。あれは蓮華の耳飾りにしてあるのだが、もう見るに忍びないと思った。

こんな憂鬱《ゆううつ》な思いにとらわれて、一人でしょんぼりと歩いていた彼は、ひとりごとを言った。

「あのおれの土地に、おれの半生、いや、それ以上のものが埋められてしまったのだ。おれも、半分、あの中に埋まったようなものだ。これからは、違う人生なんだなあ」

彼は、突然、すこし涙を流した。彼は子供がするように、手の甲でその涙をふいた。

二七

王龍《ワンロン》は、取入れも何もほとんど考えなかった。阿蘭《アーラン》の病気、結婚式、葬式、と、暇がなかったのだ。すると、ある日、陳《チェン》が来て言った。

「もうめでたいことも、悲しいこともすみましたので、畑のことを申上げたいんです」

「言ってくれ、おれは、死んだ者の葬式のことばかり考えていて、長い間、畑のことを忘れていたよ」

陳は、彼の言葉に敬意を表して、ちょっと黙ってから、静かに言った。

「そんなことなけりゃあいいと祈ってるけんど、どうも今年は、今までにない洪水《こうずい》が来そうでね。まだ夏にもならねえのに、方々の水があふれてるんだ。まだ、とてもそんな時期じゃねえのに」

すると、王龍は断固として言った。

「おれは、天の神様から恩を受けたことがねえ。線香をあげても、あげなくても、あいつは同じように意地悪なんだよ。まあ、これから一緒に、畑を見まわりに行こう」

彼はそう言いながら立ち上がった。

陳は、気の弱い臆病《おくびょう》な男だった。どんな凶作にあっても、王龍のように天をののしったりはしない。「天命ですから」と、彼は、洪水も旱魃《かんばつ》も、仕方がないとあきらめていた。王龍はそうではなかった。方々の畑を見まわった彼は、陳が言ったように、洪水の危険を認めた。彼が黄《ホワン》家の大旦那《おおだんな》様から買った土地で、堀《ほり》や、溝《みぞ》に沿ってい る所は、地下からにじみ出してくる水のために、じめじめして、泥《どろ》のようになっていた。それまで立派に伸びていた小麦が、みんな病気にかかり、黄色くなっていた。

濠《ほり》の水はもう満々として湖水に似ているし、田に水をひくための溝は、河のように、渦《うず》を巻いて早く流れていた。まだ夏の雨も来ないのにこの有様では、今年は大洪水になり、男も、女も、子供も、飢えることだろう。どんな愚か者にも、それは明らかだった。王龍は田畑を全部急いで見て歩いた。陳は、黙って、影のように後ろについていた。二人は、洪水になっても稲が植えられる土地や、田植えをしないうちに水をかぶってしまう土地を、相談して歩いた。すでに水が縁まであふれている溝を眺《なが》めて、王龍は腹立たしげに神をのろった。

「あの天のおいぼれじじいは、喜んでるだろうよ。あいつは、人間がおぼれたり、飢え死にしたりするのを、天から見おろして、嬉しがってるんだからな」

彼が大声でこうののしると、陳は、ふるえあがって、止めた。

「それにしても、天の神様は、人間よりも強いんだ。そんなことを言っちゃいけねえですよ」

だが、王龍は金ができてから、気が強くなり、天罰なぞには無頓着《むとんじゃく》になっていた。怒りたいだけ怒った。家へ帰る途中でも、みなぎってくる洪水が彼の田畑や、出来のいい作物をおおうことを思って、ぶつぶつ言っていた。

やがて王龍の恐れたことは、事実になって現われた。北にあたる大河が、堤防を突き破ったのだ。

まず一番遠い堤防がくずれた。それを知ると、人々は修築する費用を集めに、諸所方々をかけずりまわった。流れを堤防内へ押しこめておくことは誰に取っても必要なので、みんな、ぶんに応じた寄付をした。彼らは、その金を県知事へ託して、工事をすることにした。だが、この知事は新米で、赴任したばかりだった。そのうえ、元来が貧しい男で、こんな多額の金銭を今まで見たことがなかった。彼がこの地位に上ったのも、父親が、あり金をはたき、さらに、借りられるだけの金を借りて買ってくれたのだから、彼としては職権を利用して一家のために利益をむさぼる必要があった。彼は、約束どおりには、くずれた堤防を直さなかった。河は、さらに氾濫《はんらん》した。怒った人々は、わめきたって知事の屋敷へ押寄せ、その公約不履行を責めた。しかし、三千枚の銀貨を着服した彼は、身を隠して出てこなかった。農民は邸内へ乱入して、彼を殺そうとわめきたてた。逃げきれないと知った彼は、河へ身を投げて死んだ。それで、人々の怒りはやっと静まった。

怒りはおさまったが、拠出した金は戻ってこなかった。河は、次々と堤防を突き破って氾濫した。そうでもしなければ、おさまりがつかないほどの水量だったのだ。そのうち、その地方のすべての堤防は流されて、どこが本流なのかわからなくなった。海のような河は、耕地の上を洋々と逆巻き流れた。小麦も稲の苗も、みんな水の底へ没してしまった。

みなぎってくる水に囲まれて、村は、次から次へと島になった。村人たちは、増水の様子を見守った。水が家から二フィートのところまで押し寄せてくると、彼らは、食卓や寝台を一緒にしばりつけ、その上に戸という戸を全部はずして、急造の筏《いかだ》を作り、寝具、衣服、家財道具から女子供までを乗せた。水はしだいに、家の中まで上がってきた。土をこねて築いた壁は、溶けてくずれ、そこには何もなかったように、水ばかり満々としていた。すると、地上の水は天の水を呼ぶのだろうか。まるで大地が日照りにでも襲われているかのように、雨が降った。それは、毎日毎日、降りつづいた。

王龍は戸口で、寄せてくる水を眺めていた。彼の家は小高い丘の上に建ててあるので、まだ水からは遠いが、畑はみんな水の下になっていた。彼が心配したのは、新しく作った墓地のことだった。幸いにして、まだ助かってはいるが、黄色い泥の波は、その付近まで、ものほしそうになめていた。

その年は、どこでも収穫がまったく無かった。方々で飢え死にが続出し、またも襲ったこの天災をいきどおる者ばかりだった。ある者は南へ流れ、また、大胆で怒りに燃えた者たちは、ヤケになり、各地を荒している匪賊《ひぞく》の群れに加わった。匪賊は、はびこって、町まで襲う情勢になってきた。そこで、町の人たちは楼門を残らず閉ざし、西水門という小さい門しかあけておかなかった。そして、そこも兵隊に厳重に守らせ、夜は決してあけなかった。

昔、王龍が、老父と妻子を連れて南へ流れていったように、南へ行くものや、匪賊になるもののほかに、陳のように気の弱い、子供のない老人は、どこへも行かず、水につからない場所の木の根や、葉っぱを食べていた。土の上にも、水の上にも、飢え死にした死体がおびただしかった。

王龍は、未曾有《みぞう》の大飢饉《だいききん》が襲ってくると思った。なぜなら、水は冬になってもひかなかったし、したがって、小麦もまけない。だから、来年も収穫のあるはずがなかった。彼は、家計を極度に切りつめて、それに応じる覚悟をきめた。こんな場合になっても、杜鵑《トーチュエン》は町へ肉を買いに行くので、王龍との争いが絶えなかったが、そのうち、都合がいいことには、洪水が町との交通を止めてしまった。町へ行きたければ、舟を出さなければならない。だが王龍は、自分の命令がなければ舟を出さないよう、陳に言いふくめておいた。そして、陳はどんなに杜鵑が毒舌をふるっても、断じて舟を出さなかった。

冬になると、王龍は特別の事情がなければ何も売らず何も買わない方針を立てた。持っているものを倹約してやっていった。毎日、彼は、家族の一日の食糧をはかって、嫁にあてがった。また、作男たちの分は、陳に渡した。この働かずにいる者たちを養うのは苦痛だったので、王龍は、やがて冬が来て水が凍るころ、堪えかねて彼らを南へ送った——春になったら帰ってこい。それまでは、乞食《こじき》をするなり働くなりしていろ、と申渡して出したのだ。ただ蓮華《リェンホワ》だけは、こんな生活に慣れていないので、王龍はほかの者に隠して砂糖や油を与えた。正月にも彼らは、湖水でつかまえた魚と、彼らが殺した豚を食べただけだった。

王龍は、そうと見せかけたほど窮していたわけではなかった。長男夫婦は知らないが、彼らの寝室の壁にはたくさんの銀貨が塗り込んであった。銀貨をいっぱいつめた瓶《かめ》が、今は湖底となってしまった近くの畑に隠してあった。竹藪《たけやぶ》の根もとにも、少しは埋めてあった。それに、前年に売り残した穀物があって、飢え死にするような心配はまったくなかったのだ。

しかし彼のまわりは窮民ばかりだった。彼は、かつて黄家の門前を通ったときの窮民の叫びを忘れてはいなかった。彼は家族を養うだけのものを今でも持っている。大勢の者から憎まれていることもよく知っている。彼は門を厳重にしめて、知らない人はいっさい入れないことにした。このくらい用心しても、この大飢饉では匪賊に襲われずにはすまないはずだったが、いまだに安全なのは叔父がいるからだった。それも知っていた。もし叔父が匪賊団に勢力がなければ、たくわえた食糧や、お金や、女たちが、掠奪《りゃくだつ》されたのは確かだった。だから王龍は、叔父夫婦とその子には、きわめて慇懃《いんぎん》だった。彼らは王龍の家にいながらお客様みたいに振舞った。一番先にお茶を飲み、食事のときは誰よりも先に箸《はし》をつけた。

王龍が自分たちを恐れていると知ったこの三人は、しだいに増長して、あれがほしい、これがほしい、こんなものが食えるか、などと勝手なことを言いはじめた。特に叔母は、後房での御馳走《ごちそう》が食べられなくなったので、叔父をけしかけ、親子三人で王龍に苦情を言うのだった。

叔父はもう老人で、生来のものぐさと無頓着とがひどくなっていたが、放っておけば苦情は言わなかった。だが、叔母と息子が彼をたきつけたのだ。ある日、門のそばに立っている王龍の耳に、ふと二人が叔父をそそのかしている声が聞えた。

「ねえ、銀貨も食べ物も、あんなに持ってるんだから、銀貨をせびろうよ」

女が言った。

「王龍をとっちめるのに、こんないい機会はもうないわよ。あんたがあいつの叔父じゃなかったら、この家もとっくに匪賊におそわれて、からっぽの残骸《ざんがい》になってるとこなんでしょ。あんたが赤髭団《あかひげだん》の親玉の次に坐《すわ》ってるからいいようなもんなのさ。あいつだって、それは知ってるんだよ」

そこに立ってそっと聞いていた王龍は、体が張り裂けるほど腹が立った。彼は怒りの燃えあがるのを懸命にこらえながら、どういうふうにこの三人を処置しようかと考えた。だが、これという名案も浮ばなかった。翌日、叔父が来て、「煙草《たばこ》も買いたいし、女房の着物がボロになったから、これも新しいのを買うので、銀貨を一つかみほしい」と言った。王龍は、心のうちでは歯を食いしばったが、表面は何も言わず、腹巻から銀貨を五枚出して叔父に渡した。昔、貧乏だった頃《ころ》でも、これほど不快な気持で他人にお金を渡したことはなかった。

それから二日もたたないうちに、叔父はまた、銀貨を請求した。王龍は癇癪《かんしゃく》を破裂させた。

「そんなことばかりしてたら、じき飢え死にしちゃうぜ」

叔父は笑って、無造作に言った。

「お前は、いい星の下にいるんだ。お前より金のねえ男でも、梁《はり》から吊《つ》りさげられてるのが幾人もいるんだぜ」

これを聞いた王龍は、総身に冷汗が流れた。そして黙って銀貨を渡した。こんなありさまで、他の者は肉がなくても辛抱しているのに、この三人は、なんとしてでも肉を食った。王龍自身でさえ、煙草はめったに口にしないのに、叔父は年じゅう煙管《きせる》をくわえていた。

王龍の長男は、結婚以来、家の様子にはほとんど注意していなかった。ただ叔父の息子に新妻をのぞかれないように、嫉妬《しっと》深く用心していた。彼らは、もう友達同士ではなく敵だった。長男は、日が暮れて、いとこが叔父とどこかへ消えてなくなるまでは、妻を部屋から出さなかった。日中は、室内へ閉じこめておいた。それでも、叔父の一家が父親にほしいままにしている点だけは目にあまって、憤慨して父親に言った。

長男は怒りっぽいたちだった。

「いいですか、お父さん。あなたが、あの三匹の虎《とら》を、息子の僕や、孫を生むはずの僕の妻よりも、大事になさるのなら、僕たちは別居するまでですよ」

王龍は、やむを得ず、今まで彼一人で隠していた、叔父の秘密を長男にうちあけた。

「おれもな、あいつらほど憎いものはいないだ。なんとかできれば、いいんだがな。ただ、叔父は、凶暴な匪賊の親分なんで、食わせて、御機嫌《ごきげん》さえとっておけば、おれたちは安全なんだ。それでな、あいつらを怒らせるわけにゃあ、いかねえんだよ」

長男は、これを聞くと、眼玉《めだま》の飛び出るほどびっくりして、父親を見つめていたが、前よりもいっそう憤慨して言った。

「どうです、こうしちゃ？　暗い晩に、あいつらを水の中へ突き落したら。大叔母は肥《ふと》って、身動きも自由じゃないから、陳でたくさんです。息子のほうは、うちの女房ばかりのぞいてるから、僕がやります。大叔父は、お父さんが投げこめるでしょう」

しかし王龍は殺す気にはなれなかった。彼は、飼っている牛よりも、叔父を殺したいくらいだった。だが、どんなに憎んでいても、それはいやだった。

「それはいけない。たとえできてもな、父親の弟にあたる人なんだからよ。それに、匪賊らに聞かれたら、おれたちはどうなると思う？　叔父が生きてれば、おれたちは安全だけど、いないとなると、こんな時節には、危険だからな」

二人とも、黙ってしまった。それぞれ、どうしたらよいか考えこんだ。長男も父親の言葉に道理があり、殺すなんて簡単な方法では解決できないことをさとった。ほかの方法をとらなければならない。王龍は思案しながら言った。

「あいつらをここへ置いといて、しかも、何をほしがろうが、面倒のないようにする道があればだけど。そんな魔法もないしなあ」

すると、長男は両手を叩《たた》いて叫んだ。

「そうだ、お父さん。あなたがそうおっしゃったので気がつきましたよ。阿片《あへん》を吸わせるんです。金持がやってるように、ほしいだけ阿片を吸わせましょうよ。僕は、また、息子のほうと親しくなって、町の茶館へ誘いだして、阿片を吸わせますよ。そして大叔父夫婦にも買ってやりましょうよ」

しかし、王龍は自分の発案でないので、不安な気がした。

「金がすごくかかるな」彼はゆっくり言った。「阿片はヒスイと同じくらい高いからな」

「それでも、あの三人を今のようにしておくと、ヒスイより高くつきますよ。おまけに、生意気なあいつらや、僕の女房をのぞきこむあの若造を我慢していくなんて」

しかし王龍はすぐには承知しなかった。容易なことではないし、金も大変にかかるからだ。実際、もしある事件が起らなかったら、そうなったかどうか疑問だし、ことによると、水がひくまで、今までどおり、ずるずるといってしまったかもしれなかった。

事件というのは叔父の息子が、王龍の末娘に眼をつけはじめたことだった。彼にとって、彼女は、いとこ違いなのだし、血統から言えば妹も同じなのだが、この子は、格別かわいい娘だった。華奢《きゃしゃ》で小柄《こがら》なところは次男に似ているが、肌《はだ》の色だけは、彼みたいな黄色ではなく、アーモンドの花に似て、すきとおるように白かった。また、こぢんまりした鼻をしていて、赤い唇《くちびる》は薄く、足は小さかった。

ある晩、この子が台所から一人で庭を通りがかると、叔父の子がいきなり彼女をつかまえて、手をふところへ突っこもうとした。娘は驚いて悲鳴をあげた。王龍が駆けつけて、彼の頭を殴ったが、彼は肉をくわえた犬のように、容易に放そうとしなかった。そこで、王龍は、引きちぎるようにして娘を取戻したのだが、彼はてれくさそうに笑って言った。

「ただの冗談だよ。妹も同じじゃないか。妹に変な真似《まね》するやつがあるもんかね」

だが、彼の眼は情欲に燃えていた。王龍は何か口の中でつぶやいただけで、娘の手をひいて、彼女の部屋へ入れた。

その夜、王龍は長男にこの話をした。すると、彼は真剣になって言った。

「妹を町の許嫁《いいなずけ》の家へあずけなければいけませんよ。たとえ劉《リュウ》さんのほうで、今年は結婚させるような、いい年じゃないなんて言っても、妹を引取ってもらいましょう。あんなさかりのついた虎みたいな奴《やつ》が家の中にいては、いつ手だしをするかわかりませんからね」

王龍も賛成だった。彼は翌日、町へ行って劉家を訪れた。

「うちの娘も十三になりましてね。もう子供じゃありません。結婚させたらどうでしょうか」

しかし劉は気がすすまないらしく、こう言った。

「今年は不景気でしてね。こんな年には、新世帯《しんじょたい》を持たせたくないんですよ」

王龍としては、「家には叔父の子がいまして、さかりのついた虎みたいな奴なんで」と説明することは恥ずかしかったので、ただこう言った。

「あれはきれいな子でしてね。それに、年頃になってるんですが、どうも、母親に死なれてからは、私にも面倒が見きれませんでね。それに、御承知のとおり、あんなだだっぴろい家で、何かと私には眼のとどかないことがありまして。どうせ、お宅に参るのですから、間違いのないうちにと思いますんで。式はいつになってもかまいませんですから」

劉は寛大で親切な人だから、快く承諾をした。

「よろしい。そんな事情ならおよこしください。倅《せがれ》の母親には、私から話しましょう。いつでも、よこしてくだされば、母親に、間違いないようにさせます。来年の収穫後にでも結婚させましょう」

王龍はそう決ると満足して、別れを告げた。

しかし、陳が小舟をつないで待っている町の楼門まで帰る途中、彼は煙草と阿片を売る店の前を通りかかった。そこで、店へ入っていって、夜吸う水煙管のきざみ煙草を買った。店員が目方をはかっているとき、彼はあまり気がすすまないふりをして、こうきいてみた。

「阿片はいくらぐらいかね。あればの話だが」

すると店員は答えた。

「この頃では、阿片を店で売るのは禁止されてますからね、お買いになりたくて、お金をお持ちでしたら、この裏の部屋へ来てください。一オンスにつき銀貨一枚です」

「それじゃあ、六オンスもらおう」

王龍は、すかさず言った。相手の言うことなど、もう何も考えていなかった。

二八

末娘を許嫁の劉《リュウ》家へ送りとどけて、心配がなくなった王龍《ワンロン》は、ある日、叔父に言った。

「叔父さん、あんたに、いい煙草を差上げますよ」

彼は阿片の壺《つぼ》を開いた。粘りけがあって、甘い香りがした。叔父は手に取って嗅《か》いでみて、嬉《うれ》しそうに笑った。

「これはいい。わしも、今まで、時々は吸ったことがあるが、思うようには吸えなかったもんだよ。なにぶん、高いんでな」

「父が年とってから、夜眠れないと言うんで、一度買ったんだが、その残りを、今日、見つけたんでね。おれはまだ吸うほどの年でもないし、叔父さんに上げたほうがいいだろうと思ったんだ。どこか痛むときや、気の向いたときに、吸ったらどうです」

王龍の叔父は、むさぼるようにそれを受取った。彼はその甘美な香りに誘惑を感じたのだ。それに、金持でもなければ、吸えるものではなかった。彼は、それを受取り、煙管を買って、一日じゅう寝台の上に長くなって、吸っていた。王龍はいくつも阿片用の煙管を買って、手近に置き、自分も吸うようなふりをしていた。もっとも、事実は部屋へ持っていくだけで、決して吸わなかった。また、二人の子にも、蓮華《リエンホワ》にも、高価なのを口実に、断じて手をふれさせなかった。しかし、叔父たち三人には、それをすすめ、庭には甘美な煙の香りが絶え間なく流れていた。それに使うお金がどんなに多額に上っても、彼は少しも惜しいとは思わなかった。それで平和が買えたからだ。

冬が終りに近づいた。今までたまったままで動かなかった洪水《こうずい》が、ひきはじめた。やっと歩けるようになった畑を、ある日王龍が見まわっていると、長男がついて来て、誇らしげに言った。

「お父さん。近いうちに、もう一つ口がふえますよ。孫の口ですよ」

王龍は振返って、笑い、もみ手しながら言った。

「そりゃあ、めでてえなあ、まったく」

そして、また笑った。彼は陳《チエン》を捜しだし、町へやって魚やうまい食べ物を買いこませ、それを長男の嫁へ渡した。

「これを食べて、孫の体を丈夫にしてくれ」

その春の間、王龍の心をいつもなぐさめてくれたのは、孫が生れるということだった。彼は忙しいときも、それを思い浮べ、また、面倒なことが起ると、それを思い浮べた。そして、そのことがいつも彼をなぐさめてくれた。

春が過ぎて夏になった。洪水のために流転《るてん》した人たちが、ぽつぽつ帰ってきた。一人また一人、あるいは一団また一団と、長い冬に消耗しきって帰ってきた。以前の家の跡には、黄色い泥《どろ》がうずたかく残っているだけだったが、それでも嬉しいらしかった。その黄色い泥から、家をふたたび築けるのだ。ただ、屋根にする筵《むしろ》などは買わなければならない。たくさんの人が金を借りに王龍の家へ来た。借りたがる人が多いので、高利で貸したが、担保は必ず土地でなければならないと彼は言った。人々は借りた金で種子《たね》を買って、洪水のあとの肥えた畑にまいた。畑を耕す牛や、農具や、種子がもっと必要になると、彼らは、また王龍から金を借りた。ある者は、土地の一部を売り、それで、残りの田畑に種子をまいた。そういう土地を王龍は喜んで買った。たくさん買った。彼らはどうしても金がなければ困る。だから、それが安く王龍の手に落ちたのは、当然だった。

しかし、土地を手放さない人たちもいた。そういう人たちは、種子や農具や牛を買う金がなくなると、娘を売った。王龍は金持で勢力家で、心の優しい人だというので、彼の所へ娘を売りにくるものもいた。

今度生れる孫と、いずれほかの息子らが嫁をもらった時に生れるはずの孫たちのことを、いつも考えている王龍は、五人の女奴隷《どれい》を買った。二人は十二歳で、足は大きく、体もがっちりしていた。それよりも幼い二人は、彼らの小間使として、また、もう一人は蓮華に付き添わせた。杜鵑《トーチュエン》は年をとってきたし、末娘がいなくなったので、家内の雑用に手がたりないからだった。腹に決めたことは即座に実行できるほどの金持になっている王龍は、この五人を一日のうちに買ってしまった。

それから、よほどたって、ある男が、七つになる華奢な女の子を抱いて売りにきた。ひどく小さくて弱々しそうなので、初め王龍は断わった。しかし蓮華はひと目見ただけで気をひかれてしまい、すねて言った。

「かわいい子だこと。あたし、この子がほしいわ。今の子は下品で、山羊《やぎ》の肉みたいにいやなにおいがするんですもの」

よく見ると、ほんとうに美しい瞳《ひとみ》をしていた。おびえきって、かわいそうなほどやせていた。彼は蓮華の機嫌を取るためもあり、またその子に食べ物を与えて、肥らせたかったので、買うことにした。

「お前がほしいんなら、そうするさ」

王龍は、その男に銀貨二十枚を払った。その子は、蓮華の部屋にいて、夜は、蓮華の寝台の裾《すそ》に寝た。

もう、一家の中に面倒はあるまいと思われた。

水がひいて、夏になった。畑には種子をまかなければならなかった。彼は全部の畑をあちこち見まわって、陳と一緒に土質を調べ、土地を肥えさせるためには、今までと違った、どんな作物をつくればよいかを相談した。彼は畑へ出るときには、かならず三男を連れて行った。この三男には今から習わせて、いずれは彼の跡取りにするつもりでいた。王龍は、三男が畑に興味を持っているのかどうか、二人の話を聞いているのかどうかを考えてみたことがなかった。少年はいつもうつむいて歩いていた。不服そうな顔をして、何を考えているのか誰にもわからなかった。

王龍は、少年がただ黙々と彼のあとについて来ることだけは知っていた。畑の計画がすっかりできあがると、彼は満足して家へ戻り、心の中で言った。

「おれは、もう若くはないんだから、自分で働かなくてもいいんだよなあ。野良《のら》には作男がいるんだし、家には息子らがいて、面倒なこともないんだからなあ」

だが、いったん家へ入ってみると、王龍には、平和が味わえなかった。長男には嫁をあてがい、みんなの用をたすためには、十分に奴隷を買い、叔父夫婦には享楽《きょうらく》するだけの阿片を与えているのだが、家庭には平和がないのだ。それは、叔父の息子と、彼の長男とが仲が悪いからだった。

長男は、叔父の子を悪人だと思っていて、いやで仕方がなかった。彼は少年の頃、この叔父の子がどんなに悪人だったかを、われとわが眼で、十分見抜いてしまったのだ。そして、この頃では、叔父の子と連れ立ってでなければ茶店へも行かない。茶店では、叔父の子を見張っていて、相手が帰らなければ帰らないくらいになってきた。奴と奴隷との間が怪しいんじゃないか、蓮華との間も怪しいんじゃないか、などと彼は疑っていた。もっとも、蓮華とのことは、くだらない推量だったが。なぜなら、彼女は、日増しに肥って、ふけていき、今では食べ物と酒しか考えていないほどだからだ。王龍が年とって、ますます近づかなくなったのを喜んでいるくらいだから、この男がそばへ来たって、見向きもしなかったことだろう。

王龍が三男を連れて畑から帰ってくると、長男は彼を片隅《かたすみ》へ引っぱって行って訴えた。

「あいつ、長衫《ツァンスァン》のボタンもかけずに家じゅうぶらぶらして、のぞきこんだり、奴隷に変な眼つきをしたり、とてもぼくには一緒にいられませんよ」

長男は、叔父の子が後房へまで行って怪しい真似をすると言いたかったが、それは言いそびれた。彼自身、父の妾《めかけ》に心を寄せたことがいまわしい記憶となって残っているし、蓮華が、ふけて、肥ってきた今になると、その頃の気持が恥ずかしく感じられるので、父の記憶を新しく呼び起すようなことは口にしたくなかった。そこで彼は奴隷のことだけにふれたのだ。

王龍は畑から元気で機嫌よく戻ってきたところだった。土地からは水がひいていた。空気は乾ききって暖かかった。三男が彼のあとについて畑を歩いたことも嬉しかった。そこで今またしても家の中のごたごたを聞かされると、腹立たしくなって、こう答えた。

「お前は、いつまでもそんなことばかり気にして、馬鹿《ばか》なやつだな。お前は女房に、ほれすぎてるんだよ。みっともねえぞ。親が授けた嫁を世界一のようにかわいがるもんじゃねえよ。女郎じゃあるめえし、自分の女房にうつつを抜かすなんて、男のすることかい」

父親からのこの非難は、若い彼を突き刺した。長男がもっとも恐れていることは、彼のすることが無知の貧民のようで、紳士の体面を傷つけると言われることだった。彼はすぐ弁解した。

「女房のことを言ってるんじゃありません。お父さんの家に、こんなことがあっては、体面上おもしろくないからです」

王龍は長男の言葉に耳をかさなかった。彼はけわしい顔つきで考えていたが、また言った。

「明けても暮れても男と女のことばかりかい？　おれは年寄りになってきて、血もおさまり、女のことも忘れてきてるんだ。これからのんびりしようと思ってるのに、今度はまた、子供らのことでわずらわされるのかい？」

それから、少し間を置いて、またどなった。

「それで、どうしろって言うんだ？」

長男は、言いたいことがあったので、父親の怒りが静まるのを待っていた。王龍もそれを知っていたから、そうどなったのだ。長男はしっかりした調子で答えた。

「僕は、この家を引っ越して、町に移って住めればと思ってます。僕たちが、いつまでも百姓のように田舎に住んでるのは、体裁が悪いですからね。ここに叔父夫婦とあいつを残しておいて、僕たちは町の楼門の中に住んでれば安全だと思います」

王龍は、にがりきって、そっけなく笑った。彼は長男の言葉を、考えてみる値打ちもない、くだらないことのように思って、相手にしなかった。

「これは、おれの家だ」彼は、おおいかぶせるように言って、煙管《きせる》を引寄せながら、食卓の前へ坐《すわ》った。「お前が住もうが住むまいが、これはおれの家で、おれの土地だ。この土地がなければ、おれたちだって飢え死にするんだ。お前だって学者然として、しゃれた着物を着て、のそのそしていられるもんか。土地があればこそ、お前も、普通の百姓の伜よりも立派にしていられるじゃねえか」

王龍は立ち上がった。中の間《なかま》を、荒い足音を立てて歩きまわり、床に唾《つば》をはいたりして、水呑百姓《みずのみ》のような真似をした。彼は長男が洗練された貴公子然としているのに、一面では誇りを感じているが、他面ではその柔弱を軽蔑《けいべつ》していた。彼はひそかに長男を自慢していた。誰が見ても、土を耕している百姓の子が、わずか一代で、こう優雅になれようとは夢にも思えなかった。

長男は、まだあきらめなかった。彼は父親について歩きながら言った。

「町には黄《ホワン》家の古い屋敷があいています。前庭のほうは貧乏人たちでぎっしりですが、奥庭のほうは門をしめたままで、静かです。あすこを借りれば、あすこなら落着いて住めます。あの犬みたいな大叔父の子に、いやな思いをする必要もなくなるんです」

長男は父親をくどいた。眼《め》には涙を浮べ、わざと頬《ほお》をぬらし、わざわざ拭《ふ》いたりしないで、重ねて言った。

「僕は、子として、恥じないように努めています。博奕《ばくち》もしない。阿片《あへん》も吸わない。親が選んでくれた女房で満足しています。お願いするのはこれだけで、もう何もありません」

王龍の心も、涙だけなら動かなかっただろうが、「黄家の古い屋敷」と聞いて深く心を動かされた。

王龍は、昔、恐る恐る黄家の門をくぐり、門番にさえ脅《おど》かされながら、そこの人たちの前へ恥ずかしい思いをして立ったことを忘れてはいなかった。それは、一生、消えることのない恥辱の記憶だった。今でも思い出すと不快になった。彼は町の人から田舎者として見下げられていると、常に感じていた。それをまたとなく痛切に味わったのは、黄家の大奥様の前に立ったときだった。

そんなわけで、長男に「あのお屋敷へ住みましょう」と言われてみると、そのとたんに「あの大奥様が、おれを奴隷のように見下げたあの椅子《いす》に腰掛けて、今度はおれがほかの者を呼びつけることができるんだぞ」という考えが、彼の心にひらめいたのだった。彼は思案してから、こうつぶやいた。「やろうと思えば、できるんだぞ」

彼は長男の言葉に答えず、黙然として坐ったまま、この考えをもてあそんでいた。

そして、煙草《たばこ》を煙管につめて、ゆっくり吸いながら夢想にふけった。長男が泣いて訴えたからでもなく、叔父の子がうるさいからでもない、彼にとっては、いつになっても「お屋敷」であるあの黄家に住もうと思えば住めるんだと思ったからこそ、夢想にふけっていたのだ。

王龍は、最初、町に移ろうとも、現状を変えようともはっきり言わずにいたが、長男の言葉を聞いてから、叔父の子の、のらくらしていることがいっそう不快になった。注意して見ていると、彼は若い女の奴隷に妙な眼つきばかりしている。王龍はつぶやいた。

「こんなさかりのついた犬みたいなやつと、一緒に住めんわい」

彼は叔父を見た。叔父は阿片を飲みだしてから非常にやせ、肌《はだ》は黄色くなり、腰が曲って、老いが急に目立つようになった。咳《せき》をすると血が痰《たん》にまじっていた。叔母はキャベツのように丸く肥《ふと》って、阿片の煙管を放さず、年じゅう眠そうだった。二人とも、もううるさいことはない。阿片は王龍が望んだとおり、ききめを現わしたのだった。

だが叔父の子は、血気さかんで、まだ結婚もせず、野獣のように情欲に燃えていた。老夫婦のように阿片にふけって夢を見るだけでは満足できない。しかし、こんな男は一軒に一人いるだけでたくさんで、餓鬼どもをふやされたらたまらないと思っている王龍は、彼には嫁の世話をしなかった。叔父の子は、まったく何もしなかった。働く必要もなかったのだ。誰も強《し》いて働かそうともしなかった。ただ夜になるとどこかへ出ていくが、仕事といえば、せいぜいその程度で、それも、この頃《ごろ》では、離れていた農民が帰ってきたから、この地方の秩序も回復し、匪賊団《ひぞくだん》は北部の山岳地帯に退却したので、彼も、夜は出なくなった。彼は匪賊と山にこもるよりは、王龍の恩恵を受けているほうが気楽だと思っているに違いなかった。まったく彼は一家の棘《とげ》だった。日中でも着物を満足に着ず、しゃべったり、あくびしたりしながら、家の中をうろうろしていた。

王龍は、ある日、穀物問屋にいる次男に会いに行ったついでに、彼に相談してみた。

「お前の兄さんは、町へ引っ越して、黄家の奥庭を借りたいと言うんだが、お前の意見はどうだな」

次男は、もうすっかり一人前の男になっていた。他の店員のようにきれいになって、垢抜《あかぬ》けしていた。ただ相変らず小柄《こがら》で、皮膚は黄色く、抜け目のない眼をしていた。

彼はすらすらと答えた。

「それは結構ですね。私にも好都合です。そうなれば、私が結婚しても一緒に住めますし、名門らしく、一族が一つ屋根の下に住めるんですからね」

この次男は、落着いていて、静かなたちだった。他の面倒ごとに気をとられていた王龍は、彼の結婚について、なんの心づかいもしていなかった。そう言われてみると、次男にたいしたこともしてやらなかったことが、多少恥ずかしくなった。

「お前の結婚についても、ずいぶん前から考えていたんだが、何やかやと忙しくて、暇がなかったんだ。飢饉《ききん》はあるしして、お祝ごとも避けたかったからな。だけど、もう、食える世の中に返ったから、早く取運ぶことにしよう」

王龍は、どこから嫁を捜してこようかと心のうちで考えた。すると、次男が言った。

「そうですか。それなら私も結婚しましょう。いいことですからね。それに、ヒスイなどに金を使うよりも、とくですし、また子供は生むべきでしょうから。だけど、兄さんみたいに、町から嫁をもらうのはよしてください。里のことばかり言ってて、金を使わせますからね。私はきらいです」

王龍は驚いた。彼は、長男の嫁が、立居振舞は間違いのないように、また、姿は美しくと、そればかりを心がけている女だと思っていただけに、そんな一面には気づかなかった。次男の言葉には一理あり、また金を貯《たくわ》えることにも鋭敏で、利口なのが、彼には嬉《うれ》しかった。元来、この次男は、精力旺盛《おうせい》な長男のかげに育った弱々しい子で、例の甲高《かんだか》い声をして話しでもしなければ格別目立たなかった。王龍も深く気をつけたことがなく、町に行ってからは、ほとんど忘れていたのだ。誰かに、「男のお子さんは何人おいでですか?」などときかれたとき、「三人です」と答えて、ああ、あの子がいたんだ、と思い出すくらいなものだった。

彼は、あらためて次男を見直さずにはいられなかった。次男は刈込んだ髪を油でなでつけ、細かい柄の灰色の絹の長衫を着て、動作も敏捷《びんしょう》で、しっかりした、意味ありそうな眼をしていた。

「うん、これもおれの子か!」王龍は今さらのように驚いたが、口に出してはこうきいた。

「それで、どんな娘がいいかな?」

次男は、前からもくろんであったみたいに、よどみなく、しっかりした調子で答えた。

「私の嫁は農村からもらいたいと思います。相当の地主で、貧乏な親類のいない家で、たっぷり持参金を持ってくるような娘です。顔は、まずくもなく、よくもないので、料理が上手で、台所は、女中にまかせても監督できるぐらいなのがいいですね。そして、米を買うときには、不足しないだけは買っても、ただの一つかみでも余分には買わないし、布を買えば、着物をたったあとで、余分な布が手に残ったりしないように買う女です。そういう娘をほしいんです」

王龍は、これを聞いて、なおさら驚いた。自分の子であるが、こんな若者になっていようとは思いもかけなかった。彼自身が若かった日に、その頑丈《がんじょう》な体に流れていたのは、このような血ではなかった。また長男にも、こんな血は流れていない。しかし彼は次男の知恵に感心して、笑いながら言った。

「よし。捜してやろう。陳をやって、方々の村をたずねさせるから」

笑いながら、王龍は次男と別れて、黄家のほうへ足を向けた。

彼はしばらくの間、例の石の獅子《しし》がいかめしく立っている門前でためらっていたが、今は誰もさえぎる者もないので、門内へ入っていった。前庭は以前に彼が長男のことを心配して娼婦《しょうふ》に会いにきたときと同じ光景で、木の枝には洗濯物《せんたくもの》が干してあり、至る所に女どもが坐って、おしゃべりしながら長い針を動かして、靴底《くつぞこ》を縫っていた。汚ない裸の子供たちが、敷きつめた煉瓦《れんが》の上でころがって遊んでいた。富豪が没落すると、その庭へは貧民が群れをなして入りこむものだが、ここにも、そんな連中の臭気が、立ちこめていた。王龍は、娼婦の部屋を捜したが、扉《とびら》があいたままになっていて、他の人が住んでいるらしかった。それは老人だった。ほっとした王龍は奥へ進んだ。

まだ黄家が栄えていた頃だったら、王龍も、この人々の一人として、富豪に対しては、なかば憎しみと畏《おそ》れと反感を抱《いだ》いていたことだろう。だが、今の彼は、土地があり、おびただしい銀貨を隠し持っているので、ここに蠅《はえ》みたいに群がっている人たちを軽蔑した。彼は「実に汚ない連中だ」とつぶやきながら、その人々の放つ悪臭を嗅《か》がないように、軽く呼吸し、顔をそむけて、道を拾うようにして歩いた。彼はまるで黄家の一人ででもあるかのように、彼らを軽蔑し、きらったのだった。

彼は借りる決心がついたわけではないが、単純な好奇心から、しだいに奥深く進んで行くと、奥庭の門は閉じてあって、そのかたわらに一人の老婆《ろうば》が居眠りしていた。近づいてよくみると、それは以前の門番の女房で、アバタのある女だった。王龍は驚いた。前には、肉づきのよい、中年の女だったと記憶しているが、今は、やつれきって、皺《しわ》くちゃで、髪は真っ白になり、そっ歯が黄色くなって、抜けそうに口から出ていた。こんなになっている門番の女房を眺《なが》めていると、王龍は、その一瞬、彼がまだ若者として長男を抱いて、ここへ入ったときから、どんなに多くの歳月が飛ぶように過ぎたかを、まざまざと見た。彼は、今まで感じなかった老齢が、わが身に這《は》い寄るのをつくづく感じたのだった。

彼は、沈んだ声で老婆に言った。

「おれを門の中へ入れてくれ」

老婆は眼をしばたたきながら、唇《くちびる》をなめた。

「わしはな、この奥を残らず借りてくださる方のほかには、門をあけてはならぬ、と言われておりますでな」

王龍は、急に、決心して答えた。

「そうか。気に入れば借りるよ」

彼は自分は誰であるかを名のらずに、老婆のあとから門内へ入った。道順はよく覚えていたから、彼は女のあとについていった。奥庭はひっそりとしていた。彼が結婚の御馳走《ごちそう》を入れた籠《かご》を置いた小さい部屋もそこにあり、美しい朱塗りの柱でささえられている長い回廊もそのままだった。老婆に導かれて大広間に入ると、彼の心は、このお屋敷の奴隷《どれい》を妻にもらい受けるために、ここに立った自分の姿を、年月の波をこえてすぐ思い起した。眼の前には、華奢《きゃしゃ》な大奥様が銀色の繻子《しゅす》の衣に包まれ、侍女につきそわれて坐っていた高い椅子が、美しい彫刻に飾られた壇の上にあった。なんとも言えないあやしい気持にかられて、王龍はずかずかと進み、大奥様が坐っていた椅子に腰を掛け、前にあるテーブルに手を置いた。そして、いったい何をするのだろうと、朦朧《もうろう》とした老眼をしばたたいて彼を仰いでいる老婆を、その高い位置から見下ろした。すると、この長い年月の間、無意識のうちにほしいと願っていた満足感が、胸にあふれてきた。彼は、テーブルを叩《たた》いて突然こう言った。

「よし、この屋敷を、借りよう！」

二九

王龍《ワンロン》は、決心したことを片時もぐずぐずせずに実行しなければ気がすまなくなっていた。老人になるにしたがって、彼は、用事を早く片づけ、あとは、一日の大部分を、何事にもわずらわされずに、ぶらぶらと送り、畑を見まわっては、昼寝をしたり、夕日を眺めたりしたくてたまらなくなっていた。そこで、彼は、長男に自分の決心を話して、万事の手続きを行わせ、次男を町から呼んで、その手伝いをさせ、用意がとのうと、すぐに彼らは町へ引っ越した。第一に蓮華《リエンホワ》と杜鵑《トーチュエン》とその奴隷と荷物、第二に長男夫婦とその使用人や奴隷が移った。

しかし、王龍だけはすぐ行く気になれなかった。彼は三男を手もとに引止めておいた。生れた土地を離れるときになって、それまで考えていたほど容易にそこから離れられるものでないことをさとったのだった。長男や次男が早く移るようにすすめると、彼は言った。

「うん、うん。おれだけが一人でいられる居間を用意しといてくれ。気が向いた日に行くことにするよ。孫が生れないうちにな。それで、また気が向いたら、この土地へ戻ってくるよ」

彼らが強いてすすめると、王龍はこうも言った。

「それもそうだが、あのかわいそうな娘のことも考えないとなあ。連れていくか、いかないか、まだ決めてないが、おれでなけりゃあ、誰もあの子に飯を食わせるものがいないんだから、結局、連れていかざるをえないよなあ」

王龍がそう言ったのは、多少、長男の嫁を非難する意味もあった。嫁はひどいひがみやで、気むずかしやで、決して白痴の娘をそばに近づけなかった。「こんな娘は死んだらいい、こんなものを見ると、それだけでも、おなかの子に悪影響がありますわ」などと言った。長男は、妻が白痴の娘をきらっているのを知っていたから、口をつぐんで、黙ってしまった。王龍は大人気《おとなげ》ないことを言ってしまったと気がとがめたので、やさしく言った。

「次男の嫁が決ったら行くよ。それが片づくまでは、陳《チェン》がいるここのほうが好都合だからな」

そんなわけで、次男もすすめるのをやめてしまった。

今までの家に残ったのは、王龍と三男と白痴の娘のほかは、叔父夫婦とその息子と陳と作男だけだった。叔父一家は、まるで自分の家のような顔をして、蓮華のいた後房を占領してしまったが、王龍はあまり不快を感じなかった。もう叔父の余命はいくらもなかったし、ぐうたらな叔父さえ死んでしまえば、長上に対する王龍の義務は終るのだ。そのあとでなら、言うことをきかないからと、叔父の子を追い出したところで、世間の非難はないからだ。陳と作男たちは母家《おもや》へ移った。王龍と三男と白痴の娘とは中の間へ住み、そして用をたさせるために、頑丈な女中を雇った。

王龍は急に疲れを感じ、家の中にも波が立たなくなったので、何事も気にとめず、毎日寝て、休んでばかりいた。彼をわずらわすものは誰もいなかった。三男は、だんまりで、なるたけ父親に近寄らないようにしていた。あまりだんまりなので、王龍にもどんな性質の子なのか理解できなかった。

ようやく寝たりてから王龍は腰を上げて、次男の嫁を捜すよう陳に頼んだ。

陳ももう老人になって、枯れ葦《あし》のようにやせていた。王龍は、もう彼に鍬《くわ》を持たせなかった。牛も使わせなかった。しかし、陳には、主人に忠実な老犬の力がまだ残っていた。彼は作男たちを監督したり、収穫した穀物の目方や容積をはかるときに、そばに立っていたりした。彼は王龍からその話を頼まれると、体を洗い、一番よい青木綿の着物に着かえて、付近の村々へ行き、たくさんの娘を見て歩いた。やがて彼は戻ってきて、こう報告した。

「息子さんの嫁御さんによりも、わしがほしくなるようなのがありましたよ。わしが若ければね。ここから三つ向うの村です。気のいい、体の丈夫な、肉づきのいい、ゆきとどいた娘で、まあ、きずといえばすぐ笑うことぐらいです。父親は、こちらと縁組ができればと喜んでいましてね。持参金もこの節としてはいいほうでしょう。地主でして。わしは、旦那《だんな》にきいてでなければ、約束できぬと返事しておきましたがな」

王龍にはそれだけ聞けば十分だった。すぐに片づけたくなって、承知した旨《むね》を先方に伝え、婚約書類に判を捺《お》すと、安心して言った。

「あと、子供は一人いるだけだ。嫁をもらったり嫁にやったりするのも、もうこれで終りで、やっと楽ができるぜ」

婚約書の取りかわしがすんで、結婚式の日取りが決ると、彼はすっかり気楽になって、日向《ひなた》ぼっこしながら、居眠りを始めた。それは老父の、ありし日の姿だった。

陳も寄る年波で弱ってきた。王龍自身も、身動きが億劫《おっくう》で、食事のあとでは眠くなった。三男はまだ子供で、土地の管理はできないから、王龍は遠い畑を村人たちに貸そうと思いたった。それを聞くと、付近の人々が、小作人になりたいと申込んできた。収穫のうち、半分は地主である王龍が、もう半分は実際に仕事をした小作人が受取ることになった。そのほかにも、王龍が、肥料だの、豆粕《まめかす》だの、胡麻《ごま》をひいたあとの粕だのを小作人に与え、また、小作人のほうでは、王龍の一家に農作物をおさめるなどの取決めをした。

もう今までみたいな土地の管理をしないですむので、彼は時々、町へ行って、自分のために用意させた部屋にひと晩泊ったりした。しかし、夜が明けると、日の出と共に開く楼門をくぐって、また畑へ戻った。そして、新鮮な土のにおいを嗅いだ。自分の畑へ来てみると、彼は強い喜びを感じるのだった。

ところで、今度ばかりは、神様も王龍を思い、老齢の彼に太平無事の手はずをととのえてくれたのだろうか。叔父の息子は、作男の女房で女中がわりのがっちりした女以外は誰もいなくなり、閑散としているこの家の生活に堪えきれなくなっていたのだが、北方に戦争があるという噂《うわさ》を聞くと、王龍に言った。

「北で戦争があるそうだよ。おれも見物したいし、何かやりたいから、一つ兵隊になろうと思うんだ。軍服と、寝道具と、肩にかつぐ舶来の鉄砲を買うだけの銀貨をくれないかね」

王龍の心は喜びでおどったが、感情をわざと押し隠して、表面では反対した。

「お前は、叔父の一人息子で、お前よりほかに血を伝えるものはいないじゃないか？　戦争に行けば、どんなことになるか、わかってるのか？」

叔父の子は笑った。

「おれは馬鹿《ばか》じゃないよ。危険なとこへなんか行くもんかね。戦いがあれば、それがすむまでどこかへ逃げてるさ。もう、今の暮しには退屈したし、おいぼれないうちに旅行して、変った場所でも見ておきたいよ」

王龍はすぐに銀貨を与えた。この時ばかりは銀貨を与えることが少しも苦にならなかった。叔父の子の手に銀貨を落しながら、彼は考えていた。

「こいつが戦争を好きになってくれりゃあ、家から邪魔者が、一人減るわい。とにかく、戦争は、どこかで絶えずあるからな」

またこうも思った。

「うまくいけば、こいつも戦争で死ぬかもしれん。そういうこともないとはかぎらんからな」

王龍は、顔に出ないように注意したが、内心非常に機嫌《きげん》がよかった。叔母は息子の出征を聞いて少し泣いた。彼は、叔母をなぐさめ、阿片《あへん》を今まで以上に与え、煙管《きせる》に火をつけてやった。

「あんたの子は、きっと、出世して、将校になるよ。そうなりゃあ、おれたち一族のほまれにもなるぜ」

こうして、とうとう平和が訪れた。自分たちのほかで、今までの家にいるのは、眠ってばかりいる叔父夫婦だけになった。そして町の屋敷では、王龍の孫の生れる日が近づいてきた。

その日が近づくと、王龍は町のほうにいる日が多くなった。王龍は、かつて豪勢を誇ったこの黄《ホワン》家のあとに、彼が、妻や、子や、嫁と一緒に住むようになり、そして三代目の子が生れるのだと思うと、どんなに考えても不思議でたまらなかった。そう思いながら庭をぶらついたが、物思いは尽きることがなかった。

気持が豊かになると、彼は金を惜しまなくなった。彫刻のある南国産の黒檀《こくたん》のテーブルや、彫刻のある椅子《いす》が取りそろえられると、ありふれた木綿の着物ではうつりが悪いから、家族のために、繻子や絹を買った。奴隷たちにも青や黒の木綿の清潔な着物を着せた。そして長男が町で新しく知り合った友人が訪問してきたとき、屋敷の中のあれこれを見せるのが楽しみであり、誇りでもあった。

王龍は、贅沢《ぜいたく》な食べ物が好きになった。彼は元来ニンニクを入れた小麦のパンさえあれば満足していたのだが、この頃《ごろ》では、朝は遅くまで寝ていて、野良《のら》仕事をしないので、昔どおりの料理ではおいしいとも思わなくなった。冬のタケノコ、小エビの卵、南海の魚、北海の貝、鳩《はと》の卵のような、金持がその弱ってきた食欲をなんとかして増進させるために食べるものばかりを好むようになってきた。彼の息子たちも、蓮華も、それを一緒に食べた。こうした、いっさいの変りようを残らず見ている杜鵑は、笑いながら言った。

「昔、あたしがこのお屋敷にいたときと同じですよ。ただ、あたしが老いぼれて、もう大旦那様のお役にも立たなくなったのが違うだけでしょうね」

そう言いながら、杜鵑は王龍を流し目に見たが、彼は知らぬ顔をしていた。しかし、彼女が彼を大旦那様に比べたことを、ひそかに得意に思うのだった。

こんな無為な、贅沢な生活をして、起きたいときに起き、寝たいときに寝て、王龍は、孫の生れる日を待ち受けていた。すると、ある朝、彼は嫁のうめき声を聞きつけた。長男の居間の前庭まで行くと、長男が彼を迎えた。

「いよいよです。杜鵑は、あれがあのとおり腰が細いから、難産で、時間が長くかかるだろうと言ってます」

王龍は自分の居間へ帰って、腰を掛け、嫁のうめくのを聞いていた。こんなことは、この長い年月の間、絶えてなかったことで、彼は非常に心配になり、神仏の力を借りたくなった。そこで線香屋へ行って線香を買い、観世音菩薩《かんぜおんぼさつ》が金メッキした龕《がん》の中に安置されている寺へ行った。そして、退屈そうな顔をしている僧侶《そうりょ》を呼び、賽銭《さいせん》をやって、線香をあげさせながら、祈った。

「おれは男だから、線香をあげるわけにいかないが、初めての孫が生れかけておりますんでな。母親は、町家育ちで、腰が細く、難産でして。それに、うちの家内は、もう死んで、線香をあげる女がいないもんで」

僧侶が、観世音菩薩の前にある壺《つぼ》の灰の中へ線香を立てるのを見ていると、王龍は不意に深い恐怖に襲われた。――もし、孫が、男の子でなくて、女の子だったらどうしようか？

彼は大急ぎで叫んだ。

「観音様《かんのんさま》。もし男なら、赤い着物をお礼として奉納しますよ。だけど、女だったら何も奉納しませんからね！」

彼は胸騒ぎを押えて寺の外へ出た。今まで、孫が男の子でなく女の子だなんて、夢想もしなかった彼は、線香屋へ行ってまた線香を買った。それは暑い日で、往来は埃《ほこり》が九インチも積っていた。それにもめげず、彼は町の楼門を出て、例の畑の中の祠《ほこら》へ行った。そこには野良と土を守る二つの神様が坐《すわ》っている。彼は線香を立て、火をつけて、つぶやいた。

「いいか。おれの父親も、おれも、おれの息子も、お前さんがたの面倒をみたんだぞ。今おれの息子の子が生れようとしているんだ。それが男でなければ、お前さんがたには、もう何もしてあげませんぞ」

彼としては神仏に頼めるだけ頼んで、すっかり疲れて帰ってきた。そして、テーブルの前へ坐った。茶が飲みたかった。また、湯へひたしてしぼったタオルで、顔をふきたかった。だが、いくら手を叩いても誰も来なかった。みんなそわそわ駆けまわっていて、彼には眼《め》もくれなかった。王龍は、誰かを呼びとめて、どんな子が生れたのか、お産はすんだのかさえきく元気がなかった。彼は埃だらけのままで、疲れきってそこに坐っていた。誰も彼に話しかけなかった。

彼は待っていた。実に長いこと待っていた。もう日が暮れるのも間があるまいと思う頃になって、やっと蓮華が杜鵑の肩に寄りかかってきた。肥《ふと》ってよろよろしていた。

彼女は笑いながら高い声で言った。

「さあ、あなたの孫が生れましたよ。母子とも丈夫です。きれいな、丈夫そうな赤ちゃんですよ」

王龍も一緒になって笑った。そして立ち上がって、両手を叩き、また笑った。

「そうか。おれは、自分の初めての子が生れるときみたいに、ここに坐っていたんだが、どうしていいかわからず、心配ばかりしていたよ」

蓮華が彼女の部屋へ帰ってしまうと、彼はまた腰をおろして、物思いに沈んだ。そして思った。

「まったく、阿蘭《アーラン》が長男を——初めての子を生んだときには、これほど心配しなかったんだがな」

彼は黙然と坐って、考えこんだ。すると長男の生れたときのことがまざまざとよみがえってきた。阿蘭は狭い暗い部屋へ一人で入り、一人で、うめき声もたてずに、次々と息子や娘を生み、そしてすぐに畑へ出て、彼と並んで働いたのだ。だが、この、長男の嫁は、苦しいからといって子供のように泣きわめき、家の奴隷を駆けまわらせ、そして亭主を扉《とびら》のそばに立たせているではないか！

王龍は、過ぎた古い夢を思うように、阿蘭が、畑で働く合間に、胸をひろげて乳を飲ませていた情景を——乳は豊かにほとばしって、土の上にさえ流れたことを思い浮べた。事実だったことが疑わしいほど、古い昔の気がした。

その時長男が微笑を浮べて、もったいぶって入ってきた。声は大きかった。

「男の子が生れましたよ、お父さん。すぐ乳母を捜さなくちゃあ。乳を飲ませると、妻の体も弱るし、きれいじゃなくなりますからね。妻にやらせるわけにはいかないんですよ。町では、身分のある女は、決して自分の乳を飲ませませんからね」

王龍は、なぜ悲しいのか自分でもわからなかったが、悲しそうな声で答えた。

「そうか、そうしなければならんのなら、そうするがよかろう。自分の子が自分で育てられないんならな」

その子が生れて一カ月目に、その子の父である王龍の長男は誕生の祝宴を開いて、妻の両親をはじめ、町の有力者を残らず招いた。彼は数百個の鶏卵を赤く染めて、それを、来客全部と、祝いの品を届けてくれた人々とに配った。その子は器量よしで、丸々と肥っていて、生れてから十日目も無事に過ぎたから、すこやかに育つことは疑いもなかった。みんな喜んで祝った。宴会はきわめて盛大だった。

その祝宴が終ると、長男が来て言った。

「もうこの家も三代目になったんだから、祖先の位牌《いはい》を飾って、名門らしくしないとね。家の基礎も固まったんだから、宴会のときなぞは、位牌を飾って、拝むことにするんですよ」

王龍は大変喜んで、すぐにそのとおり実行させた。大広間には位牌がいくつも並んだ。その一つには王龍の祖父、その一つには王龍の父の名を刻み、王龍や長男の名も、死ねば刻みこめるようになっていた。長男は香炉を買ってきて、その前に置いた。

それがすむと、王龍は、観世音菩薩に赤い着物を奉納すると誓ったことを思い出して、寺へ行き、それに相当する金を納めた。

その帰り道のことだ。神々は、人間に与える恩沢のどこかに、棘《とげ》を隠しておかなければ気がすまないものだとみえて、今収穫に忙しいはずの畑から、使いの者が走ってきて、こう言った。「陳が急に危篤《きとく》になりましたから、臨終に立ち会ってください」

男は声をはずませて伝えた。王龍は怒って、どなりつけた。

「おれが町の観音様に赤い着物を奉納したんで、あの祠の神様めは、やっかんで、こんなことをしたんだな。あいつらは、土を支配する神で、子供の誕生には無関係なことを忘れたんだな」

昼の食事の用意ができているのに、彼は箸《はし》もつけなかった。蓮華が夕方の涼しいときにしては、と言っても耳にもとめずに、王龍は畑のほうへ足を速めた。蓮華は、彼が彼女の言葉に耳をかさないのを見ると、女中に番傘《ばんがさ》を持たせて、あとを追わせた。王龍が、すごく速く走るので、さすがに若い頑丈《がんじょう》な女中も、傘をさしかけながらついていくのが困難なほどだった。

王龍は、陳の寝ている部屋へ急いで入って、大声できいた。

「どうしてこんなことになったんだ？」

室内は作男たちでいっぱいだった。みんな急いで口々に答えた。

「陳さんは自分で殻竿《からざお》を使おうとしたんだよ」「年寄りだから、やめろと言ったんだけんど――」「今度雇ったばかりの作男がな――」「殻竿の使い方を知らんので、陳さんが教えようとすると――」「年寄りにはとても無理な仕事でな――」

王龍は恐ろしい声でどなった。

「その男を、ここへ出せ」

彼らは一人の男を突き出した。男は、ふるえあがって、丸出しの膝《ひざ》をがくがくさせていた。柄《がら》の大きい、あから顔の田舎の若者で、ひどいそっ歯が下唇《したくちびる》の上に突き出ていて、牡牛《おうし》みたいに丸い眼をしていた。王龍は彼がふるえているのを見ても、少しもかわいそうだと思わなかった。すぐ平手で往復びんたをくらわせ、女中の持っている傘を取って、頭をぴしぴし殴りつけた。誰も彼を止めなかった。王龍は老人だから、さからって、頭へ血がのぼり、変なことになるといけないと思ったからだ。その田舎者は、おいおい泣きながら、そっ歯をスースー言わせ、神妙にしていた。

寝台の上に横になっている陳が、低いうめき声をたてると、王龍は傘を投げだして叫んだ。

「こんな馬鹿を殴ってるうちに、陳が死んじゃ大変だ！」

彼は陳のそばへ坐って手を握った。陳の手は、枯れて、軽く、小さく、カシの枯葉のようにしなびていた。これでも血がかよっているのかと疑われるほど、乾ききって、やせて、熱かった。陳の顔は、平生なら青黄色いのに、今は薄黒く、とぼしい血の色が所々にまだらになっていた。なかば開いた眼は、霧がかかったように何も見えないらしい。息も乱れていた。王龍はかがんで彼の耳に口をつけ、大声を出した。

「おれが来てるぞ。親爺《おやじ》の棺に次ぐような棺を買ってやるからな！」

陳の耳は、血であふれていた。たとえ王龍の言葉が聞えたとしても、何の反応も示さなかった。苦しそうにあえいで、死にかけていた。そして死んでいった。

陳が息を引取ると、王龍は、彼の上に身を伏せて、父親が死んだときよりも激しく泣いた。そして立派な棺を買い、葬式の僧侶を頼み、白い喪服を着て、棺のあとに従った。また、身内の者が死んだときと同じように、長男の靴《くつ》にも喪章をつけさせた。

「陳は、たかが使用人の親方じゃありませんか。使用人のために、こんなにするなんて、変ですよ」

長男は抗議したが、王龍は強《し》いて三日間それをつけさせた。王龍の希望では、彼の父親と阿蘭をうめてある墓地の、土壁の内側へ陳を埋めたかったのだが、これだけは長男も次男も承知せず、苦情を言った。

「お母さんやおじいさんと一緒に、使用人を埋めるんですか？　私たちも今に、そこに埋められるんですか？」

王龍は、理屈では勝てないし、また、老人になってからは、家の中に波を立てたくないので、陳を墓地の入口へ埋めることにした。彼はそれでほっとして言った。

「これでいい。陳はいつもおれの災難を防いでくれた番人なんだから、こうするのが一番いい」

彼は息子たちに、死後、彼を陳のそばへ埋めるように言いつけた。

それから後、王龍は前ほど畑へ行かなくなった。陳がいないから、行けば寂しさを痛切に感じるばかりだった。でこぼこの畦道《あぜみち》を一人で歩くと、骨が痛んだ。もう身動きが大儀だからだ。彼はできるかぎりの土地を小作に出した。彼の土地が肥えているのは、誰でも知っているので、借り手にこと欠きはしなかった。しかし、王龍は一片の土地も売らなかった。また、小作も一年契約でなければ承知しなかった。彼は、こうして、土地が彼のものであり、今なお彼が握っているのだということを味わっていた。

彼は、妻子のある作男を以前の家へ住まわせて、阿片の夢にばかりひたっている叔父夫婦の面倒をみさせることにした。そして三男の憂鬱《ゆううつ》そうな眼を見て言った。

「さあ、お前も町の屋敷へ来い。白痴の娘も連れていこう。おれの居間に、あの子を入れよう。陳が死んでから、お前も寂しいだろう。陳がいないとなれば、もう白痴の娘に親切にしてくれる者もいないんだ。あの子が、殴られても、まずいものを食わされても、教える者もいないんだから。また陳がいなければ、お前に農業のことを教える者はいないしな」

そんなわけで、王龍は、三男と白痴の娘を連れて、町の屋敷へ移った。それから長い間、畑のほうへはほとんど行かなかった。

三〇

もう王龍《ワンロン》にはこの上の欲はなかった。日向《ひなた》に椅子を出して、白痴の娘のそばに坐って、居眠りしたり、水煙管を吸ったりして、平和な日が送れるはずだと思った。土地は貸してしまったので、何もしないでも金は自然に入ってきた。

当然、そうなるところだった。ところが、例の長男がいた。彼は、まわりが無事におさまっていると、どうも満足できないで、何か事件を捜しだす。そうしては、父親に言ってくる。

「まだ、いろんなものが、この家では不足してますよ。奥庭のほうだけ借りているんでは、富豪とは言えませんからね。もう半年もすれば弟の結婚ですが、お客さんが坐るだけの椅子がありませんし、食卓に出すだけの茶碗《ちゃわん》や皿や食器がありません。どの部屋の調度も、まだ十分じゃないし、お客を招くにしても、表門から入ると、あの汚ない連中がうようよしているし、くさい前庭を通らせるなんて、恥ですからね。弟も結婚すれば子供が生れるでしょうし、僕も子供がたくさんになるでしょうから、どうしても前庭まで必要ですよ」

王龍は立派な服装をしてそこに立っている長男を眺《なが》めてから、眼をつむって煙管を強く吸ってうなりとばした。

「ふん。ああの、こうのと、年じゅう、そんなことばかり言ってるのか」

長男は、父が面倒くさがっているのを知っていたが、ふてくされて、前よりも大きい声で言った。

「僕は、この屋敷を全部借りるべきだって言ってるんですよ。うちには腐るほどの金があって、いい土地を持ってるんだから、それにふさわしい生活をすべきだって言ってるんですよ」

王龍は煙管をくわえたままつぶやいた。

「あの土地はおれのものだ。お前なんか、まるっきり手を貸してやしねえ」

「んだって、お父さん」長男は叫んだ。「僕を学者にしたのはお父さんですよ。地主の子にふさわしいことをしようとすると、あなたは僕を軽蔑《けいべつ》なすって、僕たち夫婦を作男なみに扱うんですね」

長男は憤慨して、庭にある枝ぶりのいい老松の幹に、猛然と頭を打ちつけそうにした。

長男が癇癪《かんしゃく》持ちなことを知っている王龍は、怪我《けが》でもされては大変だと、あわをくって、急いで声をかけた。

「お前の好きなようにしろ――したいようにな――ただ、おれに面倒だけはかけてくれるなよ」

長男は、父親の気が変らないうちにとばかり、喜んで父親の前を去った。そしてできるだけ早く、ほしいものを買い集めた。美しい彫刻のある蘇州《スウツォウ》産のテーブルや椅《い》子《す》、各室の入口へかける絹のカーテン、大小の花瓶《かびん》、壁にかけるたくさんの美人画の掛軸。庭には、奇岩を買って、かつて南の都で見てきた築山《つきやま》を作らせた。そんなことで、長男は長い間忙しかった。

そのために、長男は毎日前庭を出入りするのだが、どうもそこを借りている貧乏人が臭くってたまらない。つい鼻を空へ向けて通る。すると貧乏人のほうでは、彼が通りすぎたあとで、あざけり笑って、こう言った。

「あいつは、親爺の家の入口にあった堆肥《たいひ》のにおいを忘れたんだぜ！」

しかし誰も、彼に聞えるようには言わなかった。金持の子だから遠慮したのだ。ところが貧乏人たちは、新しく家賃を決める祭のときになって、今までの部屋や庭の借り賃が非常に高くなっているのに驚いてしまった。払えなければ立ちのけ、他にそれだけ出して借りる人があるからと言う。それは王龍の長男の差金《さしがね》だとすぐに知れてしまった。

彼は巧みに立ちまわって、彼らには何も言わず、手紙で遠い都にいる黄《ホワン》家の息子と交渉したのだ。黄家の息子は、この屋敷を誰かに貸して金になればいいのだから、すぐ承知したのだった。

前庭にいたたくさんの貧民は引っ越さざるを得なくなった。彼らは、金持の勝手な真似《まね》を呪《のろ》いながらも、貧弱な荷物を取りまとめ、いまに見ろ、金持があまり金持になると、貧乏人が攻め寄せるように、おれたちも攻め寄せるぞ、とつぶやきながら、激しい怒りを抑えて引っ越していった。

王龍は、少しもそれを知らずにいた。彼は奥庭にいてほとんど外には出ないし、老いの気ままに、寝たり食べたりして、万事長男にまかせていたからだ。長男は大工と腕ききの石工を招いて、あの貧民たちが住みあらした部屋だの、庭と庭との間にある円い門だのを修繕させ、方々に池を掘って緋鯉《ひごい》や金魚を放した。その工事が終って、彼が満足するだけ美しくすると、今度は池に蓮《はす》や睡蓮《すいれん》を植え、またインド産の赤い実のなる竹を植え、彼が、南の都で見た、記憶に残るあらんかぎりのものを模倣した。不足し妻ができあがり具合を見に来ると、二人で、庭やすべての部屋を見て歩いた。不足しているものを、妻があれこれと発見すると、すぐそれをととのえようとして、言われるがままに、耳をすまして聞いていた。

やがて王龍の長男のしたことが、町の評判になった。彼らは黄家の屋敷が、また金持のすまいになり、面目を改めたことを語りあっていた。今まで百姓の王《ワン》と言っていた人々は、王大人《たいじん》とか、王富人とか言うようになった。

これに必要な金は、王龍の手から、少しずつ出ていった。少しずつだから、彼は、どれだけ出したか自分でもわからなかった。長男は、やってきては、こんな調子で言ったからである。

「銀貨を百枚ばかりください」

「あの門に、少し金をかけて修繕すると、まるで新しくなりますよ」

「あすこには長いテーブルを置かなくちゃいけません」

そう言われると、自分の庭で、煙草《たばこ》を吸ってのんびりしている王龍は、少しずつ金を渡した。収穫のとき、あるいは必要なときには、たやすく多額の金が手に入るので、少しずつ出すのは気にならなかった。どのくらいの金を長男にやったかは、ある朝、次男が、太陽のまだ高く上らないうちに来て、彼にこう言わなければ、わからなかったことだろう。

「お父さん。こんなにとめどもなくお金を使ってどうするんですか？　御殿のようにする必要があるんですか？　あれだけのお金を二割で貸せば、たいしたものですよ。こんな池や、実もならない花木や、無駄《むだ》な睡蓮なんぞ、なんの役に立つんです？」

王龍は、次男と長男とがこんな状態では喧嘩《けんか》するかもしれないと考えた。喧嘩されては面倒なので、すぐ次男を取りなして言った。

「いいじゃないか。みんな、お前の結婚式を盛大にするためだよ」

次男は、ずるそうに、心にもない微笑を浮べた。

「結婚式の費用が、花嫁の十倍もかかるなんてのは、少し変ですね。お父さんが亡《な》くなった時、私たちが分けるはずの財産を、兄貴の虚栄心だけのために、使われてしまうんですからね」

王龍は、次男がいったん決心すると強情なのを知っていた。まくしたてはじめると、きりがない。王龍は大急ぎで言った。

「よし――よし――もう金は使わせん――兄さんには、わしから話す。今後、金はやらん。もうたくさんだ。お前の言うとおりだよ！」

次男は、兄が使った金銭の明細表を出した。王龍はその明細表が長いのを見て、それを読みあげられてはたまらないと思い、すかさず言った。

「おれはまだ食事前なんだ。おれみたいに年をとるとな、朝食を食べないと、弱って何もできんのだよ。それは今度にしてくれ」

彼は、自分の居間へ引っこんでしまい、次男を追い払った。

しかしその日の夕暮、彼は長男に言った。

「もう家を塗ったり磨《みが》いたりするのはやめたがよかろ。これでたくさんだ。何をしたところで、おれたちは、田舎者なんだからな」

だが、長男は、鼻高々と答えた。

「そうじゃないですよ。町では、うちのことを、名門の王家と呼ぶようになってきてますよ。だから、その名にふさわしいような生活をするのは当然でしょう。弟が、金を金として見ることよりほかに使いみちを知らないのなら、せめて僕と妻とが王家の名誉を保つことにしますよ」

王龍は、年をとるにつれて、茶店へさえまれにしか行かず、穀物問屋の方は次男が代理して仕事をするので、顔を出さなかった。だから、町で彼がどんな評判をされているか知らずにいたので、心の中では嬉《うれ》しかった。

「そうかな。たとえ大家《たいけ》にしたところで、土から出て、土に根を張ってるんだぞ」

しかし、長男は、気のきいた返事をした。

「そうですとも。ただ、いつまでも、そのままじゃいないですよ。枝も張ります、花も咲きます、実もなりますからね」

王龍は、長男がすぐ得意になって口答えするのを好まなかった。

「とにかく、言ったことは取消さん。湯水のように金を使うのは、もうよせ。根というものはな、実を結ばせるには、土の中へ深く張らせなけりゃならんのだ」

日が暮れてきたので、王龍は居間の庭に一人でいて、たそがれの静寂を楽しみたかった。長男には自分の居間へ引取ってもらいたかった。しかしこの長男は静かになぞしていられる男ではなかった。ただ、庭の手入れや部屋の修繕は、少なくとも当面はかなり満足できるところまで進んでいたので、父の命令に従ったが、また言いだした。

「じゃあ、それはやめることにしますが、まだ、話したいことがあります」

王龍は、煙管《きせる》を庭に叩《たた》きつけてどなった。

「まだ面倒かけるのか！」

だが長男は、ふてくされて続けた。

「僕がお話ししておきたいのは、僕のことや、僕の子供のことではありません。末の弟、あなたの三男のことです。あの子を無学のままですててありますが、何か教育を受けさすべきでしょう」

王龍は、考えたこともない問題なので、これには驚いた。彼は、以前から三男の将来を決めていたので、こう言った。

「この家には、そんなに文字を知ってる者はいらんよ。二人でたくさんだ。あの子は、おれが死んだあとで、百姓を継がせることにしてあるんだ」

「だから、あの子は、毎晩泣いてるんですよ。青い顔をして、あんなにやせているのも、そのためじゃありませんか」

王龍は、子供のうち一人だけは百姓をやらせると決心していたから、三男に、将来の方針をきいてみたことはなかった。長男の言葉を耳にすると、眉間を打たれたようで、黙ってしまった。彼は地面へ叩きつけた煙管をゆっくり拾いあげてから、三男のことを考えた。まったくあの子は、ほかの兄弟とは違っていた。母親によく似て、実に黙っている。黙っているから、誰も眼《め》もくれない。

「お前は、あの子がそう言ったのを、聞いたのか?」王龍は、おぼつかない調子できいた。

「お父さん。あなたが、直接おききになったらいいでしょう」若者は答えた。

「とにかくな、一人だけは百姓に残らなくちゃならねえんだ」王龍は、急に反駁《はんばく》するかのように大声を出した。

「なぜです、お父さん。あなたは、どの子にしろ、農奴みたいに育てる必要のない身分でしょうが。そんなのは、体面上よろしくありませんよ。世間では、あなたの気持をいやしむでしょう。世間では、こんなこと言うでしょうよ。王龍は自分では王侯のような暮しをしながら、子供は作男にするんだ、ってね」

長男は、父が世間の評判を気にすることをよく知っているので、論法を巧みにこう向けたのだ。そしてさらに言葉を続けた。

「家庭教師を頼んで、学問させましょう。そして南の学校へ入れて、勉強させたらどうですか。家は私がやりますし、商売のほうは弟がいますから、あの子には好きなことをやらせようではありませんか？」

王龍は、やっと言った。

「三男をここへ呼んでくれ」

しばらくすると三男が来て、彼の前に立った。王龍は、つくづくこの子を眺めた。背の高い、やせた少年で、父にも母にも似ていない。黙って真面目《まじめ》な顔をしているところだけが母親を思わせる。しかし母親より美しい――美しいという点から言えば、すでに劉《リュウ》家へ嫁に行っている末娘を除けば、王龍の子のうちで一番すぐれている。難を言えば、額にある眉毛《まゆげ》が、青白いこの若者の顔に似合わず、あまりに太く、黒々としている。そして彼が顔をしかめると——彼はすぐに顔をしかめるのだが、この太い、黒い眉毛が、額に一直線になるのだ。

王龍は、三男をじっと見つめたあとで言った。

「お前は学問したがってると、兄さんが言ってたがな」

少年は、ほとんど唇《くちびる》を動かさずに答えた。

「ええ」

王龍は、煙管の灰を叩いて、新しい煙草をゆっくりつめた。

「うん、そうか。それじゃあ、お前は畑で働くのはきらいだと言うんだな。幾人も子供がありながら、畑へ残る子は一人もいないことになるんだな」

彼は噛《か》んで吐きだすように、そう言った。しかし少年はなんとも答えなかった。夏の白いリンネルの長衫《ツァンスァン》を着て、静かに直立していた。あまり黙っているので、王龍は癇癪を起してどなりつけた。

「なぜ、黙ってるんだ？　畑に残りたくないってのは、本当なのか？」

少年は、まただだの一言しか答えなかった。

「ええ」

三男を見ているうちに、王龍は考えずにはいられなかった——どうも、おれの息子どもは、おれみたいな年寄りには手におえない。こいつらは、おれにとって、心配のたねだし、重荷だ。まったく、どうしたらいいのかわからん――

何にしても、王龍は、子供たちからひどい目にあわされているような気がして、またどなった。

「お前がどうなろうと、おれの知ったことか。あっちへ行け！」

少年は、大急ぎで目の前から消えてしまった。ひとり坐《すわ》っている王龍は、女の子のほうが、結局は男の子よりもよかった、と思った。二人の娘のうち、一人は白痴で、どんな食べ物でもかまわないから、食べ物を少しと、布切れをあてがっておけば、それ以上は何もほしがらなかった。もう一人は嫁に行って家にいなかった。やがて、たそがれがおりてきて、闇《やみ》が彼を包んだ。

しかし王龍は、一度は怒るが、しまいには子供らの思うとおりにさせるのが常で、この時も長男を呼んで言った。

「三男が学問したいというんなら、家庭教師を雇ってやれ。何でも、あの子の思うとおりにさせるがいい。だが、このことでは、もうわしにいっさい面倒をかけないでくれ」

そして彼は次男を呼んで言った。

「子供らは一人も百姓にならんことになったんでな。田畑からあがる小作料や金は、お前が全部管理してくれ。お前は目方も計れる、ますめもわかるから、おれの執事になるんだ」

次男は喜んだ。少なくとも金銭の出納は、今後彼を経なければできない。どれだけの収入があるか、彼は知ることができる。そして一家の出費が必要以上にかさめば、父親に苦情が言えるからだ。

王龍にとって、どの子よりも不思議に思えたのは、この次男だった。やがてその結婚式を挙げる日がくると、次男は、自分の結婚式であるにもかかわらず、酒や肉にかける費用を倹約した。食事を区別して、町の人たちで料理の値打ちを知っているものには上等の御馳走《ごちそう》をとっておき、小作人や田舎の人には庭にテーブルを並べて、それほど上等でない肉や酒を出した——彼らは平生が粗食だから、ちょっとしたものでも大変な御馳走になるというわけだ。

次男は祝賀の贈物や祝儀《しゅうぎ》に眼を光らせていた。家内の使用人や奴隷《どれい》に与える祝儀は、最小限度に切りつめた。だから、杜鵑《トーチュエン》は、彼女のもらい分がただの銀貨二枚だと知ると、ひやかして、多くの人のいる前で聞えよがしに言った。

「本当の大家《たいけ》なら、お金なんかに、こうけちけちするものじゃありませんよ。これじゃあ、誰が見ても、こんなお屋敷に住む柄《がら》じゃありませんやね」

長男は、それを聞くと、恥ずかしくなり、また辛辣《しんらつ》な舌が恐ろしいので、そっと銀貨を与え、内心、弟のやり方に憤慨した。こんなふうに、花嫁の轎《かご》が門内へ入り、来客がすべて着席している結婚式の当日にさえ、長男と次男との間には、いざこざがあった。

長男は、弟のけちなのが恥ずかしくもあり、弟の嫁が村の娘であることも考えて、その席には身分のある友人を招かなかった。そして、軽蔑《けいべつ》して、手を組んで見物していた。

「弟は、親爺《おやじ》の身分から言えば、玉の杯が手に入るのに、好きで土の杯をもらうんだからね」

新婚の夫婦が、兄夫婦に対する礼儀としてお辞儀すると、長男はわずかにうなずいただけだった。また、長男の妻は、取りすまして、作法正しく、彼女の立場からこの場合にしなければならない礼儀だけの、冷たい挨拶《あいさつ》をしたのだった。

さて、この屋敷に住んでいる人々の中で、まったく平和で気楽なのは、王龍のまだ小さい孫だけだった。王龍でさえも、蓮華《リエンホワ》の部屋と庭続きになっている寝室の、大きな彫刻のある立派な寝台の中で眼をさますと、もとの質素な、暗い、土壁の家へ帰りたいと思うときがあった。そこなら冷めた茶をどこにこぼしても、美しい家具をよごす心配がないし、一歩外に出れば、彼の畑があるのだ――

王龍の子たちは、たえず気をつかっていた。長男は、金の使い方が少ないと世間からさげすまれはしないか、町の人が訪問するはずのときに、田舎の人が例の大きい門を入ってきて、恥をかきはしないか、と心配していた。次男は無駄づかいをして金がなくなりはしないか、と心配していた。三男は、百姓の息子として過した無為の歳月を取返すために、一心不乱に勉強していた。

ただ一人、そこらじゅうをよちよち歩いて、生活に満足しているのは、長男の子だけだった。この子にとっては、この屋敷以外の場所は頭になかった。ここは広くもなければ狭くもない、ただの自分の家なのだ。父がおり、母がおり、祖父がおり、みんなが自分をあやしてくれるのだ。王龍も孫と遊んでいると心がなごやかだった。孫を見たり、笑いかけたり、ころぶのを抱きおこしたりしていると、飽きることがなかった。彼は老父がかつてしたことを思い出して、孫に綱をくりつけ、ころばないようにして歩かせた。そして、この二人は、庭から庭へ歩きまわった。孫は魚が池ではねると喜んで指さす。遠慮なく花をむしる。何をしても少しも気がねがない。王龍は、唯一《ゆいいつ》の平和を孫から得たのだった。

そのうち孫は一人だけでなくなった。長男の妻は貞節で、規則的に忠実に、はらんでは生み、はらんでは生みした。生まれれば、かならず一人ずつ奴隷をつけた。毎年、孫と奴隷とがふえていった。だから、「息子さんとこは、また一つ口がふえるんですね」と人から言われると、彼は、ただ笑うばかりで、こう言った。

「ええ、ええ、まあ、いい土地があるから、幾人になっても、米は間にあうんでね」

次男の妻が子を生んだときも、王龍は喜んだ。最初は娘だったが、それは兄嫁に敬意を表した格好になった。王龍は、五年のうちに男四人女三人の孫を持った。庭という庭は、笑い声と泣き声でいっぱいだった。

五年の歳月は、幼児か、高齢の老人にでなければ大きい変化をもたらすものではない。この五年の間に、王龍は七人の孫を得たが、他方では、阿片《あへん》の夢にばかりひたっている叔父を失った。王龍はこの老夫婦の衣食を十分にあてがうこと、阿片をほしがるだけ与えることと以外は、叔父のことはほとんど忘れていた。

王龍一家が町に移ってから五年目は、非常な寒さで、三十年来のことだと言われた。彼の記憶では、町の城壁を囲む濠《ほり》の水が凍って、その上を自由に歩けるのは、この冬が初めてだった。氷のような北東の風が、絶え間なく吹いていた。山羊《やぎ》の皮や、毛皮の着物でさえ防寒にならなかった。王龍のお屋敷では、すべての部屋に火鉢《ひばち》を置いて暖をとったが、それでも、吐く息が白く見えた。

王龍の叔父夫婦は、久しい前から阿片のために骨ばかりになっていた。まるで干からびた棒きれのようで、日夜、寝台の上に横たわっていた。ほとんど体温もなくなっていた。王龍は、叔父がもう寝台の上にも起き上がれず、身動きすれば吐血すると聞いたので、見舞いに行ってみた。すると、叔父には数時間の生命しか残っていないことがわかった。

そこで王龍は、あまり立派すぎない――しかし相当いい棺を二つ買って、老夫婦の寝ている部屋にかつぎこませた。死後の始末を十分にしてもらえる、安心して死ねる、と叔父に思わせるためだった。叔父は、ふるえ声で囁《ささや》くように言った。

「お前は、わしの子だ。どこをうろついているかわからねえわしの子より、よく尽してくれたなあ」

叔母は、まだそれよりは元気で、こう言った。

「あの子が帰ったときに、あたしが死んでいたら、あの子によい嫁を持たせてやっておくれね。そうすれば、まだ家をつぐ男の子が生れようから」

王龍は約束した。

彼は、叔父がいつ死んだか知らない。ある晩、女中がスープの皿を取りにいくと、もう死んでいた。王龍が彼を葬《ほうむ》った日には、寒い風が、地上に積った雪を、雲のように吹き上げていた。彼は叔父の棺を、家族の墓地の中で、父よりもやや低く、彼の予定地よりは上に埋めた。

王龍は全家族を一年間の喪に服させ、その間、喪章をつけさせた。それは彼らに厄《やっ》介《かい》ばかりかけていた老人の死を、心から追悼したいからではない。大家なので、体面上当然だからだ。

叔父の死後、王龍は、叔母をひとり残しておけないので、町の屋敷へ引取り、庭の一番離れた部屋を叔母に与え、杜鵑に命じて、奴隷を一人、付き添わせた。叔母は非常に喜んで、日夜、阿片を吸っては寝てばかりいた。寝台のかたわら、彼女の見える所に棺を置いてあるのは、叔母にとって大きい慰めだった。

王龍は、この叔母を、肥《ふと》った、大柄な、あから顔の、怠け者の大声の田舎女として、その昔恐れていたことを思うと、今、しなびて、黄色くなって、ひっそりして寝てばかりいるのが、不思議でたまらなかった。まったく叔母は、没落した黄家の大奥様を思わせた。

三一

王龍《ワンロン》は、長い一生の間に、ここかしこの戦争の噂《うわさ》を聞いたことはあった。子供の時分から、「今年は西に戦争がある」とか、「今度の戦争は東だ、北東だ」などと、何度も聞かされてきた。しかし、それは、いつもその程度にとどまっていた。多少戦争らしいものを身近に見たのは、若い頃《ころ》、南の都会で冬を越したときだけだった。彼にとって、戦争は、大地とか、天とか、水とかに等しいものであって、なぜあるのかわからないが、とにかく、実在する。彼は、世間の人たちが、「戦争に行こう」と言うのをよく聞いた。世間の人がそう言うのは、食っていけなくなった結果、乞食《こじき》になるよりもましだと思うときなのだ。叔父の子のように、家にいても面白くないから、兵隊になるのもある。原因は何にしても、今までは戦争は、いつも、遠い、知らない地方でばかり行われた。ところが、その戦争が、天から降って湧《わ》いたように、突然、身近に起ったのだ。

王龍は、最初、昼の食事に市場から戻ってきた次男からそれを聞いた。

「穀物の相場が、急に上がったんですよ。南の戦争が、日増しに近づいてくるようです。軍隊が近づいてくると、相場は上がりますからね。当分、穀物を売らずにおきましょう。今に、よい値で売れますから」

食事をしながらこれを聞いていた王龍は、言った。

「うん。珍しいことだな。わしも戦争を見たいよ。今まで、話には聞いていたが、見たことがないんでな」

そう言ってから、王龍は、かつて、むりやり戦争に引っぱられそうになって、恐ろしい思いをしたことを思い出した。しかし、現在の彼は、老人で何の役にも立たないから、引っぱられる心配はない。また金持でもある。金持には恐ろしいことなど何一つない。だから、彼は、戦争と聞いても、その程度で、それ以上はあまり注意を払わず、少し好奇心を動かされただけだった。そして、次男に言った。

「穀物は、お前が好きなようにやるさ。お前にまかせてあるんだから」

その後、王龍は、依然として、気が向けば孫と遊んでいた。寝たり、食べたり、煙草《たばこ》を吸ったり、時々は、庭の隅《すみ》で日向《ひなた》ぼっこしている白痴の娘を見に行ったりしていた。

すると、初夏のある日、北西の方から、イナゴの大軍のように多数の兵隊が押し寄せてきた。王龍の孫が、ある晴れた朝、下男に連れられて門のそばに立って往来の光景を見ていると、灰色の服を着た人たちの長い列が通りかかったので、急いで王龍のところへ駆け戻って、こう叫んだ。

「おじいさん、見にきてごらん！」

王龍が孫の機嫌《きげん》を取るために、一緒に門まで行ってみると、兵隊は町にあふれ、往来を満たしていた。歩調をとり、重々しい足取りで進む、おびただしい数の灰色の服を着た兵隊を見ると、王龍は、急に日光も空気もさえぎられたように感じた。よく見ると、彼らは妙な武器の先に剣をつけてかついでいる。どの顔も、どの顔も、野蛮で、たけだけしく、恐ろしい。ある者は、まだ子供のようだが、やはりそんな顔をしている。そんな顔を見た王龍は、急いで、孫を抱き寄せてつぶやいた。

「さあ、中へ入って、門に錠をかけよう。あんな人たちは、見たってつまらねえ。な、坊や」

しかし、王龍が向きを変えないうちに、兵隊の列の中から、彼を見つけて、突然呼びかけたものがあった。

「ほう。そこにいるのは、親爺の甥《おい》ごじゃねえかよ！」

その声に驚いて王龍が見上げると、例の叔父の息子が立っていた。他の者と同じ服装をして、薄汚れ、埃《ほこり》にまみれていたが、顔は誰よりも野蛮で、ものすごかった。そしてがさつに笑って、仲間へどなった。

「戦友諸君。ここで休もう。この老人は金持で、おれの親類だぜ！」

恐ろしさのため王龍は動くこともできなかった。大勢の兵隊は、彼を駆け抜けて門内へなだれこんだ。彼は真ん中に取囲まれて何もできない。彼らは、あふれ出る下水のように、庭へ流れこみ、隅から隅まで占領してしまった。ある者は、床に寝そべる。ある者は池の水を手ですくって飲む。そして、彫刻してあるテーブルへ、手かげんもなく銃剣を放り出す。所きらわず唾《つば》をはき散らして、大声でわめきあう。

王龍は、その情景にあわてふためき、孫を連れて、長男を捜しに駆け戻った。長男は、居間で読書していたが、父の来るのを見て立ち上がった。長男は、父が声をはずませて一部始終を語るのを聞くと、うなって出ていった。

しかし、叔父の息子を見ると、ののしろうか、ていちょうに迎えようか、どうしていいかわからない。あたりの形勢を眼に入れると、後ろについてきた父親を見て、うなるように言った。

「みんな、剣を持っているんだ！」

そして、慇懃《いんぎん》になって言った。

「これはどうも。よく来てくださいましたね」

王龍のいとこは、ひやかすようにげらげら笑って言った。

「少しお客さんを連れてきたよ」

「あんたのお客さんなら、みんな、歓迎しますよ。食事の支度をさせましょう。出発なさる前に、腹ごしらえのできるようにね」

するといとこは、またげらげら笑いながら言った。

「けっこうだな。しかし急ぐにはおよばないよ。おれたちは、戦闘が始まるまでここに宿営するんだから。五、六日か、一月か、一、二年か、当分お世話になるんだ」

王龍と長男とは、これを聞いて、ほとんどその狼狽《ろうばい》を隠せなかった。しかし、庭には銃剣がひらめいている。迷惑顔をするわけにはいかない。彼らは、やっとあやしげな微笑を顔に浮べて言った。

「そりゃあいい——そりゃあいいな——」

長男は、歓迎の用意をするため奥へ行くようなふりをして、父親の手をとっていっさんに奥庭へ駆けこみ、門を厳重にしめた。親子二人は、あまり意外なので、顔を見合せるばかりで、どうしていいかわからなかった。

すると次男が駆けこんできて、門を叩《たた》いた。あけてやると彼はころぶように入った。懸命に急いで来たらしく、声をはずませて言った。

「どこの家も兵隊でいっぱいです――貧乏人の家までいっぱいです――どんなことがあっても、苦情を言ってはいけないと言っておこうと思って、急いで来たんです。私の店の者で、よく知ってる男が――毎日、机を並べて仕事をしている人ですよ――それが、兵隊が来たと聞いて家へ帰りますとね、女房が病気で寝ている寝室にまで兵隊がいるんで、苦情を言うと、兵隊はすぐに銃剣で彼を刺したんです。まるで豚の脂身《あぶらみ》でも突き刺すように――背中まで、突き抜けたんです。連中の言うなりになっていなければいけません。戦争が一刻も早くどこかへ移るように祈るよりほか、仕方がありませんよ」

三人は憂鬱《ゆううつ》な顔を見合せた。そして彼らの女たちを、また、女に飢えてがっついている兵隊たちを、思い浮べた。長男は、まっ先に、器量よしで上品な妻のことを思い浮べて言った。

「女たちを一番奥の部屋へ集めて、昼も夜も番をしなくちゃ。門に閂《かんぬき》をかけ、裏の非常門だけは、いつでも逃げ出せるようにしておこう」

彼らはそうした。彼らは、今まで蓮華《リエンホワ》と杜 鵑《トーチュエン》と女中だけが住んでいた一番奥の部屋に、婦女子を全部集めて、窮屈を忍ばせた。王龍と長男とは、昼も夜も、門の番をした。次男も、都合がつくと帰ってきた。彼らは、夜も日中も同じように見張りをした。

ところが、どうしてもさえぎることができないのは、例の、王龍のいとこだった。彼は親類だから、慣習上、入れないわけにいかない。彼は堂々と門を叩いてあけさせ、ぴかぴか光っている剣を抜いて、手に持ったままで、勝手に歩きまわる。長男は、恐る恐るそのあとについていく。いまいましいやつだという思いは顔に表われているが、抜き身の剣がぴかぴかしているので、なんとも言えない。あれこれと女を見ては、いちいち評価を下す。

長男の妻を見ると、野卑な笑い方をして言った。

「よう。あんたのは上品で、うまそうじゃねえか。都会の女だね。蓮《はす》のつぼみみてえに小さい足をしてるじゃねえか！」

また次男の女をこう評した。

「よう。こりゃあ、田舎からきた太い赤大根だな――すごい赤肉じゃねえか！」

次男の妻は、肥っていて、血色がいい。骨太ではあるが、決してみにくくはない。だから彼はそう言ったのだ。長男の妻は、顔を見られると、恐ろしがって袖《そで》で顔を隠したが、弟の妻は元気で朗らかで、笑いとばし、すねるようにこう言った。

「それでもね、熱い赤大根や、赤肉の好きな人がいるんですよ」

すると、いとこは、すかさず答えた。

「おれも、そうだよ！」

そして彼女の手を握るような真似《まね》をした。

長男は、席を同じくしても口をきくべきではない間柄《あいだがら》の彼らが、無遠慮にふざけ合っているのを見ると、恥さらしもいいかげんにしてもらいたいと思った。彼よりも上品に育ってきた妻の手前、いとこと弟嫁とのこの醜態が恥ずかしいので、彼は妻の顔を盗むように見た。いとこは、長男が妻に気がねしているのを見て、意地悪く声をかけた。

「そうだな。おれなら、この赤肉ならいつでも御馳走《ごちそう》になるが、あんな冷てえ、味のねえ魚の肉は、ごめんだな！」

これを聞くと、長男の妻は、つんとして立ち上がり、奥に隠れてしまった。いとこは無遠慮に笑って、そこで水煙管《みずぎせる》を吸っている蓮華に声をかけた。

「大奥様。都会生れの女と言うものは、気むずかしいものでございますね。そうじゃございませんか？」

そして蓮華をつくづくと見て、また言った。

「まったく大奥様ですよ。王龍が金持になったと聞かんでも、あんたさえ見たら、すぐそれがわかりますよ。まるで肉のお山ですわ。うまいものばかり、ふんだんに食ってるからですねえ！　金持の女房でなけりゃあ、あんたのようになれんものですよねえ！」

蓮華は、大奥様と呼ばれたことを非常に喜んだ。それは大家の夫人だけに捧《ささ》げられる尊称だからだ。彼女は肥った喉《のど》をごろごろ鳴らして、太く低い声で笑った。煙管の灰を落して、奴隷《どれい》に渡し、新しい煙草をつめさせてから杜鵑を振返って言った。

「ねえ、この乱暴者は、冗談を心得てるよ！」

蓮華は、そう言いながら、こびを含んだ流し目で彼を見た。もっとも、そんな眼《め》つきをしたところで、今みたいに大きい顔になってしまっては、昔みたいな、ぱっちりした、杏子《あんず》みたいな眼の面影《おもかげ》はなかった。人を引きつける力もなくなっていた。いとこは彼女の眼つきを見ると、高笑いして声をあげた。

「よう。年をとっても、相変らずだな！」

彼はそう言ってまた高笑いした。

その間じゅう、長男はしぶい顔をして、黙っていた。

やがて何もかも見てしまうと、いとこは、母親に会いに行った。王龍は彼を案内した。叔母は例のとおり寝台に横になっていて、なかなか眼をさまさない。彼は母親の寝台の枕《まくら》もとの床を、銃床でどしんと叩いて、無理に眼をさまさせた。やっと眼がさめた母親は、夢の中から、わが子の顔をまじまじと見つめていた。彼は、じれて、言った。

「息子が来たってのに、眠ってるのかよ！」

叔母は半身を起して、また、わが子を眺《なが》めた。そして、合点《がてん》がいかないように言った。

「わしの子かい――これがわしの子かい――」

叔母は長い間わが子の顔を眺めていたが、どうしてよいかわからないようで、彼に阿片《あへん》の煙管をすすめたのだった。これ以上の歓迎方法はないと考えたようで、付添いの奴隷に、「阿片をつめてあげな」と言った。

彼は、母親の顔を見なおして言った。

「いや、おれはいらん」

王龍は寝台のそばに立っていたが、「おれの母親を、こんなにしなびさせて、骨ばかりにしちまうなんて、何か変な真似したんじゃねえのか？」と、彼が食ってかかりはしまいかと、急に気になったので、急いで口をはさんだ。

「あんまり吸わんほうがいいと思ってるんだがね。阿片代だけでも毎日、銀貨何枚もかかるんでな。だけど年をとってるから、さからうのもなんだし、いくらでもほしがるんでな」

王龍は、嘆息して、そっと叔父の息子を盗み見た。しかし、彼は何とも言わず、変りはてた母親の姿をまじまじと見つめただけだった。そして、母親が横になって、また眠りに落ちてしまうと、立ち上がって、銃をステッキ代りに、がたがたとそこを出て行った。

前庭のほうに陣取っている、大勢ののらくらした兵隊よりも、王龍一家が、一番深くきらい、恐れたのは、このいとこだった。兵隊たちは、庭の樹木の枝を折り、李《すもも》やアーモンドの花をほしいままにむしりとり、ごつい靴《くつ》で椅子《いす》の細かく美しい彫刻を傷つけ、金魚や緋鯉《ひごい》が泳いでいる池に汚ないものを流しこむ。魚は白い腹を上にして浮きあがり、そして腐った。しかし、彼らは、そんな乱暴よりもいとこの始末に困ったのだ。

いとこは奥のほうに勝手に出入りして、女の奴隷に眼をつける。そして、王龍親子は、眠ることもできず、やつれて、くぼんだ眼を見合せるだけだった。それを見て杜鵑は言った。

「こうなったら、一つしか方法はございますまい。あの人がここにいる間、奴隷を一人あてがって、楽しませるんです。それでないと、手をつけてならないところに、手をつけるようになりますよ」

もうこのうえ、家の中の面倒に堪えられなくなっていた王龍は、杜鵑の意見に藁《わら》をもつかむ思いだった。

「それは名案だ」

そして、早速杜鵑をやって、残らず見た奴隷のうちで、どれがほしいかきかせた。

杜鵑は、そのとおりにしたが、戻ってきてこう言った。

「奥様の寝台のそばに寝ている、あの小さい、色の白い娘がほしい、と言ってます」

この色の白い娘は梨花《リホワ》という名で、かつて飢饉《ききん》の年に、王龍が、あまり小さく、ひもじそうなので、かわいそうに思って買った子だった。かぼそい子で、みんなが不憫《ふびん》に思ってかわいがり、杜鵑の手伝いをさせたり、蓮華の煙管に煙草をつめたり、茶をついだり、軽い仕事だけさせておいたのだった。それにいとこが目をつけたのだ。

杜鵑がその報告をしたのは、家族が残らず奥に集まっているときだった。梨花は蓮華に茶をつぎかけていたが、それを聞くと泣き声をあげて急須《きゅうす》を落とした。急須は床に当ってこわれ、茶が一面に流れたが、梨花は夢中で取乱していた。蓮華の前に身を投げ出し、頭を床にすりつけながら哀願した。

「奥様。あたしは――あたしはあの人が恐ろしゅうございます。――あたしは死んでも――」

蓮華は機嫌を損じて、怒ったように言った。

「あの人も、男だよ。男は、女にとっちゃあ、みんな同じさ。何をばたばたしてるの？」

そして杜鵑をかえりみて命じた。

「この娘を、あの男のところへ連れておいで」

梨花は、両手を握りしめて、恐怖のために死んでしまいそうに泣いた。細い体は恐怖のあまりふるえていた。泣きながら、訴えるような眼を一座の人々に次々と向けた。王龍の子たちは、父の妻に対してさからう言葉は出せない。また、彼らの妻も、夫が黙っていれば口を出すわけにはいかない。それは、三男にとっても同じだった。だが、彼は両方の拳骨《げんこつ》を胸へやり、例の黒い眉《まゆ》を一文字に寄せて、梨花をじっと見つめていた。彼は何も言わなかった。子供たちも、奴隷たちも、みんな顔を見合せてひっそりしていた。ただ、若い娘の、悲しい、おびえた泣き声だけがひびいていた。

王龍は、落着いていられなくなって、どうしてやろうかと少女を見た。蓮華の意志にさからって怒らせたくはないが、梨花がかわいそうだった。彼は常にやさしい心の持主なのだ。梨花は、その気持を彼の顔に見ると、彼の足もとに倒れて、足にすがりつき、顔を伏せてすすり泣いた。その、波打っている細い肩を見おろしていた王龍は、あの、いとこの、大きい、頑丈《がんじょう》な、野蛮な体や、もう、いとこが青年期をとうに越していることを思うと、あんな者にこの少女をやるのは、たまらなくいやになって、やさしい声で杜鵑に言った。

「こんな小さいものを、無理にやることもあるまいがな」

王龍は、こうやさしく言ったのだが、蓮華は甲高《かんだか》い声で叫んだ。

「言われたとおりにしなさい。ばからしいわよ、こんなちっぽけなことで泣いたりするなんて。いずれ、どの女にも起ることじゃないの」

しかし、王龍は情深く、蓮華には、こう言った。

「なんとかほかに方法がないものかな。奴隷でもなんでも、お前のほしいものを買ってやるから、ほかの方法を考えよう」

蓮華は、前から、舶来の時計と、ルビーの指輪をほしいと思っていたので、急に黙ってしまった。そこで王龍は杜鵑に言った。

「いとこんとこへ行ってな、あの女には、いまわしいひどい病気があるが、それでもいいか、それでもよければ、あげるが、みんなもこわがっているんだ、こわければ、ほかの達者なのにしたらどうかと、話してみなさい」

　彼は、まわりに立っている女奴隷たちの顔を見まわした。みんな顔をそむけて、忍び笑いしながら、恥ずかしそうなふりをしていた。その中で、もう二十かそこらで、頑丈な体格をしている娘っ子だけが、顔を赤くしながらも、笑って言った。

「そうね。こんなことは、今まで話には聞いてるんだし、あたし、やってみてもいいわ。あの人さえ、あたしでよけりゃあ。あの人より、もっと恐ろしい男もいるんだから」

　王龍は、安心して答えた。

「そりゃ、いい。お前、行ってくれ」

　すると杜鵑は、女に注意した。

「あたしのあとにくっついておいで。ああいう男はね、そばに来る女さえあれば、見さかいがないんだからね」

　そして二人は出て行った。

　しかし梨花は、まだ王龍の足にすがりついていた。もう泣きやんだが、一部始終に耳をすましていた。蓮華は、梨花に対して機嫌《きげん》をそこね、ひと言も言わず自分の部屋に引取った。王龍は、静かに梨花を引起した。彼女は、青ざめたまま、しょんぼりとして彼の前に立った。王龍は初めて彼女が、小ぢんまりした、柔和な瓜実顔《うりざねがお》で、とても華奢《きゃしゃ》な青白い顔をして、薄紅《うすあか》い小さい唇《くちびる》をしているのを見た。彼はやさしく言った。

「いいか、奥様の機嫌がなおるまで、一日二日、そばに行かないようにしてな。そして、あの男が来たら、どこかに隠れてるんだ、またほしがると困るからな」

梨花は、熱のこもった眼でまともに王龍を見あげ、それから、影のように静かにそこを去っていった。

いとこは一カ月半そこにとどまって、気が向くと例の女と一緒にいた。女は身ごもったと言って、誇らしげに言いふらした。そのうち、行動開始命令がくだり、そのおびただしい兵隊は、風に吹かれる籾殻《もみがら》のように、急に行ってしまった。あとに残っているのは、荒された跡と、不潔なものばかりだった。王龍のいとこは、剣を腰につけ、銃をかついで、一家のものをひやかすように言った。

「さあ。おれはもう帰ってこねえかもしれねえが、あんた方に、おれの二世を――母親の孫を置き土産《みやげ》にしていくぜ。一月か二月いただけで伜《せがれ》を残していけるなんて、そう誰にでもできるってわけのもんじゃねえやなあ。そこが兵隊生活のありがたさよ

――行っちまったあとで種子《たね》が芽を出して、ほかの奴《やつ》が世話してくれるんだからなあ!」

そして、みんなに高笑いを浴びせかけて、ほかの兵隊と行ってしまった。

三二

兵隊が去った後、王龍《ワンロン》と彼の長男と次男とは、初めて意見が一致した。それは、乱暴狼藉《ろうぜき》の跡をぬぐい去らなければならないということだった。そこで、多数の大工や石工を呼んだ。下男たちには、まず庭を掃除させた。大工には、こわれた椅子やテーブルをうまく修繕させた。池の水をかえてきれいにした。長男は、また金魚や緋鯉を買ってはなし、さらに花木を植え、残っている木の枝ぶりに手入れをさせた。それで一年もたたない間に、屋敷は以前のようになり、花は美しく咲きみだれてきた。そして、みんな自分の居間へ帰り、すべてはまた昔にかえった。

王龍は、いとこの種を宿した奴隷を、叔母に付き添わせることにした。叔母の余命はもういくらもない。死んだら、棺に入れるのを、その女の役にしたのだ。その女の生んだ子が女の子だったことも王龍を喜ばせた。もし男の子であれば、女がいばって家族の一員となる権利を主張するのだが、女の子だと、単に奴隷が奴隷を生んだだけのことで、今までの身分が変らないからだ。

王龍は、誰に対しても正当であるように、その女にも正当なことはしてやった。だから、叔母の死後、その女さえ望めば、叔母の部屋と、寝台とをやろうと約束した。六十室もある屋敷だから、部屋の一つぐらいは、なんでもない。またお金も与えたので、ある一つのことを除いては、女はすっかり満足していた。王龍が銀貨を渡したとき、女は言った。

「旦那《だんな》様。その銀貨は、あたしが嫁に行くときまで預かってくださいまし。ご面倒でなければ、あたしに、百姓か、人のいい貧乏人を捜してくださいまし。御恩は忘れません。ひとり寝はつろうございます」

王龍は気軽に引受けたが、引受けたあとで不思議な感じに打たれた。この女を貧乏人に嫁がせることを承知した彼は、かつて自分も貧乏人として、この屋敷に妻をもらいに来たことがあったではないか！　彼は長い間、阿蘭《アーラン》のことを忘れていた。それを急に思い出したが、それはもう悲痛な記憶ではなかった――淡い哀愁なのだ。古い昔の、重苦しい追憶なのだ。まったく、阿蘭のことは、ぼんやりとして、遠く過ぎた昔のことにしか思えない。彼は重い調子で言った。

「叔母が死んだら、お前の亭主を捜してやろう。もう長いことあるまいから」

そして王龍は言ったとおりにした。ある朝、女は王龍のもとへ来て言った。

「旦那様。約束どおりにしてくださいまし。叔母様は、阿片の夢からさめずに、今朝早く亡《な》くなられました。あたしが棺に入れました」

王龍は、百姓で誰か適当なのはいないかと考えて、思いついたのは、陳《チェン》が死ぬ原因になった、そっ歯の、おいおい泣いていた若者のことだった。

「そうだ。あの男に決めよう。あの時だって、悪気があってしたんじゃないんだし、ほかの者に劣るわけでもないし。それに、ほかに誰と言って、思い出せないんだからな」

そこで、その若者を畑から呼び寄せた。彼はもう一人前の男になっていたが、相変らず朴訥《ぼくとつ》で、依然としてそっ歯だった。王龍は、気まぐれを起して、あの大広間の高い壇の上にある椅子に腰を掛け、二人を前に呼んで、この不思議なめぐりあわせを、ゆっくり味わうために、重々しく言った。

「これ、この女だよ。これでよければ、お前にやろう。まだ、わしのいとこのほかは、男を知らないんだ」

男はおしいただいた。女は、頑丈な体格をしていて、感じは悪くなかった。また、彼は貧乏で、こんなことがなければ結婚できないのだ。

二人が前を去ってから、高い椅子をおりた王龍は、これで自分の生涯《しょうがい》も、一巡したのだと思った。彼は、その生涯に成しとげて見せると言ったことを、みんな成しとげた。そして夢にも思えなかった多くのことまでできた。どうしてそうなったのかはわからないが、できたのだ。これからはいっさいのわずらわしさから離れて平和になり、日向《ひなた》ぼっこしながら居眠りができるだろう。

そして、まったくその時節が来たのだ。彼はもう六十五歳になっていた。孫たちは若竹のようにすくすくと伸びていた。長男には十歳をかしらに三人の息子が、また、次男には二人の息子がいた。やがて三男も結婚させるわけだが、それさえ終れば、彼の生涯には、わずらわされることは、何も残っていない。平和になれるだろう――

ところが平和はなかった。兵隊が来たのは野蜂《のばち》の大群が襲って来たようなもので、そのあとには至る所に棘《とげ》が残っていた。長男の嫁と次男の嫁とは、それまで別々に住んでいて、とにかく儀礼をつくしあっていたが、兵隊が来たために、奥の一つの場所に住むようになると、ひどく憎みあい、反目しはじめたのだ。一つの庭で両方の子供が一緒に遊んだり、犬と猫《ねこ》のように、盛んに喧嘩《けんか》したりするのだが、それが原因になって、母親同士のいがみあいになった。それが何回となく重なった。どちらの母親も、子供が喧嘩すると、すぐ飛び出して自分の子をかばい、相手の子を平手で叩《たた》く。決して自分の子は叱《しか》らない。いつの喧嘩でも、自分の子はかならず正しいと言いはるので、反感は深くなるばかりだった。

そのうえに、例のいとこが、あの日、田舎出の弟嫁をほめて、町生れの兄嫁をあざけった事件を二人とも忘れない。長男の妻は、弟嫁のそばを通るときには、つんとすまして挨拶《あいさつ》もしない。ある時は、通りすがりに、弟嫁に聞えよがしに言った。

「いやになりますね、あんなずうずうしい、育ちの悪い女が、家族の中にいますとね。男に赤肉だと言われて喜んで笑ってるんですものね」

すると次男の嫁も負けていないで、すぐ言い返した。

「姉さんは、あの男に、冷たい魚の肉だと言われたんで、あたしをやくんでしょう」

そんなわけで、二人は怒ってにらみ合っていた。しかし兄嫁は、礼儀作法の正しいことを誇りにしているので、決して口喧嘩をしない。黙って軽蔑《けいべつ》の意を示し、わざと弟嫁の存在を無視するのだ。そして子供が、庭から出ようとすると、すぐ呼びとめた。

「育ちの悪い子と遊んじゃいけませんよ！」

弟嫁が隣の庭に立っているのを見ながら、わざとそう言った。すると、先方も負けずに自分の子に言った。

「蛇《へび》なんかと遊んでは、いけませんよ。嚙《か》まれるからね！」

二人の女の憎しみは深くなるばかりだった。長男と次男との仲が円満にいっていないから、その争いは、なおさら増すばかりだった。長男は、町に生れて自分よりも育ちのよい妻に軽蔑されることを、極度に恐れていた。次男は、兄が世間体や名誉欲にとらわれて、分配しないうちに、財産をめちゃめちゃに減らされては大変だ、と心配していた。兄としては、次男が父親の財産を管理し、金銭の出納をあずかっているのが不満だった。すべての金銭は父親の手に入り、父親の手から出るのだが、その額を次男は知っている。だが、長男の彼は知らない。金が入用になると、小さい子供のように、父親に言ってもらうのが恥ずかしかった。だから嫁たちが憎み合うと、その憎しみは両方の夫にまで拡《ひろ》がっていった。王龍は、家庭に平和がないのに弱りきっていた。

王龍自身にしても、いとこの毒牙《どくが》から若い奴隷《どれい》を救ったときから、蓮華《リエンホワ》との間におもしろくない波が立ちはじめていた。

少女は、その時からすっかり蓮華の機嫌を損じてしまった。相変らず黙って忠実に仕えたり、終日、蓮華のそばにいて煙管《きせる》に煙草《たばこ》をつめたり、細々した用をたし、夜も蓮華が寝つかれないと言えば、体をなでさすったりするのだが、それでも蓮華の機嫌は直らなかった。

蓮華は、その奴隷の少女を嫉妬《しっと》したのだった。王龍が来ると、梨花《リホワ》を部屋から出ていかせ、そして、あの娘に気があるのだと王龍を責めた。しかし王龍としては、気の毒な娘を恐怖から救っただけのことで、白痴の娘をいたわる程度であり、それ以上の気持もなかった。だが蓮華に責められて注意してみると、まったく美しい娘で、梨花の名にそむかない。梨《なし》の花のように清らかなのだ。彼女を見ていると、この十有余年の間、音もなかった老いの血が、また波立つのだった。

「なんだって？　おれに、まだ色気があるとでも言うのかい？　お前の部屋にだって、一年に三度も来ないってのによ」

そう笑いながら、蓮華に言ってはみたものの、しかし内心、王龍はその少女に心が動くようになってきていた。

蓮華は無学だが、男女関係という一点にだけは精通していた。人間は、老境に入ってから後のきわめて短い期間だけだが、青春がまた復活することを彼女は知っていた。彼女は梨花を憎み、茶館に売ろうかと言った。しかし蓮華は、この少女が与えてくれる慰めも気に入っていた。それに、もう杜鵑《トーチュエン》は年寄りになって無精だから、梨花のように気のきく奴隷は手放したくなかった。梨花は蓮華に久しく仕えているので、蓮華が気がつかないうちから、気持を察して手まわしよく用をたした。蓮華は、梨花を手放したくもあり、手放したくもなかった。こんな心配はしたことがなかった。梨花をおもしろくないと思えば、それだけに腹も立ち、今までになく気むずかしくなった。蓮華が不機嫌で、おもしろくないので、王龍は、しばらく自分の居間から出ないことにした。今に機嫌がなおるだろう、それまで待とう、と考えたのだ。そんな間、彼は自分でも意外に思うほど梨花を思っていた。

ところが、屋敷内の女どもが、みんないがみあっているそのわずらわしさの中へ、三男まで入ってきた。三男は静かな子だった。本にばかりかじりついているから、誰もあまり注意を払わなかった。葦《あし》のように痩身《そうしん》な青年で、いつも書物をかかえて、老家庭教師が犬のように忠実について歩いていることしか、人目をひかなかった。だが彼は兵隊が宿営していたときに、その中にまじって、彼らが、戦争や、掠奪《りゃくだつ》の話をするのを、むっつりと聞きほれていた。それからの彼は、老先生に頼んで、『三国志』『水滸伝《すいこでん》』のようなものばかり手に入れて読み、彼の頭は冒険的な夢であふれていた。

彼は父親のところへ来て言った。

「私は決心がつきました。軍人になって戦争に出ます」

王龍の驚きは大きかった。彼が今まで受けた打撃のうちで、最悪のものだった。彼は大声でどなった。

「狂気の沙汰《さた》じゃないか。おれは、こうまで、子供に苦労するのかい!」

三男の黒い眉《まゆ》が一文字になったのを見ると、やさしく親切な調子になって説きさとした。

「昔から、好鉄、釘《くぎ》を打たず、好人、兵に当らず、と言ってるじゃないか。お前は、おれの一番かわいい息子なんだ。そのお前が、戦争に出て、方々戦って歩いていると思えば、わしは心配で夜も眠れやせんよ」

しかし三男は決心を変えなかった。父親の顔を見ながら、一文字の眉を、ややおだやかにしただけで、簡単に答えた。

「軍人になります」

王龍はどうかして考え直させようと思い、言葉をやわらげた。

「学校へ行くんなら、好きなところへ行かしてやるよ。南の大学へでも、外国の学校へでもな。どんな珍しいことでも、勉強させてやる。兵隊にさえならないんなら、どこへでも、勉強に出してやるよ。わしのように、金もあり、土地も持ってるものが、子供を兵隊にしたとなると、ひどい恥なんだよ」

それでも三男は黙っているので、王龍は、なだめるように言葉を続けた。

「なぜ兵隊になりたいのか、お父さんに話してくれないか？」

三男は、急に口を開いた。眉の下で、眼《め》が輝いていた。

「今まで聞いたこともないほどの戦争が、これから起るんです――今までに一度もなかったほどの革命と戦争があって、そして我々の土地が自由になるんです！」

聞いていた王龍はまったく驚いた。これほど子供から驚かされたことはなかった。

「何のことか、わしにはわからん」と王龍は首をかしげて言った。「わしたちの土地は、今でも自由じゃないか。――いい土地が、どれも自由だよ。わしは、借りたい人に貸してる。そこから金が入る、作物が来る。それで、お前たちは食ったり着たりしてるんだよ。それ以上、何の自由をほしがってるのかね」

三男は、ただ苦りきってつぶやいた。

「お父さんにはわかりません――年をとりすぎてます――何もわかりませんよ」

王龍は、思案に暮れて三男の顔を見た。若い顔には苦悩の表情があった。彼は考えた――おれは、この子に何でも与えている。生命《いのち》も与えたのだ。おれのあとをついで土を耕す者がなくなるのもかまわずに、この子が土を離れるのを許したのだ。そして、家には読書できるものが二人もいて、その必要もないのに、この子にも学問させたのだ――

そう考えながら、王龍は三男の顔を見て、また、思った――この子の持っているものは、みんなおれから出たのだ――

彼は、つくづく三男を見た。まだ青年で、やせてはいるが、背丈は一人前になっている。性欲に悩んでいる様子は認められない。彼は、つぶやくような、少し高い調子でひとりごとをもらした。

「そうだな。足りないものが、もう一つあるかもしれないな」

そして、ゆっくりと、三男に言った。

「よし。お前も近いうちに結婚させよう」

すると三男は、しかめた眉の下から、燃えるような眼で父親を見て、さげすんだように言った。

「そんなら、私は、逃げて行きます。私にとって、女ってものは、上の兄さんのように、万事の解決法じゃありませんから」

王龍は、三男を見あやまったことに気がついたので、弁解するかのように口早に言った。

「いや――いや――お前を結婚させるってんじゃないんだ――わしの言うのは、お前の好きな奴隷がいるんなら、ってことだよ」

三男はさげすむように、腕組みして答えた。

「私は、普通の青年ではありませんよ。私には、夢があります。栄光を望んでいます。女なら、どこにでもいますよ」

そこまで言いかけた三男は、急に忘れていたことを思い出したように、高ぶった態度をやめ、両手をだらりと下げて、いつもの調子になった。

「奴隷がほしいたって、うちにいるのは、みんな汚ないのばかりですよ。別にほしくもないし――そうですね、きれいなのは、奥に仕えている、小さい色の白いのだけで、そのほかにはいませんね」

王龍は、三男のこの言葉が、梨花を意味するのをさとると、不可解な嫉妬に襲われた。彼は急に、実際よりも老人になったような気がした――彼自身は老人で、白髪で、腹がぶよぶよになっているのだ。そして、三男が、すらりとした青年であるのを見ると、その瞬間、彼らは父と子ではなかった。二人の男、つまり、青年と老人なのだった。王龍はいきりたって言った。

「奴隷に手をつけるな。この家では、若様方のような、だらしない真似《まね》は許さんぞ。

わしたちは、善良で頑丈《がんじょう》な田舎者でな。つつしみを心得た人間なんだ。そんなことは、この家では許さんぞ！」

三男は大きく眼を見ひらいて、黒い眉を上げ、肩をそびやかして父親に言った。

「お父さんじゃないですか、最初に、おっしゃったのは！」

そして、身をひるがえして、父の前から去った。

居間のテーブルの前にただ一人坐《すわ》って、王龍は、寂しさと孤独に打たれていた。そしてつぶやいた。

「まったくどこへ行っても、この家には、平和がないんだなあ」

彼の心のうちには、さまざまな怒りが煮えくりかえっていた。だが、なぜだか彼にも理解しかねたが、いちばん強く怒りを感じたのは、三男が、小さい色白の少女に眼をとめて、彼女を美しいと思ったことだった。

三三

王龍《ワンロン》は、梨花《リホワ》についての三男の言葉を、どうしても払いのけることができなかった。彼は梨花が出入りするたびに決して眼を放さなかった。自分では意識しないが、彼女のことばかり思っていた。心は、それであふれていた。まったく胸を奪われているのだった。しかし、誰にも、それを話さなかった。

その年の初夏のある宵《よい》のことだった。夜風は、若葉や花の香を含んだ霧を送って、厚くしっとりしていた。王龍は庭の肉桂《にっけい》の木の花の下に腰をおろして、ただ一人やすんでいた。肉桂の花の香気が、ずっしりと甘く鼻を打っていた。そうして坐っていると、彼の血は、青春の血のように、熱く、勢いよく流れていた。その日は、朝からそんなふうに血の流れを感じていた。彼は畑へ行って、靴《くつ》も靴下も脱ぎ、土を素足に感じながら、歩いてみたいと思った。

しかし彼は、今、金持で地主なのだ。城内に住んでいて、百姓ではない。はだしで歩いているところを人に見られては恥ずかしいので、そうすることもできず、庭の中を、落着かずに終日ぶらぶらしていたのだった。ただ、蓮華《リエンホワ》が木陰で水煙管《みずぎせる》を吸っている庭へだけは近づかなかった。というのは、蓮華は男の気持を察するのに妙を得ていて、彼の落着かない原因を見破ってしまうからだ。彼は一人で庭をそぞろ歩いた。喧嘩ばかりしている嫁たちには、会いたくない。平生なら喜んで相手になる孫たちも、その日は気が進まなかった。

その一日は、まったく王龍には、長かった。そして寂しかった。熱い血が、体内を流れていた。彼は、三男のことが忘れられなかった——まっすぐな痩身で、真剣な青年の顔に、黒い眉を真一文字によせている姿が、眼の前にあった。梨花のことも頭から去らなかった。彼は考えた。

「二人とも、おない年かな。——三男は十八ではきくまいが、梨花はまだ十八になっていないんだろうな」

彼は自分がもう遠からず七十歳になることを思うと、体を流れる熱い血が恥ずかしくなった。そして、心の中で言った。

「三男に、あの娘をやるのは、いいことなんだなあ」

彼は、再三繰返してそう思った。しかし、そう思うのは、すでに痛んでいる傷の上に短刀を突き刺すように痛かった。だが、しかし、痛くても我慢しなくてはならないんだし、かといって、平気でもいられないのだった。

そんなわけで、その日一日は、彼にとって、長く、寂しかった。

夜になっても、彼は、自分の庭に一人きりで腰掛けていた。この屋敷の中には、親しく話せる者は、一人もいなかった。夜の空気は、肉桂の花の香りで、しっとりと、やわらかく、あたたかかった。彼は暗闇《くらやみ》の木の下に坐っていた。その木は、門のすぐ近くにあった。その時、宵闇の中を、近々と通りすぎる姿があった。王龍は、はっと眼を上げた。梨花だった。

「梨花！」

彼は呼んだ。その声は、囁《ささや》くように低かった。

彼女は急に足をとめて、その声を疑うように、顔を伏せたまま耳をすました。

王龍は、自分の喉《のど》から出たのではないような声で、また呼んだ。

「ここへ、おいで！」

梨花は、おずおずと門を入ってきて、彼の前に立った。闇の中に立っている梨花の姿は、はっきりと見ることはできなかったが、そこにいるのを感じると、手を伸ばして彼女の上着をつかみ、そしてなかば息づまるように言った。

「かわいい子だね！」

彼の言葉は、そこでぴたりと止った。彼は自分が老人で、梨花に近い年頃《としごろ》の孫たちがいるのを思うと、これは面目ないことだと自分に言いきかせた。彼はただ梨花のかわいい上着にふれるだけだった。

王龍の言葉を待っていた梨花は、彼の熱い血を感じると、花がくずれるように地に身を伏せて、王龍の足にすがったまま、倒れていた。彼は、ゆっくりと言った。

「かわいい子だね――わしは年寄りなんだ――とっても年寄りなんだよ――」

梨花の声は、肉桂の花の息づかいのように、闇の中から聞えてきた。

「あたしは、お年寄りが好きです――お年寄りが好きです――やさしくしてくれますもの――」

王龍は、身をかがめてやさしく言った。

「お前のような若い娘は、背の高い、すらりとした、若い男がいいんだよ――お前のような、若い娘はな――」

彼は心の中で、「わしの三男のようなのがな」と付けたしたが、口へは出さなかった。梨花にそう思わせるのは、たまらなかったからだ。

けれども、梨花は言った。

「若い人は、やさしくしてくれませんもの――激しいだけです」

その子供っぽい声が足もとからふるえてくるのを聞くと、王龍の胸には、愛の大波がみなぎってきた。彼は梨花を静かに抱きあげて、部屋の中へ連れていった。

すべてがすんでしまうと、王龍は、若かったときの欲情よりも、この老境に入ってからの愛の不思議さに、みずから驚くばかりだった。梨花をこれほど愛していながらも、彼は、今までの女に対したように、熱烈な衝動に駆られたりしなかった。

彼は静かに梨花を抱いて、その、若い青春を、彼の、老いた、にぶい体に感じるだけで満足した。昼は梨花を目の前に見ていれば満足であり、その衣にふれるだけで満足で、そして、夜は、彼女の体が、彼の近くに静かに横たわっているだけで、満足だった。これほど愛していながら、ただそれだけで満足できる老年の愛に、王龍自身も不可思議な思いをしたのだった。

梨花は、情熱に駆られない少女で、父のように王龍にすがるのだった。彼にとっても、梨花は女であるよりもむしろ子供だった。

この関係は、すぐには知れなかった。王龍は何も言わなかったし、また家長たる彼は、誰に断わる必要もなかったのだ。

それを真っ先に発見したのは杜鵑《トーチュエン》の鋭い眼だった。杜鵑は、ある明け方に、梨花が王龍のところから出て来るのを見て、笑いながらつかまえ、そして例の老いた鷹《たか》のような眼を輝かして言った。

「おや！ まったく、大旦那《おおだんな》様そっくりですわ」

室内でその声を聞きつけた王龍は、すぐに長衫《ツァンスァン》をまとい、外へ出て来て、気まり悪そうに笑いながら、なかば得意にもなり、こう囁いた。

「いやあ、わしは若い者のほうがよかろうと言ったんだが、梨花は年寄りのほうがいいと言うんだよ！」

「奥様に話したら、おもしろいことになりますよ」杜鵑の眼は意地悪そうに光った。

「わしもな、どうしてこんなことになったのか、自分でもわからないんだよ」王龍はゆっくりと言った。「わしとても、女をふやすつもりはなかったんだが、自然に、こうなってしまったんだ」

「でも、奥様には話しておかなければなりませんわ」

蓮華に怒られるのが何よりもうるさい王龍は、杜鵑に頼んだ。

「話したければ話すさ。ただ、蓮華が、面と向って怒らないように、うまく片づけてくれれば、銀貨をひと握りお前にやるけどね」

笑いながら首を横に振っていた杜鵑は、やがてそれを承知した。部屋に戻った王龍が、しばらく出ないでいると、杜鵑が戻ってきて言った。

「あのことを話しますとね。奥様は、大変御立腹でしてね。それであたしが、奥様に、あなたが約束だけして、まだ買ってあげない品物のことを言いますとね。奥様が前からほしがっている舶来の時計、両方の手に一つずつはめるために、ルビーの指輪二つ、それから、まだほかにほしいものがあるそうですが。それと、梨花の代りの奴隷《どれい》を買ってくだされば、怒らないと言うことになりました。そして、梨花の顔を見たくないから、決して来るな、またあなたにお目にかかるのも、当分いやだからしばらく来ないように、との話でした」

王龍は喜んで承知した。

「蓮華のほしがるものは、何でも買ってやるさ。けっして苦情は言わんよ」

彼は、蓮華のほしがるものを何でも買ってやって、その機嫌《きげん》が直る頃まで、近寄らないでいいことがありがたかった。

しかし、まだ三人の息子に知らせなければならない面倒が残っていた。彼らに事情を話すのは、なんとなく恥ずかしかった。彼は、幾度も繰返して自分に言い聞かせた。

「わしは、この家の主人なんだ。自分の金で買った奴隷をどうしようと、かまわないじゃないか？」

だが彼は恥ずかしかった。また、同時に、非常な老人扱いをされている自分に、それだけの元気があると思うと、少しは自慢もしたかった。彼は息子たちが来るのを居間で待ちかまえていた。

彼らは、一人ずつ別々に来た。最初は次男だった。彼は、田畑のこと、収穫のこと、この夏は日照りだから、作物の出来は三分の一だろう、などと話した。しかし現在の王龍は、日照りも雨も気にしなくなっていた。たとえ、今年の収入が少ないところで、今まで金をおびただしく貯《たくわ》え、穀物問屋にも貸金があり、高利に回して次男が利子を集めている巨額の金があるから、昔のように天を仰いで天候を気にしないでもすんだ。

次男は、そんなことを話しつづけた。そして、そっと、眼《め》を八方にくばっていた。王龍は、彼が、聞いたとおりにはたして女がいるのだろうか？　と捜しているのだと気がついたので、寝室に隠れている梨花に声をかけた。

「茶を持ってきてくれ。息子にもな」

すると彼女は、その可憐《かれん》な顔を桃の花のように赤らめて、伏し眼がちに、足音も立てずに現われた。次男は、今まで聞いたことを信用していなかったように、あっけにとられて、梨花を見守っていた。

しかし次男は、やはり畑のことばかり言っていた。あの小作人は阿片《あへん》ばかり吸っていて、あげるだけの収穫をあげていないとか、この小作人は、しかじかだから、来年は変えなければならない、などと言った。王龍が孫のことをきくと、百日咳《ぜき》になっているが、陽気が暖かいから軽くすみそうです、と答えた。

親子は、茶を飲みながら、こんな話のやりとりをしただけだったが、次男は、自分の眼で見とどけただけで満足して、帰った。王龍は次男については安心した。

同じ日、半日もたたないうちに、長男が来た。彼はもう相当の年配で、背が高く、男前で、得意然としていた。王龍は長男の尊大な気持がこわいので、梨花を呼ばないで、煙草《たばこ》を飲みながら時を待っていた。長男は、もったいぶった態度で腰を掛け、ていちょうな調子で、父親の健康や、何やかやをたずねた。王龍は、すかさず静かに、「うん、丈夫でな」と答えたが、長男を見ているうちに彼をこわがる気持がしだいに消えていった。

というのは、王龍は、長男を深く知っていたからだ。彼は体こそ堂々としているけれども、町生れの自分の妻をこわがっていた。育ちが卑《いや》しいと思われることを極度に恐れていた。それを見ていると、王龍の中にある土から生れた強気は、彼も知らないうちに、心の中にあふれてきた。どんなに長男が堂々とかまえていても、意に介するにたりないと思われてきた。そこで、きわめて気楽に、われ知らず梨花を呼んだ。

「おい、もう一人、息子が来たから、茶をついでくれよ！」

今度は、大変冷静な、落着いた様子で、梨花が出てきた。小さい瓜実顔《うりざねがお》は、その名の梨《なし》の花のように白かった。眼を伏せて、静かに、言われたことだけをして、すぐ寝室へひきさがった。

梨花が茶をついでいる間、二人は沈黙していたが、彼女が見えなくなると、親子は茶碗《ちゃわん》を取りあげた。長男の眼をまともに見た王龍は、そこに露骨に表われているうらやましさを、明らかに見てとった。一人の男が、他の男をうらやむあれだ。黙って茶を飲み終ってから、最後に、長男は、重苦しい調子で、骨が折れるように言った。

「まさか、本当だとは思ってませんでしたよ」

「どうしてかな？」王龍は、平然としていた。「ここは、わしの家じゃないか」

長男は溜息《ためいき》をして、しばらく間をおいて言った。

「あなたは金持なんですから、思いどおりにやってください」

そして、また息をついて続けた。

「そうでしょうね。一人の女では、誰だって満足できないんでしょうね。いずれ、そのうち――」

そこで彼は言葉を切った。しかし顔には、抑えきれない羨望《せんぼう》の色があった。王龍は、それを見て、内心大いに笑った――彼は長男の女好きな天性をよく知っていた。長男が町生れの上品な妻に、いつまでも頭を抑えられているはずがなく、そのうちに本来の姿が現われてくるだろうということは、よく知っていた。

長男は無言でいた。そして、何か思いついたように部屋から出て行った。煙草を吸いながら坐っている王龍は、こんな年になっても、なお思いどおりのことができたと考えると、なんとなく得意だった。

三男が来たときには、もう夜になっていた。彼も、一人で来た。王龍は庭に面した中《なか》の間《ま》で、テーブルに赤い蠟燭《ろうそく》をつけて、煙草を吸っていた。その向う側に、両手を膝《ひざ》の上へ置いて、梨花が静かに坐っていた。彼女は、子供のように少しも媚《こび》を示さないで、ただ王龍を見ていた。王龍も彼女を見て、誇りにみちた気持になっていた。

突然、三男が彼の前に立った。庭の暗闇からおどり出たので、二人は、彼に気づかずにいた。三男は、考えるいとまもなく飛びこんで、身をひそめていたらしい。王龍はその不可解な態度を見て、一瞬、かつて村人が山からいけどってきた幼い虎《とら》のことを思った――その虎は、しばってあったが、今にも飛びかかる勢いを示し、らんらんと眼を輝かせていた。三男の眼も、輝いていた。その眼は、父親を見すえていた。例の、年に似合わない太い黒い眉《まゆ》を、眼の上に一文字によせていた。そのまましばらく立っていたが、やがて、低いきっぱりした声で言った。

「今度こそ、私は軍人になります――私は軍人になります――」

三男は梨花には眼もくれず、父親の顔ばかり見すえていた。長男や次男を意に介しなかった王龍は、この生れたときから気にもとめずにきた三男が、急に恐ろしくなった。

王龍は何かぼそぼそとつぶやいた。そして煙管《きせる》を口から離して、はっきり言おうとしたが、声が出なかった。ただ三男の顔を見つめるだけだった。三男は、幾度となく繰返した。

「今度こそ、軍人になります——今度こそ——」

急に、三男は振返って梨花を見た。顔を見合せた梨花は、ふるえあがって、両手で顔を押え、彼を見まいとした。三男は、もの狂おしく、突然、室外へ走り出た。王龍は、窓から四角に見える庭の暗闇へ眼をやった。暗い、夏の夜だった。三男の姿は、どこにもなく、あたりは静寂そのものだった。

王龍は得意の情も消えて、深い哀愁に襲われた。しばらくして、やさしく、謙遜《けんそん》して言った。

「梨花や。わしは、お前には年寄りすぎる。わしにもよくわかってるんだ。とっても年寄りなんだよ」

梨花は、顔をおおっていた手をおろして、王龍が今まで聞いたこともないほど熱っぽい声で叫んだ。

「若い人は残酷です。——あたしは、お年寄りが一番、好きです」

翌日の朝になると、王龍の三男は、もういなかった。どこへ行ったのか、誰も知らなかった。

三四

秋がすぎて冬になる前、夏の日のような暖かい小春日和《こはるびより》が来る。梨花《リホワ》に対する王龍《ワンロン》の情熱も、それと同じだった。短いその期間がすぎると、愛欲は彼から消えた。彼は梨花を好きではあったが、情熱はなくなった。

その情炎が消えると、彼は急に老いの寒さを感じた。それにしても、彼は梨花が好きであり、彼女がそばにいてくれると、心が慰められた。梨花は年に似合わず、実に辛抱強く、忠実にかしずいた。彼もまた、彼女に、いつも、このうえなくやさしかった。そして、二人の関係は、しだいに、父と娘のようになっていった。

梨花は、王龍のために、白痴の娘にも親切だったが、それは彼に大きな慰めを与えた。それを見た王龍は、久しく誰にも語らずにいた心中の秘密を梨花にもらした。

自分の死後、白痴の娘がどうなるだろうか。これはずっと前から彼が悩んでいた問題だった。彼のほかには、あの娘が飢えようが、死のうが、面倒を見る者はいない。彼は白色の毒薬を一つつみ、薬屋から買っておいて、自分の死ぬ日が近くなったら、白痴の娘に飲ませる覚悟でいた。その覚悟になっても、毒薬を白痴の娘に飲ませるのは、自分の死よりもはるかに恐ろしかった。それで、梨花が彼に忠実なことがわかると、彼は非常に喜んだ。

ある日、彼は梨花を呼んで言った。

「わしが死んだあとで、あの白痴の娘を頼めるのは、お前だけだ。あの娘は何も考えない、病気もない、心配もない。だから、わしが死んだあとも幾年も生きるだろう。しかし、わしも知っているが、わしが死んでしまえば、あの子に飯を食わせる者も、雨の降る日、冬の寒い風の吹く日に、家へ入れ、陽《ひ》の当る日には日向《ひなた》に出してくれる者もいない。あの子の母親と、わしとだけが、ずっと面倒みてきたんで、そうなれば、往来へ追い出されるかもしれない。それでな、この包みの中に、あの子が安全になれる道があるんだ。わしが死んだらな――わしが死んだあとで、この包みの中にある白い薬を、飯にまぜて、あの子に食べさせてくれ。そうすれば、あの子も、わしのあとを追ってこられるからな。そうなれば、わしも安心できるんだ」

しかし梨花は、彼が手に持っている包みから恐ろしそうに身をひいて、やさしい声で言った。

「あたしは虫でさえ殺せません。どうして人の生命《いのち》が奪えましょう。いいえ、あたしは、あの気の毒な方を、あたしのものとして、いつまでも面倒みます。あなたは、あたしにやさしくしてくださいました。——あたしの一生で、あなたほどやさしい方はありませんでした——たった一人のやさしい方でした」

王龍は、それを聞いて、心から泣きたくなった。これほどまでに彼を慰めた言葉を、誰からも聞いたことがなかった。彼は心からありがたく思った。

「とにかく、この包みを受取っておいてくれ。お前よりほかに、信用できるものがいないんだから——言いたくはないが、お前も死ぬときがある——お前が死んでしまうと、誰もいないんだ——誰もな。あの嫁たちは、自分の子供のこと、お互いの喧嘩《けんか》のことで忙しかろうし、倅《せがれ》どもは、男のことだから、あの子のことなんかに気がつかないんでな」

王龍の言っている意味をのみこむと、梨花は、毒薬の包みを王龍から受取り、もうそれについては何も言わなかった。王龍はすっかり梨花を信用しているので、白痴の娘の運命を彼女に頼んでから、すっかり安心した。

その後王龍は、ますます老いの殻《から》に引っ込んで、梨花と白痴の娘の二人だけを相手にし、自分の庭からめったに出なくなった。時々、急に気がついたように、梨花を見て、心配そうにきくことがあった。

「こんな生活は、お前には寂しすぎるなあ」

しかし、彼女は、いつも、やさしい、深い感謝の心をこめて答えた。

「静かで、安全ですわ」

時々、王龍は、こうも言った。

「わしは、お前には年をとりすぎてる。もう、燃えがらばかりでなあ」

しかし梨花は、相変らず感謝して答えた。

「あなたはやさしい方です。あたしは、それ以上のことを、誰からも期待していませんもの」

彼女が、一度、そう言ったときに、王龍は好奇心を起してきいてみた。

「どうして、お前ぐらいの若い年で、そんなに、男を恐ろしがるようになったんだ？」

答えを求めて彼女を見ると、梨花は恐れの色を眼に浮べていたが、両手で顔を隠して、低い声で囁《ささや》いた。

「あなたよりほかの人は、みんないやです——あたしは、すべての人を憎んでいました。あたしを売った父親も憎んでいます。あたしは、男の悪いことばかり聞いています。男はみんなきらいです」

王龍は不思議に思った。

「お前は、わしの家で、静かに気楽に大きくなったんだと思ってたんだがなあ」

「あたしは、いやなことばかりでした」梨花は横を向いた。「ほんとに、いやなことばかりでした。あたしは、みんなきらいです。若い人は、みんなきらいです」

彼女は、それ以上何も言おうとしなかった。王龍は考えた——蓮華《リエンホワ》が身の上話をして、こわがらせたのだろうか。杜鵑《トーチュエン》のみだらな物語におびえたのだろうか。それとも、彼には打明けたくない秘密があるのだろうか。それとも、ほかに何かあったのだろうか。

王龍は嘆息して、考えるのをやめた。今の彼が何よりも望んでいるのは、平和だった。梨花と自分の娘の二人をそばに置いて、自分の庭に坐《すわ》っていることだけだった。

そんなふうに、王龍は坐っていた。一日、また一日、一年、また一年と、年とっていった。父親が昔したように、彼も日向ぼっこして浅い居眠りばかりしていた。もう自分の一生も終ったのだと考えては満足していた。

まれではあるが、時々、ほかの庭にも出ていった。さらにまれであるが、蓮華の居間まで行くこともあった。蓮華は、梨花のことを決して口にしないが、彼が来れば相応にもてなしした。彼女も今では年老いて、好きな料理や、酒や、求めに応じて彼からもらう金などで、満足していた。彼女と杜鵑とは、この久しい年月を一緒にいたので、主従というよりも友達のようになって、年じゅう話をしていた。ほとんどが男に関する昔話で、声に出しては言えないようなことを、囁きあっていた。食べて、飲んで、眠って、眼がさめるとまたしゃべりあい、それからまた食べたり飲んだりするのだった。

また、はなはだまれに、彼は長男や次男のところへ行った。彼らは彼を慇懃《いんぎん》に迎えて、急いで茶を出した。王龍は最近生れた孫を見たいと言ったりした。もうろくして、何もかもすぐ忘れるので、同じことを幾度もきくのだった。

「わしの孫は、幾人になったのかな」

すると誰かがすぐ返事をした。

「みんなで、男の子が十一人、女の子が八人です」

彼もおもしろそうに笑って言った。

「一年に二人ずつふえていくんだな。わしにも数がわかるだろう、そうだろう?」

彼が腰を掛けていたりすると、孫たちは珍しがって、集まってきた。孫たちは、みんな背の高い若者になっていた。彼はどんな子だろうと、つくづくと眺《なが》めては、口の中でつぶやいた。

「あの子は、わしの親爺《おやじ》に似とる。あれは、劉《リュウ》さんそっくりだぜ。この子は、おれの子供のときみたいだな」

それから彼は孫たちにきいた。

「みんな学校へ行ってるか？」

「行ってます、おじいさん」彼らは、ばらばらに答えた。

「四書《ししょ》を習ってるのか？」

するど、孫たちは、この頭の古い老人を軽蔑《けいべつ》して、若々しい声で笑って言った。

「いいえ、おじいさん。革命このかた、四書なんぞ誰も読みませんよ」

王龍は、考えこみながら言った。

「ああ、革命か。わしも聞いたことがあるよ。忙しかったんで、どんなものか気にもとめなかったがな。野良《のら》仕事があったんでな」

すると、孫たちはくすくす笑っていた。王龍は、子供のところへ来ても、結局はお客様にすぎないんだと思いながら、立ち上がった。

その後、彼は、長男や次男のほうへ行かなくなった。そして時々、杜鵑にきくのだった。

「もう、長年、一緒にいるんだから、嫁たちも、仲よくなったかな？」

杜鵑は、ぺっと唾《つば》を庭に吐いて言った。

「あの人たちですか？　にらみあってる猫《ねこ》みたいですよ。兄さんのほうは、あまり奥様が、あれこれ苦情ばかり言うので──男にとっては、お上品なのが鼻につくような人ですからね、あの方は──里ではああだった、こうだったって、のべつ言ってますからね。あれじゃ、たいていの男は、いやになりますよ。兄さんは、ほかの女を連れてくるっていう噂《うわさ》がありますよ。この頃《ごろ》はしげしげ茶館へ通ってますわ」

「ふうん」王龍は言った。

長男を考えようと思うと、王龍の興味はすぐに消えて、自分でも知らないうちに、茶が飲みたいとか、早春の風はどうも肩に寒いなどというほうへ考えが流れてしまった。

またある時は、杜鵑にこうきいた。

「ずっと前に、家を出てしまった三男のことを、何も聞いたことはないかな？」

この屋敷のことで、杜鵑の知らないことは何一つないので、彼女はこう答えた。

「そうですね。あの方は、手紙も何もおよこしになりませんが、南から来る人から、よく噂を聞きます。革命とかいうことの有力者で、将校になられたそうですよ。革命とは何だか、あたしは知りませんけど──たぶん、何かの商売なんでしょうね」

王龍は、また言った。

「ふうん」

彼は三男の身の上を考えてみようと思った。しかし、日が落ちて夕暮になると、空気がひえびえとして、骨の節々が痛くなった。心は常にゆらゆらとして、一つのことを長く考えていられない。その老体が一番要求するのは、何よりも食事と熱いお茶とだった。しかし夜になって体が冷えてしまうと、温かく若い梨花が添い寝してくれた。老いの身にとって、彼女のぬくもりは彼を慰めてくれた。


春は幾度も過ぎた。年ごとに、王龍には、来る春がおぼろげになっていった。しかしどんなに年老いても一つのことだけは生き残っていた。それは土に対する愛情だった。彼は土を離れて町へ移り、そして富豪になった。それでも、彼の根は土の中に張っていた。幾月も畑を忘れているが、春が来ると、彼はきまって畑へ行かなければ承知しなかった。もう鍬《くわ》も握れず、何もできず、ほかの人が土を耕すのを見ているだけだったが、それでもなお行かなければ気がおさまらず、出かけるのだった。ときには、下男を連れ、寝台を持っていって、また、昔の土の家に泊った。彼の子が生れ、阿蘭《アーラン》が死んだ寝台に眠った。夜が明けると、畑に出て、ふるえる手を伸ばして、芽ぐむ柳の枝や桃の花を折って、終日手に持っていた。

春も過ぎて夏も近いある日、畑をそぞろ歩きしていた彼は、彼が墓地として選び、死者を葬《ほうむ》った低い丘の上の、土壁をめぐらした所へ来た。ふるえる体を杖《つえ》に託してそこへ立ち、墓を眺めていると、死んだ人々が、みんな思い出された。彼らは、彼の屋敷に住んでいる息子たちよりも——白痴の娘と、梨花とを除けば——誰よりも生き生きと心に浮んだ。彼の心は幾十年の昔までさかのぼって、過ぎた日があざやかによみがえってきた。劉家に嫁いだ末娘の消息は久しく何も聞かないが、彼の心に浮んだ彼女は、絹糸のような赤く薄い唇《くちびる》をした少女で——彼女もまたここに眠っている一人のようにさえ思えるのだった。

しばらく物思いに沈んでいた王龍は、急に思いついた。

「そうだ。この次は、おれの番だ」

彼は墓地に足を入れて、父よりは下、陳《チェン》よりは上、阿蘭と離れていない場所を、自分の埋まる所として、じっと眺めていた。すると、土となり永久に土へ帰る自分の姿がありありと見えるのだった。

彼はつぶやいた。

「棺の用意をせにゃあならんな」

忘れてはならない、そのことを、しっかりと、痛いほど胸へしまって、すぐ町の屋敷へ帰り、長男を呼んで言った。

「言っておきたいことがあるんだよ」

「おっしゃってください。伺いますから」

しかし王龍は、口に出そうとすると、何を言うつもりだったのか急に忘れてしまった。今まで眼《め》に涙を浮べ、痛いほど胸へしまっておいたのに、それは、意地悪くも彼の心から逃げてしまったのだ。

彼は梨花を呼んで言った。

「わしは、何を言うつもりだったんだろうな？」

すると、梨花は、やさしく言った。

「今日は、どちらに、おいでになったのですか？」

「畑へ行っとった」彼は、梨花の顔を見つめて返事を待った。

彼女は、また、やさしくきいた。

「どこの畑でした？」

すると、王龍の記憶は、突然よみがえってきた。彼は涙を浮べた眼で、笑いながら叫んだ。

「うん、うん、思い出したよ。伜や。わしは、自分が埋まる場所を決めてきたんだよ。父と叔父より下でな、お前の母親より上、それで陳の隣なんだ（訳注　前頁の記述と矛盾するが、作者の思い違いか、あるいは王龍のボケか）。それから、死ぬ前に、自分の棺を見ておきたいんだよ」

するど、長男は、親孝行な子としてふさわしい言葉を叫んだ。

「お父さん、死ぬなどと決して言わないでください。気休めに、お考えのようにはしますけど」

長男は、香木《こうぼく》の巨材をえぐりぬいて彫刻してある立派な棺を買ってきた。この香木は、鉄のように長持ちし、死者を葬る目的以外には使わず、人間の骨よりも朽ちないでいると言われていた。

王龍は安心した。

彼は、その棺を、居間へ運びこませて、毎日眺めていた。

ある日、彼は急に思いついて言った。

「そうだ。この棺を、あの畑の中の土の家へ持っていかせて、短い余命を、あすこで暮して、それから死のう」

みんなは、父親の決心が堅いのを知ると、望みどおりにさせた。こうして、彼は昔の家へ帰った。王龍は、白痴の娘と、梨花と、必要な下男を連れていった。町の屋敷には、彼が土台を築いた家族たちを残し、彼は、また、彼の土の上にある家へ帰った。

春は過ぎ、夏も過ぎて、収穫期となり、そして冬の来る前に、暖かい小春日和《こはるびより》が来る。王龍は昔、彼の父親がしたように、日向の壁によりかかって坐っていた。今では、もう何も考えなかった。食べ物と飲み物と、畑のことしか念頭になかった。畑についても、ただ畑として考えるだけで、そこからどれだけ収穫があがるかだの、何をまこうかだのと思うわけではなかった。時々、彼はひと握りの土を手にのせて、一日じゅう日向ぼっこしていた。そうしていると、土は彼の指の間で生命にあふれているような気がした。そうしていれば彼は満足だった。彼は、土のことや、そこに安置してある立派な棺のことを、ちらりと思い浮べた。そして、やさしい大地は、やがて彼が土へ帰る日を急がずに待っていた。

息子たちは、子としての道にならって、彼に尽した。彼らは、毎日か一日おきに、かならず彼を訪れた。そして、老人にふさわしいおいしい食べ物を届けてよこした。しかし、王龍がもっとも好きなのは、昔、彼の父親が好きだった、小麦粉を湯でかきまぜた汁をすすることだった。

息子たちが毎日来ないと機嫌《きげん》が悪いときがあった。彼は身近にいる梨花にきいた。

「どうして伜たちは、あんなに忙しいのかな?」

「みなさんは、働き盛りでございますもの。御用がたくさんおありですわ。兄さんのほうは、町のお金持から選ばれて、お役につかれましたし、新しい奥様をおもらいになったんでございますよ。それに、弟さんのほうは、御自分で穀物問屋を、お開きになったんですよ」

王龍は耳をすまして聞いていたが、梨花の説明も何のことか、よくわからなかった。そして、眼を畑の方に向けると、何もかも、忘れてしまうのだった。

しかしある日、短い間ではあるが、彼の意識がはっきりしたことがあった。長男と次男とが一緒に訪ねてきた日のことだった。彼らは、父親に慇懃に挨拶《あいさつ》してから、戸外へ出て、家のまわりの畑を歩いていた。王龍は、黙って彼らのあとについて行った。二人が立ち止ったので、王龍はゆっくり追いつこうとした。兄弟は、柔らかい土に落ちる父親の足音も、杖の音も気づかずにいた。王龍は次男が例のもったいぶった調子で言ったのを聞いた。

「この畑と、この畑を売って、半分ずつ二人で分けましょう。兄さんの分は、私がいい利子で借りようじゃありませんか。鉄道が開通したから、米を海岸地方へ送れますしね。そして、私は――」

王龍の耳に入ったのは、土地を売る、という言葉だけだった。彼は、怒りのあまり、ふるえる声を抑えきれず、調子はずれにどなりつけた。

「この馬鹿《ばか》ものの、のらくらものめ！――土地を売るだと！」

喉《のど》がつまって、王龍は倒れそうになった。二人の息子は、両方から彼をささえた。彼は涙を流しはじめた。すると、彼らは、父をなだめた。そして、なだめながら、こう言った。

「いいえ――いいえ、ね――決して土地は、売りませんよ――」

「いいか、家がつぶれるときだぞ――土地を売りはじめるなんてのは」王龍は、とぎれがちに言った。

「わしたちは、土から生れて、いやでもまた土へ帰るんだ――お前たちも、土地さえ持ってれば生きてゆける――誰も、土地は奪えないからだ」

王龍は、老いてとぼしい涙を拭《ふ》きもせず、頬《ほお》の上で乾くにまかせていた。塩っぽいよごれが、そこへ残った。それから、身をかがめて、ひと握りの土をすくいあげ、それを握ったまま、こうつぶやいた。

「お前たちが、土地を売れば、それが最後だぞ」

長男と次男とは、両方から彼の腕をとって、ささえていた。彼は、温かく柔らかい土を、しっかりと手に握っていた。二人は彼をなだめた。そして、長男も、次男も、繰返して言った。

「安心してください。お父さん。安心してください。決して土地は売りませんから」

しかし、彼らは、老人の頭ごしに、顔を見合せて、にやっと笑った。

（二巻につづく）

本作品中には、今日の観点からみると差別的表現ととられかねない箇所が散見しますが、作品自体のもつ文学性ならびに芸術性、また訳者がすでに故人であるという事情に鑑み、原文どおりとしました。

（新潮文庫編集部）

新潮文庫最新刊

Title : THE HOUSE OF EARTH
Author : Pearl S. Buck

大《だい》地《ち》(一)

新潮文庫 ハ-6-1

昭和二十八年十二月二十八日 発行
平成二十五年六月十五日 九十五刷改版
令和元年七月二十五日 九十八刷

訳者 新《に》居《い》格《いたる》
補訳 中《なか》野《の》好《よし》夫《お》
発行者 佐藤隆信
発行所 株式会社 新潮社

郵便番号 一六二―八七一一
東京都新宿区矢来町七一
電話 編集部(〇三)三二六六―五四四〇
読者係(〇三)三二六六―五一一一
http://www.shinchosha.co.jp

価格はカバーに表示してあります。
乱丁・落丁本は、ご面倒ですが小社読者係宛ご送付ください。送料小社負担にてお取替えいたします。

印刷・錦明印刷株式会社 製本・株式会社大進堂
Printed in Japan

ISBN978-4-10-209901-8 C0197